# 旅人

## 星球

达瓦次里 著

*The Planet of Travelers*

当代世界出版社

图书在版编目（CIP）数据

旅人星球 / 达瓦次里著. —北京：当代世界出版社，2016.1
ISBN 978-7-5090-1061-7

Ⅰ.①旅… Ⅱ.①达… Ⅲ.①游记—作品集—中国—当代②随笔—作品集—中国—当代 Ⅳ.①I267

中国版本图书馆CIP数据核字（2015）第294525号

| | |
|---|---|
| 书　　名： | 旅人星球 |
| 出版发行： | 当代世界出版社 |
| 地　　址： | 北京市复兴路4号（100860） |
| 网　　址： | http://www.worldpress.org.cn |
| 编务电话： | （010）83908456 |
| 发行电话： | （010）83908409 |
| | （010）83908455 |
| | （010）83908377 |
| | （010）83908423（邮购） |
| | （010）83908410（传真） |
| 经　　销： | 全国新华书店 |
| 印　　刷： | 北京墨阁印刷有限公司 |
| 开　　本： | 710毫米×1000毫米　1/16 |
| 印　　张： | 20 |
| 字　　数： | 292千字 |
| 版　　次： | 2016年1月第1版 |
| 印　　次： | 2016年1月第1次 |
| 书　　号： | ISBN 978-7-5090-1061-7 |
| 定　　价： | 39.80元 |

如发现印装质量问题，请与承印厂联系调换。
版权所有，翻印必究；未经许可，不得转载！

半壁红尘,半壁无言

| | 1 | |
|---|---|---|
| 2 | 3 | 4 |

1 看,前方!

2 光是世界的眼睛

3 我们一生都在寻找那耳喀索斯的镜子

4 摸索到未来的是信念,不是眼睛

$\dfrac{1}{2}$

1　牧歌

2　老师，我什么时候能有自己的书桌呀？

目 录

/ 壹 /
送 自 己 回 巢

| 陕西·西安 | 004 |
| 陕西·红碱淖 | 005 |
| 内蒙古·包头 | 007 |
| 内蒙古·莫尼山 | 009 |
| 宁夏·银川（一） | 011 |
| 宁夏·银川（二） | 014 |
| 宁夏·毛乌素沙漠 | 017 |
| 甘肃·兰州 | 019 |
| 甘肃·夏河 | 023 |
| 甘肃·朗木寺 | 025 |
| 四川·唐克 | 028 |
| 四川·红原大草原 | 030 |
| 青海·达日 | 033 |
| 青海·花石峡 | 035 |
| 甘肃·敦煌 | 037 |
| 西藏·拉萨 | 041 |
| 西藏·措折罗玛 | 044 |
| 西藏·可可西里 | 046 |
| 西藏·日喀则 | 049 |
| 西藏·纳木错 | 051 |
| 青海·格尔木 | 053 |
| 新疆·若羌 | 055 |
| 新疆·乌鲁木齐 | 057 |
| 新疆·喀什 | 061 |
| 新疆·贾当裕至喀纳斯（一） | 064 |
| 新疆·贾当裕至喀纳斯（二） | 066 |
| 新疆·贾当裕至喀纳斯（三） | 068 |
| 新疆·贾当裕至喀纳斯（四） | 070 |

c　　　　　　　　o　　　　　　　　n　　　　　　　　t

| | | | |
|---|---|---|---|
| 青海·玉树 | 071 | 云南·大理（一） | 101 |
| 青海·上拉秀（一） | 073 | 云南·大理（二） | 104 |
| 青海·上拉秀（二） | 075 | 河北·沙河 | 107 |
| 青海·囊谦 | 078 | | |
| 四川·理塘 | 080 | | |

/ 贰 /

心旅：我是一个教书匠，教书能力强

支教笔记　　　　　　112~197

| | | |
|---|---|---|
| 四川·稻城亚丁 | 082 | |
| 四川·德格 | 084 | |
| 青海·杂纳荣草原 | 085 | |
| 青海·西宁 | 087 | |

/ 叁 /

右手的自己牵着左手的世界

| | | | |
|---|---|---|---|
| 四川·成都（一） | 090 | 中国·瑞丽 | 201 |
| 四川·成都（二） | 092 | 缅甸·曼德勒 | 203 |
| 四川·西昌 | 094 | 缅甸·蒲甘 | 206 |
| 云南·昆明 | 097 | 缅甸·仰光 | 209 |
| 云南·丽江 | 099 | | |

| | | | |
|---|---|---|---|
| 斯里兰卡·科伦坡 | 212 | 泰国·清迈（一） | 261 |
| 斯里兰卡·尼甘布 | 214 | 泰国·清迈（二） | 264 |
| 斯里兰卡·康提（一） | 217 | 柬埔寨·暹粒（一） | 267 |
| 斯里兰卡·康提（二） | 220 | 柬埔寨·暹粒（二） | 270 |
| 斯里兰卡·努瓦勒埃利耶（一） | 223 | 柬埔寨·暹粒（三） | 273 |
| 斯里兰卡·努瓦勒埃利耶（二） | 227 | 柬埔寨·暹粒（四） | 278 |
| 斯里兰卡·马特 | 231 | 柬埔寨·金边 | 279 |
| 斯里兰卡·加勒（一） | 234 | 越南·胡志明市 | 283 |
| 斯里兰卡·加勒（二） | 237 | 越南·美奈 | 287 |
| 马来西亚·吉隆坡 | 240 | 越南·芽庄 | 290 |
| 泰国·曼谷 | 244 | 越南·会安 | 294 |
| 泰国·大城 | 248 | 越南·河内 | 296 |
| 泰国·苏梅岛 | 252 | | |
| 泰国·帕岸岛 | 255 | 后　记 | 299 |

## 旅行的前方便是梦

阿 正

> 像一盏灯
>
> 如我心
>
> 不需要风
>
> 自会摇曳
>
> 这是我的花朵
>
> 不要寻觅
>
> 安宁就是答案
>
> 我们是在梦中逐梦的旅人
>
> ——《梦旅人》

在毛乌素沙漠的大漠音乐节宿营的时候，才是真正意义上认识了达瓦次里，他告诉我，他名字的意思是"永恒的月亮"。起初，觉得他的名字跟他人一样神秘，但有趣的是，达瓦一直想做身边人的太阳。而他确是一个富有激情、风趣幽默的人，并凭借这样的性格属性，给身边的人带来太阳一般的温暖。

我第一次遇见他是在宁夏的西夏青旅，那晚我们一大帮子人酒入半酣，不争气的我去吐完之后回来赫然发现酒桌上多了一个人，气质完全不同，大谈民族信仰，灵魂归宿，已经主导了整个饭局。通过他的话的内容，我心想，这定是一个吉卜赛式的人了。

回想在青旅的那几天，我们一行人的相遇，是非常美好的回忆，但仅仅是回忆，除了达瓦。达瓦做得一手好菜，这与他粗犷的外表很是不符，恰巧这天一个外国乐队——榴梿乐队来到了青旅，达瓦显露了他的技能，在我同华仔的打下手下做了一大桌菜，令大家刮目相看。我还记得我醉酒胃伤得不行的时候，他如何用果汁做解酒汤，那天天气特别好，像我说的，他是一个可以给人带来温暖的人。

你为什么要旅行？我认识的一个驴友说："我只是想做一场梦。"

是的，旅行的人都是逐梦的人，逃离现实中的烦琐与乏味、痛苦与压抑，去寻找片刻的自由，去发现与现实中完全不同的自我。而每个人又是不同的，有的人或许只是单纯的想来一场说走就走的旅行。

不管出于什么理由，你走出来了，远离现实中的人情场，远离了喧嚣的城市，当看到巍峨的雪山，幽静的树林，清澈的湖水，不经意间，在某个地方你会被大自然震撼，发现自己真正的心灵，那时，心灵便是诗，我们找到了诗，也就找到了世界。

也许在路上某个陌生人的微笑，某个孩子纯洁的眼神，某个老人的背影都能让你收获感动。当然，你也会见到人性的丑恶，所以就更明白我们芸芸众生的真相，这是否就是我们变得更通达的理由？

当然，旅行不会带给我们人生的终极答案。或许我们也不需要知道答案，但我们会更珍惜家人，珍惜朋友，珍惜自己，这也许就是为什么要旅行的答案。至于，每个在外旅行的人什么时候才能找到自己的答案，停住脚步。

行至深处便是梦，直至行止时才明了的梦。

# 自序

"我一听说'逃亡'这个词／血液就加快奔流／一个突然的期望／一个想飞的冲动。"

——艾米莉·狄金森

每份初生的自由都是一场世界性的大逃亡，饥寒交迫的灵魂会寄附在一片湖、一句话或一本书上，带着堂吉诃德式的呐喊和勇气攻向远方，这是一场无法胜利，却也无从失败的战争，因为对手是青春，青春无言且不灭。我初生的自由寄附的是一条公路：美国66号公路。这条高速公路修建于1926年，从那时起，它就跟美国式的自由几乎画上了等号。这条传奇的公路，记载了美国太多的历史：飞车党、哈雷、西进运动、复古肌肉车、重型卡车组成的车队，还有山谷里的绿洲——Hotel California加州旅舍。它的存在激发了美国人对于自由的幻想，对飞翔的渴望。杰克·凯鲁亚克在《在路上》一书中，讲述了一批又一批"垮掉的一代"在没有英雄的岁月里，沿着66号公路，横穿美国的自驾事迹。

最早知道这条公路，来自幼时父亲的讲述。父亲是"文革"结束之后第三批考上大学的，用他的话说，只有那时的学生才能理解什么叫作"知识就是力量"。父亲说，那时的中国其实不像我们想象中那么闭塞，尤其是在大学中，所有人都在私下里讨论着莎士比亚、恶魔拜伦和魔鬼尼采，刚刚经历了十年混沌的人们，对于知识疯狂地渴望着，同时渴望的，是想要了解这个身在其中，却将近一个世纪没有串过门儿的世界。父亲说,"资本主义国家"在那个年代是腐朽和糜烂的代名词,却让无数的知识分子为之痴迷不已,痴迷于它的思想,痴迷于它的自由,痴迷于它的平等。父亲也是如此,发烧友一般痴迷上了美国,连做梦都想带着纸、绳索和背影闯荡那片未知的大陆。父亲那时最爱的诗人是美国的惠特曼,而最爱的诗集,自然是惠特曼那本时而美国式激情浩荡、时而浪漫主义自由情怀的《草叶集》,这本书至今依然被父亲摆在他的玻璃门书架上珍藏。蹉跎的青春未让父亲实现他的美国梦,如今书已泛黄,梦已陈旧,留下的,只是父亲的青葱岁月中,除了母亲之外的唯一遗憾。

对于那时的我,自由是有形无质的,如阿波罗对达芙妮的爱,形而上且唯美,于是便好奇,好奇便行动。因此,于我,出发源于好奇。在那之后,行走源于坚持,停下源于勇气。我现在的状态,属于好奇已过,坚持成了习惯,前后三次出发,三次驻足,却始终没有停下的勇气。被无数次问过"为什么旅行?",我每次都反问"你为什么吃饭?",答"因为饿",旅行也是因为饿,心饿。有一种饿叫饥不择食,说的便是这种感觉。

依稀记得第一次旅行前的一夜,度过了常人的一年,不断幻想着自己像海子一样,冲开人群,冲开禁忌,冲开漫无边际的风险和藩篱,冲到自己面前,扇他一个耳光。可如今行路至此,才发现,世间又有几处禁忌,几处天涯,真正留在心底的只有时间中耀眼的光斑,那些曾经的妄想成了小咸菜,早都就饭吃了。

一路花香,我也终于明白,感伤喜乐都源于无数细碎的"不断":不断地上路,不断地变道;不断地入住,不断地离开;不断地相识,不断地分别。音若转韵依然曲,人若换调岁成荒，由这些"不断"引发的一系列氏惧与焦躁，让我痛不欲生，却欲罢不能，而预想中的快乐与感动反倒成了副作用和兼职收入。那感觉就像是在完好的皮肤上，结起了一块块痂，无中生有的尴尬不说，不撕难受，撕了还连皮带肉。可即使如此，我依然走着，我知道我很慢，但却从未后退，我就是那么执著地相信着，即使我是笨拙，亦步亦趋的，可这并不能影响我走向远方。正如再劣质的笔都能写出诗，再破旧的锚都能沉住巨轮，再萧索的秋天都有花朵盛开。

故事是从时光中抽取的一个个片段，可以一气呵成，也可以断断续续。它的魅力不在于一遍遍讲述带给人的情绪，只因为他存在，生活才有依据。真正懂得讲故事的不在少数，胡杨、山川、大海、经幡、甚至一朵花，而我存在的意义，仅仅是复述。不同的故事，也有着不同的属性：有的是兑着白酒的谈资，有的是滋味足却不使人饱的鸡汤，有的是炎热夏天里的冰镇可乐，有的是在静静的夜晚独自抽着的烟。可无论哪种故事，都必定与人有关，若离开了人，就如花儿跌落枝头，叶子零落尘土，生机全无。

一百公里，够从一片草原到达一片雪山，从一幢摩天大楼到达一片陵阙，从一座伽蓝到达一座教堂，也够让你遇到几百个不同的故事。千年来，必定有无数这样的人，站在同样的位置，讲述着不同的传奇，我便是其中之一。

接下去，是一个长长的故事，一场与时间的灞桥折柳，一段与陌生人的雁去无留。不是显微镜下的星空，不需要穿越时空去搜索曾经的模样；不是梵高的时钟，不需要费尽心机来思考未来的形状。无须评判，因为评判者已走出我的故事。

## 送自己回巢

竹藏空韵，墨溶杯酒，浅运浓顿。清风碧盏无处，斑驳月影，高烛三寸。数载书闲，拭案欲读纸先润。志海阔！难过清风，却叫枯枝困雄隼。

风声雨意如寒刃，斩红肥，了了凭栏饮。庸人自扰何处？言过往，几经秋问。浪荡多年，归去来时已剩孤枕。柳瑟瑟，怀梦悠然，只道枯巢近。

——《雨霖铃·归去来》

每个人从小便有一颗追逐真相、追逐自由的心。就像小时候，我们总会带着疑惑和不甘看着周遭的一切：后院那座大山里到底有没有住着神仙？爸爸每次到底是从哪推着自行车带着鸡蛋和糖果回家的？门前的那条土路通向的远方到底有多远？长大之后到底会走向怎样的世界？我也不例外，这是少年独有的浪漫情怀，与大人无关，与大人眼中的世界也无关。

"没有一艘船能像一本书／将我们送往异乡／也没有一匹骏马／能像诗一样驰骋远方……运载人类灵魂的车辆／是何等的便宜！"伟大是一种天赋，有些人即使足不出户，也可以创造世界，伟大我做不到，足不出户我倒是学得炉火纯青。

母亲一脉遗留给我两样东西，其一，是二分之一的满族血统，其二，是遗传性的心脏病。那时候，父母都是国企职工，没有很多时间照顾我，陪我玩。所以从我小时候起，整日被反锁在家的我，追逐真相和自由的天地，便只有在上海那十五平方米的家里，而我远望的唯一坐标，便是两张挂在墙上的巨大的地图，一张中国地图，一张上海地图。那时，我没事就喜欢把地图拽下来，光着脚踩在上面，看着上面各种颜色、各种线条、各种地名，觉得非常神奇而神秘。可是，每次趴在中国地图上，我都有个疑问，为什么新疆、西藏、内蒙古比上海大那么多，地名却那么少呢？那会儿，我天真地认为这些地方太远了，画地图的人没去过。"要把地图上的地名补全"便成了我最初的梦想；对于那片"公鸡屁股"一般的大西北，是我最初的誓言。

生于塞外草原，然而，从小便长在江南水乡，按常理，二十多年了，也多少都该培养出几分清雅、精致和儒忍。可随着年龄一点点变大，精神血脉也不断觉醒，越发觉得灵魂烙印里的狂野，终不是那些个吴侬细柳驾驭得了的。对于这片水色中的烟云，虽适应，且还算喜欢，却始终做不到热爱，梦中世界始终是策马驰疆。

还记得那年我大二，从宿舍楼下的旧书摊上收了一本枪版的《孤独星球：西藏》，是书摊老板强烈推荐的，说这本书号称旅行者圣经。拿回去一看，质量奇差无比，书页都是一张张打印不清晰的再生纸，还有各种跳页漏页，我几乎是带着拼拼图的心态看这本书的。可即使如此，也改变不了我对这本书的热爱，整整花了一周，着了魔一样，带着各种不可思议看完这本书，又花了大量时间在网上查找了西藏旅行的各种攻略，结果落下了病根：一想到布达拉宫和纳木错就心纠，纠得翻天覆地，坐立不安，恨不得扔下书直接去旅行。后来某一天，我蹲在路边喝着啤酒突然想明白了。那种感觉，源于内心深处对于遗忘和自由的渴望。跟心情不爽就想喝酒，喝多了又拼命吐是一个道理。

那什么是遗忘？什么又是自由？马太福音里有这么一段话："你们要走窄门。因为引到灭亡，那门是宽的，路是大的，进去的人也多；引到永生，那门是窄的，路是小的，找着的人也少。"

自由是那窄门，遗忘便是那宽门，大多数人哆哆嗦嗦不敢进窄门，于是遗忘的宽门从此人满为患。可即便是遗忘,也是一种天赋。并不是每个人都能为自己安装一个"DELETE"键。如我的大多数人,只能像打字机一样,在梦想之上,挣扎着打上一个个"×"。否定不代表遗忘,于是,我们更加渴望遗忘,带着玫瑰和社保卡在莫比乌斯指环上无尽地狂奔,这是一个死循环。我们在这个封闭的空间中,跟薛定谔的猫一起,无限期地等待着最终塌缩的时刻。

大学毕业,挤进应届生大军的洪流,像刚刚解开绳索的宠物一般,疯似的冲出栅栏,冲进社会,用最短的时间,找工作,上班。找的第一份工作是电话销售。那个年代的电销,是靠每天打鸡血和注射吗啡才能有成绩的,我们那一批人在短短三个月的时间内淘汰殆尽,只剩下我一人,就此可以证明我的毅力和强大的自我催眠能力。

可就在工作两年之后,第一次拿到四位数月薪的那个晚上,内心却前所未有地空虚腐朽起来。那之后,我失眠了,每夜都抱着游戏手柄和成堆的游戏光碟,在PS2游戏机制造的轰鸣声里,看着鱼腹泛白。仅仅一个月的时间,我就从销售TOP ONE荡到谷底,体重也从180斤暴跌至140斤,去医院检查,结果是精神衰弱。走出医院,看着医生开的一瓶瓶小药丸儿,我知道,这些药对我来说是没用的,如果再这样下去,我的肉体甚至生命都将衰弱不堪。是该出去走走了,我倍感无奈又无限期待地向公司申请了三个月的停薪留职。当我踏上高原那一瞬间,我的精神衰弱竟然神经般的好了。

三个月的时间如期而至,回到原单位,本想继续努力工作再创辉煌,可惜回归后的我已经甩了曾经那个我几个世纪,我的世界早已在不经意间坍缩了。冥冥之中,一股向外的力量,想要挣脱肉体,冲向远方。我强行将它驶进港口,用那份稳定的工作,把它拴在办公室四四方方的囚笼里。事与愿违,仅仅一个月,我就再也忍受不了那份生不如死的折磨,想要彻底辞职,用几年的时间,在自己的背影里看到这个世界,还记得我的辞职信是改写了北岛的一首诗:"我还有梦/关于文学/关于爱情/关于穿越世界的旅行/我不愿夜夜饮酒/听到杯子碰在一起/那些梦破碎的声音。"

顺利辞职后,一系列的现实问题如影随形而来,让我左右为难。最后我用一个理由说服了自己：我们被命运改变时，可曾深思熟虑？那么，出发吧！

回头看去，我终于明白，我上海的家只是恒温箱里的培养皿，而不是巢。老鸟带着小鸟离巢多年，老鸟老了，飞不回去了，小鸟长大了，终是要展翅高飞，终是要回巢，面朝日落，飞向浅尝辄止，至死魂牵的大西北。

## 陕西·西安

从西安出发，不为别的，只为让那八百里秦川的黄土，烟尘飞扬的秦腔和玄奘为我践行。

每个人都有偶像，我也不例外。只不过，我的偶像跟大多数人都不太一样，我的他，是玄奘，也就是"唐僧"。

这个不远万里去西方求取真经的和尚，是中国历史上少有的，将探险家、神学家、翻译家和史学家集于一身的人。可以这么说，如果没有玄奘，南亚那个时期近百年的历史，如今都是虚无缥缈的神话。因此，我的第一站选在西安，这个玄奘西行起始的城市。

大雁塔是玄奘荣盛归来的军功章，后来又被重建过三次。玄奘已逝，塔的翻修却从未停止，每天接待着数以万计的游客，这是一片活着的废墟，没有人能打开它的封印。前世、今生的时间都在这里停顿，这是只有废墟才有的神力。

在大雁塔脚下，我愣愣地望着玄奘的雕像总有两三个小时了吧，直到双腿发软才惊醒。大雁塔仿佛是玄奘的脊梁，巍然屹立在玄奘雕塑的正后方。

"他出发的时候望着长安连绵的城墙，也是如此吧……"我痴痴地想着。当他孑然一身，向西迈出第一步的时候，就注定了这趟旅行的不平凡。

以一己之力撞进时代的洪流，必然会有无数伤害埋伏左右。《西游记》里说他的取经路上有九九八十一难，可实际上，他经历了岂止八十一难？出境受禁，皇帝追杀，徒弟倒戈，烽火台遇冷箭，皇室软禁要挟，孤身沙漠失水，遭遇强盗险些身死，遭遇异教徒险些当了祭品，等等。

他的敌人是整个世界，就像所有阴影都在阳光下蠢蠢欲动。我想，以他的睿智，不可能不明白，这一去便是羊入狼群，即便机警如蛇，驯良如鸽，也不能保证周全。他可曾想过，以他当时的佛法修为和声望，即使不走这么一遭，依然可得万人敬仰和跪拜。我猜他肯定想到过，也犹豫过。但世俗终究束缚不了如玄奘这般心若磐石的男子。北岛说：一个人的行走范围，就是他的世界。玄奘的世界竟宽广而萧瑟如斯。我就这样看着，想着，梦着，憧憬着，久久不能释怀，也不愿释怀。

"黄昏时节，请你用睡眠的被子盖住大地。"夕阳把大雁塔无限拉长，就像母亲睡前温柔地将被子盖在孩子身上。我便是这个孩子，而西安则是那片伴我入梦的摇篮，醒着便是睡去，睡去便会微笑。

以慷慨赴死的态度，细心经营着自己的每一个脚印。这样的心态与此时的我是何其相似啊。大雁塔依旧高耸入云，玄奘依旧慈眉向西。"以梦为马，随风散落天涯"，今时今日，我，也将远行。

## 陕西·红碱淖

出门搭到车是路上最值得开心的事儿之一。

从延安出来不到十分钟就搭上了车，人品爆发啊！司机薛师傅是榆林人，倍儿有意思。刚上车不到五分钟，就开始用一口尘土飞扬的陕北话，讲着各种素的荤的段子，还动不动撇两句山西话和港台腔。逗得我们车上的四人笑得前仰后合。

同车的三个人是薛师傅的同事，都在大柳塔的煤矿上干活。还记得薛师傅说，他们这一批人都是煤二代，父辈就在矿上，而他们的孩子以后也会干这行。我说，师傅，这行环境不好，还危险，干吗非得干这个。师傅告诉我，人在这儿，家在这儿，事儿也在这儿，不干这行不扎实。我礼貌性地打了个哈哈，心里却想着，这就是懒。对于薛师傅的话，不赞同，不理解。

一路是陕北典型的黄土高原。同样是辽阔，草原却显得更加温柔。而这里，风击烈日，长沙浩荡，不给你任何准备的机会，就那么直勾勾地撞击进人的视野，喜不喜欢就这样，不含蓄，不委婉，不绕弯，"三川不可到，归路晚山稠"，倒是像极了陕北人的性格。

本来今天的目的地是鄂尔多斯，不过在薛师傅口沫横飞的推荐下，最终决定，绕路在"红碱淖"将我放下。

"红碱淖"中的"淖"是蒙古语，水泊、湖泊的意思，是中国最大的沙漠淡水湖。跟国内所有的景点一样，这里也有着一段美得不染风尘的传说：昭君原为汉宫宫女，匈奴与西汉结好，呼韩邪单于派使者三入长安见汉元帝求和亲，昭君听说后，主动请求出塞和亲，远嫁匈奴。昭君的舍生取义成全了政治，这就是古代女人的世界，用色相成仁的世界。迎亲队伍走到尔林兔草原，即将告别中原，昭君下马回望，想到从此乡关万里，泪流成河，于是便有了这一汪六七十平方公里的红碱淖。

到达湖边的时候正好是傍晚，一轮硕大的太阳，把烟波浩渺的湖面照得如孩子的脸一样。湖上的渔船泊在湖畔，夕阳下，折射着炫目的光彩。不远处，昭君怀抱琵琶，伤离幽幽。

此时的我，睡在帐篷里，西风残照，音尘渐绝，帐篷的影子被残阳不断曳长。老人们说，人的三魂七魄里，有一魂一魄在影子里，影子越长，魂魄越远，死在黄昏里的人，都是孤魂野鬼。突然间感到莫名的骚动不安，死着游离和活着流浪之间到底哪个更恐怖呢？

忽然想起薛师傅说的话，干啥不重要，关键心得扎实。

## 内蒙古·包头

下午四点，婉言拒绝了搭车师傅，晚饭、酒吧、夜宵一条龙的邀请。毅然在黄河大桥边下了车。

母亲是河北人，正儿八经在黄河边上长大的，我小时候就常听她讲她在这条大河边上的故事。可以说，我对黄河的情有独钟，即使不算与生俱来，也是由来已久了。也许就是这些童年莫名其妙的愿念，让我不顾朋友们的劝阻，在黄河河滩上搭帐过夜。

理想是丰满的，现实是骨感的。虽然我已经考虑到夜晚的江风，可我依旧是低估了这江风的彪悍。入夜十点，我可怜的帐篷被吹得飒飒作响。支撑帐篷的铝杆在风中摇摇欲坠，发出让人牙酸的"吱吱"声。我用事先准备好的石块压住帐篷，并且不断把松动的地钉重新压进河滩的淤泥中。可越发强劲的风力渐渐超过了铝杆的承受极限，帐篷也变得越发无法控制。

我努力让自己冷静，可脑海里还是不住地涌出各种类"出师未捷身先死，留取丹心照汗青""惶恐滩头说惶恐，零丁洋里叹零丁"之类的句子。恐惧仿佛一面衣衫褴褛的流亡者般的乌云，罩在我头顶，阴霾之下，瑟瑟发抖。就在这时，一个光源出现在远处，并很快来到我面前。"是谁？"我草木皆兵地喊了一嗓子，定睛一看，是一个拿着手电筒的大爷。

"小伙子，别害怕，我是好人，你怎么睡这儿了？"

大半夜的，这鬼地方出现的不是人就是鬼，不管了，总比死在这儿强。我一咬牙，挤出一丝镇定："大爷您好，我是出来旅游的，身上没钱，住不起旅舍，您看这风大得吓人，能不能让我去您家过夜啊？"

"行啊，把东西收拾了，跟我走吧。"哈哈，拼一拼，单车变摩托啊！

我屁颠屁颠地收好包，跟在大爷身后，来到了他河边的小砖房。进了屋，我跟着大爷坐到了烧得火热的炕头上。

"小伙子，我姓门，大门的门，我是蒙古族，你怕不怕？""门大爷，我爸爸是蒙古族，通辽的，我妈妈还是满族，都是少数民族，我怕你干什么啊。"门大爷一听我也是蒙古的，立马来了兴致，拍着我肩膀哈哈大笑起来："蒙古人好啊！我国的蒙古族是最勇猛的民族，我们族人走到外国去也谁都不怕！"我也哈哈一笑，本来还有些紧绷的心，顿时松了下来，我喜欢这种豪爽的汉子，跟父亲一样，他们可能没有大城市人那么礼貌，但爱憎分明的他们不会害人，也没有城里人的矫情。

门大爷转身从五斗柜里翻出一瓶白酒和两个咸菜疙瘩，我从背包里拿出了午餐肉和火腿肠。爷俩坐在热炕头上，咂着白酒，嚼着咸菜和火腿肠聊了起来。门大爷是鄂尔多斯人，简单，实诚，从没图过不属于他的生活。

"你们小年轻别老想着在外头折腾，多回家看看，一家人能平平安安在一块儿比啥都强！"门大爷闷了口酒，两只眼睛看向天花板。大爷就是这样老实巴交地过着日子，别人眼巴巴地盼着天上掉馅饼，门大爷眼巴巴盼着的只是实诚的日子，可接二连三的飞来横祸并没有就此放过他。

三年前，大爷的小女儿因病去世；两年前，大女儿结婚当天，婚车出了车祸，未婚夫去世了，原本的婚纱变成了丧服，第二天大女儿自杀了，就是从面前这座黄河大桥上跳下去的。大爷的老伴儿自从两个女儿死后再也没笑过，三个月后的一天，大娘正下着面片，转身拿水瓢，结果一脚滑倒，人摔到地上就直接昏过去了，送去医院，立马就下了病危通知书，结果还没撑到天亮就走了，门大爷说，大娘心里没了魂，她自个不想成全自个，谁都救不活。如今门大爷是名副其实的孤家寡人，独自在这座黄河大桥底下盖了间砖房，靠着自己养的七头羊和打鱼为生，每天晚上都要喝两瓶白酒才能入睡。

门大爷嶙峋的手一次一次地拿起酒杯，一杯一口地喝着酒。我本想劝他少喝点，却张不开嘴。到底怎样的语言才能安抚千疮百孔的大爷呢？"想开点，生活会好的"？"少喝点，对身体不好"？"人死不能复生，慢慢会好的"？就像对住院病人说"多休息，要保重身体"一样，大多数人道主义关怀换来的都不是宽慰，而是更精准的痛苦。此时门大爷眼中偶尔闪过的悲怆，把我的百结柔肠撕得四分五裂。

我举起酒杯"门大爷，走一个！今天小子陪你喝个痛快，不开心的事儿咱们今儿就不提了，不醉不归！"屋外北风呜呜地吹，屋内酒香飘飘，此刻这里没有长幼之分，有的，只是两个同乡用酒把心焙得跟炕头儿一样火热。即使整个世界是冰冷的，只要不出门，今夜大爷的家也温暖似春。

第二天一早，我往门大爷的军大衣里塞了五百块钱，便默默收拾起行囊。离开前看了一眼睡梦中的大爷，他嘴角露出些许微笑，怀里的枕头被死死地抱住。

"当记忆的根茎已经枯萎／你不能让它重新生长／需要坚实的土地／它才能够挺立……一旦记忆已经长成／你也不能将它砍伐／几番把它推倒／铁的枝条仍要发芽。"

——艾米莉·狄金森

门大爷，愿一切都是一场梦，好梦……

# 内蒙古·莫尼山

坐在乌兰特前旗的莫尼山上，目力浸染那绵延不绝的草原与山线。依稀可见几只黄羊正在圐圙（蒙古语音译词，指围起来的草场）中啃着草皮。此时山甸上的草还未全绿，耳边是旷日的风声，带着初春乍寒，吹得我不禁缩了缩脖子。点上一根烟，坐在这片草原上。心仿佛开了口子，那天空，那白云，那山川，那神灵，欣然相逢地奔涌而进。

  我是个乡愿情结很重的人。对于自己归宿,有着近乎狂热的执著。人从哪里来的,终究要回到哪里去,从草原而来,必是归还草原。

  我是蒙古族和满族混血,我那一半蒙古族的血液便来自这片山脉。曾无数次向奶奶求证,我们这一脉到底是从哪儿来的?如何过来的?又有着怎样的过往?一生骄傲的奶奶,每每面对我的追问,总是黯然失色、默默不语,逼问到最后,也只是淡淡地告诉我:"莫尼乌拉,是莫尼乌拉,那是我们的家……"奶奶对那片草原的记忆,仅仅停留在懵懂的儿时。

  "那时候,山上有好多羊,好多马,奶奶那时候小,骑不了马,就骑在大羊身上。你太爷爷会一边骑马赶着羊群,一边唱歌儿,那歌儿真好听。"奶奶在我小的时候,总是边织毛衣,边讲着这些断断续续的故事。

  "有一次,我奶豆腐吃多了,没日没夜地打嗝,到后来连黄水都打出来了,你太爷爷就骑着马,带我到庙里去看病,马跑了好久好久,我坐在你太爷爷后头呛了风,差点从马背上摔下来,到了庙里,和尚给看好病,等回来的时候,马就累死了。"

  "奶奶小时候有个哥哥,你该叫舅爷爷,那天你舅爷爷到山上放羊,很晚了都没回来,你太爷爷到山上去找,也没回来。后来部落里的人都去找他们,只带回来了你舅爷爷,肚子里的东西全被狼掏空了,我爸爸没找到。部落里的人告诉妈妈和我,我爸爸肯定也被狼吃了。妈妈就带着我离开了莫尼乌拉。"

  每当讲到这里,奶奶都会戛然而止,不愿再多说哪怕一丝一毫,接着,再次重复着那个神秘的地名:莫尼乌拉。仿佛过去的记忆,一旦降临她衰老的身体,便会燃起一团大火,唯有细细去看,才能发现那些痛苦密集的逃亡。

  草原是蒙古族最伟大的母亲,却亲手将自己的孩子送进狼口。这是上帝的把戏:将最伟大的诗人弄瞎,使最伟大的音乐家耳聋;叫最无畏的记者自杀,让最无畏的母亲弑子。

  辛酸如阅,梦随心驻,没落平仄。难为坎坷无数,阑珊旧旅,倾身难测。北往南归，百种笑靥最成愕。累在世，无奈消磨，却做他乡故乡客。

初闻背井离乡怯，笑荒唐、酒里江湖色。而今伏案无语，一抖手，满杯萧瑟。热热凉凉，独饮三更、玉筋寒彻。累在世、怎奈消磨，只是他乡客。

——《雨霖铃·他乡客》

大三那年，我在图书馆查了无数资料，才找到那个在建国后就被废弃的名字"莫尼乌拉"。那年我二十一，没人知道，我写下这首词时，伴随着多大的痛苦。

"那些听不见音乐的人，认为那些跳舞的人疯了"就像尼采说的，没去过蒙古的母亲，从来都不理解我这种莫名其妙的乡愁。每次伴随着她的质疑，我都能感觉到一股酸苦的气息在脸上化开，对一般人这是致命的，可天生犟骨的我却越发执著。

如今，我站在这里，毫无保留地踏在这片草原上。耳机里的歌唱到"听歌的人不许掉眼泪"，我再也忍不住了，放声痛哭。离家多年的孩子，使劲全力地哭着，要让这天地、草原、湖泊和母亲全都听到。廿八韶华冉冉纵，思灼玉筋伴青泽，阔别了那么多年，我终于踏上了这片草原。这一刻，我终于将所有的委屈全部释放出来了。歌声依旧，我的梦也找到了摇篮。

"有一个地方很远很远，那里有风有古老的草原，骄傲的母亲目光深远，温柔的塔娜话语缠绵。乌兰巴托里木得西，那木哈，那木哈"……

# 宁夏·银川（一）

咚呲哒呲擦擦擦！朕坐上路虎了！而且司机还是个世间少有的超级美女！坐在后排，把手伸出窗外，感受着风带来的F罩杯，顿时就有了几分携爱妃御驾亲征的味道啊！斜斜靠在窗口，任狂风吹乱我的发，送我这个风一样的疯子，一路向宁夏回族自治区飙去。而一路的风景，除了略带煤灰味的空气、黑压压的乌云以及光秃秃的山丘以外，都挺好的……

宁夏的第一站自然是它的首府——银川。我相信，每个初到这个城市的人，都会感到惊讶。便利的城市交通，绿树成荫的马路，干净的街道，充沛的水资源，如洋葱般一层层密集均匀的城市规划。坑朕呢吧！你确定这是一个被沙漠和戈壁包裹着的城市？

找到银川西夏青年旅舍不算一件容易的事儿。先后倒了两辆公交车，接着在小巷子里转悠了能有半个多小时才看到招牌。不过这并没有影响我的心情，最近一段时间，酒香眼亮，随处就宿，正儿八经住进青年旅舍，这还是头一回。倒不是我矫情，矫情也没成全过我，住青旅唯一的好处是能找到志同道合的朋友一起走一段，告别单身狗的命运。当然，摆脱宿命是需要付出代价的，我的代价就是节操。

阿正，就是碎了我一生节操的代价。

初见阿正，就觉得这小子怎么这么怂！"三等残废"的身高，肝癌晚期的脸色，连唯一能跟我PK一下的智慧，也被颜值活活拉低了一半，典型MP爆满，HP秒杀的角色。不过这货跟我一样，不认真追逐，也不认真反抗，连随波逐流都跌跌撞撞得上气不接下气，唯一较真的事儿就是跟自己较真，另外还有诗。

我们的认识，是从各种扯皮打哈开始的。从苏格拉底到黑格尔；从犹太教到佛教；从三闾大夫到唐家三少；从孔子周游列国到老干妈陶华碧的创业史。去他的，朕调动了脑袋里整个知识库，跟这小子对弈了一个下午，硬是把围观群众听得肝胆俱裂。到最后，周围只剩两个人傻呵呵地看着我们。一个装傻，一个真傻，装傻的是小莹，真傻的是华仔。

当天晚上，青旅老板做东，请我们那天入住的所有人喝酒。二十几个人围在三张大桌子前。一桌子的酒，配上两盘小花生，还没喝我就醉了。去你的！朕饿了！朕要用膳！

其实酒不是什么好东西，伤神伤身，可它的好处跟坏处一样明显，那就是吐，把世界当作垃圾桶，尽情地吐，无所顾忌地吐。酒过三巡，一个看上去不过十七八岁的姑娘，突然起身，对着众人喊道："来！我敬大家一杯，我平时很少喝酒，今天算是喝得最开心的一次！喝再多，喝成啥样我都认了！我现在只是想一句话！老娘就算不嫁人，就算一辈子要饭也不嫁给那个二刈子（东北话，一般指娘娘腔），不就有俩臭钱么？别以为买通了我爸，我就是你的了！老娘不是你们的买卖，不是个明码标价的物件儿！就算是，你们也买不起！！！"最后的那句几乎变成了嘶吼，说完之后，姑娘竟然呜呜地哭了起来。

哇咔咔，好家伙，一上来就是个逃婚的，不过这事儿要是摊我身上，我也不答应，额……，我应该还是会答应的吧……

这时，一个看上去跟我年纪差不多的小伙子，接着站起了身，"好！姑娘这杯我敬你！不就是钱么！那男的给多少我帮你补上了！老子初中之后就再也没进过学校，家里的老师整天教我那些个没用的东西，就是不好好教我怎么做人！还记得那时候，那个老师整天教啥子娘西皮的世界宏观经济，他爷爷的，老子想学语文！老子的梦想不是当少爷，不是当总经理！我偶像是海明威！老子的梦想是当个作家，当个记者！结果呢？二十二岁那年，我爸判了死缓，我妈判了二十年，我也蹲进了号子。钱有个屁用！钱让无数人过上好日子，就毁了老子一家！"又来一个蹲过班房的富二代，这一桌子的人水得多深啊！

"你不能将一堆篝火扑灭／既然已经燃烧／那火焰／无须蒲扇的风／会在漫漫长夜／自己四处蔓延。"夜已至深，相互舔舐伤口的灵魂们，将苦楚转化成燃料，想要烧退整个世界的孤独和黑暗，于是整个酒桌都沸腾了，各种咆哮、谩骂、愤怒、不甘，借着酒劲吐得满天满地。

酒精一样冲鼻子的气氛，像刚从蜡烛上滴落得红蜡，把我的脸烧得通红，一番挣扎之后，悄然离席。在别人眼里，这是个顺理成章的反面教材。不是自命清高，也不算是一叶障目。只是，这十年醉了太多次，说了太多话，换了太多人，吃了太多菜，留了太多情。岁月如酒，酒终是不醉人的，醉人的是岁月。卞之琳诗"独醒者放下屠刀为你祝福"今夜，让我为所有人祝福。

"一旦下雨，路上就有肮脏和泥泞，每个人都得踩过去。"世间之事，不是你饿了，便会有可口的佳肴；不是你困了，便可以高枕无忧；不是你冷了，便会有壁炉做伴；不是你哭了，便会有温暖的臂膀。

往事如烟萧萧处，一曲琴殇倍流连，太多时候，烧尽一生的落叶，也暖不了一杯冷茶，每个人心中都有这么一抹伤，对别人来说很小，对自己来说很大的伤。没人能将自己打包带走，包括我。

# 宁夏·银川（二）

"西风残照，汉家陵阙"站在西夏王陵面前，我想起了太白的这句怀古凄绝之句，不言其悲而悲从中来，不言其寂寥而寂寥之情油然而生。

二十三岁前，我是个典型的狮子座，激进唯美主义者，标榜六十年代嬉皮士，执著地相信，梦想中的自由只能靠大麻催化，靠颓废维持，喜欢格瓦拉和尼采，乐此不疲地奋不顾身，为了体验美，把自己折腾得死去活来。

二十三岁后，上升的处女座逐渐觉醒，"莎乐美"般的唯美主义者，开始深爱希腊酒神精神，欣赏艾米莉·狄金森和席慕蓉，开始接受，甚至喜欢上不完美的美，爱上戴着镣铐的舞蹈，为了美而美，不再折腾自己，依然奋不顾身，却学会了断尾求生。

我爱眼下这片废墟，正是因为它是残缺的，残缺得那么绝对，那么触不可及。

"好像甜蜜的苹果／在最高的枝端好像有人忘了它／不／是他们采不到它！"这个

残缺不堪、触不可及的梦,即使妖娆了丁年,终究是拖累在岁月的蹉跎中。西夏便是这样一个梦,这样一个数尽沧桑,却未减芳华的梦。

西夏王朝是由李元昊一手建立的党项羌族政权。立国之时,几乎是在一片骂声和宋廷极端战乱报复之中得以立足。之后,短短不到两百年之间,内忧外患。于外,与兄弟盟友金国倒戈相向;于内,弑君,党争,内战,秽乱内宫之事不胜枚举。最终被当时在漠北刚刚崛起的大蒙古国灭。成吉思汗那一年,率领着蒙古精锐铁骑,将西夏城围个水泄不通。那是一场屠杀,更是一场抹杀,没有战俘,没有逃亡,蒙军将这个整个国家,整个党项羌族以及西夏文明彻底抹杀在这一片荒漠上。

如今,西夏王陵的面积已经缩减到当年的五分之一。对面而立的贺兰山脉,如一位睿智深沉的老人,数千年间一直凝视了这片土地,从兴到衰。历史的齿轮却从未手下留情,如今遗给我们的,只剩那片文明的只言片语。

在我看来,西夏就是壁虎的尾巴,历史新陈代谢的产物,止戈之殇的终极手段,历史也是不择手段的唯美主义。

来银川之后,我联系上了恩广。在我将要离开银川的前一天,我终于见到了这个五年没见的老同学。聊了半晌,我说起想去西夏王陵去看看,他当即驱车带我前往。

现在还不是宁夏的旅游旺季,这让本就深沉的西夏王陵更添了几分萧瑟。我和恩广坐在墓陵边的一片木质台阶处抽烟。

"就这么几个土包儿,有啥好看的,还不如去沙湖,比这儿可强多了。"恩广说着,嚼口香糖的力度和频率一瞬间提高不少,像是极不耐烦一般。

"是啊,就是个小土包,我就随便看看。"我也不与恩广争论,独自点上一根烟。

"话说,你这几年在外面跑,有没有回过学校转转?我们学校现在修得可好了!"恩广说着。

"没呢,一直想回去,没碰到机会,学校现在变成什么样了?"

"新教学楼建成了,图书馆也弄好了,学校里还多了一个人工湖。"

"人工湖？学校扩建了？"我问。

恩广徐徐抽了一口烟，说道："不是，B区宿舍拆了，改建的，我们原来吃饭的食堂也拆了。"

"拆了？""嗯，改成体育馆了，咱们原来那栋宿舍楼也翻修了，以前好多的东西都变了。"恩广说得越来越慢，像是被回忆拖住了脚。

我没有继续搭腔，依稀记得那四年的种种，跟着一帮兄弟们在宿舍看成人电影、在自习室偷看女神、在水房引吭高歌、在食堂喝酒吹牛吹得天花乱坠、在天台聊梦想聊得声泪俱下。

"有时间回去看看吧，好歹也是咱们一起奋斗过的地方，明年我还想着能办个同学会，一起回母校看看老师。"恩广说着，站起身，往外走去，"我先出去了，你看完出来之后打我电话。"

听着恩广逐渐远去的跫音，我起身继续往墓陵深处走去，在一片戈壁之上，曾经的辉煌如今只剩下几个看似土包的寝陵和一片城墙留下的断壁残垣。几只燕子在墓陵之上建起来窝，窝里有几只雏燕叽叽喳喳地叫着，给这片废墟的苍凉中送来了一份纤暖。忽然发现，在一片沙砾之上，冒出了一株淡紫色的马兰花，娇艳欲滴的花朵在风中曼舞。

记忆中的生活，陈旧不堪、沙尘肆意。正如现在的王陵，沧桑而扎实。我们正是在这样一片土地之上长起的马兰花。

如今的生活即使翻修得再好，却已经不再是我认识的那条轨迹。眼下，又有怎么样的方法，能让冥冥之中的党项羌族族人被打碎的梦，聚泪成河？让西夏国一条条失去了位置和方向的灵魂，重归故里？

旅行让我们看到面朝这个世界的方向，历史让我们看到自己在这个世界其中的位置，究竟是我们守望着历史？还是历史守望着我们？

累了，真的累了

混合着夏露和冬霜的汗水，自皮肤流进心底、

遥望天边一抹残存的红晕，仿佛呢喃着的一个契机：

那是南国的雨，是北国的风，是亘古不变的一行足迹。

随着那行足迹，步履艰辛。

四肢起了水泡，再酿成茧，嘴角凝固，再泛起了血，

背负一担担屈辱和不甘；穿越一道道欺骗与诡辩；进驻一幢幢传奇与神话。

再买三斤牛肉，回家，

问老妈："炖着吃，还是炒着吃？"

累了，真的累了……

——《守望历史》

## 宁夏·毛乌素沙漠

自从知道了要在毛乌素沙漠开音乐节，我、阿正、小莹和华仔就坐不住了。去过草莓和迷笛音乐节的小莹还好一点，可我、阿正和华仔就不一样了。黑撒乐队、山人乐队、南无乐队、逃跑计划、许巍，一想到平时只能在电脑里听到的乐队和歌手这次能见到真人，就兴奋到哭。

我们四个是那么的相似，喜欢旅行，因为喜欢自己；喜欢拥抱，因为喜欢温暖；喜欢狗，因为喜欢被依赖；喜欢摇滚，因为喜欢青春的声音。

"心随风起葬身荒野亦无悔，志在止戈醉卧沙场最逍遥。"沙漠，摇滚，是一个梦，一个咫尺天涯、相见恨晚的梦。在梦中，谁想全身而退，谁就会老去，还好，音乐没有退路。

虽然并不知道音乐节具体在沙漠的什么位置开，不过艺高人胆大的我们还是选择了搭车。一路上买了啤酒、火腿肠和一整只鸡，打算带过去开party。就这样，我们在晚上开唱前到达了音乐节的入口。一个个卷起裤脚子，准备逃票进去。

在沙漠中整整走了两个小时，我们终于见到了主会场，于是马不停蹄地开始了分工。我负责在沙漠中找到合适的帐篷营地；阿正负责捡柴，晚上好生篝火；华仔负责弄饮用水；而我们当中的幼齿文艺女青年——小莹，负责寻找安保的漏洞，尽可能混进会场。

等我们三个男的把一切准备妥当之后，接到了小莹的电话，说，有两个好心的学生，愿意把票借给我们，帮助我们混进去。Sweet Jesus Mother of God！太完美了！真的是太完美了！出发以来，第一次有了一种"壮志饥餐胡虏肉，笑谈渴饮匈奴血"的畅快！额……好像又哪里不对了……朕不就是匈奴的后代嘛！顿时，好端端的慷慨激昂变成了自嘲苦笑……

进入会场的时间恰到好处，刚好轮到许巍唱《蓝莲花》。

"没有什么能够阻挡，你对自由的向往。"这首歌好就好在开篇，直接将昏昏欲睡的耳朵拉到金黄的麦田里，肆意渲染，无限放大。人不是属于自己的，是属于欲望，不死的欲望自生命伊始便跟着我们的感动和悲伤，如影随形。我们向往的，往往只是一个概念，存在即是悲伤，让人热泪盈眶的原因只因为一个不存在的东西，我们很蠢，越蠢越让人着迷。

接下去是逃跑计划的《夜空中最亮的星》，主唱一开口便吐出一片叹息，配上此时沙漠上空无数明亮的星星，人群再一次哗然而起。歌迷跟蚂蚁似的在现场围成一个圈，疯狂发泄着青春的能量，那种能量能摧毁大地，烧干河流。圈里的姑娘们被一个接一个地抛到空中。那仿佛能攥紧生命的歌声，把寂静的沙漠渲染得如鲜血般稠腻……！朕等了一个晚上，竟然都没人把姑娘抛到我这边儿！

入夜，一支蒙古族乐队登台。当马头琴琴声一响，我眼眶立马就湿了。

"锦瑟无端五十弦，一弦一柱思华年"。爱一个方向，一句话，一本书，一种乐器，真正爱的往往不是那方向、话、书、乐器，而是从中能看到自己。我们迷恋自己，所以总试图从任何事物身上寻找自己的镜子。可西洋镜拆不得，只能像那耳喀索斯一般，隔着一层现实远远地观望。马头琴回荡的琴声，就是我的那面镜子，一面嘲笑我是流浪汉的镜子。

回到宿营地时，火堆下的鸡已熟了。喝着啤酒，撸着烤肠，撕着烤鸡，我们四人围坐在篝火旁聊天。

"为什么旅行？""不想让自己后悔。""后悔什么？""不知道，因为还没来得及后悔就出发了。"

"喜欢旅行么？""不喜欢。""啊？那为什么还要旅行？""因为我喜欢旅行中的自己。"

"目的地是哪儿？""不知道。""那你想去哪儿？""我只知道我还没到目的地。"

我们陷入一阵一阵的碎语和沉默中。旅行终究是个把戏，是活着，还是生活，完全取决于玩得好不好。然而狮子搏兔，亦需全力，纵然无数人只是自以为是、无所顾忌地活着，却始终带着侠客般的慷慨激昂，仗剑江湖。

一个人，一个包，四海为家，结果忘了答应自己要做的事儿，忘了答应自己要去的地方，明明迷了路，还以为找到了家，距离和艰难变成了馒头，我们都变成了壳里的蜗牛，如斯岁月若有盈余，也不枉几十载寒窗酷暑，可有了盈余能否还有前方？

## 甘肃·兰州

我是一个非典型佛教徒，究其根本，我爱的不是宗教，而是它一对双子：艺术和哲学。在去兰州的路上，我认识了一个穆斯林帅哥，二人搭上了一辆天主教信徒的车。于是在接下来整整四个小时的时间里,一个穆斯林,一个佛教徒,一个天主教徒。上演了一场教宗辩论大赛。两个小时后,讨论卡在"伊斯兰教圣战的美从何而来?"这个问题上走不下去了。穆斯林帅哥脸青一阵白一阵,给我和天主徒大姐深入浅出地又讲了整整一个小时。

宗教的偏执仅仅来自人们的断章取义,而并非宗教本身。宗教事小,信仰事大,如果只是怀着空灵的心学习不同的哲学思维,体会信仰带来的艺术体验,就绝不会钻进死胡同。

到兰州后就跟穆斯林帅哥分开了。蹲在马路边,我面露菜色地摸了摸口袋,只剩下两百块钱了。打开手机,在备忘录上凑了一首打油诗:行走旨在清平天,个中酸苦难允明;刚凑三分买烟钱,乏米之炊又愁眠;为求一日温饱足,毫厘之中怎堪言;山穷水尽似无路,过得今朝换明天。写完之后,自言自语道:"唉……快两个月了,是要停一停了。"

旅行时,我们的奴隶是脚下的路,而我们的主子是钱。现在很多人,包括主流媒体都宣扬这样一种概念:穷游不是一个数字,是一种态度。话是没错,可却削弱了钱在旅行中的地位,直接导致一批又一批,只知游戏难打、不知柴米难凑的孩子们,在物质和精神都未做好准备的情况下,贸然出行,最终毁了三观,还一事无成。

说得直白点,这个概念其实只适用于有钱不花,或者自有生财之道的人。对于我们这些没钱没路子还义无反顾的人来说,穷游说到底还是一个数字,是一场时间与金钱的拉锯战,是一个可以用来比较的值。时间是分子,金钱是分母,而穷游便是这个分数。分母越小,分子越大,穷游值则越大,穷游的效率则越高。衡量一个旅行者是否成熟,不仅要看他去过哪些地方,还要看他的穷游值有多高。

话说,如果搭车是最靠运气,却最有效的旅行方式,那么摆地摊一是最不靠谱,却来钱最快的旅赚方式。说到摆摊,其实这是一门手艺活儿。进货很有讲究,就比如我有一次,也不知道发了什么疯,进了一堆景德镇的小瓷器塞在背包里,结果还没开始卖就碎了一半，最后只是将将把本儿收回来。另一方面看的是你摆摊的地点，标准不是路过的人越多越好，而是要看周围有没有你的目标人群。我选择的地点，是青旅附近一所大学的对面。再一方面要看你能不能说了，你要知道，没人指望在地摊上捡多大便宜，故事远比廉价的义乌货更值钱。

不得不说，兰州是我的福地，在不到半个月的时间里，不仅让我赚够了未来一个月的生活费，还让我重逢了二货阿正和装傻的小莹，而真傻的华仔去继续他的环球计划了。

阿正原先跟华仔一样单车旅行，银川相识后，可能觉得跟我比较投脾气，就骑到兰州找我。小莹呢，本身就在兰州上大学，但没有想到，她所在的学校正好就在我落脚的花儿青年旅舍旁边。

三人聚首，畅谈一把在所难免。古语有云：三个臭皮匠赛过诸葛亮，那是普通青年的世界，对于我们这样刻薄而笨拙的"壁咚青年"，是三个诸葛亮赛不过臭皮匠。我们经常会突然在一个莫名其妙的问题上停留很久，然后再引申到一个更加莫名其妙的问题。

例如，一开始讨论的是"门到底是往里开科学，还是往外开科学"，然后进化成"自我主义和奉献精神哪个更有利于社会发展"，最终进化体是"大乘佛法和小乘佛法哪个更易修行"。看似毫无联系的几个问题，被我们顺理成章地揉到了一块儿，以至于，每次我都一边咒骂着自己，一边欲罢不能地聊着。

阿正这小子跟我同年，典型摩羯男，家里排行老二，有一个哥，一个弟。生活经历磨难，感情白纸一张。性格散逸，却敏感、执著，充满了骑士精神，怀旧、无畏、忠诚、表面无所事事，内心带有完成某种使命的隐秘冲动。然而，他也是尖酸刻薄的，像只哺乳期的豹子，可以咬死自己的幼崽，却不允许别人一点点轻轻地拍打。

小莹主修服装设计，对于厨艺有着异于常人的热爱和笨拙，可以消耗整整一个下午，只为切出一盘完美的土豆丝。做菜的时候，一边哼着歌一边切到手，却全然不顾旁边已经烧煳的红烧肉。我喜欢这个女孩儿,喜欢她的慢条斯理,后知后觉。我喜欢她,却无关风月。

于是乎,接下来跟阿正和小莹在一起的这半个多月,相当的幸福,毕竟是难得的慢休闲时光,更何况,还有好友相伴。睡到自然醒,去网吧上网、看视频、淘货,直到下午饭点,吃过晚饭,出摊。

不过闲散的生活中一样会有惊喜,就比如阿正跟小莹表白?!又比如又矮又矬又驼背又胖又黑的我当了秀场模特!?先说第一个,剧情俗套,情节狗血,其实也没什么好提的,阿正那天看完《机器人总动员》之后,就跟小莹告白了,用他的话说,瓦力都能追到伊娃,说明女神面前人人平等,阿正表白的时候唱了首歌给小莹听,没想到,唱的正好是小莹跟前男友定情的歌曲……结果可想而知,那叫一个惨烈。

而第二个故事是这样发生的。话说某一天下午,我闲得无聊,到小莹所在的大学里转转,当时穿着我的摆摊专用工作服。这套工作服,是由一条尼泊尔的短裤,一条西藏的围巾,一件印度的上衣,以及青旅一块波西米亚风的大印花桌布做成的围裙组成。另外,由于个人爱好,我经常赤足出门,脚上还挂着个虎头铜铃铛,两条小腿上分别有一条阿拉伯文和尼泊尔文的文身。光靠想,就能体会到,这一身装备是有多任性了吧。

我当时就穿着这一身奇葩到不忍直视的行头,满学校地瞎逛,无意间逛到了学校一个看似展览馆的地方。可没想到,正好赶上这里在举办服装设计系毕业大秀。其实,我只是想进去看看,结果,才一进场,就被服装设计系的专业课老师瞄上了。然后,这位老师拼死把我拽到了后场,让我上秀台甩火腿走一段,说是让我秀一秀风格和时尚观。而毫无节操的我竟恬不知耻地答应了……

还记得我一出场,惊呼赞叹声那叫一个汪洋肆意啊!只听见台下离我最近的一个小伙儿说:"我嘞个去!这不是在我们学校门口摆摊的那个洪七公嘛!原来他是卧底!"……爱卿说朕是卧底就算了,说朕是洪七公这几个意思?来来来!跪着过来给朕解释清楚了,朕保证不打死你。

## 甘肃·夏河

如果有人问：甘肃最美丽的地方在哪儿？我会告诉他，在甘南藏族自治州；如果有人问：甘南最神圣的地方在哪儿？我会告诉他在夏河的拉卜楞寺。

拉卜楞寺，藏文全称"噶丹夏珠达尔吉扎西益苏奇具琅"，意思是具喜讲修兴吉祥右旋寺，简称：扎西奇寺。是藏传佛教格鲁派六大寺院之一，被誉为"世界藏学府"。鼎盛时期，僧侣达到四千多人。

拉卜楞寺在历史上，号称有一百○八属寺，而实际数量远大于这个数字。目前蒙古东部的大部分藏传寺庙，都是拉卜楞寺的属寺，而拉卜楞寺佛学院的毕业生更是散布在全世界，为佛法的宣扬做着努力。

跟我一起来拉卜楞寺的还有一个人，一个刚失恋的投缘损友，他就是阿正。

在兰州，他以体验搭车旅行为由，跟我组队，开始了我们长达四个月的基友之旅。可谁想，自从跟他组队，我就彻底过上了焚琴煮鹤的日子，脑细胞的新陈代谢加快了一倍不止不说，大开的脑洞深到可以灌进几吨水进去。

这不，就在前两天，阿正心血来潮买了个存钱罐，一天往里面塞一块钱。存钱是好习惯，我本来也没在意，直到昨天见他神神叨叨地一边塞钱，一边念叨着还有五百一十三天。我大感好奇，结果他解释道："我一天存一块钱，一年半存满五百二十块钱，就去见小莹，带她环游世界！"那一刻，我沉默了，内心绝望地流着泪……就五百多块钱还想着环游世界？绕着地图走一圈么？

当然，这都不算什么，更要命的还在后边儿。

"达瓦，我想小莹了！""达瓦，我想小莹了！""达瓦，我想小莹了！"……

"想她就回去找她吧。""我觉得时机还没成熟,相信我,我会的!""为什么要我相信?""因为你了解她。""随遇而安吧,既然到了拉卜楞寺,你就该好好感受,不该这么东想西想的。""嗯,达瓦,我想小莹了!"天哪!发情的处男竟然这么恐怖!纵然像我这么有(脸)教(皮)养(厚)的人,也已经被他折磨得整天想爆粗口。"弄死他!弄死他!弄死他!"这个想法不断在我脑海里出现,我几乎用尽了全力,才克制自己不把这个想法变成现实。"若无相欠,怎会相见"我肯定是欠了阿正这小子几辈子了,这一世他才会这样折磨我。

话说,阿正跟我除了都认识小莹这一个共同点之外,还有一个共同点,就是尚佛。有的宗教基于信仰,有的宗教基于修行,天主教、基督教、伊斯兰教是前者,印度教、佛教是后者。前者拥有森严的教条和行律,后者更加强调深层的精神体验。抵达彼岸的方式有很多,所以方式不重要,重要的是目的。这是第六感和经验主义智慧的组合,我欣赏,并爱着。

此时的我们,百无聊赖地在街边走着,忽然在朝拜的队伍里看到一个女娃娃,在人群中显得格外扎眼。她看上去五六岁的样子,穿着迷你版的藏服,跟在一个老奶奶身后,边走,边好奇地东张西望。这时,老奶奶在一座白塔旁边停了下来,磕起了长头,女娃娃学着老奶奶的样子,先在她旁边的青石路上摆好木板,戴上手套,接着在木板前立定站稳,也磕起了长头。女娃娃小手小脚地一次次跪拜,一次次起身,动作虽然稚嫩,但却相当认真。看到这儿,我和阿正都不约而同地停下了脚步,安静了下来。

这并不是我第一次看到磕长头。在布达拉宫和大昭寺,那秩序井然,庄严肃穆的朝圣队伍也曾深深打动我。但这却是我第一次见到如此小的孩子磕长头。双掌分别在头顶、眉心和胸前依次合掌,然后跪倒,再俯下整个身子,双手再次在头顶合十,最后起身,周而复始。这个无数藏民重复过成千上万遍的动作,在这女娃娃的身上,格外可爱与纯净。

不一会儿,女娃娃像是磕头磕累了,跑到老奶奶身边撒娇。老奶奶给了她一小碗酥油茶,她接过之后,坐到一边的白塔边上休息,一边喝着酥油茶,一边看着老奶奶。那神情，就如同千年冰封的雪山上，一朵柔软洁白的雪莲花。此时的我和阿正就那样静静地坐在河边，我不确定我看到的是什么，视线模糊，精神恍惚。力量可以量化，生命可以计量，所以当某种无边的东西涌来，我们终于停止了转动。

半晌，女娃娃发现了我们，朝这边看来。是的，我们看到了！我们看到了一双纯净如蓝天、如湖泊、如雪山般的眼睛！那双灵动的眼睛似乎在奇怪我们为什么要看她？也似乎在问"你们是干什么的呀？"女娃娃一口喝光了酥油茶，朝我们露出一个害羞的笑容之后，便转身跑进了洪流般的朝圣人群。

有一种微笑，你愿意拿满手的诚恳去替换，可换到的不过是流沙般的后会无期。

"她是天使，别去打扰她的世界。"阿正泪流满面地说道。

## 甘肃·朗木寺

连续几天的赶路，差点把朕累成狗，当然，快成狗的还有阿正。我们终究是比不了刚在旅游大巴上被叫醒，端着相机爬下来拍照的游客那么精力充沛。

"达瓦，要不我们今天就在这里停吧。"阿正灰头土脸地蹲在路边直吐舌头。

"那行吧，要不我们从前面的路口拐进去，往前不到五公里，就是朗木寺了，我们到那儿休整吧。"我看了看地图说着，心想着，就算阿正不说，我估计也会在这儿休整。是的，我们太累的，不仅仅是身体，还有心。

其实朗木寺镇非常有名，因为身在其中的达仓朗木格尔底寺是格鲁派非常重要的伽蓝，理应专程拜会的。不过我和阿正在藏区都是几进几出，各种规模，各个宗派，各式风格的寺庙已看过不下几百座。寺庙本身对我们的诱惑力已不像前几年那么大了。

进到镇上，一波一波的倦意席卷而来，我们再没有心思闲逛。在百度上查到附近有家"新旅朋国际青年旅舍"，便直接照着地图找了过去。

虽然我一直认为自己的游记其实跟任何人半毛钱关系都没有，包括阿正，可很多时候，还是很想说说这个家伙。这几天，他经常会有意无意拿出一些写的东西让我看，我才发现，他的很多小诗还挺对味的，就比如他前几天写的一首小诗《收回》：没有消息便是消息／愿高原的花开／愿兰州的花开／愿身上的雨水盛放／愿氤氲的栀子飘散／愿记忆如枯叶凋落／愿你懵懂如梦／愿我如梦方醒／愿新／愿旧／愿轮回／我愿收回／若能收回。单论写诗，阿正确实比我更加气醇、言正。可如此单纯的诗情却没改变他那时常跳线的大脑，哪怕一丝一毫……

"达瓦，我最近老是觉得肚子不舒服，真不知道啥时候才能回光返照。"我无奈地瞥了阿正一眼，心想，去你大爷的！第一次听说有人盼着自己回光返照的。

这段时间我发现阿正这小子越来越不正常，嘴里经常会溜出各种没边没缝的话。比如说刚才，我们两个走在路上，我从背包里掏出一个压成饼状的面包，问他要不要吃，这货突然跟我来了这么一句："达瓦，你知道么，我需要的不仅是食物带给我的充实感，更重要的是美好的事物对我心灵的补给。"我愣了一下，问他什么意思，结果阿正哭丧着脸对我说："有没有别的吃的？我不喜欢吃面包。"哇咔咔，还能不能像正常人一样愉快地聊天了！我立马把整个面包塞进嘴里，搭理都没搭理他。

又比如说昨天，他突然跟我说，看到一个段子，觉得很有道理，我问是什么，他告诉我，其实穆桂英是杨过的祖奶奶……

我被他这么没头没脑的一句弄得一下没反应过来，他解释道：当年杨继业创出杨家枪这门功夫，穆桂英是杨继业的儿媳妇，而杨铁鑫带着穆念慈在比武招亲的时候，使的就是杨家枪枪法，说明他是杨继业的后人，所以杨铁鑫的孙子杨过，自然就是穆桂英的祖孙子。听着他认真地说出这么不着四六的话，我的面部肌肉直接抽筋了。

郎木寺镇并不大，才走了五分钟就找到了这家青旅。一块被漆成红色的木牌，挂在门边极显眼的位置，上面写着"穿正装者不得入内"。这家青旅倒是有意思，我想着，走进了大门。院子里零零散散坐了几个驴友，或聊天，或上网。我和阿正卸下背包，也找了个位置坐下，自顾自地晒起了太阳，等着老板出现。青旅大多是这样，没有了服务员端茶递水的殷勤，反而觉得如在家般自在。

等了能有二十分钟，突然来了两个穿着西装的中年人，一进门就嚷嚷起来："服务员！服务员呢？"然后径直朝一个姑娘走去，"你们老板在哪儿？"那姑娘瞥了他们一眼，便低下头继续晒太阳。这时，老板出现了，一个满脸风霜的大哥快步走向二人，"我是老板，你们有事么？"

"怎么叫半天才出来，小地方的人就是素质不行。"一个戴着金丝边眼镜，操着南方口音叫嚣道："带我们看看你们这儿的房间。"我们都知道他在努力证明自己的存在，显然他成功了。此时的他们全然不知，正在院子里休息的人都在用怜悯的眼神看向他们。

"不好意思，我们这里是青年旅舍，专门接待驴友的，你们可以到前面一家宾馆看看，不要再大声喧哗，会影响到其他人的。等下出门的时候，麻烦把门带上，顺便看一下大门旁边木板上的字，谢谢。"这话说得不卑不亢，说完老板大哥就转身进屋了，顿时我们一群人炸了锅。

"唉，那个长得跟导盲犬一样的二货，赶紧领着你家主人走吧，再晚就没二路汽车了！"

"真不懂你们的世界，外面牌子上那么简单的几个字看不懂么？"

"自作孽不可活，也不知道嚣张给谁看？搞得好像天下人都吃这套一样，还说这里人素质不行，自己其实就是个傻×。"

"世界上最远的距离不是你在我面前，我看不到你，而是你在我正前方，我却得侧个身斜眼才能看到你。"

"真佩服你们，竟然还有脸站在这儿，贱成这个样子，你们一个叫照香炉，一个叫紫烟么？"

两人就在这片嘲笑声中，骂骂咧咧地离开了。

我承认，我们对这两个西装男的冷嘲热讽确实有欠妥当，而老板对待他们的态度也有些冷淡。只是青旅像一块巨大的磁石，只对老板愿意接待的人产生引力，其他则成斥力。尊重当地文化的同时，试着去尊重青旅和行者，你会得到不一样的旅行。

## 四川·唐克

"小伙子，我只能把你们送到这里了，你真的不跟我去家里看看我的女儿么？我女儿可漂亮了！会做饭，会放牛。""额……大叔，谢谢你，下次有机会的吧，我和我弟弟还要赶路。""那好吧。""对了，大叔，麻烦问下，这是哪里？""唐克。""唐克是哪里？""唐克。……"

天正下着小雨，跟藏族司机大叔道完谢，婉拒了他邀请我们去他家，并想把女儿介绍给我当女朋友的盛情之后，我和阿正躲进路边房子屋檐下面，拿出早上买的包子，肆无忌惮地啃了起来。

我吃得快，先解决了自己的三个包子，可还是觉得不饱，于是光（道）风（貌）霁（岸）月（然），柔（眼）情（冒）似（绿）水（光），将眼神投向阿正和他手中丰满的包子。这小子一眼就看出了我的狼子之心，立马对着那个包子念了段绕口令："在翠绿翠绿翠绿的大树上，落着翠绿翠绿的翠鸟，翠鸟下面有个破拖拉机，突突突，爬一破土坡！"我一下子整个人都不好了……去你的！不让吃就不让吃，包子是无辜的，你对着它念这么多爆破音，你考虑过包子的感受么！……

"您好，请出示一下身份证。"就当我骑在阿正身上，掐着阿正的脖子，不断诅咒他下辈子变个馒头馅儿的包子被我念绕口令的时候，走过来一个藏族警察。我们赶紧"和好如初"，掏出了身份证。

"你们从哪儿来的？""若尔盖。""要去哪里？""去红原。""好的，谢谢配合！"

警察露出一个迷人的微笑之后,转身离开,我跟阿正在后面一阵石头剪刀布。

"对了,警察同志,我们哥俩是穷游,身上钱不太多了,您看能不能让我们到警察局借宿一夜?"阿正追上去,皮笑肉不笑地讲完这句没皮没脸的话。警察露出为难的表情,这小子竟丝毫不为所动,依旧充满希冀地看向他。此时的我,偷笑着别过头去。让你个死包子跟我比!不知道我三岁开始就叫猜拳小王子么?

"嗯,可以是可以,不过要等我下班,我带你们一起回去。"我一听有门儿,忙凑上去,"没问题,谢了兄弟,我叫达瓦次里,你叫什么?""纳班泽仁。"

之后我和阿正在屋檐下有的没的聊着没边没缝的话,直到纳班泽仁下班。

"你们这是第一次来唐克吧,要不要我先带你们去黄河九曲转转?""好啊!好啊!"开玩笑,警察开车带我们去玩,肯定不要门票吧!这么好的事情怎么可能错过!于是乎,纳班开着警车,带着我们威风凛凛地朝景区开去。

夕阳之下,众山之上,天空薄薄地抹着一层霏雨,远处的黄河犹如一条盘踞的大蛇,绵延而静默。这边的天空还阴云密布,对面的天空却放出了阳光,同时出现的,还有一条巨大无比的彩虹,横跨在大河之上,仿佛是一条天梯,将这条大蛇送向天边。忽然想起仓央嘉措的一句诗:"我坐在须弥山顶/将万里浮云一眼看开"何等的气势,何等的骄傲。

面对这样的风景,我默默放下了手机,静静地看着,不再拍照。也许是处女座完美主义作祟,每每碰到无法用言语表达的风景时,我都不愿意拍下来。因为我知道,相机只能留住形状和颜色,却永远留不下我心中的震撼,真正的风景,永远只存在于心中。

看过黄河九曲,纳班带着我们到他熟悉一家小店吃面片儿。吃到一半,小店突然进来个人,一手拿着瓶劣质白酒,另一只手端着一架老式的佳能相机,望去约莫能有五十岁左右,苍颜皓首,衣衫褴褛,乞丐一般。老人自顾自地找了座位,可能是因为喝多了,一边把弄着自己的相机,一边自言自语。

一开始并没有注意,毕竟一路过来,各种怪人也没少见。但慢慢发现有些不对了,侧耳过去仔细一听，老人说的不是藏语，而是英语！纵然含糊，但依稀可听其中浓重的英国腔。这让我意外极了，因为在藏区，英文的普及率还是比较低的。懂英语并能流利表达的，基本都是政府涉外工作人员或者英语老师。可单看老人的装扮，就知明显不是其中之一。

纳班看出了我心中的疑惑，悄悄告诉我，这个老人以前是中国驻印度大使馆的工作人员，还是一名当年小有名气的记者。会说英语、印度语、法语、藏语和汉语五种语言，回国后被确认为转世活佛。但后来，不知道是什么原因，老人忽然离开了寺庙，再也没回去。

其实依照老人的经历，完全有能力在政府或者学校谋一份稳定且体面的工作。但老人没有，他卸下僧袍之后选择了流浪乞食。没人知道老人的家在哪里，也不知道他是否有亲人，只是看到他每天都喝得烂醉如泥。

回来的路上，我百感交集。不知在老人身上到底发生了多少事，但或许，我们看到老人的样子也未必就是他的本来面目。"在善于鉴别的眼里，许多疯狂是非凡的理智，许多理智才是疯狂。"昏暗的灯光下，可能一双睿智的眼睛，正审视着这个世界的冷暖、悲欢。

## 四川·红原大草原

织梦行云，破血涂唇，一声长恨茫茫。梨园夜雨，雨打碎风霜。千百种不堪怎奈，终了了酒尽茶凉。命天定，戏文我定，戏里换红妆。

'君还食鳝鳗？母应康健？今在何方？'瞬忽琴哑，又唱秋黄。词有转韵依然句，人若换调岁成荒。才歌半，知音先去，婉婉剩孤腔。

——《潇湘夜雨》 2009.7.2

看着手机短信栏里的这些字，我彻底懵了。此时，我正和阿正在红原大草原上边走边搭车。景色美如画卷，可此时落在我眼中，却成了单一的色板。

这首词是我还在大学时写给初恋女友的，如今从一个陌生的号码发来，让我诧异不已。那四年青涩的时光，伴随着这首词，在脑海中如电影般流淌而出。

那时候我大一，她是我学姐，老是来宿舍找我，送我支钢笔，送我个脸盆，送我根皮带什么的。后来我忍不住了，很认真地跟她说我是男人，我有骨气，不能随便要她的东西，要是她实在要送东西，送点零食就行了。从那天起，她每天都会买二十个肉包子给我送过来。我爱吃包子没错，可包子是零食么？包子是零食么！想想都饿了……

此时短信铃声再次响起："还记得这首词么？"

"阿正，你搭车先走吧，我们在班玛会合。"说着我坐到了草甸上，看向远方的雪山。阿正转过头疑惑地看了看我，没有多说什么，自顾自地走了。这也是我为什么愿意跟阿正一起行走的原因。尊重无法带来快乐，但却是制造快乐的前提。他懂我，能给我的一定毫无保留，包括空间。

我没有回复短信，而是直接拨通了这个陌生的号码。

"涛，是你么？"我说道。结果才一句话，后半句直接就哽咽了，那个"么"字直接把我噎住了，本来的疑问句，差点变成祈使句。心中更像是打翻了杂货铺一般，酸甜苦辣尽出。

"嗯。"电话两头忽然陷入了安静。

草原上的风呼呼地刮着，电话那头传来了声音"你还在草原上么？"

"嗯，是啊，你怎么知道的？"

"我是你的微信好友，一直关注着你发的朋友圈，只是你一直没注意到我而已。"这回轮到我意外了。她什么时候变成我的微信好友的？我怎么会不知道？

"你是在哪儿找到我微信号的？"

"我在深圳的时候，联系上了原来你们宿舍的千元，问到了你的新手机号，然后加了你的微信。"电话那头传来喏喏轻语。

"那……"我的迟疑,是因为不记得在微信里跟她都聊了些什么,有没有无意间伤害到她。

"刚刚加上你的时候,你问过我是谁,我没回答,当时在你朋友圈里看到你正在骑车去西藏,后来可能你的微信好友太多,就再没跟我说过话。"

听到涛这么说,我心中忽然涌现出淡淡的怅然。大学毕业后,因为种种主观客观因素的制约,我跟涛只坚持了一年就和平分手了。那之后,孩子气的我,换了手机号,换了QQ号,把关于她的所有全都删除。可没想到,其实她始终在我的身边,从未离开。

"你现在过得还好么?"刚问完,我就后悔了。这是个傻到没边儿的问句,涛回答不好,我是继续追问?还是无力的安慰?涛回答好,难道我要祝她阖家欢乐,万福安康?

"我离婚了,现在带着孩子,跟我爸爸妈妈住在一起。"涛讲出这些话时是那么的平静,就像在讲述别人的故事。

"离婚?"我略感惊讶。

"嗯,我们分手那年,家里给我安排跟一个在温州开玩具厂的老板相亲,结果,结婚还不到三年,他就有了小老婆,跟那个女人有了孩子,然后就丢下我们,带着他的那个家去国外了。"

"对不起,我不知道,那你现在……"

"我现在挺好的,带着孩子过着简单的日子,一切都过去了,每次看到你更新状态,都觉得很羡慕,我真不该赌气结婚的,但我已经回不去了。"

彼此又陷入了短暂的沉默。只有上帝才能给这段段沉默加上字幕。

"那首词是我以前写给你的吧,没想到你还留着。"

"嗯,今天整理电脑的时候看到的,估计你已经忘记了吧,心血来潮就给你发过去了,没想到你会打电话过来。""哦,你微信叫什么名字?有时间我们多聊聊吧,一转眼这么多年都过去了。"

电话那头深呼了口气,"算了吧,你继续你的旅行,我还是会继续默默地关注着你,我永远支持着你。"

"涛,我其实一直想问你,如果我当年再坚持一些,我们会不会……"

"现在这个还重要么?我回不去了,你也回不去了,不是么?"

"那好吧……那……再见。"

"再见。"

每个人都有过这样的尴尬。在原地走一段陌生的路,在梦里听一段哭诉,在闹市听一首温柔的老歌,在马桶上想一个小时的格瓦拉,给陌生人一个久违的拥抱。这是个死循环,所以不需要总结陈词。

## 青海·达日

"让你个畜生没人性!让你个畜生见利忘义!让你个畜生吃里爬外!"我骑在阿正的身上边抽边骂。这小子竟然趁我上厕所的时候,偷了我一包珍藏许久的五香味鸡蛋!这也就算了,可恨的是,他自己吃了三个,还有一个吃不下了,竟然为了毁尸灭迹,把鸡蛋喂给狗吃!更过分的是,我发现鸡蛋没了,去问他,这小子竟然还不承认?你当我傻么?认不出你扔在地上的包装袋?这包鸡蛋标的产地是上海,你在这儿再给我找一包上海产的鸡蛋试试?!

半小时后,阿正坐在达日一座桥边上,一边整理着被我折腾成鸡窝的头发,一边嘟囔着:"不就偷吃了你一包鸡蛋,至于把我发型弄这么乱么?你这样对得起小莹么?"我一听这话,立马转过身就要跟这小子理论,阿正看到我又要发飙,赶紧说:"我错了,错了还不行么,鸡蛋是小事,兄弟情谊才是大事,这样吧,我写首诗给你赔罪怎样?""你妹的!写首诗?我不会写么?来点儿实际的行不行?"我扭过头,盘算着今晚到底要宰这小子几刀。这时,阿正一咬牙,豪气十云地说道,"这样吧,今天可带你吃大餐,找达日最好的饭馆!"

哇咔咔!正中下怀!我一听这话就乐了,回过头"温柔"地看着阿正,脑袋往路前方扭了扭,阿正跟着往前看去,脸色刷一下就白了。正前方的马路边上,赫然开着一家三层楼高的"达日大酒店",虽然说不上富丽堂皇,但看着就肯定不便宜。小子!看你还不中招?

进到"达日大酒店",坐定后翻开菜单我差点激动得哭出来,竟然有糖醋里脊和锅包肉!不用说,狠撮一顿,花了阿正两百多,我的心情也好了起来。刚出饭店,这小子又出阴招儿,叫嚣着说今天他血出大了,晚上他要住旅舍,让我出房费。我打开地图一搜,又乐了。在大酒店附近竟然有个青年旅舍,床位二十块一晚。接着就听到阿正仰天长啸,"这不公平啊!达日!你怎么不按常套路出牌啊!"

其实,真不怪阿正会吃亏,我也完全没有想到。虽说这里是果洛藏族自治州的首府,可跟康定和夏河简直没法比,尘土飞扬的马路,周围破破烂烂的建筑,完全没有一个首府的样子。在我们的印象中,在这么偏僻的地方,怎么可能会有"大酒店"和"青年旅舍"呢?

到了青旅,办好了入住,往楼下一走,阿正这小子眼睛放光了:在这家青旅楼下赫然就是一家网吧!阿正几乎用飞的速度冲进网吧,而我看时间还早,便一个人到附近山上走走。

"累……累死……累死我了!"我坐在经幡下,边吐舌头边喘粗气。达日县城的海拔本身就有4200米,我硬是在这种海拔上,爬到一座约莫能有一百多米的山上,不累就出鬼了。当然,辛苦必有回报,眼下的回报,便是震撼的景色。

美,真的太美了!站在山头,整个县城尽收眼底,而县城旁边,则有一大片宛若蓝色哈达的河套。一边的山腰处,藏民们用五色的经幡组成一幅寺庙的图像,惟妙惟肖,在其周围也零散地布满了经幡。就仿佛是一片星斗护住了五色的伽蓝。映衬着正下方的寺院倒也相得益彰。

我将衣服紧了紧,试图挡住能将人吹倒的山风。忽然发现前方不远处,有一处玛尼堆,便信步过去。

"看上去应该是有些年头了。"我幽幽地想着。眼前玛尼堆上刻着经文的青石板,看不出一丝人工赋予的颜色,在篆刻经文的凹槽中,长满了黄绿色的苔藓。在这么一块无法扎根却充满了祝福的石板上安家,也不知道是苔藓的幸运还是不幸。我抚摸着经板,幻想着要是能通过末梢神经感知到他们的历史该有多好。就在这时,忽然传来鸟鸣,一只麻雀低低飞了过来,一头钻进了玛尼堆。我循声而去,低头一看,不禁失笑,这只麻雀,竟然在经板的缝隙之间筑了巢?!

看到这一幕,我忽然有些怅然,其实我们不就和这些苔藓、麻雀一样,不断在时间的夹缝中求生么?唯一的不同是,它们一旦刨出求生的仄径,便蜷曲着身体驻足下来;而我们费尽心机,掏烂了时光,还不满意自己的现状,最终铸就了一个密不透风的囚笼,草间求活。

人类时常处于极端的矛盾中,一方面,我们吝啬成性,锱铢必较,明明填不满岁月,还要无限地撑大时间,另一方面,我们又奢侈地辜负着连再微弱的生命都不愿辜负的一生。

## 青海·花石峡

记住一个地方的方法有很多,因为一段感情,因为一杯咖啡,因为一个笑容,甚至因为一种气味。

旅行者的专注，不在于流水账般记录下周遭的一切琐碎，而在于那份似曾相识燕归来的感动。我记住这个地名，是因为一双筷子。

大学期间，我是文学院少数几个自修了"量子力学"以及"相对论"的学生。我一直认为，文学和艺术产生方向，而数学和物理产生方法。历史上伟大的科学家，大多也是精湛的艺术家，反之同样如此。爱因斯坦、达·芬奇、普朗克、高迪、莫尔斯等等，都是如此。真正热爱文学的人，要靠理科区块状的逻辑思维里找到出路；深谙理学的人，要在文学和艺术的想象力中寻求突破口，前者是我，后者是阿正。

可有一些情况，是无论哪种思维模式都解决不了的，就比如说"穷"。

穷有两种："花成穷"和"天生穷"，我和阿正属于后者。所以每次，当这两个问题将我们逼仄到极致，我们便会开启金手指模式：找警察。

还有一种解决不了的情况，便是"瘾"。瘾也有两种"自虐瘾"和"自然瘾"，我和阿正属于前者。

我和阿正找警察这事已经彻底上瘾了，典型的"自虐瘾"。困了饿了找警察，没地方住了找警察，想提神醒脑找警察，想犯罪找警察。如今看到警察就像看到了亲人一般。

在花石峡唯一的街道上溜达了一个多小时，最终我们还是放弃"戒瘾"，再次走进警察局寻求帮助。

"来，阿正，咱们石头剪刀布，谁输了谁上去说。"

"滚蛋！你去不去？不去我报警，说你在鞋里藏有大杀伤力生化武器。"

"阿正你大爷的！我去！我去……"

自然，这次求助也得到了帮助。警察同志把我们安排到了他们正在建的宿舍楼里，虽然只是间毛坯房，但至少有了遮风挡雨的地方。那么下一个问题来了，吃饭怎么办？无奈，我厚着脸皮再次找到了警察同志。因为过了饭点，警察同志热心地让食堂大嫂子专门给我们做一顿。

大嫂子是藏族人，只会讲一点最简单的汉语。她把我们带进厨房，拿出几个馒头和一盘炒土豆丝。接着，递给我们两双筷子，示意我们吃饭。我看了一眼筷子，对着大嫂子笑了一下，正准备去接，大嫂子突然收回了筷子，在身上使劲地抹了抹，再递给我。微笑着结结巴巴地说了句"新的"。

我慌忙中接过筷子，用汉语一遍一遍地解释，我并没有嫌筷子脏，可大嫂子依旧微笑着看着我，不再多语。

事后，我反复地回忆，我为什么要看一眼那双筷子，我是否真的觉得大嫂子的手或者筷子脏？开玩笑，我捡完牛粪直接抓藏粑吃，还怕脏？我相信她也不认为自己脏。那这是为什么呢？是内敛与谦虚。大嫂子是怕我嫌脏……想到这儿，惭愧与懊恼侵蚀了我整个内心。

回想城市的生活，过度的自信，扭曲的审美，暴力的灌输，整日以"花成穷"和"自然瘾"为荣，为借口，干着自我催眠与自我扼杀的事儿。徐志摩笔下丁香的颜色和气息，已经消隐在一片一片水泥和钢筋堆砌的废墟之中。

曾无数次向人求助，可是否有一次，我曾考虑过对方是否方便呢？

一双筷子，能夹得上来菜，还能夹得出人心。

## 甘肃·敦煌

"这么说，女人是智慧的开始？而男人的智慧源于女人？"

如果说，我旅行前的脑容量是8G，那么现在它的容量估计已经8T了……这是为什么呢？朕告诉大家，每次搭车，跟司机师傅的聊天，都是对朕大脑存储器的摧残性扩容。

这两个多月来，通过聊天，我一文科生，搞懂了钢管的冷拔和热轧工艺，搞懂了煤矿开采的步骤和政府审批流程，搞懂了高尔夫球场草皮设计核心技术，搞懂了易拉罐的制作原理，搞懂了玛瑙是硫酸盐、玉是碳酸盐、珍珠是氟化钙，以及三价铁离子和二价铁离子在和田玉上成色的不同。

而从武威到敦煌这一路，司机大哥手握《圣经》，口若悬河，口水也若悬河地讲述，告诉我《圣经》旧约中的创世纪篇，是历史上最早的女权主义文献？！

"手握《圣经》，你就拥有了全世界！"司机师傅冲着窗外洒出这句话，就开着SUV扬长而去，留下我和阿正在敦煌的街头，肆意凌乱……大哥，我不是不看《圣经》，也不是不相信你说的话，可你还没等我把放在你车里的帽子拿出来，你就急吼吼地把车开走，这样真的合适么……

到达敦煌的头一夜，我和阿正就喝了个酩酊大醉，因为拜把子。结金兰这事儿起初是我跟阿正说的，阿正不缺哥，可我缺个弟弟，儿时的孤独让我渴望有个需要我的人，阿正理解我，所以迁就我，愿意成全我的这个念想。

结义酒，依照我们蒙古族的规矩，两个人先得各自倒上一斤白酒，把烟灰弹进对方的酒碗里，一饮而尽。我跟阿正的把子酒就是这么喝的，然后……没有然后了，只是到最后，我背着不断呼喊着"小莹"的二弟回到了青旅。别看阿正这小子个子不高，体重可不轻，累死朕了！更可恨的是，第二天酒醒后，我这位二弟，竟然忘了拜把子的事儿，被我一顿狂喷。

第二天，酒醒之后，我们去了莫高窟。

有一种地方，是我多年魂牵梦绕的密地，那就是戈壁，这也是我来敦煌的目的。我最初对戈壁的记忆是席慕蓉的《楼兰新娘》，每每读起这首诗，都好像能看到，那片金色沙漠的绿洲中，站在我梦中头插鸟羽的新娘，肃杀、温柔、美得脱尘。

此时，我站在莫高窟脚下，听着风声，仿佛听到这座古城深沉的呼吸，和乌托邦中的新娘千年前的歌吟。

"啊……"突然，一声刺耳的叫声把我从历史的幻想中拉回现实，猛一回头，顿时石化。

"达瓦！竟然会在这里碰到你！"喊叫着向我奔来的，是我曾在上海工作时的同事：小宇。

还记得，第一次在公司见到她，我就对这个从美国留学回来，充满了精气神的短发女孩儿充满了好感。那段时间，我经常周末带她去骑车，而她一有曲棍球比赛，便会邀请我去看，一来二去，我们喜欢上了对方，但我们太执拗，又太自以为是，总觉着只要自己不退让，全世界都会给我们让路，我们太爱自己，甚至觉得给对方的爱哪怕多出一丝一毫，都会对自己吃醋，最终没能走到一起。

"是啊是啊，有一年多没见了吧，竟然会在这里碰上，真是好巧，小宇，你现在还好吧？"

"好着呢！吃饱，穿暖，睡得香，没心没肺，乐得自在，怎么？你想我啦？"小宇说着，抖了抖眉，露出一个没心没肺的笑容。

"呵呵，算是有点吧，你……还在原来的公司上班呢？"

"嗯，是啊，这次是请年假出来的，你呢？"

"我啊，现在算是个职业驴友吧。"

"你还是那样，跟胡杨一样，就算死了千年还是顽固不化。"她说得对，我是胡杨，生根在艰难的地方才能存活。

"对了，达瓦，跟你介绍下，这是我未婚夫，庄鑫，我现在曲棍球队的队长。"小宇搂住旁边一个男生的手臂，笑着跟我说。

这时我才发现，小宇的身边站着一位戴着眼镜的壮硕男生，于是伸出手："你好，我叫达瓦。"

"你好，我以前就听小宇说过你的事迹，很佩服你，也很羡慕你，有时间多聊聊。"庄鑫礼貌地跟我握了握手，微笑着说道。

"额……好的……"我知道我该祝福他们，就像祝福每一对新婚夫妇一样，但我却无论如何都说不出，一股莫名的嫉妒升腾而起，对眼前眉和睦的大男孩提不起一些好感。

"你要加油，千万不要像我当年和小宇一样无疾而终才好。"我知道我现在应该闭嘴，任何红色的情绪都会影响我大脑对语言系统的约束，可我没有做到。

"会的会的……"庄鑫面露尴尬，我却暗自幸喜，旋即又悲伤得不能自已……难道我的自尊已经到了要靠猎取他人尴尬才能获得的地步了么？

"达瓦，我们先过去玩了，出门在外，一定要注意安全！以后结婚一定要通知我！永远支持你哦！"小宇说着，冲我嘟了一下嘴，便拉着庄鑫离开了。

"再……再见……"我挥了挥手，目送他们远去，看着小宇淹没在人群中，我终于明白了一个道理：缘起，便是在人群中，看到了你，而缘灭，则是我看到你，在人群中。

爱是一片绿洲，缓慢地生长，比帝国还要辽阔，还要缓慢。然而一旦将爱丢进沙漠，岁月便快速地腐蚀着那片绿色，把泥土与树木风化成沙。我们唯一能做的就是流着泪频频回首，一步步穿越青春，去寻找下一片绿洲。

我曾想过无数与你重逢的场景，在一个皎洁的夜晚，在一个旭日东出的黎明，无论恰当与否，在每一个期待中的时刻，你的出现都将是这世间最美的风景。只是，今时今地，你已不再是我的楼兰新娘。

"若真的曾经那样思念过／又如何能云淡风轻地握手寒暄／然后含笑道别／静静地／目送你，再次／再次的，离我而去。"

——席慕蓉《悲剧的虚与实》

## 西藏·拉萨

我们在敦煌待了三天，原本下一步计划是去新疆，结果不得不赶往拉萨，而变化的原因，是阿正这货突然听说他三弟阿洛和小鹿要去拉萨结婚的消息。好吧，我承认，用"突然"这个词不太恰当。但对于阿正来说，事实便是如此。那一刻，我甚至怀疑这两个人到底是不是亲兄弟，连结婚这种事也能"突然"知道？还能"听说"？

为此，我们又开始了没日没夜的赶路。自敦煌一路南下，经冷湖，大柴旦，到格尔木，再坐火车抵达拉萨。

命运是什么？就是无论如何你也逃脱不了的选择。对于我来说，拉萨就是命运，像克莱因瓶一样怪异又神奇。还记得去年从拉萨回来，我信誓旦旦地跟所有朋友说，这辈子再不进拉萨，因为美好的过往，只适合回忆。

可当我再一次站在布达拉宫广场上时，曾讲过的那些话立刻便烟消云散，又有什么语言能抵得过重逢的拉萨呢？

眼前红白相间的布达拉宫，是西藏政治文化核心，是藏族人用以连接今生与来世的桥梁。而对于我来说，它像是一座堡垒，守护着红尘中的内心不受邪欲的侵蚀；又像俄耳浦斯的竖琴，唯有纯净的灵魂才能从其中获得力量。

从布达拉宫广场缓步走向大昭寺。照例搜完身，步入大昭寺广场，寺庙门口站满了朝拜的人群。除了穿着藏服的藏民，还有很多年轻漂亮、衣着光鲜的年轻人在朝拜。信徒们先是立直站好，口念六字真言，第一次双手合十高举过头顶，第二次合十轻触前额，第三次合十横隔当胸，掌心向下朝地上一扑，膝盖先着地，然后俯下全身，双手在头顶再次合十，这才算是一次叩拜。

世间总有一些美是无法复制的，这种美会随着时间、角度和心态的变化而细微地变化着，希腊雕塑是如此，高迪的教堂彩绘玻璃是如此，莫高窟的壁画是如此，眼前的大昭寺亦是如此。

巨幅的佛像壁画，复杂的木雕，精美的铜器，以及摄人心魄的烛火，所有的所有，单单看上一眼，便觉无限宁静溢满心房。宗教人士说这是佛法感召，神秘主义人士说这是灵魂安抚，我说这是人心向善的力量被驱动。

老王说，大学问者，罔不经过三种境界，其一："昨夜西风凋碧树。独上高楼，望尽天涯路"，其二："衣带渐宽终不悔，为伊消得人憔悴"，其三："众里寻他千百度，蓦然回首，那人却在，灯火阑珊处"。从茫然无助，到执著专注，再到最后灵犀一点，学问一事已无他矣。其实做学问跟旅行倒是异曲同工，拉萨便是我"蓦然回首"时，在"灯火阑珊处"等了无数岁月的一丝明悟。

正在我陶醉在忘我的自我空间里时，忽然一只手狠狠地拍到了我的肩膀上。"我靠，达瓦你怎么在这儿啊！又不是第一次来，装什么深沉！"我回头一看，正是我那个让人刮千刀都不解恨的二弟：阿正。

我低低地嗡声说："关你屁事！"说着，用力甩开了他放在我肩膀上的手。"啊？不会生气了吧？"这小子竟然明知故问？废话！你睡意正酣，突然有个人扇你一大嘴巴，你不生气？

"行了行了，扯那些没用的干吗，你不是去找你三弟和三弟妹了么？找着了？"我不愿再跟他纠缠这个事情，主动扯开了话题。

"嗯嗯，找到了，打你电话又不接，我这才出来找你的。"

"那成，咱们过去找他们吧。"

十分钟后。

"我靠！阿正，你怎么跟你弟长得一点都不像啊！你们到底是不是亲兄弟，赶紧回答我！"我像报复阿正一般发出感慨，当然他们兄弟长得不像也是事实。

阿正的弟弟阿洛无奈地拿出他们家的全家福合照给我看，我瞧了一眼，瞬间无语了，"阿正，你是你爸亲生的，阿洛，你是你妈亲生的，鉴定完毕。"我刚一说完，站在阿洛身边的小鹿忍不住笑开了。

阿洛与小鹿的相识、相爱也算是一段佳话。当年两个人在路上相识，从郎才女貌发展到星星点灯，就在一起了……好吧，其实过程比这个惊险很多。阿洛这二货，当年竟然带着才认识几天的小鹿，跑到新疆玩什么丛林野外求生，结果两人差点就留在那片原始森林里了。九死一生出来之后，阿洛塞芳结戒，许下小鹿一世阳光。

"达瓦大哥，你这是第几次进藏？"我和阿洛坐在罗布林卡门口的草地上，有一搭没一搭地闲聊着。

"第三次。"

"那你现在看到寺庙还会有感觉么？"

"嗯，每一次都会。"

"我也是，你说每次我们看到朝拜的藏民和寺庙都会感动，这个就是精神力量么？"

这个问题倒是把我难住了。首先困住我的问题是，到底什么是精神力量呢？如果说精神力量是人人都具备的，那面对信仰，我们这些旁观者得到的精神力量又体现在哪呢？

我认真思考了能有十分钟，才缓缓说出我的看法，"感动是种情绪，情绪是精神的延伸产物，所以不应该是精神力量。我们在大昭寺门口坐两天，心逐渐平静下来的那个过程，应该才是精神力量了。"

"哦……那小鹿肯定不是我的精神力量。"

"啊？为啥？"

"因为我看到她完全平静不下来啊！"气得朕十分钟死了几千个脑细胞，就是为了证明火锅也不是朕的精神力量咯？

还有一段我和阿正的对话也让我记忆深刻，那时我们走在回青旅的路上。

"达瓦，我想小莹了。"没头没脑地这么一说，我一个趔趄，差点摔进路边的沟渠里。兄弟,下次发春能不能预告一下。

"达瓦你知道么,不夸张地说,我愿意把自己的性命交给她!"阿正像是对自己的这种一往无前的深情特别着迷。

"你把命给了小莹,你父母怎么办?"

"我的命已经是小莹的了,那么,也没办法了。"说完,阿正抽了一口烟,斜斜吐向空中,眼神迷离。这小子是打算学四爷,四十五度仰望天空,眼里是明媚的忧伤么?忧伤是有点儿,可是明媚……你让他从他那双小眼睛里挤出明媚,是不是有点为难他啊……

"我的理解是,你要么就跟小莹厮守终生,要么就跟她玉石俱焚,反正得死在她手里。问题是,你爸妈就不管了?"

"不是的,达瓦。"阿正深情地看向我,"我打算给爸妈再找一条命!"这句话挤作一团,在我耳朵里不断膨胀,胀得我肝胆俱裂。

"小莹的命以后就是我爸妈的。"去他的,吓死宝宝了。

北岛说"天空不死",Neil Young说"摇滚不死",我说"不作不死"。有个不靠谱的哥,必定会有一个不靠谱的弟。这是我总结的,并精确地印证在我和阿正,以及阿正和阿洛身上。

## 西藏·措折罗玛

最近这半个月,人烟越来越稀微,手机信号也弱得不似人间,我知道,已经深入到西藏那曲最深处腹地了。连续五天了,我甚至没有遇到一个能用汉语正常沟通的人,由此带来的不安全感藏在如画的风景中摧枯拉朽般横扫了我整个内心。最危险的敌人,常常不是以最恐怖的面目出现的,第一次,我感受到平时看似人畜无害的"孤独",爆发时的重量竟如此惊人。

我的计划是从219国道上一个叫桑桑的地方直接往北窜。分别经过措迈、甲谷、白楚、措折罗玛、昆仑山脉内的382道班，然后横穿整个昆仑山脉，到达新疆且末，全程约计三四百公里。

到措折罗玛的时间是下午五点，依照计划，明天我就能到382道班，第三天开始穿越。这时，忽然想起，我认识的一个湖北兄弟：老孙，以前像是走过这条线路。于是我打了电话给他，将自己的计划跟他唠叨了一遍。

"不行，绝对不行，你知不知道这是几月份！你知不知道昆仑是个什么样的地方！你知不知道那里只能徒步走过去！你知不知道你要走多少天才能见到路！"

我被这一大串的"你知不知道，你知不知道"唬得一愣一愣的。

"老孙，你当你唱歌啊，哪来那么多知不知道，你不是也走过这条线路么，你能走的话，我应该也没太大问题吧，顶多把东西准备全一些就是了。"我略微有些失望，印象中的果敢的老孙，什么时候变得这么胶柱鼓瑟，扭扭捏捏了。

电话那头沉默了足有十秒钟才传来声音："你如果非要走，就在措折罗玛等我，我马上去找你，千万不能一个人走，反正都是换命的兄弟，让哥陪你走完这最后一程。"

"也行……额……老孙，你说'陪我走完这最后一程'是啥意思？"

"你要知道，现在进去，必死无疑。"

"这个……"听到老孙如此斩钉截铁地断言，我懵了。虽然现在对我来说，很少会有害怕的事情。但如果这件事关乎生死，那就不得不要重视了。"老孙你别吓我啊，有那么恐怖么？"

"话我说到这里，你自己看着办，我真的不想在这条路上，再失去一位兄弟了。"

"再失去？老孙……你……"

"2011年，我走这条路线的时候，三人进一人出。我的命是兄弟们换来的，我发过誓，这辈子再也不让任何一个兄弟在我眼皮子底下，在这片大山里出事。你要去，我跟你一起走就是了,多活了这些年也够本了,反正我早就想去陪陪下面那两个兄弟了……嘟嘟嘟……"电话那边传来了忙音,而我的世界也仿佛伴随着这份诡异的安静,天昏地暗。

我直勾勾瞪着眼挂断了的电话,时间像死人的脉搏一般阴沉。一方面,没想到,在我认知中,中等强度的路线竟然危险成这样。另一方面,没想到好兄弟经历过这样的生死别离。

"喂,老孙,我不去了,你别担心。"我再次打通了电话。

"唉……达瓦,不知道你能不能理解,在外行走,有人为你担心是好事,如果因为任性,让担心你的人为你而死,你的后半生会永远活在愧疚中。面对聚散,没有智者,面对生死,没有勇者,没有勇者啊……"

入夜,我在措折罗玛的小旅舍里辗转反侧。如我的现代人,自信已经膨胀到触目皆然的程度,但却又像鸵鸟一样,把头埋进沙里,变得麻木不仁,变得坐以待毙。那些幻觉绘出的鲜艳夺目的颜色,就像濒死者脸上的红晕,带着莫名其妙的"希望",刺激着双眼,迫使人们相信,除了自己,这世界都在苟延残喘。就像失明的人不愿分清昼夜,绝望的人不愿分清悲喜,失意的人不愿分清黑白,流浪的人不愿分清快慢,临刑的人不愿分清生死,截肢的人不愿想起自己曾健步如飞。

伤口疼痛的强度关乎深度,而不在于大小。有的可以愈合,有的只能慢慢腐朽,带进轮回。有些疼,只因为能忍受,所以并不刺眼。别等流血不止,再环抱着膝盖,舔舐伤口。

## 西藏·可可西里

"小伙子,你确定要在这儿下车?""嗯,是的,师傅谢谢您!""这里什么都没有,这么冷的天气怎么过夜啊?!而且这儿半夜有狼,你不怕?""没关系,我会注意的,谢谢您的关心!"搭车搭到一半,我就让搭车师傅在一片荒无人烟的地方把我放下了。在可可西里宿营,一直是我一个浪漫又不切实际的梦。

由于考虑到夜间的风会很大,这次对营地的选择格外小心,最理想是能找到一处临近水源和公路的背风山坳。就这样,待寻得理想的帐篷营地时,已经快下午八点了,唉,其实我真的不想用下午这个词,但天还大亮着,我也没有办法。

自从离开拉萨时与二弟阿正、阿洛和小鹿分开,至今,已有半个多月的光景了。阿洛和小鹿走新藏线经由阿里地区到达新疆,由于我没有事先办好阿里地区的边防证,又被老孙从昆仑山脉脚下给劝回来了,所以不得不原路返回格尔木,再经沙漠公路进入新疆。那么问题来了,二弟阿正为什么也要跟我分开呢?原因很简单,直接回兰州了,干吗去?想小莹了……我猜这他一定知道,就算去,也并没有什么用,他还是义(不)无(知)反(死)顾(活)地去了。

天下无不散的宴席,分离也是为了下一次的重聚,况且这次跟二弟的分别还是为了他的终身大事。阿正锲(死)而(不)不(要)舍(脸)地追求,或许真能感动小莹,虽然也不指望立马成事儿,但长此以往,或许能让小莹对阿正的那一丝好感,能转化成爱。我坐在草甸上,有一出没一出地想着。不管了,兄弟自有兄弟福,先准备今天的晚饭要紧。我一咬牙,猛地站了起来。

搭起灶头,用气罐子把水烧开,然后放进去半块压缩饼干、一把糖和一小块紫菜,等饼干彻底煮散,一顿高能量、好味道的达瓦特制蛋白质糊糊就这样完成了。当然,高能量是一定的,好味道却因人而异了,我对这种食物已经度过了厌恶期,接受期,适应期,到达了热爱期,对方便面也是如此。

西藏的太阳走得晚,走得也快。刚刚才日照金山,这会儿天已经完全黑下来了。在高海拔荒原宿营,务必要记住,一定要按照太阳的时间作息。也就是,太阳下山就一定要睡觉,太阳出来就一定要起床。

虽然我已经做了充足的准备,可理想和现实之间终究是有差异的。早早入睡的我,才夜半就被活活冻醒。身体在睡袋里几乎毫无知觉，无论我摆出任何姿势，看似厚实的羽绒睡袋都无法留住哪怕一丝的热量。越是冷越是不能继续睡下去，否则一旦感冒，从而引发的肺水肿和脑水肿是任何人都无法承受的。

我颤抖着从背包中抽出一件又一件衣服穿上，连短袖都不放过，然后把睡袋展开，裹在身上。此时我能想到的唯一办法就是出去，微微的运动能让我产生更多热量，抵御严寒。

一切准备妥当，我拉开帐门准备出去，可就在探出头的一瞬间，我筛糠般的颤抖忽然停止了，半响后开始了更加剧烈的颤抖。我满眼不可思议地望向天空，嘴不自觉地张开，大口地呼吸着，任西北如刀似锉的风如何摧残我的肺叶，也毫不动容，浑然不知。

"美……太美了！"我呆呆地望着如斯星空怔怔出神。一条硕大闪耀的银河，横隔于天空之上，把可可西里的夜，映衬得如白昼般璀璨。那星辰像是一颗颗的钻石，被天神如一件手工婚纱般，一枚一枚镶嵌进面前这匹如墨的锦缎之上。星光投射在脸上，我仿佛看到了通往天堂的路。

"夜空中最亮的星，能否听清……我祈祷拥有一颗透明的心灵和会流泪的眼睛，再去寻找存在的意义，越过谎言去拥抱你。"耳机里突然放起了这首歌，我的泪腺立时受到了刺激，有液体分泌，我知道那是泪水。

我极力控制自己，告诉自己，这是这个世界时时刻刻都在发生的。可终究，我拗不过生理反应，泪水泛滥如雨季的恒河一般。我纵然千般坚强，渺小如我也无法承受整个世界的美丽，那种心灵的涤荡如电流般，刺激着我快速分泌一种感动的物质，蔓布全身。

对不起，我只是个孩子，一个永远不相信成熟是种自然规律的孩子，一个愤世嫉俗、天马行空的孩子，一个期许着如纳兰容若一般敏感、柔软的孩子。每当我孤独、困惑、愤恨，我是多么想穿越风暴和乌云，去拥抱那个最初的自己！纵然我无法向世界证明我的存在，但至少能向自己证明世界真的存在。为了这份存在，我愿意背负所有的误解和嘲笑，永远青春，永远热泪盈眶！

## 西藏·日喀则

日喀则是西藏第二大城市，交通方面，物资丰富，生活方便。但到达这里时，我却没有心思去享受这座城市。

我的手机丢了，就丢在从萨嘎搭上的一辆到日喀则的大卡车上，其实手机丢了也就丢了，关键是内存卡里的相片，那里面可是有我整整半年的记录啊。"会找到的，这么晚了，司机师傅肯定就在附近停下休息，不会继续赶路的。"凌晨一点，我在日喀则的大街上像疯子一样疾走，寻找那辆大卡车。以前还没感觉，这一找才发现，这个城市竟然这么大，路竟然这么长。

暴走了将近两个小时，依然没有寻到那辆车的影踪，我站在有着小布达拉宫之称的"桑珠孜宗堡"前愁容满面。无奈之下，我来到马路边的一个警务站，说明情况。

不知道司机姓名，不记得车牌号码，这怎么找？警察大哥不断地安慰我，让我放心，告诉我，只要他在日喀则，就一定能想办法找到。不过还好，在警察大哥不断的提示下，我终于回忆起一条线索：之前在过萨嘎边防站的时候，司机做过登记。于是我们根据这条线索又一步步排查，最终找到了司机师傅的电话号码，打过去竟然停机。此时已经是早上六点了，如果再找不到，司机师傅就很有可能会开车离开这座城市，而他要去哪儿，只有上天知道。

我近乎绝望地看着警察大哥，大概警察大哥是看到我通红的眼睛，担心出什么问题，勒令我先睡一会儿，他一有消息就会通知我。就这样，我躺在警局的沙发上怀着忐忑，缓缓睡去。

睡了不到两个小时，警察大哥叫醒我，说手机找到了，随即开车带我去拿。当从司机大哥手中拿到手机的那一瞬间，我眼泪差点都流出来了。找到了，终于找到了！这项近乎不可能完成的任务竟然完成了！我对着警察大哥千谢万谢。然后随便找了一家旅舍，抱着手机昏昏睡去。

既然是悲剧，就不可能只有一幕，丢手机只是个序幕，高潮还在后头。大概是因为前一天一直在搭车，滴水未进，加上昨晚一夜的暴走加焦虑，高原几进几出的我，竟然高反了！

睡梦中突然惊醒，头疼欲裂，拼命地张大嘴，却感觉不到任何空气。我挣扎着起来，拨通了120急救电话，就昏迷了过去。

等我再醒来时，发现自己正躺在医院，戴着氧气呼吸罩。身体仿佛被拆散了一般酸软无力。这时，二弟阿正打来了电话，我把自己的情况跟他说了，他并没表示什么，只是让我保重，就挂断了电话。

高反来得快，去得也快，当天晚上我就出院了。回到旅舍的这一夜，睡得并不踏实，始终处于半梦半醒之间，不是我不想睡，实在是被自己吓到了。心想着，死有轻于鸿毛，重于泰山，万一睡着睡着被自己憋死了，那可就太冤了。

第二天晚上，当我醒来时，看到二弟阿正发来了微信，他竟神奇地到了日喀则！告诉了他我的详细地址后，不到半个小时，他就出现了。

此时，阿正正严肃地坐在床头看着我，就像是拆迁办主任瞅着钉子户，那眼神让我直发毛。

阿正把我当成了重症病患，照顾了整整两天，直到看着我没有大碍了，方才离去。后来才知道，之前二弟打电话给我的时候还在兰州，得知我的情况之后，竟坐飞机直接到了拉萨，再辗转到了日喀则。

所谓朋友，不能陪你吃，也会帮你买单，递一张餐巾纸，然后两个人傻哄哄地去新的地方，不用解释，不用道谢。有些事，兄弟在，便能打过BOSS，顺利通关。

## 西藏·纳木错

有一种水，只为辽阔而生，这就是纳木错。

为了逃票，徒步了四十公里。此时，坐在纳木错湖边的碎石滩上，看着眼前的一切，我也是醉了，上苍怎么舍得在这里用去这么多的蓝色啊！徜徉在湖水与天空之间，我的心也被渲染成了湛蓝。

无风，湖面静默，我无聊地捡着旁边的石头打水漂。现在好多人都在抱怨景区太商业，人太多，我觉得并不然。有人的地方便有需求，与其奢望纯净的景色跟心产生共鸣，不如只把风景看作催化，试着让心跟世界共鸣，不带主观色彩地将自己置身事外，把一人一物都看作旅行，你会收获不一样的世界。

卓妮儿是我在当雄认识的一个榆林大龄文艺女青年。初识，让人感觉像一首"梨花又开放"，少了几分陕北人的憨爽，多了些岁月沉淀的清澈。跟卓妮儿认识的过程很奇葩，我当时正在当雄一家川菜馆子吃饭，为了犒劳自己，点了两个肉菜。卓妮儿走过来，笑呵呵地问我能不能一起拼饭，我当然答应了。当她羞红着脸坐到我面前的时候，顿时我整个人都不好了……姑娘啊！你真是我亲额吉啊！！说好的拼饭，你就端着碗米饭过来，这真的合适么……

吃饭的时候跟卓妮儿聊天才知道，她跟我一样打算逃票进纳木错，于是我们决定搭伴一起干这见不得人的勾当。

像卓妮儿这样的女孩儿是永远不会老的。一到湖边她就变身成好奇宝宝，到处感叹。玩了一会儿，可能是累了，卓妮儿捧着一大把石头坐到我身边，也不理我，自顾自地摆弄起来。

这时，我注意到不远处有一个老人的背影，茕茕孑立，踽踽独行，一席肃杀的红色僧服随风展动。这时，老人弯下身子，跪倒在湖畔的碎石地上，俯下额头，亲吻水面，之后，掬了一捧水，轻轻打在自己脸上，趔趄地站起身子，再往前走。老人的动作很慢，慢到像是要用尽一生来完成这些动作。忽然，他一转身，乜斜着眼睛看向我们，拈花一笑。那眼神仿佛能让这无常世界，一眼成彩，一眼成灰。

当看清老人的脸时，我震惊了。那个画面就如铅字一样，深深印进我的脑海，当时瞬间的恍惚和眩晕至今依然清晰。那是一张欧洲人的脸，深深的皱纹和高高的鼻梁勾勒出一副洗尽铅华的苍颜，深邃湛蓝的眼睛中仿佛载着大海，翻滚进我的心里。老人向我们点了一下头，我和卓妮儿如受"圣灵召唤"走了过去，坐到老人身边。

"你们看这湖美么？"老人用英语问我们。

"美……美……"我的语言天赋，仿佛被点了穴一样，胶着的双唇再也发不出任何多余的修饰词。

"你们是旅行者？""嗯，是的。""我当年和你们一样，也受到感召，来到这里，就再也没有回去。"

"您……您来纳木错多久了？"卓妮儿问道。

"唔……我想有十年了吧……"老人说完这句便看向对面的雪山，不再言语。我和卓妮儿坐在那儿，闻着老人身上混合着酥油和阳光的味道，心像面前的湖水一样平静。

这时，老人挣扎着站了起来，向我们微微鞠躬，我和卓妮儿赶紧回礼。然后，老人郑重其事地从僧袍中掏出两串佛珠，轻轻放到我们手里。

我和卓妮儿正不知所措，老人说话了，"能走到我身边，你们就是佛。侍奉佛，是我的工作，是我的命运。"说完，老人转身走进夕阳的余晖，一步一莲花，好似前方既是来生，残阳透过老人微微颤抖的身躯，被拧成一缕一缕。他就这样从天而降，在我心头抹出一池静默，然后，静静地离开。

我愣在那儿，看着老人渐行渐远的背影，双脚像注了铅，一步也挪不动。那一刻，我的眼角湿润了。

每个人心中都有无数个矢量，拼命向外挣脱宿命的牢笼，可有多少人曾用过向内的力量，去观察生命的奇点？每颗人心都是一粒茶叶，现实将它不断煎炒挤压，挣扎只能将这粒茶叶越拆越碎，唯有遭遇热水才能再次舒展芬芳。这一刻，我透过老人，看到了自己，那个平静如许，跟随内心还未走远的自己。

汤显祖说："智致成圣，情极成佛"，这位老人便是一尊情极、爱极的佛。

*佛说悟　真实不虚*

*佛说要有悟　真实不虚*

*佛说无处不悟　真实不虚*

*佛说悟中不悟　真实不虚*

*佛说不悟则悟　真实不虚*

*佛说真悟不悟　真实不虚*

*……*

*佛说一切真实不虚*

*皆为悟*

——《佛说悟》

## 青海·格尔木

算一算，这已经是第三次来到格尔木了。但在这个城市住超过一天还是第一次。心想着，总不能边啃着压缩饼干，边搭车，边度过我的二十八岁生日吧。

常年在外行走的人，对于各种纪念日和节日，其实已经不那么敏感了。就像此时的我，如果不是看到手机上"明天就是我的生日了，祝我生日快乐！"的提醒字幕，我想，我肯定已经忘记了这个日子，对于格尔木，也必然会再次地匆匆而过。

一大早就接到二弟阿正和阿洛夫妇的祝福电话，以及朋友们、各大银行和保险公司的祝福短信。这感觉是温馨的，却也是落寞的。去年今日我在哪儿呢？应该是在云南红河。不同的是，那会儿，有一帮的朋友，而今天只剩下我一个。我欣赏这种奥德赛式的优雅，复杂而直白，游离而传奇。我的文字也充满了这种浪漫，若有人读了能明白，只要点破，便搔到痒处。

将大包寄存在青旅，带上钱包、手机和心爱的beats耳机，走上街头，摸了摸自己的口袋，想着今天到底是吃红烧肉还是吃生日蛋糕？如果两个都想吃，该到什么地方去赚钱？走到蛋糕店看了一眼价格，好吧，还是吃一份红烧肉盖浇饭更实际一点，虽然卡里还有钱，但能省一点是一点，铺张浪费的代价可能是在下一站沿街乞讨……就这样，不知不觉走到了市中心位置的昆仑广场，看到在广场中心，巨大的"菊石兽"雕塑下，有个驴友模样的年轻人，正抱着吉他卖唱。我心血来潮走上前，往琴箱里放了十块钱，"兄弟，麻烦你唱首生日快乐歌。"

小伙子愣了一下，略带惊讶地说："哥们，今天不会是你生日吧！"

"嗯啊，一个人在格尔木过生日，可怜吧，赶紧的，唱大声点儿，让我爽爽！"

"我靠，真的假的啊，我女朋友也今天生日！"

"不会吧……这么巧！那你这是在？"

"赚钱给她买生日礼物呗。"

"哇咔咔，吊炸天啊！得了，最近哥做代购挣了点钱，你女朋友想要的是什么东西？我买了！"聊天至此，我蒙古族人的豪气干云被彻底调动起来。

"这可用不着，我们是今晚的火车进藏，要不哥们你先等会儿，我再唱几首歌，等挣到钱，咱们一起吃个饭呗？"

"我看你赶紧收摊得了,这顿我请了哈,抢单的不是兄弟!"

"诶,诶,好嘞。"

"对了,还没说呢,你女朋友想要什么生日礼物啊?"

"她想要一张从挪威出发去北极的船票。"

"……我靠,这么狠!"

饭后,我把他们送到火车站。临走前,女孩儿送给我一个琉璃的项坠,怯生生地说道:"达瓦哥哥,祝你生日快乐!"

"谢谢哈,你也生日快乐!"我接过礼物笑着对女孩儿说,"祝你们早日实现去北极的梦想,加油!""要是可以的话,达瓦哥哥,我们明年还一起过生日好么?""好啊!那一言为定!""嗯嗯!一言为定!达瓦哥哥再见!"挥手告别之后,我目送着两人背着大包缓步走进火车站,忽然发现,彼此竟然忘记留下联络方式。

忽然想起北岛写的一句话:你没有如期归来,这正是离别的意义。人在特殊的时间和地点,容易伤感,也更容易觉悟。所谓的萍水相逢,只是一种委曲求全和自我安慰。相遇即是缘,既然是缘又怎会有萍水之说?在人生这本书中,注定有插图,有正文,也有旁白。离别不应伤感,且让我们笑着忘记。

## 新疆·若羌

崔健唱得那叫一个准:没有爱情的日子自然哥们多,就像男人越是闲着越是人缘好。

这不,我刚刚在朋友圈更新了自己的状态和位置,就有一堆朋友留言问候,让我在新疆一定要当心,那感觉是甜蜜的,也是无奈的。我靠!一百个留言的人里,八十个是有主子的，十个对朕这种类型不感冒，十个对朕这个性别不感冒，还能不能再惨一点！由此可知，以前皇帝后宫佳丽三千人，真对这位龙老大感兴趣的，到底能有多少……

今天在沙漠公路上奔袭了整整十三个小时，满眼尽是戈壁。一起风，窗外就传来呜呜的声响，仿佛一头蓄势待发的豹子，随时准备张开獠牙，吞噬掉这暗黄世界中的一切，说不出的单调压抑。

当然，荒凉并不代表死寂，偶尔出现的野骆驼和野驴子，增添了些许生机。尤其当出现沙漠绿洲时，那强烈的对比，更加突显了生命的顽强与伟大。

到达若羌，已经是夜里十一点了。考虑到自身的安全，我并没有住到汽车站边上四十块的招待所，而是选择了一家中型酒店入住。

旅行不仅荡涤着我的心灵，更荡涤着我的身体。平时在路上搭车，一整天没吃没喝也很正常，尤其在高速公路上，我甚至都控制自己少喝水，免得没处解决。

当我站在卫生间的大镜子前，看着比出发前瘦了三四圈的自己，暗暗吃惊。我靠！一没注意，我都把自己饿成这猴样了！虐待自己是没有好下场的，这几天我一定要想办法吃回来，我恨恨地想着。

第二天中午，根据朋友的描述，我找到了那家没有招牌的哈萨克族烧烤店。环境之类的本就不在我考虑范围内，所以也没细心观察。

手抓肉六十块一斤，羊肉串五块一串，羊腰子二十块一对，羊蹄子二十五块一个，羊蹄筋四十块一斤，我看着这不可思议的菜单，两眼直冒金星，"我去，这也太便宜了吧，不会不好吃吧？"于是我抱着试一试的心态，点了两串羊肉串和一对腰子。

点的东西来了，我的节操顿时五毛一斤清了仓。直接上手不说，才吃一口，嘴里就不住喊着"すごい（厉害），きもちい（舒服）"。

烤肉，一方面看火候，还有就是不能加孜然，只有原味，才能吃出"大漠孤烟直，长河落日圆"的味道。首先说说这肉串，一串上七八块肉，每块能有两指长宽，一肥一瘦，亲额吉啊，这么大，太虐心了吧！咬上一口，肉质香嫩多汁、新鲜诱人，而且价格也很人道。

我在西安吃过这种大肉串,肉没有这么大,还要卖二十块一串,也没这么新鲜。现在想起来,真是坑死朕了。

然后说烤腰子,腰子烤得好不好,最主要的就是火候了。老了,就是死肉一块,太嫩了,臊味重不说,咬下去一口血,还倒胃口。好的烤腰子,一定要刚刚断生就直接上桌,就如眼前的腰子一样。

仅仅花了两分钟,就把面前的东西囫囵地消灭了,完全不够嘛。在维吾尔族大姐惊讶的眼神下,我又点了一斤手抓和两个羊蹄子⋯⋯

真的好吃到没朋友啊!我一手抓着羊蹄,一手把着羊肉。外酥里嫩,野味十足,满口的繁荣昌盛,那种畅快简直让我欲仙欲死。

我在若羌待了小半个月,除了帮朋友带了几块和田玉之外,几乎每天都在吃。直到看着自己的体重一路飙回到一百六十斤,才依依不舍地离开了若羌。当然,代价就是我要在下一个城市摆摊维生了⋯⋯

## 新疆·乌鲁木齐

还是由于经费紧张,到达乌鲁木齐后,我第一件事就是确认了摆摊地点,然后穿上工作服,大包小包奔向我的生活费。

所谓达瓦出马一个顶俩,出摊的收获是巨大的,第一天就打破了我的摆摊记录,净利润八百多。倒不是我心黑,而是买的人真的很多,同为少数民族区域,这里的人对民族饰品的认知明显比一线城市强很多。在众多顾客中就有阿娜,而这个维吾尔族姑娘后来变成了我的女朋友。

旅行和爱是那么相似，都要度过玛格丽特式的长夜，都是星空下的萨瓦纳湾，都有不死的欲望，都是颓败生活中的英雄梦想。

"老板，这个镯子是什么做的呢？"

看美女一向是我摆摊生涯中的副业，就比如现在蹲在我摊位前的这个维吾尔族姑娘。什么叫不死的欲望？什么叫英雄梦想？此刻在我脑袋里都变成两个字：搭讪！

"两弯似蹙非蹙挂烟眉，一双似笑非笑含情目"、"衣裳淡雅。看楚女、纤腰一把"，花儿一般的五官，曼妙的身材，配上嫩绿色的头纱，宛若水边的阿狄丽娜。忽然一阵微风袭来，把姑娘的头巾吹得百褶皆出，"风乍起，吹皱一江春水"，像极了维吾尔族版的"西厢记"。谁说西出阳关无故人？长得漂亮的全是我故人！

"这个镯子是苗银做的。"面对美女一定要冷静，不能太热情，否则容易弄巧成拙，东西卖不出去不说，连攀谈的机会都没有。

"这个呢？"

"这个是藏银做的。"

"苗银和藏银有什么区别啊？"女孩儿疑惑地看着我问道。

"藏银含银量比苗银稍微高一些，一个来自云南，一个来自西藏，而且上面雕刻的东西也很不一样。"眼看着已经成功引起对方的兴趣，我心中暗喜。

"我怎么看不出有什么不同呢？"

"你看这个苗银的镯子上面刻着鸟和鱼，这些都是苗族的图腾，而这个藏银的镯子上刻的是八宝和祥云，是藏族的图腾。"我继续扯着有的没的。

"都是不同民族的图腾啊，看上去是挺有意思的。"光听她这么说，就知道这个姑娘应该是受过高等教育，没有那种狭义的民族主义偏见。

"那……老板，这个我可以戴么？"姑娘指着藏银的镯子，秀眉微蹙说道。

"要不你拿那个苗银的吧，上面刻的那些鱼鸟都是善良的动物。这个藏银镯子上刻的图腾都是跟佛教有关的，可能不太适合你戴。"我当然知道她这么问的原因，我自以为是地认为这个回答一定能赢得女孩儿的好感。

"好吧，多少钱？"

"十块钱。"报完价我差点把自己掐死，看到美女，我竟然一激动，把镯子的进价给报出来了……

"老板。能不能便宜点？"姑娘微笑着看着我。

"真不能便宜了，我这个镯子平时都卖三十的。""不会吧，你们摆地摊的都是这么说的。"天地良心啊！这次朕说的真是实话啊！！！

"姑娘，不好意思，是真不能便宜了。"

"那好吧，就要这个了。"说着，姑娘作势就要掏钱，我一看机会来了，赶紧说道："这个镯子有平安吉祥的寓意，姑娘，你叫什么名字？我帮你开缘。"

我用自认为顺理成章却愚蠢至极的方法想套出女孩儿的一些基本信息，建立基本的了解。结果姑娘一下就听出了我的意图，笑了一下说："下次再告诉你。"然后放下十块钱嫣然而去。

望着她的身影，长裙飘飘，我默默咽了一下口水，什么是极品？这就是极品啊！什么三千粉黛，什么阿房宫，朕要这一个就够了，可惜啊，可惜……

三天后。

"你果然还在这儿！"看着突然跳进我视野的姑娘，一阵目眩，"你……你……你好。"姑娘轻笑了一下，"上次说再见面就告诉你我名字，我叫阿娜尔古丽，叫我阿娜就行了。"

"阿……阿娜……真好听。"我弱弱一说，苍天啊，下次你下惊喜雨的时候知会朕一声行么？朕扑通扑通的小心脏啊……

"我都告诉你我的名字了，那你叫什么名字呢？"

"我叫达……达瓦次里，你……你叫我达瓦就行了。"我瞬间有种想把自己舌头割下来泡酒的冲动。

"呵呵，上次怎么没发现你结巴啊。""激动激动……""激动什么？""又有人买东西了……"你大爷的！还让不让朕好好说话了！

"你还挺幽默的，对了，你应该是驴友吧，都去过哪些地方呢？"阿娜很自然地坐到我身边。

"嗯啊，去过的地方……有点多……"

就这样，我们从下午四点多一直聊到十点多。乌鲁木齐的十点，才刚刚夕阳，黄昏正用一只黄水晶的钥匙，关上一天里的最后一抹明媚，阳光也因为流连不去而分外绚烂迷离，残阳映在阿娜的脸上，她微微扬起的嘴角带着淡淡的微笑漫过天地。这一刻，我仿佛看到了春天的山鸟，秋天的潺溪。

"达瓦，明天你还在这儿摆摊么？"阿娜用手支着脑袋问道，"额……那你觉得我摆，还是不摆呢？"我抖了抖眉说道，度过一开始的不适期，我的口条又顺溜了起来，露出一副打不死，我就撑竿跳的表情。

阿娜顿时被我逗乐了，"呵呵，你还真搞笑，那你看看吧，要是有空，可以到我的咖啡馆坐坐，随时欢迎哦！给，这是咖啡馆的名片。"

第二天，我去了阿娜的咖啡馆，她在我的拿铁上画了一个心。于是我们就这样开始了，现在想起来都如梦一般。

有一次，我跟阿娜开玩笑说，要是我后来没有去她的咖啡馆会怎么样？阿娜告诉我，她还会来找我。我又问，要是找不到我了呢？阿娜笑着说："你舍得这么一走了之么？看你第一次见到我的样子，那色迷迷的眼神在我身上来来回回瞟了有几十遍，就差没咽口水了，你当我不知道么？"

我嘿嘿一笑，将阿娜搂进怀里，说："除却你，再美的风景也不过是一场患得患失的相遇。"

*点墨、片痕。你将花儿般的支点，定格在我沧桑的容颜。然后素着水影，淡出湖海*

连天。

　　青丝、露凝。你用往日的缠绵，系我以逐风的发辫。然后细研朱砂，点上绿肥红闲。

　　痴影、宿情。你收起竹剑舞蝶，遗我以光影的搁浅。然后轻拨年华，告诉我，这就是爱的奉献。

——《爱的奉献》

## 新疆·喀什

"当旁人远离＼让我独自欣赏你的美丽＼让我感受你的颤抖＼就像在巴比伦＼慢慢向我展示所谓的底线是什么。"

——莱昂纳多·科恩

　　喀什，是一只蹲在纺织老妇身边的猫，一杯加了盐的意式特浓咖啡，细碎、高傲、神经质般的性感，你可以轻触却无法拥抱。那是一种怎样的感觉，仿佛电光火石间，神经末梢轻微灼烧带来的刺痛感，若即若离、难聚难分。

　　这是个难以想象的城市，置身其中，像是到了一千零一夜里的克诺索斯迷宫，美丽而神秘。清晨聆听过沉冗而悠扬的经诵，吃过早饭，就坐在喀什老城青旅的楼道里码字，直到深夜。

　　即使是这样毫无存在感地活着，依然在诱发核变。前一刻你看到穆斯林式和煦的微笑，下一秒可能在你面前的就是排斥甚至威胁，而柔软的时光像老饕一样，将这些突兀的遭遇一啖而尽。

我爱他，爱他骤然的温暖与寒冷，就如新疆的天气。

"我是多么想穿越风暴和乌云，去拥抱那个最初的自己。"在键盘上打完这行字，我疲惫地躺倒在地上。楼道里彩色玻璃窗透出的光差点将我的意志剥离。当回忆与文字粘连，无异于分娩，那种痛苦巨大而绵长。

来喀什已经一周了，可我几乎哪里都没有去，每天都窝在"老城青旅"的楼道里，在写作中度过。

"文字是种子\灵魂是农夫\而世界是园地\好好耕耘吧\便会有收获！"我猜纳赛尔·霍斯鲁这货在园地上种的一定是仙人掌，容易存活才能这么平淡地诉说，要是他跟我一样，种的是难伺候的蝴蝶兰，相信就不会这么不咸不淡了。

这几天里，时而笑，时而哀，时而歇斯底里地把手边的东西摔到地上。双手不受控制地在键盘上敲击和停顿，思想与肉体的关系暧昧不堪，漫游在软绵绵的脑海中，就好像我只是个旁观者，故事本身只是借着我的肉体，流淌到屏幕上。

旅行是辛苦的，身体的疲劳可以通过休息得到舒展，可心理的疲劳却很难缓解。回忆和思索，让本就疲倦不堪、难以恢复的心更是雪上加霜。不断地压榨，已经将我的大脑逼仄到了至极。不行了，真的不行了，再这样写下去，会疯的。我这样想着，猛一发力，从地上窜起，鞋也不穿就夺门而出。

喀什老城强烈的阳光照到脸上，我仿佛能听到原本几近瘫痪的灵魂，被炙烤得发出"滋滋"的声响。站在迷宫般的街道上，那感觉不是脚踏实地，更像正站在我脑中，通过自己的肉体，观察着周围的一切。

前面不远处，一个小孩儿手里拿着糖果、光着脚，风一般朝我这个方向跑来；高墙阴影下的维吾尔族大爷，正擦着自己的眼镜，那动作轻柔得像在爱抚小女儿；拐角处，两个偶然相遇的小伙子，在街头总聊了有十分钟，不一会儿，两人笑了，白色的牙齿如一颗颗天上的星辰；一个年轻女人戴着头纱，从旁边的巷子走出来，神色落寞而忧郁，獐麇马鹿，烟视媚行。这一切看上去都那么鲜活动人！

我踱步到街边的包子铺，想买点东西充饥。

"老板，包子多少钱一个？"

"五毛一个。"说话的是一个身材壮硕的维吾尔族汉子。

"好的，给我四个。"

"四个六块。"听到他这么说，我顿时愣在当场，这时，一个维吾尔族女人气势汹汹地冲出来对我说"包子一块一个"，说完斜眼看了一眼那个维吾尔族汉子。

"好吧，给我四个。"我有些无奈，却不得不妥协，我真的饿了。

"六块六块六块！跟你说了几遍了！"维吾尔族女人摆了摆手，极不耐烦地说着。我再一次愣住了，心中瞬间升起一丝嘲弄，"要不这样吧，我要一个包子，给你一块钱？"我略带冷笑地说着。

"不卖了，不卖了，你走！走！"维吾尔族大姐好像是看出了我的心思，立时爆发，一把抢过我手里装包子的塑料袋。

我简直哭笑不得，心中也明朗了，这个维吾尔族女人不是想宰客，而是根本不想卖给我。虽然愤怒，却也不敢爆发，只得转身默默离开。

走出不到一百米，突然听到身后有人叫我，回头一看，是个扎着辫子的小姑娘。小姑娘冲到我面前，把四个包子塞到我手里，对我说，那家包子铺是他们家开的，刚才那个两个人是她爸爸妈妈，她家里人都不太喜欢外面的人，让我不要怪他们，接着一个劲地跟我道歉。

我受宠若惊，赶紧说没关系，顺手掏出一张五元纸币给她，小姑娘从口袋里掏出三张皱皱巴巴的一块钱纸币塞给我，还没等我反应过来，就转身跑走了，只留下两根大辫子在身后不住地甩啊甩的。

"静默之物，升起。我能否辨明天理？多难解的谜！"判断对错是上帝的事，好与坏不过是个人臆断，人类的任务只是吸收和消化。

我爱这样的秋天，爱这样的喀什。

## 新疆·贾当裕至喀纳斯（一）

在布尔津，我和阿洛、小鹿、二弟阿正重逢了。

"达瓦哥，这是我在玛旁雍错捡的石头，超漂亮，送给你了！"

"达瓦大哥，这是我和阿洛在哈密给你买的瓜，超甜的！"

"达瓦，我给你带来了小莹的祝福……"去你的，买两个馒头给朕贡上来也算份心意，阿正你这叫几个意思啊……

我们在布尔津会合的原因，是此次新疆行最重要的目的地之一：喀纳斯——这个在老驴口中号称小瑞士的地方。

就在即将出发的前一天，却出现了问题。小鹿外婆去世了，阿洛要陪她回老家。把两个人送上了大巴之后，我和二弟阿正在路线上又出现了分歧。他要走从白哈巴北上的喀纳斯西线，而我要走从贾当裕出发的喀纳斯东线，谁也不肯妥协，也没必要妥协，最终我们决定各走各的。

出发当天早上，我和二弟阿正并没多说什么。本以为能重新过上群居的日子，结果还是踽踽前行。

临行，我笑骂他是白眼狼，他笑骂我是控制狂。说实话，心里没有责怪是假的，但我能理解。旅行是件非常私密的事情，最终的目的是为了遇见自己，那个梦想中的自己，那个曾经丢失的自己，那个含笑顿悟的自己，然后在世界的某个地方相聚，开怀、痛哭。

送走了阿正，我沿路搭了三辆摩托车赶往喀纳斯东线的起点：贾当裕。

到了贾当裕，刚下车，就有三个哈萨克族小伙儿相互推搡着上来揽客。

"住我家吧，我家有热水！"

"住我家吧，我家有烤肉！"

"住我家吧，我家没有人！"

"哦！啊？"我看着第三个跟我说话的小伙子，大脑直接爆了无数个bug，去你大爷的，你家有没有人跟朕有什么关系！这不会是在暗示朕什么吧……

"不不不，我是说我家没有别的客人，你可以一个人睡。"小伙子憨憨地说着。

虽然觉得最后这话说得怪怪的，不过我还是被他勾起了好奇心，跟第三个小伙子去了他家。"到底什么叫没别人可以一个人睡？不会又是通铺吧？"坐在摩托车上，我一直思索着这个问题。

"到了，请进。"跟着小伙走进了他家的毡房。我靠，真他大爷的是通铺！一望无际的通铺。他家的毡房本来就不小，这张铺足足占了整个毡房的一半，成巨大无比的半圆形。而通铺上整整齐齐摆了二十四套被褥和枕头，我靠！那可是整整二十四套啊！

"太……太虐心了，估计在上面打三个侧手翻都没问题。"我痴痴地想着："如果上面睡满了人，那该是多么一副国泰民安的景象啊。"

小伙子嘿嘿一笑，露出洁白的牙齿，"我没骗你吧，就你一个人。"

"呵呵，是啊是啊。"我惺惺然打着哈哈，"那我晚饭也在你家吃么？"

"当然了，跟我来吧。"说着，小伙子把我从毡房里带了出来，走进前面一个小一号的毡房。掀开帘布，步如毡房，首当其冲看到毡房中间架着烤羊，那是整整一只烤羊啊！除此之外，在毡房周围还有几张小台子，上面放着些水果、暖壶和馕。哟！伙食还不错哦，我心想着，随便找了各地方坐下，等着小伙子安排。

"你吃吧，旁边的暖壶里是奶茶，开水在外面的暖壶里，我先出去了，有事再叫我。"小伙子递给我一把切肉小刀便作势要走，我赶忙拉住小伙子说道："你还没跟我说，我能吃哪些？"小伙子冲着那只烤羊的方向努了努嘴说："就吃那个啊！"

"啊？你是说一整只羊？"我差点把眼睛瞪出来。"是啊，因为今天就只有你一个客人,所以想吃多少都可以,我就收你一份钱,放心!"

此时我才终于明白,为什么他会把"只有你一个客人"作为吸引顾客的终极噱头。因为,实在是太惊人了。

## 新疆·贾当裕至喀纳斯(二)

喀纳斯东线是指"贾当裕——禾木村——小黑湖——黑湖——喀纳斯",其中从贾当裕到禾木村约有三十公里的山路。

一大早,撸了整整二十串羊肉串,又往包里装了一个馕,和两个奶疙瘩才上路。馕古称"胡饼",中间薄,边沿厚,中央戳有许多花纹,口感绝佳,由于馕里的水分极少,不易腐败,也成为新疆大部分在大片沙漠戈壁中生存的民族的主食;而奶疙瘩(也称奶豆腐)则是包括蒙古、哈萨克在内的游牧民族的最爱,这种食物其实就是用酸奶制作成的疙瘩块,味道咸酸咸酸的,初尝很难适口,却相当顶饿,也不易变质,简直就是酸奶中的敢死队!干粮中的战斗机!

沿着喀纳斯河逆流而上,看着它在光影、雾霭中变换着色彩,看着它洗涤一缕缕阳光,看着它映衬出一片片森辉,然后一直相随,不离不弃。耳边的河水像撒了欢的马驹子,嘶叫着奔涌而去,却在下一刻安静了下来,缓缓地流淌。

碧翠的水流仿佛这片森林的血液,散发着生机盎然的扎实气息。阳光信马由缰地筛洒下来,偶尔会有小鱼跃出水面,密鳞反射出的微弱透亮的光,瞬间点燃了整条河流的生机。

漫山的树林都系着绿色的围裙,正在搅动芬芳的空气。微风绵过其中,沙沙作响,如一架纺织机,娴熟轻柔地呢喃着沧桑和牵挂的智语,曳碎了那份千年却从未稀释过的宁静。

我在这如诗的景色中不紧不慢地走着,背包也仿佛已失去了重量,"江流天地外,山色有无中。"我想我是醉了吧。

也许是这样的美太不真实的原因,我的性子和身体都慵懒了起来,才走了十来公里,就在一家"半路客栈"停下,结束了一天的行程。卸下背包,独自走上山腰,躺在松软的草甸上,啃着干粮,望向远方,更远的远方。极想,不想,极念,不念。

第二天,上午九点半,喝过客栈老板端来的奶茶,慢腾腾地收拾起行囊。十点多的时候接到阿娜的电话:"达瓦,出发了没呢?""还没有,正收拾包。""额?你平时不都是一大早就要出发么?今天不是说要走很远的路么,来得及吗?"我苦笑了一下,是啊,再急的性子,在这儿也会被磨平吧。

今天的风景没有昨天那么开阔,大部分时间是在丛林中穿行。

森林里一定住着神仙,神仙一定住在最高最粗的树上,这是我从小到大一直坚信的。"这座森林的神仙,一定是住在眼前这棵四五人合抱,高耸入云的大树上面。"我痴痴地想着。

展开双臂轻轻拥上树干,抚摸着刻满深深皱纹的树皮,我仿佛能听到整个宇宙的心跳。呼,吸,呼,吸,柔软地蚕食鲸吞着经过鼻尖的每一缕空气,肺叶悠长地一张一收,那种近乎饱和的律动所带来的轻微醉氧感,仿佛为我的每处肌肉和内脏注入了一层柔软的光芒,数月积累下的倦怠驱散殆尽。

走了将近三个小时,我见到了一条宽二十米左右的溪流。因为怕打湿衣裤,我决定迂回沿着小溪走,结果,一小时后,我发现已经越来越偏离主道了。而且在六十斤的负重下,不断在溪边跳跃所带来体力上的付出也越来越大。

"唉……算了,还是不折腾了,溯溪吧。"我叹了口气,脱去了鞋袜。现在的月份,山间溪水略显刺骨。我把两只鞋的鞋带相互系上,挂在脖子上,看了一眼指南针,缓慢地向西北方向移动。

每一次,脚趾触及水面,都带来细微的酥麻。那些平滑细嫩的岩石,带给我的竟是如此丝柔、清爽的触感,那触感从足尖一点点蔓延到足根,甚至连小腿肌肉也在欢快地律动。掬一捧溪水送入嘴中,凉爽清甜的口感直接将我送进云霄。忽然想起万晓利的那首"这一切没有想象的那么糟",轻轻地哼唱,淡淡地笑。

走出丛林,我进入到一片巨大的草场。巨大指的不是草场的面积,而是指草的高度。每一根长草都长到一米以上,最高的已经长到我胸前。光凭这些草的高度,我就知道自己现在的位置是多么偏僻了。否则,如此高质量的草场,怎么会没有牧民前来放牧呢?

看着眼前这一幕,突然让我想起了电影《红高粱》的某一个桥段,……要是能跟阿娜在这片仙境那啥啥,该是多幸福的一件事啊!想到这儿,索性也不赶路了,卸下背包躺进草中,让草梗托住我的身体,缓缓入睡。梦中,我穿过了这片草地,那头站着一身红衣的阿娜……

## 新疆·贾当裕至喀纳斯(三)

在禾木村整整住了三天。虽然这里吃的贵,住宿也贵,但我还是忍不住在这个原始的蒙古族村落里落脚。你没看错,禾木村是个蒙古族的村子,在这个百分之九十以上都是哈萨克族的地区,竟然有一个如同世外桃源般的小村庄。虽然这里的大多蒙古族已经被哈族同化,但一想到这里还住着自己的族人,就兴奋不已。

逗留终究是短暂的,背上行囊,走出禾木村,最后再看了一眼肆意流淌的喀纳斯河,便继续向山里行进。首先映入眼帘的是成片成片的野花,在绿色草甸的衬托下,显得格外可爱。天上淡淡地飘着一层薄雨,沁入花心,那散入空气中的清香,像是大地分泌的荷尔蒙,刺激着万物的勃勃生机。

进山之后依旧没有路,沿着放牧的马道仄径,在大山之间上下攀爬。整整八个小时,走了将近三十公里的山路,才到了今天的休整点——小黑湖。而这整整一天,除了早上吃了些干酪、奶茶和馕以外，几乎滴水未进。

远远看到草原上有一顶不小的毡房，而毡房边的哈族大姐似乎也看到我，手里端着个杯子朝我走来。"不会就直接把奶茶送过来了吧，太爽了！"这么想着，脚下的步子也加快了几分。

"阿萨拉哇妈嘎勒一酷木！"我主动上前，用我知道的哈萨克族最隆重的方式跟大姐问好，意为愿真主之光照拂你，"阿萨拉哇妈嘎勒一酷木！……￥%&￥@"大姐以为我真的会说哈萨克语，兴奋地叽里咕噜讲了一大堆。然后把手中的杯子推到我胸前，我一看，差点昏厥过去，哪是奶茶啊，是杯满满的白酒……

"不行不行，我没吃东西，饿，不能喝酒，不能喝酒。"我连忙摆手，把酒杯推了回去。可是，我忘记了哈萨克族跟蒙古族一样也是游牧民族，游牧民族的尊严是不容亵渎的。大姐脸色一变，又把酒杯再次推到我面前，并且双手持杯，略带说了句："不行！男人！喝酒！"……

我虽然知道大姐没有嘲笑我不像个男人，但隐藏的民族自豪感还是喷涌而出。开玩笑！我是蒙古族好么！我们蒙古族的男人都是巴特好么！我们喝酒都是用碗的好么！我们身上流的血都是68º的！我们打个喷嚏都能醉倒一头牛的好么！你竟然因为这个质疑我？！这是对成吉思汗的子孙最大的侮辱！

我接过酒杯，直接把酒倒进喉咙，舔都不带舔一下。"阿帕特！阿帕特！"大姐一边叫好，一边拍着手。然后领着我向毡房走去。

走近毡房才发现，毡房旁边的草地上，正有一群哈族在聚会。男主人弹着吉他，周围坐了七八个人，一个接一个地唱歌。大姐刚引我坐下，就又拎过来一瓶酒，是的，整整一瓶约莫能有两斤的散装白酒，先自己干了一杯，然后举着酒杯"温柔"地看着我，我……我……我喝还不行么……

酒过三巡，我也燃起些许醉意，看着满场的欢乐，我再也忍不住了。顺手抓起身边的铁桶当成非洲鼓就开始敲……顿时，身边的男男女女们疯了，全都起身开始跳舞。我敲的节奏越快，男主人吉他弹得就越快，他们跳得就越疯。到最后，所有人围成了一个圈，放肆地叫着跳着，而我，也扔掉了铁桶，举着酒杯，加入到这场狂欢当中。

直到黄昏，喝得摇摇晃晃的人们才渐渐散去。而我骑上马，跌跌撞撞来到湖边。刚想侧身下马，却直接摔了个狗吃屎。一骨碌爬起来，盘腿坐在湖畔便开始放声痛哭，那哭得叫一个惨绝人寰，连我都奇怪我怎么会哭得这么悲壮。但我知道，这眼泪，不为释放压力，不为稀释痛苦，没有任何原因，只为单纯地痛哭。

## 新疆·贾当裕至喀纳斯（四）

我不知道自己昨天到底喝了多少酒，也忘记了是怎么从湖边回来的。半梦半醒之间，眼皮如一扇没有关紧的门，一束阳光像奶奶的手一样温柔抚下，是晨曦。等我完全睁开双眼才发现，我睡在男主人的毡房里，周围是此起彼伏的呼噜声。

用力甩了甩头，穿好衣服，走出了毡房。昨天的狂欢与痛哭依然历历在目。我坐在柴堆上，望着从毡房处一直绵延到湖边的小白花直发愣。

坐了能有半个小时，男主人也出来了，走到我身边，递给我一杯奶茶，用略带责怪的口吻说："昨天你怎么没说一声就跑到湖边去了，我们都快把周围的草原找遍了。找到你的时候，你还在湖边睡着了，你知不知道，要不是我们，你昨天晚上不是冻死了，就是被狼给咬死了。"我尴尬地搔了搔头，赶忙跟大哥道歉。

"不用了，今天你还要走很远的路，喝了奶茶赶紧走吧。"大哥把两块奶酪塞进我口袋，就自顾自钻进了毡房。眼看着主人下了逐客令，我赶紧收拾好东西，背上大包重新上路。

往前走了能有三五分钟，一回头，看到男主人正站在毡房前远远地望着我，我使劲地跟他挥手告别，却见到他只是轻轻向我点了一下头，便又钻回毡房里了。呵！多么可爱的民族啊！

五个小时后，"唔……还真有几分瑞士的感觉"，爬上山脊，眼前大片茂绿的草甸上稀稀落落地长出几棵大树；天空仿佛喝饱了水，沁出醉人的蓝，那是一种无论诗人、画家还是乐师都表达不出的颜色；几匹黄白相间的马正百无聊赖地在树下啃草。跟瑞士南部的照片简直如出一辙。"不远了，不远了，就在前面。"我微微喘着气。

终于到了，站在山巅，看着远处祖母绿一般的喀纳斯湖，仿佛是立于香雪之上一位清冽的女子。我淡淡地望去，湖面上挂着天鹅绒般的雾霭，湖水似绸带一般浅浅散着翡翠的涟漪。

我惊讶地发现，此时在心中竟翻不起一丝兴奋的波澜，反之有些许忧伤，因为达到而产生的忧伤。这是对风景最大的褒奖，也是对自己最深刻的眷恋。看到终点，才能想起，明日今时我已离去，只是淡淡一句，梦便永远留在了这里。

下山，喀纳斯村，入住青旅。至饭点，青旅老板倒是被我狠狠吓了一跳。在我的强烈要求下，老板给我炒了盆八人份的蛋炒饭。做之前，他还反复告诉我，他们这边饭量很大，再饿两份就够了，八份我肯定吃不完。不过最后，我当着所有人的面，还是把满满一盆蛋炒饭全部吃了下去。还记得，老板那副吃惊的表情，嘴张得能塞下一个鸡蛋，而旁边一个小伙子缓缓走过来，对我竖了竖大拇指："汉子！英雄！"

## 青海·玉树

"达达，你到哪里了？"打来电话的是阿娜。虽然我已无数次告诫她，"达达"在我们那里是狗的名字，可阿娜还是全然不顾我的感受，乐此不疲、丧心病狂地叫着，完全一副想赶紧气死我，好尽早改嫁的样子。然后，我彻底怒了，严肃地告诉她这件事的严重性，甚至拿"一个月不给她打电话，也一个月不接她电话"来威胁她，到最后，我还是输了,因为我还是离不开她。

"达达,你翻翻背包的最底层,看看有什么?"阿娜兴奋地说着。

"啊?你放进去什么东西了?是给我的礼物么?""嗯,是的,我塞了一块乌鲁木齐的石头在你包里,很漂亮的!也不是很大,就有两个拳头大小,以后你看到石头,就看到了我。"天啊,朕脑压好大,阿娜,朕跟你到底是不是真爱?!你在我六十斤的背包里放了两块大石头,到底是想让朕想你,还是想死你……

"达达,你现在到哪儿了?"

"我到青海了。"

"你二弟和阿洛他们还跟你在一起么?"

"没有,阿正他从喀纳斯出来又去兰州找小莹了,前两天打电话感觉他还挺幸福的,阿洛和小鹿奔完丧就回老家准备结婚去了。"

"那你现在又变成一个人了?"

"可不是嘛,估计以后也是一个人了。"

"我们家达达真是可怜,来,握握爪,摸摸头。"阿娜!你非要朕叼着骨头跑到你身边,然后扭着屁股拼命舔你手,你才满意吗!!!

"阿娜……你这样真的好么……""那么小气干吗,逗逗你而已,又不会真的往你脖子上挂个牌子,你激动什么。对了,你的名字不是'月亮'的意思么?下次你可以说'代表月亮消灭你'啊,嘿嘿。"放开朕!不要拉着朕!朕要代表月亮跟这个娘们儿拼了!!!

"我……""好啦好啦,不闹了,达达,你在青海什么地方?"

"我在玉树。""玉树?就是那个地震的地方么?"

"嗯,是啊。""你感觉那个城市怎么样?"阿娜呆呆地问道。

"额……不好说,就是有点惊讶。"

"惊讶?太破旧了是么?"

"不是，是太发达了。"

我站在格萨尔王广场前，看着硕大的雕像，流光四溢的景观灯，精致的设计水景和庞大的浮雕群，感到难以置信。让我惊讶的还在后面。我沿着格萨尔王广场一路往西走，光银行就有七八家，而且每家银行都是七八层的小高楼，然后，红旗小学、家用电器商场、步行街、博物馆、德克士？！是的，这里竟然有德克士，在此之前，我在青海省，唯一见过德克士的地方是西宁……

我之前对玉树唯一的认知，就是那次震惊世界的大地震：如人间炼狱般的哀鸿遍野，昼夜奋战的解放军战士，累到昏迷的医疗人员，随处可见的断壁残垣，和那张母亲在死前把孩子抱在怀里的照片。

穿梭在玉树的大街小巷，我的震惊不断地递增。这个曾经的贫困山区，才用了短短几年的时间，就已经发展成如此地步了。这里上演过惨不忍睹的人间悲剧，却也有着数不尽的造物奇迹，这里曾是地狱塔，如今却变成了天堂。

回到格萨尔王广场，对面的人民剧院前，成群结队的人们跳起了藏舞。大家随着音乐跳着，笑着。此时音响里突然放起了"北京的金山上光芒照四方"这首歌。我猜想，这首歌同样也是玉树人的心声吧，试想，如果没有党和人民，如今的玉树会是什么样呢？

## 青海·上拉秀（一）

认识方方是一个很偶然的机会。从西宁开往玉树的大巴上，我们相邻而坐，很自然地攀谈起来。在外的旅行者，大脑中都会分泌一种神秘的物质，散逸到空气中，只有在同一个频道的人才能接收到信号。而接受这种信号的方式，只需要一个微笑。

方方是广东的一所高中的数学老师，同时还是一名业内小有名气的摄影师，参加过好几次影展。这次是利用暑假的两个月，专程来藏区采风。一身的户外装，加上随身带着的单反长炮，一看就倍儿有范儿。而这个姑娘最吸引我的地方，是曾独自一人在印度的贫民窟里生活过半年。

我一直认为，去过印度的女孩儿，身上都有一种独特的气质。因为我去过，所以知道，独闯那个国度，不仅仅需要巨大的勇气，还要具备果敢、忍耐、宽容以及极强的韧性，才可能在那个众神的国度有所收获。

到玉树之后，我和方方互留了联系方式就分开了，两天后她打电话给我问我有没有什么想去的地方可以搭个伴儿，我说了要去玉树藏族自治州上拉秀乡的查荣寺修行一周的想法。方方一听到这个消息，直接像打了鸡血一样，吵着要一起过来。我自然是欣然答应了，毕竟对于女生来说，在藏区出入寺庙，最好还是有一个男生陪着，倒不是怕出现危险，只是如此一来可以省掉一些不必要的麻烦。

跟大多数藏区的寺庙一样，查荣寺也是在一片广袤的草原上依山而建。这座伽蓝其实只是萨迦派很小很偏僻的一所寺庙，如果不是我一个做支教老师的朋友引荐，我可能永远都没有机会来到这里。

当初我通过那儿的朋友联系到寺庙的负责人更尕，并表明了想要去修行一周的愿望，更尕十分爽快地同意了，说寺庙里有个小喇嘛学校，我可以跟这些小和尚吃住修行在一起，而作为在这里修行的报酬，只要有时间的时候给他们上上课就行了。于是，在到达玉树的第四天，更尕就开着小皮卡带着我和方方晃晃悠悠地赶往寺庙。在G216上走了八十公里，然后开进草原，再在土路上走了二十公里，才看到了查荣寺。车子快到寺庙的时候，就看着里面跑出来好几个喇嘛，兴奋地朝我们挥手。

远远看去，喇嘛特有的火红色僧袍在奔跑中肆意舞动，就像这片绿色的草原上绽放的花，煞是好看。

车停到了寺院门口，这时我才发现，跑出来的这几个喇嘛都是年龄在十岁左右的孩子，一看到车后排的我们，一边兴奋地给我们做鬼脸，一边七手八脚把我和方方的背包搬进寺庙。更尕告诉我，这里就是未来一周我们要修行和住宿的地方：查荣寺小喇嘛学校。

安稳的生活常常给人带来懈怠。第二天，我醒来的时候已经是上午十点钟了，却发现同来的方方已经失去了踪影。学校里的藏文老师告诉我，一大早，方方就让几个小喇嘛带着上山拍照去了。

起身洗漱后，我搬了个小板凳坐在大门口，看着十来个小喇嘛在寺庙外的草场上边笑边相互追逐，心中升起了片片温暖。寺庙是庄严的、肃穆的，可孩子的本性依然无法被抹去。孩子，终究是孩子。

这时一个看上去只有七八岁的小喇嘛，抱着一个开了皮的破皮球"咚咚咚"地跑到我身边，咧嘴笑着对我说："球，一起打。"我连忙摇头摆手："你自己打，你自己打，我不打。"开玩笑，这里的海拔可是4600+，这要是一场球打下来，估计我半条命都没了。

## 青海·上拉秀（二）

在这里住了两天，我才慢慢知道，这些寺庙里的小喇嘛，其实还不算是出家人。整个查荣寺看上去很小，实际也分成三个部分：其一，便是我现在所在的小喇嘛学校，其二，是查荣寺佛学院，其三，才是查荣寺主体寺庙。学校里的小喇嘛，要经过至少三年的学习，参加完考试，学业精进者才能进入佛学院继续深造，再经过五年的磨砺，最终才有机会成为查荣寺正式的僧人。

由于只有进入佛学院的喇嘛才需要做早晚课，所以学校里的这些孩子平时并没有太重的学业负担，于是我跟方方商量了一下，决定每天给这帮孩子上四节课，一节课一小时，上午一节，下午三节，我教语文，她教数学，以此完成自己的责任。

本以为我们两个老师来教这十来个孩子，应该是绰绰有余的。可等真正上课之后才发现，我们的精力远远不够，原因是孩子们太上进了。我和方方的房间几乎随时随地都有学生过来问问题。孩子们像是知道我们待不久一般，想要在短短几天之内把我们榨干。

其实作为一个老师，怕的不仅是上课没人听，还有下课没人问。我和方方每次在课堂上，都尽量用他们能接受的方式把尽可能多的知识教给他们，并严格检查他们的课堂笔记。期待的并不是他们能一次性吸收，而是在课后的思考中，发现到难点和重点，再找我们一一解答，慢慢吸收。

就这样，白天上课，晚上给学生开小灶，夜里备课、批作业。支教生活是辛苦的，却也是无比充实的。这到底是一笔高贵的修行？还是逃遁现实的手段？还是肤浅的自我陶醉？我们无从得知。我们唯一知道的是，我们很享受也很快乐，这种快乐甚至值得你用生命去交换。

在我们任教的第五天，一个叫多杰的学生，来我和方方的宿舍问问题。他在搞懂了什么是除法之后，歪着小脑袋问我们："老师，你们什么时候走？"我和方方对视了一眼，苦笑着轻叹了口气。是啊，该面对的终究还是要面对的。

"达瓦老师和方方老师后天就走了。"不想骗学生，因为这会给他们带来更大的伤害。

"哦……"多杰低下头，开始玩手指。看到他这样，方方连忙蹲下，摸了摸多杰的头说："多杰放心，方方老师和达瓦老师这次走是因为有事，下次还会过来给你们上课的。"

听到方方的话，多杰突然抬起头，希冀满满地望着我们，"老师，你们什么时候回来？"

"额……很快，很快。"我有些心虚地拿起水杯，怕多杰看到我尴尬的表情。

"哦呀！好好好！"然后多杰就开心地冲了出去，用藏文在院子里各种喊各种叫，好像在告诉其他同学一个特大好消息一样。不一会儿扎西又冲进来，兴奋地说："老师，多杰说你们不走了是么？"……

"不是，不是，老师后天要走，不过以后我们会回来的！"……

"好好好！"扎西跟随多杰的脚步，继续在院子里兴奋地跑来跑去，大喊大叫。

"方方，你说他们到底有没有明白我们说的话？"我苦恼地问方方，"这个……我估计应该没有吧。""好吧，坏人还是让我来做吧，反正马上就是语文课了，等下我来说。"我咬了咬牙说道。

一个小时的课很快结束了，今天上的是贺知章的《咏柳》，我一直认为，汉语学习的基础就是诗词，一方面，弄明白诗词中的倒装和通假，能让以后的汉语学习更加顺利。另一方面，对诗词意境的理解，能加深他们对汉文化的理解，还能提高他们汉语的逻辑思维能力。

"好了，今天的课就上到这儿。"我知道，最艰难的时刻就要到来了，我清了清喉咙，朗声说道："达瓦老师和方方老师后天就要走了，今年不会回来了。"下面孩子们露出了疑惑的表情，我一咬牙说道："你们好好学习，老师会在2016年的时候回来看你们。"之后就看到坐在下面的学生开始一个一个地掰手指。

"不用算了，是两年之后……"说到后面，我几乎越来越小声。

"下课！"说完这句话，我夺门而出，我知道，依我的懦弱，根本无法面对孩子们失望的表情。

藏文老师走过来，拍了拍我的肩说："没关系，别难受。这些孩子虽然是出家人，但由于从小就住在寺庙，缺乏父母的照顾，反而比其他的孩子更容易对人依赖。过段时间就好了，没事的，没事的。"

最终还是要走的，一周的光景，弹指一挥间。坐在更尕的车上，看着车后一路奔跑的孩子们，窗外飞来横七竖八的"老师再见！"，我甚至连摇下窗户，跟他们道一声平安的勇气都没有。而方方坐在旁边,眼睛已经微微地红了。

"孩子们会等着你们的,有时间就回来看看吧。"更尕的这句话仿佛一剂重药,引得方方再也坚持不住,放声哭了出来,我一边安慰着她,一边也默默紧了紧酸涩的鼻子。是啊,宁可负天下人,也万不能负了孩子。一定要回来!

## 青海·囊谦

从上拉秀回来的第二天,我和方方就分开了,她打算往北坐车到果洛藏族自治州去看阿尼玛卿神山,而我将南下走囊谦、类乌齐去德格。

知道囊谦,是因为二弟阿正的亲弟弟阿洛,当我们还在拉萨的时候,阿洛就告诉我,他和小鹿是在囊谦相识的,或许正是因为这个原因,阿洛将囊谦描述得如仙境一般美丽。卡萨湖、雅砻江和坐落于然察大峡谷中,居住着萨迦王的古灵塔的宗郭寺,无一不吸引着我一步步地靠近。然后谁能想到,我的心最终并不是跪倒在庄严的寺庙或者肆意美丽的水色中,而是被一条毛毛虫填满占领。

从上拉秀乡回到玉树之后,我仅仅休整了一天,吃了一顿久违的德克士米堡,就启程离开了。此时的我,正坐在开往囊谦的越野车上,一边跟汉族司机大哥聊天,一边想着自己囊谦之后又该去哪里。姥姥说:"你走不走,路都在那儿,别管,往前就行了。"人都会这样,走着走着,就丢了船票和玩具,忘了自己在哪儿,原本掌心的温度渐渐散去,脚下的茧越积越厚,失去了紧握和疼痛的能力,最后把前方当作归途。

歇凉的秋风在车窗与手指之间飒飒作响,窗外是一片连着一片黄绿相间的草场,山峦胶着间飘着柳絮般的雪花儿,泥土和草梗的香气便那样挂到雪上,飘在风中,沁人心脾,想入非非。"窗含西岭千秋雪"吟在此时,倒也情景相投。

车原本在平稳的柏油马路上开着，突然，司机大哥驾驶着车开始小频率使劲地摇晃，车速也逐渐慢了下来。这时我注意到马路两边停着满满当当的车。许多人蹲在路边不知道在做些什么。

这附近，一没帐篷，二没寺庙，三不是牧民聚居点，这么多车停在这儿干什么呢？正想着，我们的车也沿路停了下来。"你们等一下，我很快就回来。"简单嘱咐了一句，司机师傅就下了车。我也紧跟着下了车想一探究竟。

时至今日，再看当日，那时的我可曾想过，接下来这一幕将成为改变我一生的转折点；可曾想过，以后每每回忆起这一幕都会热泪盈眶；可曾想过，我在下一刻将蜕茧成蝶。

我走向路边的人，蹲下。我看到，藏民们跪倒在地上，把路边的一条条毛毛虫，轻柔地捡起来，然后郑重其事放到草原上，口中默默念经。

我的心忽然被狠狠地揪住了，瞬间带来的窒息感，让我不住地张开嘴拼命呼吸。他们从路虎、宝马、奥迪上下来，耗费这么多的时间和精力，仅仅就是为了救下这些毛毛虫？！那每一次的动作，撞击着我矫揉造作的外壳。

我的眼角渐渐湿润，一颗颗滚烫的泪珠滴到我脚面上，我死死咬住嘴唇，竭力控制住身体的颤动，生怕一点点微弱的动静，都会打破了此时的肃穆神圣。司机大哥以为发生了什么事，在我身边一个劲地询问。而我已经发不出任何声音，无力地跪倒在地上，看着依然渺小、孱弱的毛毛虫，此时的我，和这些毛毛虫又有何区别？

以前常常跟人聊起藏区对人心的涤荡源自对生命的尊重。可此时，当我们真正面对这份柔若无物的力量，内在的坚强竟如叶公好龙般不堪一击。

这一刻，万物生而平等，不再是概念，也不再是所谓的态度，仅仅是两个简单的动作："捡起、放下。"

两个月后，我再次出现在这里，只是我不再是旅行者，而是一名支教老师。半年后隆冬的一个下午，我带着孩子们，来到学校的后山，把出生还不到一周就被狼咬死的小狗埋葬。八个月后，我建立了自己的慈善组，收养了八条流浪狗。一年后，我把爷爷生前最喜欢的一只雀儿放飞天空。

"是笔在绝望中开花，是花反抗着必然的旅程，是爱的光线醒来，照亮零度以上的风景。"

这一刻，我已破茧成蝶。

## 四川·理塘

"洁白的仙鹤请借我翅膀一飞／不会远走高飞／只到理塘一转就回。"对于仓央嘉措，我更愿意承认他是个诗人，因为他那颗自然天成的赤子之心。

"主观之诗人，不必多阅世，阅世愈浅，则性情愈真。"这句本是老王用以赞许李后主的，用在仓央嘉措身上倒也合适。我猜，若此二人能相遇，定会组团去林芝看桃花吧。仓央嘉措的这首诗，在我心中有着很高的地位，诗中的那只仙鹤便是诗人的梦，是诗人的一缕执念，我爱这样若情似水的仓央嘉措。

理塘，对我的旅行来说，同样也有着特殊的地位，当年我不就是借着那双梦的翅膀，来到这里的么？而今，阔别两年，我再次回到这个赐予我翅膀的地方，去完成那个我骑行川藏线时，未完成的梦——稻城亚丁。

"快到了，就快到了，顶多还有十公里，就快走到了。"我坐在山顶喝水，望着山下的理塘，碎碎念着，一边在心里却不断咒骂。今天在路上碰到一支越野车队，本来就是沙土路，这三四十辆车一过，顿时漫天飞沙。已经过去半个小时了，路面看上去还是烟蒙蒙的。

就在我休息时，突然从一边的大石头背后窜出一条小狗，约莫能有两三个月大，跑到我身边不断地摇着尾巴，我一看觉得可爱，就逗它玩了一会儿。十分钟后，眼看着尘土渐渐落地，我把最后一根火腿肠喂给小狗之后，便起身出发。

这样走了能有半个小时的样子，我偶然一回头，发坝那条小狗还跟在我身后。心想，不会这货赖上朕了吧，于是刻意加快了步伐，想着小家伙等下跟不上，就知难而退了。

又过了十分钟，再回头，看到小狗依然在我身后穷追不舍，但明显是累了，一直吐着粉嫩的小舌头。毕竟他是只有两三个月大呀，我心中不忍，走上前蹲下，摸了摸他的头。小狗似乎也不怕我，在我脚边趴下，希冀地看着我。

"好吧，要是你能跟我一路走到理塘，朕就收了你这个小弟，以后有朕肉吃，就有你汤喝！"随即，我掰下一小块压缩饼干丢给他，继续前进，脚步却刻意慢了下来，让小家伙能跟得上。

就这样，十公里的山路，我几乎走了五个小时，而小狗依然默默跟在我身后。眼看着就要到理塘了，我抱起小家伙，使劲揉了揉它可爱的小脑袋。"好吧，从今天起咱们就相依为命了"，我给他取名小黑，弹丸黑志，形容它的颜色，也是体型。

我跟我妈妈一样是处女座，生活习性却截然相反。我不拘小节，很多事得过且过，很少有看不过去的时候；妈妈正好相反，洁癖到无法自拔，是那种恨不得进门前，都要拿紫外灯和酒精浑身上下消一遍毒的主儿。

我从小喜欢狗，跟妈说过无数次想养狗，可她就是不同意。小黑是我生命中的第一条狗，自然备受朕的恩宠。我抱着它在理塘满大街溜达，各种鸡腿、鸡蛋、牛奶，一律全都伺候上，甚至还出血本，花五十块钱给他买了两斤牛肉。"我去，这货貌似吃得比我还好！"看着小黑陶醉着狼吞虎咽的样子，我恨恨地想着。

从遇到小黑之后，几乎每一天我都会抱着它睡觉，而小黑对我的信任，让我仿佛重逢了少年的自己。狗其实是世界上最简单的动物，当它选择相信的时候，就会紧紧地跟随，傻傻地守护。我欣赏的，就是这种犬系的忠诚，誓死捍卫的忠诚。史可法是如此，海明威是如此，哥白尼是如此，我亦是如此。

但在外行走，随身带着狗，并不是件容易的事儿。尤其在藏区，这里几乎没有"宠物狗"的概念。"狗"在他们的世界里只有流浪和看家护院两个就业方向。所以每当带着小黑去吃饭或者住店的时候，小黑都会尝尽了各种白眼。

就比如眼下"理塘的夏天青年旅舍"，小黑不仅不能跟我在大厅休息，在一脸嫌弃的老板娘不依不饶之下，只得带着小黑花了一百八十块大洋住进标间。心中那份委屈已是不言而喻了。

但每每看到小黑歪着小脑袋看着我时，我心中都会变得无比坚定：只要它不走，无论受多少苦，我都一定不抛弃，不放弃。

## 四川·稻城亚丁

由于今后几天要进景区了，没办法随身带着小黑。我将小黑寄存在一家川菜馆里，让好心的老板代为照看。吃过早饭，我先是到宗教用品店买了一盒龙达，便来到了理塘至稻城亚丁的三岔口，寻找拼车。

在这里要说一下龙达。龙达是藏民日常生活中很重要的一样东西。其实它就是一片片写满经文或画着祈福图案的方形小纸片。每当路过垭口、寺庙的时候，抓上一把用力撒向空中，嘴里喊着"哈佳路"，就可以祈求平安。藏族大哥告诉我，"哈佳路"在藏文里的意思是"白昼终将战胜黑暗"。龙达每在风中翻转一次，就代表为撒龙达的人祝福了一次。

拼车的过程相当的顺利，不到半个小时，车上就坐满了人，正式出发。

其实所谓的稻城亚丁是两个地方——稻城镇和亚丁村，先稻城、后亚丁。而我们传统意义上说的"稻城亚丁"指的其实是亚丁村所在的风景区。

从理塘到稻城的路况相当不错，面包车差不多走了四个小时左右就到了。我本来的计划是当天就到亚丁村，在那儿过一夜，第二天进景区。可这才刚到稻城，我的拖延症又犯了，看到街上大批正准备前往亚丁的游客，说什么也再提不起劲儿继续赶路。到工地上捡了一堆干柴，从商店里买了些饮用水，又从菜场搞了两斤生鸡翅，然后一头钻进城边的一座小树林里，搭起帐篷，升起篝火，过起了野人的生活。

次日一早，为了避开大量的游客，天才蒙蒙亮，我就收拾完包裹，站在街上开始搭车，等进入亚丁村，已经是晚上了。第二天，我把背包寄存在旅舍，随身只带了一瓶水和一点儿干粮，轻松上路。

沿着长达二十公里的木板路，缓缓向景区深处走去。路边树上的松果，挂着长长的松脂，老远就能闻到沁人心脾的香味儿。一路的草甸、浅溪、灌木，把这条幽静的小路装扮得像爱丽丝梦游仙境一样。偶尔从树上窜出的松鼠疑惑地张望着我，旁边水中的小鱼却完全无视我的存在，逍遥自在。

稻城亚丁最主要的风景是三座神山——文殊菩萨峰、金刚手菩萨峰和观世音菩萨峰。可我心中的最美却是另一座圣地"牛奶湖"。

此时，我正坐在牛奶湖边，呼呼直喘粗气。是啊，为了看这一眼，我整整走了二十公里的木板路和十五公里的山路，虽然没有累成狗，但也相差无几了。其实旅行大体相同，为了一眼，哪怕千难万险也一笑置之，你可以说这是傻，但傻人的世界永远充满了彩虹和糖果。

牛奶湖并不大，两岸之间也就百步的距离，但却异常精致细腻。从铺满沙砾的岸边直至湖心，一共有五种颜色——深褐、浅褐、绿棕、奶蓝和湛蓝，阳光下，在前方雪山的映衬下熠熠生辉。远处的坡上，依稀可见几只羚羊正警惕地看着众人，不得亵渎这纯净的圣地。

火焰之所以美丽，是因为各种粉末交汇在一起，燃烧，释放出不同的颜色和混沌；旅行之所以美丽，因为万千世界纠缠与眼耳鼻舌，一瞬间爆发，交融。很多时候，外在的风景就好比这一汪湖水，只有它的透彻，才能照出被狂妄淹没在内心深处的"稻城亚丁"。

## 四川·德格

走过317国道的人，一定会对两个地方和一条路记忆深刻，"两个地方"是雀儿山和德格，前者是这段路上的最高峰，后者是藏区最大的印经院之一。"一条路"指的就是雀儿山到德格中间一百公里丧心病狂的超级大烂路。

"师傅，还有多久能到啊？"我坐在面包车最后排中间的位置，几乎哭着说出这句话。仅仅一百公里，已经走了整整九个小时了还没看到头。朕的御宠小黑在朕怀里无精打采的，连喂给它最喜欢的鸡腿也一口不吃。就这样，折腾到晚上十一点多，才跌跌撞撞到了德格。下车之后把小黑一放到地上，就看到它在原地直转圈，坐车晕成这样，真让朕心疼啊。

德格地方很小，住宿费却一点都不便宜，随便一个小旅舍都是一百多块钱，连青年旅社都要四十五块。费了九牛二虎之力，才讨价还价以四十块的价格，找了到家一看就是违章建筑的旅舍。

一进房间，我和小黑都晕倒在床上，动弹不得，脑袋中完全一副"天旋地转回龙驭"的壮观景象。夜半，接到阿娜的电话，由于信号不好，想要出去接电话，结果完全失去方向感的我，一头撞到了墙上。你大爷的，疼死朕了！

来德格的人，基本都是冲着德格印经院来的。这是个已经有将近三百年历史的印经院，每年出品的经书不计其数，号称雪山下的宝库。数百年的积累，让这块神奇的土地沉淀了无数人的梦想。而德格印经院最大的魅力在于，至今这里依然采用人工刻字的死板印刷术，这是种现代社会近乎绝迹的古老印刷方式。

工匠们戴着眼镜，用刻刀，一笔笔处理着面前的木板。为了能把字刻得更加端正，他们几乎一分钟才能雕出一个完美的藏文字母，而每部经书，这样的字母动辄几百万，其至上千万个。刻经板的师傅告诉我，他们雕刻一部经书，一般需要五年左右，而他们穷其一生，最多只能刻出十五部经书。如今，印经院内共有数百部经书，总字数超过四亿。

我问师傅，为什么不用电脑打字，速度快、字体标准，而且比木板更容易保存。师傅微笑着告诉我，能够雕刻经板对他们来说是一件非常光荣的事情。他们篆刻下的每一笔，都带着虔诚的祈祷，这样的经板印出的经文才具有信仰的力量。在他们看来，失去了信念的经文，不过是一张堆砌这字的纸，而那样生产出的经纸只是印刷品而已。

听到这些，我被深深震撼了。这里的信仰就像珊瑚一样，是由亿万条珊瑚虫付诸成无以计量的时间和生命铸就的。这种力量足以开天辟地，移山填海。

在这个快速消费的时代里，人们的信念跟孩子的梦一样无处安脚，至此，钢筋浇筑眼泪的世界再也无法宽恕任何人。现代、浮躁，饥饿又厌食的人们，一边肆无忌惮地消耗着资源，一边怨毒地诅咒着自己得到的没有别人多，那散布在人们心中的没有温度的火焰，像奔跑的火车头上比火车头奔跑更快的风声。

可即使如此，依旧有那么一批"傻瓜"，做着在我们看来毫无效率和意义的事。但，这就是他们对信仰的尊重，和对藏文化近乎古板的传承信念。

## 青海·杂纳荣草原

位于杂多县的杂纳荣草原，海拔5300，这应该是我去过海拔最高的草原了。一人一狗，莫名悲壮的诗意将这天地都涂上了颜色。忽然，小黑看到远处的草原鼠，一溜烟窜出去老远。余我一人在夕阳下静静欣赏这片土地。

秋意已浓，青黄相间的草原之上，零星漂泊着七八个湖泊，宛若经板上滴滴证悟的眼泪。从地貌来看，这里倒是跟西藏那曲有些相似。远处的雪山在夕阳的映衬下，荡漾着淡粉色的光线。

湖泊之上浮着些不知名的水鸟，一阵风吹过，鸟群惊散，化作片片白云。一只小沙狐闯进了我的视野，好奇地看着我。我起身想去追逐，没走两步就气喘着停了下来，想起来这里的海拔。

夕阳见下，我给事先联系好的司机打完电话，拿起望远镜，最后再看一眼这片土地。

我突然发现，原本密布水鸟的湖畔，多了两只黄羊，一大一小。大羊正轻轻舔着小羊，而小羊躲在母羊的怀里，说不出的温馨。这时母羊试图站起身子，可刚站到一半，忽然痛苦地嘶叫了一声，再一次倒了下去。仔细一看才发现，母羊的后腿边上，一片鲜红。她受伤了？我一阵心惊。

草原是个弱肉强食的地方，对于任何一个羊群来说，夜晚随时都会有狼群出现，需要打起十二分的精神，才有可能趋吉避凶。眼前的母羊明显已经脱离了羊群，再加上腿受了伤，无论躲到哪里，今夜怕也极有可能躲不过去了。

那么面对这生命的最后一夜，她没有如亡命之徒一样到处寻找藏身之地，也没有因为即将面临死亡，而疯狂地到处奔跑，现在的她，只是坐在那儿，给小羊喂上一次奶，静静地等待太阳下山。

我坐到了地上，静静地看着，点上一根烟，吐出的烟雾变成巨石，猛然砸到心底，心是软的，越软越疼。这些年，我凝视过山川，凝视过河流，凝视过星空，却从未像现在一样，如同凝视自己一般凝视着一只羊。

"你见，或者不见我，我就在这里，不悲不喜。你念，或者不念我，情就在这里，不离不弃。"

生死，在任何一种生物面前，都有着绝对的主动权。但对于尊严，却无论谁都有捍卫的权利。母羊心知今夜必死，于是她用另一种方式捍卫起自己的尊严，一个母亲的尊严。不再关心世间冷暖,不再纠结明天的食物,不再反抗大命的枷锁。顺应着爱的召唤,回到最初给予她生命的位置和方向。

一种行为的神圣和动人,是旁观者所赋予的,行为本身并不具备任何属性。这一刻,在我眼中,这头母羊便是佛。可是,当母羊转过头,看到一个流着泪的人类,它会不会也认为这是佛陀慈悲的正果?

## 青海·西宁

阿娜打来电话的时候哭了,从最初断断续续地抽泣,到后来痛哭流涕。我的心随着她的委屈和埋怨也疼痛到了极点。

其实昨天晚上在青海平安的时候就有预兆,当时只觉得她说话的语气有些奇怪,可当时我正赶路,心思没有放在上面,便没有注意,真不知道是自己太后知后觉,还是潜意识里默认选择逃避。

此时,阿娜已经哭得完全说不出话了,电话两头只有我的呼吸声和阿娜的抽泣声。我都能想象,阿娜正坐在她咖啡馆的沙发上,一只手拿着电话,一只手正拨弄着头巾,不让泪水沾到上面;而我此时正坐在西宁卧雪驼铃青年旅舍的露台上,左手的拇指和中指不住地揉着太阳穴。我知道她在等我表态,但我更知道,这根本不属于表态的范畴。

我和阿娜的信仰不同,这个我们早就知道,而我喜欢的恰恰就是这一点。

我是个绝对的个人主义佛教徒,无论教义中多少令行禁止的教条,我始终以与人为善,多行善事为准则,过着我快乐少忧的日子。阿娜也是个人主义的伊斯兰教教徒,除了基本行事准则以外,不会过多强调教条和法令,同样过着自由的伊斯兰教徒的生活。

可阿娜跟我不同,我的家庭没有信仰的束缚和负担,但阿娜有。她的父亲是在伊斯兰教当中地位和威望都极高的开学阿訇（阿訇是波斯语，意为老师或者学者，是对主持清真寺宗教事务人员的称呼，分为开学阿訇和散学阿訇，开学阿訇是指全面执掌清真寺教务工作的穆斯林，也叫正阿訇）。

她的家庭是一个极其传统，甚至可以说是古板的家庭，我和阿娜最大的分歧就在这儿。

于阿娜，她的父亲是无论如何不能接受一个无所事事的非穆斯林流浪汉娶他的小公主；于我，我是绝对不可能像追星族粉转路人一般，为了任何一个人改变信仰。

挂断电话，我似乎才想到流泪，站在青旅的露台上，迎风泪洒。我知道阿娜很委屈，可我不也有着一样的委屈么？这时老曹走了过来，我略显尴尬地把头侧了过去，不让他看到我发红的眼睛。

老曹在我心里绝对算是个人物，青海人，比我还小一岁，大学专业课老师，教的是摄影，兼职做着青旅，虽然比我小两岁，可还在我上大学的时候，他就一个人花了四十六天，徒步横穿了大可可西里，是一个多情却绝不滥情的主儿。

"达瓦，咋了？"老曹递给我一根烟，然后自顾自地点上，站在我身边不再说话。接下去的一个小时中，我把我和阿娜的故事，无论巨细，完完整整地讲给他听。讲完后，本想着老曹应该会安慰安慰我，却没想到他没头没脑地说了这么一句："你有把握让那姑娘跟着你私奔么？"

"估计可能性不大，再说，我也不愿意她这么名不正言不顺地跟着我。"呵呵，我的幼稚不局限于路上，在感情上也同样如此。

"听我一句劝，放手吧。"老曹吐了一口烟，"我虽然不是教徒，可在西宁这种地方我知道，从来就没听说过有哪个维吾尔族姑娘能够嫁给一个不是维吾尔族的男人，再说她爸还是个阿訇，这基本就不可能了。"老曹顿了一下，继续说道，"让你改信伊斯兰教这事儿，估计也是你家那位一厢情愿的，且不说你能不能改信，就算你真成穆斯林，她爸还是不太可能同意你俩在一块儿。回族跟维吾尔族都是穆斯林，你听说过这两个民族有通婚的么？至少我没听过。"

我听老曹这么说，顿时心沉到谷底，恍惚着说道："难道我们两个真不能在一起了么？"

"所以我一开始才问你，有没有把握带着那姑娘私奔，这可能是你唯一的机会。"老曹扔了烟屁股，背靠着栏杆，"达瓦，不知道这么说你能不能明白，在她父亲的眼中，你和他们是两个物种，鱼和鸟之间的感情能有结果么？"

我知道老曹说的是对的，其实这一点我也早该想到，是爱情让我冲昏了头脑。我陷入一阵一阵的自责和绝望中，仿佛跑进了伊卡洛斯的迷宫，无论怎么转，都转不出那个怪圈，唯有在背上粘上翅膀，带着阿娜飞出迷宫，才能解脱。可那围墙是么的高，就算飞上了围墙，背上的羽毛也会随着腊被太阳烤化而脱落，阿娜和我，也终将从天空中陨落。

"走，咱们吃烧烤去，不该想的事儿，不能想，想多了对你们都不好，珍惜现在吧，能有一天过一天也是种幸福。"老曹也不等我说话，拉着我就走出了青旅。

坐在老曹的小电驴后面，路过东关清真大寺，忽然有种莫名的心寒。西宁的街头依然喧闹，此时看来，随处可见的高楼大厦，在灯光的渲染中，显得异常怪诞而讽刺。那些面纱后面的女人和藏服中的男人，虽然在十字路口处并肩而立，可两人之间却有着一层透明的隔膜，看似在一个世界，却被分割成两个不同的时空，无论如何费尽心机也闯不过去的时空。

那一晚，老曹陪着我喝了不少酒，一人八瓶二两装的红星二锅头，如今也就只有兄弟陪着我才敢喝这么多酒，否则一旦酒精酿成了苦涩，凭我一个人的力量必然无法消解。

我告诉他，无论如何，我是不会放弃的，在他说的不可能的世界里，创造一种可能性。鱼爱鸟，鸟爱鱼，即使在三维的空间中找不到出口，也必然能在四维的世界中找到终点，是的，必定会有一个终点！

# 四川·成都（一）

村上春树说："当你再次经过这里时，你就找到了自己。"我是个不屈从于宿命，却尊重宿命的人。

同样的时间，同样的地点，完美结合在这个宿命的时空中。站在季风青年旅舍的阳台上，我仿佛跟两年前的自己打了个招呼。那一次我从这里出发，去往西方的西方。

如今，我带着一身的风尘，回到这里。青旅的名字变了，装修变了，老板变了，客人变了。唯一不变的是炎热的天气、头顶的氤氲和我眼中的坚定。

这次打算在成都待一个月，好好享受一下这个有"全家超市"的发达城市，带给我生活的各种便利。由于停留时间较长，于是，我厚着脸皮，向青旅提出做义工换取食宿的申请。老板一听立马就同意了，还说了句"你口条儿这么好，要不你就陪客人聊天吧！"……

我前半句还没听就完差点吓尿了，后半句一出来，顿时一股屈辱感油然而生……夸朕口才好就直说啊！说朕"口条儿好"是几个意思啊！

当然，心里这么想，嘴上却满口答应下来。扯闲篇儿这种事儿对我来说本就没什么压力，而且，即使没有这份工作，我最大的爱好也是找青旅里的驴友们聊天。对我来说，旅行中的一大乐趣，就是有好故事可以听，有好故事可以讲。

还记得曾经在青旅，听着老驴们聊着冈仁波齐、加德满都和喀纳斯，眼里都会冒出一颗一颗的小星星，总觉得那是一辈子都到不了的终点，却没想到如今的我，已经是这其中一员。

本以为自己经历的一切足够应对大多数考验，可谁想，接下去的两周，听着各种跌宕起伏的故事，我的世界再次被刷新。在爆了无数个BUG之后，所有通关的BOSS变成了我自己。

故事一：活着真好。豆豆，十九岁，新疆汉族，一家子都是边境军人。当年以高分考进国防大学，一周后退学，转入政法学院，两个月后再度退学。搭车开始了两年的旅行，沿着中国的陆路边境线绕了一圈。一路过来，开过酒吧，弄过青旅，败了家里上百万，并欠下几十万的外债，最后身心疲惫，来到成都，这一住就是两个月。小伙儿除了身高以外，一切都很完美。他在路上结识了现在的台湾女朋友，女友为了他，吃尽辛苦，独自一人来到成都工作。一次，小伙家中遇难，在一个小时之内要凑齐二十万，否则家破人亡。小伙无奈之下，向同为十九岁的女友求助。姑娘当下对自己的老板以死相逼，借来二十万给了小伙。小伙感动不已，带着姑娘回新疆老家见了奶奶。回来后，姑娘不顾全家反对，把小伙的名字文在自己肩膀上。小伙看到后，哭着跟姑娘说，活着真好，有你真好。

小伙轻攥拳头，眼中隐隐冒着闪烁的光。每每讲起这些波涛汹涌的故事，就像是讲述着别人的人生般风平浪静。最后他告诉我，回新疆之后他也要再开一家青旅，在旁边种一棵白桦树，等死了以后埋在那儿。这话从一个刚成年不久的孩子的口里讲出来，既怪诞又心酸。

故事二：人要笑，哭着笑也是笑。血液病主治医师，三十二年从医，坚强却柔情似水的安徽女人，刚从忧郁症里走出来，眼中尽是轮回。大姐的生活简单而惊险。有一个晚上，大姐连续救活了三个病人，早晨，刚从手术室里出来的她，匆匆打来早饭，可还没顾上吃一口，又一个病人需要急救，大姐连水都没喝一口，就又冲进了手术室。红色的灯亮了整整三个小时，最后，灯灭，命殒，这个没有救活，大姐亲手把白布盖到这个只有十二岁的孩子的脸上。冲回到诊室，大姐抓起早饭死命地往嘴里塞，眼泪大颗大颗滴进粥里。半小时后，今天第五个病危出现，二十八岁。病人的家长跪在大姐面前，求她救救自己的孩子。四个小时的手术后，大姐疲惫地走出病房，病人活了，她笑了，哭着笑的。一年后，大姐得了抑郁症，每天靠药物维持。整整两年，大姐行尸走肉般穿梭在病房间，不再流泪，不再欢笑。院长一巴掌打醒了大姐，笑着哭了整整一天，她告诉我，当走出院长室的那一刻，一辈子的眼泪已经流尽了。男人四十摔一跤就老了，七十摔一跤就死了，大姐的丈夫摔了一跤，检查出肺癌。夫妻两人为了求医，跑遍了整个中国。丈夫的病情控制住了，大姐累倒了，休息了五年才恢复。她问我要了根烟，烟圈缓缓吐出，眼中星光点点。大姐说，人要笑，哭着笑也是笑。

"超越你的同伴并非你的高贵，真正的高贵在于超越曾经的自我。"话虽如此，但我终不是海明威这种硬汉，别说超越，就连复述都成了艰难的抉择。

这仅仅千余字，我整整用了三天的时间，仿佛每个字符都要用尽全力才能打出。当我完成的那一刹那，思绪开始在忧伤和释然的边缘不断地穿越。

忽然，我开始厌恶自己，讨厌那个故作坚强、隐藏懦弱的自己。

就像罗曼·罗兰说的"生活中只有一种英雄主义，那就是认清了生活真相之后，依然热爱生活。"我爱自己，终究还是因为没有面对自己，我爱生活，可我却不是英雄。

反抗是青春，妥协是进化；青春是转瞬即逝的，进化是亘古不变的。为反抗自己、妥协游戏而存在的人，是因为看得清利弊；为反抗游戏，妥协自己而存在的人，是因为看得清爱恨。

利弊的大人物的世界，爱恨是孩子的天堂。能听到那些微弱的呐喊，看到那些含泪的微笑，必定是生活的英雄，也是那些超越了生活，却超越不了青春的孩子们。

## 四川·成都（二）

铁打的兵营，流水的兵。一转眼，大限已到，我将离开季风青旅，带着小黑继续上路。

这二十天中，我除了"锦里"以外，几乎哪儿也没有去，蜗居在季风青年旅舍二楼的花园上。

在每个悠闲的下午，光着脚丫子，抱着电脑和耳机，坐在紫藤花下，边聊，边看，边想，边写，到了黄昏时分，夕阳从花园斜对面的大楼间温柔地滴在脸上。某些瞬间，我甚至恍惚，我到底是在成都，还是在天堂？

季风是个神奇的地方，大学旁边，一环对面，繁华的街道，喧闹的人群，可它偏偏要以卵击石，闹中取静，偏执地要做现代人的伊甸园。

在这片喧闹中的净土中，圈养着这样一群人。他们不谙世事，却尝尽人间冷暖，他们从不寂寞，却孤单无比。这是一群神的孩子：安妮，安娜，小花，雨田和我。

安妮，季风的大当家，如雪般轻盈清丽的女子，曾做过大学老师，曾在全球五百强企业做过CEO的秘书，接连辞职后，又在丽江和成都斥资数百万，开上了青旅。每一家青旅都美得跟爱丽丝梦游仙境一样。我经常跟她开玩笑，说她不是在做一家梦中的青旅，而是把青旅做成了一个梦。安妮笑笑说，梦想需要的不是一块坟墓，而是摇篮，梦想必定死无葬身之地，摇篮是梦想死后唯一的草席。这个摇篮不一定要赚到钱，但一定要像磁石般吸引同样的游魂，引导着他们成长。

安娜，季风的二当家，是个自奴型文艺女青年，没日没夜地自我反省、自我折磨、自我蜕变。每当有月亮的夜晚，她都会含羞带骚地聊起那段还没开始就结束的爱情。情商极高，智商跟她的颜值一样，温婉而含蓄。是个逗逼却不脑残，直爽而泰然的大眼睛女孩儿。

小花，大龄剩女，是个值得佩服的姑娘，一个人搭车走遍大西北的每个角落。很难想象，一个如此柔弱的身体里，竟然藏着那么巨大的能量。平时不温不火，每当提到旅行和梦想，她眼中就会闪着慑人的精光，我喜欢这样的姑娘。（闭眼默念：阿娜听不到，阿娜听不到，听不到……）

雨田，是西南民族大学的研究生，主修人类学，当然，至今我也没搞懂她的学术方向到底是什么。不过她在文哲方面倒是很扎实，与我相当投缘。雨田在青旅里打兼职，跟她抬头不见低头见的，也就相熟了。当学痞碰到学霸，切磋一下在所难免，每每入夜，我们都会讨论神叨叨的话题，经常互掐到晨光熹微。雨田说我心里住着冉·阿让，她心里住着夏维尔（两个人都是悲惨世界里的角色，前者追求个人主义和英雄时代，后者追求集体主义和法律信仰）。我说这两个人的结局都不太好，要不我们一个做何以琛，一个做赵默笙，两个人看上去都是聪明士，其实都傻傻分不清楚。结果被雨田追着打了好几天……

临行前一晚，大家为我践行，做了一桌子菜，没喝酒。安娜眼睛红红地说她会想我，我去拥抱她，告诉她我会记住这里和这里的每一个人。

任何在路上的人都是无力的，面对别离我们唯一能做的是就是"记住"。我们都是游子，家便是乘风破浪的巨轮，记住曾经的自己，然后沿着梦想的轨迹颤颤悠悠地前行。

这是个大航海时代，以没有终点的终点为目标的旅行者们，不断地出现，又不断地消失，轮回不息。在这片世界中，是那个所谓的终点孕育了旅行者？还是旅行者孕育了没有终点的终点？是梦想先存在？还是人类先存在？旅行者们在寻梦的时候，也会有因为失去珍视的东西，而感到没落，流泪的时候，这个时候该如何是好呢？我们一路走来，跌跌撞撞，步履蹒跚，却也勉勉强强给出了答案，这个没有终点的终点是时间。

（最后一段改自青稚的话，以纪念我含笑带泪追了八年的海贼王）

## 四川·西昌

四川省西昌市是凉山彝族自治州的首府，现代而无聊，如果不是因为遇见Fast，我甚至不愿单独成篇提到这个地方。想想都觉得讽刺，作为一个在国际化大都市上海生活了二十几年的人，竟然会将现代和无聊画上等号，也不知道这是进步还是在退步。

Fast是我在京昆高速上认识的。当时我从石棉出发，搭车赶往西昌，搭到一辆北京牌照的越野车。上车后，就看到一个外国男生赫然坐在后排。可由于开车的师傅并不会说英语，没办法跟他聊天，所以从我上车之后，就是我一直在跟司机师傅聊天，他则安安静静地坐在后排，时而看看窗外时而玩手机自娱自乐，却没有发出多余的声响，也没有睡觉，显得非常有礼貌。

晚上八点多，到西昌了，司机大哥下车小解，而我也收拾起包裹准备下车，Fast忽然拍了拍我，从背包里掏出一块皱巴巴的牌子，上面用中文写着"我是一个旅行者，请让我免费搭您的车，谢谢！我要去：成都→雅安→汉源→西昌→攀枝花→昆明→……"我看了一眼就笑了，这老外为了出来玩，还是蛮拼的，我仔细看了一下牌子上的路线，试探着问道："你是要去老挝么？"

Fast一听顿时大喜过望，一个劲地叫着耶稣、上帝和圣母玛丽亚，终于碰到一个会说英语的人了。我心中顿时一阵好笑，这家伙，是有多久没碰到会讲英语的人了啊！这时Fast赶紧问我："你好，我的朋友，现在到哪里了？你可以告诉我么？""现在已经到西昌了，你看，就是你在纸上写的这个地方。"说着，我指了指他那张纸牌上"西昌"的字样说给他听。Fast一听又激动了，赶紧从车上跳下来。我们跟司机道完谢，背上大包，爬出了高速公路。

"老兄，我叫Fast，你叫什么名字？"Fast跟在我身后，开心地问着我，"额……我名字叫Furious"，Fast一听我这么说，立马眼睛直直地看着我，不知道该说什么好，我哈哈一乐，说道："放松点，老兄，这只是个玩笑，难道你不喜欢《速度与激情》？（速度与激情英文名叫Fast Furious）我叫Martin，很高兴认识你。"一听我这么说，Fast哈哈地笑了出来，"很高兴认识你Martin！你还真有意思，我这还是第一次听懂一个中国人讲的笑话。"旋即，又问我："Martin，这里没有能接待外国人的青年旅舍，我只能住三星级以上的酒店，太贵了，今天晚上能不能跟你拼房？""为什么不呢？"我嘿嘿一笑，打开了手机，找到了一家四十六块钱,含早餐的酒店标间,跟Fast一说,这货顿时嘴巴变成了O型,不可思议地看着我"Martin,你说的是真的么?你们中国人住的旅舍真的好便宜啊!"我白了他一眼,心中不禁犯了嘀咕,开玩笑,等我去欧洲的时候,不也是这种待遇么?这有什么好说的。

西昌市区并不大,我跟Fast走了半个多小时就找到了预定的酒店。我先进去办理入住,随后把房间号码发给Fast,他则偷偷摸摸地从消防楼梯溜了上来。这是我第一次帮外国人开挂,刺激无比,骄傲无比啊。

进了房间,等我们两个人洗完澡发现时间还早,就坐在床上聊起了天。Fast比我小两岁,法国人,出来旅行也有两三年的时间了,走了四十几个国家,梦想是在四十岁之前走遍全世界所有的国家。当Fast说出这些话的时候,完全是一副理所当然的表情,似乎这一切简单至极、不值一提。当他说到他走过四十多个国家的时候,我露出一副不可思议的表情,Fast以为我不相信,拿出自己的护照给我看,我胸中顿时一万只白马奔腾而过……哇咔咔!你看看人家欧洲人,出个国跟去邻居家串个门儿一样!满满一本护照,全都是入境章,出境章,一张VISA都没有!我们中国人呢?满满一本护照,全是VISA,要知道VISA都是钱啊!而且很多VISA就算是给钱,人家还不要!

我沮丧地把护照还给Fast,他好像看出了我的心思,安慰我说,中国的护照难办签证是暂时的,再过几年,等中国成为发达国家的时候,我也能环游世界。他还告诉我,他去伊拉克的时候看到伊拉克人比中国人出国旅行还要难上很多,很多国家一看到他们的国籍,根本就不给面签的机会。聊了一会儿,他说起了他这一路走一路当种马的艳情史,我一边听着,一边咂着嘴感叹,那一刻我甚至感到我的心都咂出褶子了。我靠!太××惊人了!这个看上去这么清爽纯情的年轻小伙儿,原来是这等斯文败类,而且竟然比我还要败类!Fast基本到每个国家都会谈一个女朋友,前段时间在中国也找了个北京妹子。我问他这么多女朋友,就不怕万一她们相互认识了惹上麻烦么?Fast甩了一下他妖娆的刘海,笑着跟我说,他每个女朋友都在不同的国家,怎么会有麻烦?他在说这番话的时候,那表情让我联想到四个字:祸国殃民!顿时,我又感觉一万只白马奔腾而过……

第二天退了房，我跟Fast就分手了，我要继续赶路，而Fast则想在这个地方多待几天。临行，我们愉快地握手道别，没有丝毫不舍或者伤感，虽然我们都知道，彼此都只是对方记忆中的一页，分别不一定意味着伤感，两个男人在自己追梦的路上相遇，相互鼓励之后握手道别，这不是很帅的一件事么？

## 云南·昆明

至今，我也没搞懂，我到底来昆明是干吗的……在这儿的登巴客栈住四天了，一没出去玩，二没找驴友吹牛，三没摆摊挣钱，四没开荤解馋，每天都窝在客栈的榻榻米上戴着耳机看电影。

"达瓦，你怎么又不出去啊？前台有几个美女正要去滇池，你要不要跟着一起去？"说话的是斑马，她是昆明登巴的管家，这几天当起了我的奶妈，不仅管着我的住，还管着我的吃。

"额……我看电影呢，看完再说吧。""什么电影？""重庆森林。""晕倒！这电影你这两天看了都几十遍了吧！还看？""没那么多，八遍，八遍……"我尴尬地重新戴上耳机。是啊，八遍了，快赶上我小时候看葫芦娃的次数了……其实，我经常会干这种傻事，一部片子翻来覆去地看，直到看吐才放下，然后隔一段时间再翻出来重新看吐一次，《青蛇》、《梦旅人》、《肖申克的救赎》、《断背山》、《海上钢琴师》、《霸王别姬》、《笑傲江湖之东方不败》、《新天龙八部之天山童姥》、柯南剧场版《银翼魔术师》、海贼王剧场版《最强之敌Z》、95版《神雕侠侣》都在这个列表范围内，从来只有增加，没有减少过，从这点上看，我应该算是个多情且恋旧的主儿。

随着王菲在电影中那个"藕断丝连"的眼神渐渐模糊，我收起电脑，长长出了口气，坐到客栈的石阶，点上一根烟。

《重庆森林》讲的是两个平行的故事，跟重庆一点关系都没有。前一个有关失恋，后一个有关暗恋，连接点是时间，一贯的王家卫风格。两个故事中，我更钟情前一个，不仅因为林青霞。准确地说，我看这部电影，应该不下一百遍了，支撑我这么不离不弃的动力，一者是林青霞在电影中精湛的演绎，而另一个便是前一个故事当中关于凤梨罐头的大段意向描述，意向当中，罐头被理解成记忆，在保质期上大做文章。

"我们分手那天是愚人节，所以我一直当她是开玩笑，我愿意让他这个玩笑维持一个月。从分手那一天开始，我每天买一罐5月1号到期的凤梨罐头，因为凤梨是阿May最喜欢吃的东西，而5月1号是我的生日。我告诉自己，当我买满三十罐的时候，她如果还不回来，这段感情就会过期。"

"终于在一家便利店，让我找到第三十罐凤梨罐头。就在5月1号的早晨，我开始明白一件事情，在阿May的心中，我跟这个凤梨罐头没有什么区别。"

这两段独白，我几乎都能背出来了，很多人喜欢用各种大场景表达灵魂的忠贞，比如，翻山越岭费尽周折找到女友隐居的小镇，只为偷偷拍一张照发给她，告诉她有一个人一直在她身边；又比如，跪在大海边上奋力地哭泣，因为男友在她毕业典礼那天去了美国。而我却更喜欢用小场景表达极复杂的感情，就比如眼前的凤梨罐头和《青蛇》中白素贞的家。

电影中还有一段关于罐头的旁白。"不知道从什么时候开始，在每个东西上面都有一个日子，秋刀鱼会过期，肉罐头会过期，连保鲜膜都会过期。我开始怀疑，在这个世界上，还有什么东西是不会过期的。"为了这段话，我还曾跟妈妈讨论过她那个年代的东西是什么样的。

妈妈回忆说，20世纪70年代，她还小，每个人关心的只是能不能吃饱，根本没人在意新不新鲜，用菜票换个西红柿，早上四点就要开始排队了。在当年，罐头是绝对的紧俏商品，那时候很多家庭弄到一罐罐头就会立刻藏起来，等到过年再吃，她也不记得那时候的罐头上有生产日期和保质期,但妈妈清晰地告诉我,就算有,过了期也照吃不误。妈妈常说:"现在不一样咯,以前看到什么吃什么,现在吃之前讲究太多了,一个不小心就会吃死人的!"我想,当年吃死人的东西也应该有,只是那时候死的方式太多了,吃死人才显得不那么明显。

东西会过期,这是正常的,哪个年代都一样,可唯有如今这个年代,才会把保质期这么堂而皇之地拿出来说事儿。中国有很多美食都是因为变异产生出别样的口味,皮蛋、臭豆腐、盐渍菜、酸菜、臭黄鱼都是这样,现在的食品都是层层把关,可把关把得住规律,却把不出奇迹。这跟爱情是一样的,现代人讲究三年之痛、七年之痒,于是想出各种办法给爱情保鲜,结果越保越不鲜,爱情一旦过了期就丢进垃圾桶里。以前人傻,不懂这些,再怎么痛再怎么痒,多数夫妻还是会安生地过一辈子,那些年代的爱情难以下咽,相安无事,却无从过期,还创造出各种伟大的夫妻。

想完这些,我低头一瞅,地上已经有三四个烟头了。直起身,走到隔壁超市,买了罐凤梨罐头,蹲回刚才抽烟的地方吃起来。这世上总有不会过期,或者不在乎过期的食物吧,就比如新疆的馕和阿娜……

## 云南·丽江

墙里起弦墙外兴,寒蝉当曾暑时鸣。四方酒瓮杯当满,赤足青泥月也盈。

桑梓恨,半阴晴,痴男怨女几曾经。朝秦暮楚如何算,加减得失终作零。

——《鹧鸪天·丽村平江》

丽江是一段美得发昏的传奇,这传奇中没有王子和公主,有的,只是一个个生活的造反派和歌姬。四方街就是这些灵魂的疗伤地。

每人心中都有一个自己的"丽江"，太多的人带着疲惫，来丽江几个星期甚至几个月，不去沐王府，不去玉龙雪山。仅仅是每天穿梭在街边巷口，看着日出日落，看着人来人往，看着自己。就像神灯里的灯神阿拉丁，纵然逃脱了命运的桎梏，却再也找不到自己的位置。

我几乎每天都会去T爷的非洲手鼓店。T爷有很多标签：纳西族，嬉皮士，瘾君子，光头强，Lesbian。T爷的女朋友小柯是个清澈的白彝姑娘（彝族分为白彝和黑彝，曾经，白彝是贵族，黑彝是奴隶），盘发，旗袍，古铜色皮肤，修细的眼睛，勾人摄魄。每次看到我，都会甜甜地叫我达瓦哥哥。有一天傍晚，临走前，小柯给了我一张唱片，说这是她的专辑，不卖，只送朋友。

T爷的店是古城里少数几个不放《一瞬间》的鼓店，店里的音响，永远放着那首cancer nine的《les疼爱》。店面很小，在四方街不显眼也不出名。不过因为她们家的手鼓可以根据客人要求单个订制，从鼓面材质到鼓身雕刻都可以独立设计，虽然价格不菲，却颇有些老顾客光顾。

我总是在店门口抱着鼓，人多的时候敲鼓帮忙招揽生意，没人的时候看着墙上的海棠花出神。小柯一般都在屋里绑鼓，店里大多数鼓都是她做的。T爷会到我身边盘腿坐下，扔给我一根烟，自顾自点上。然后看着太阳一点点的下山，房顶的影子一点点拉长。

T爷有着健康的小麦色皮肤和小麦色灵魂，配上精致英气的五官，忧郁的眼神，不仔细观察，很少人会发现这个"美男子"是个女生。T爷话很少，就算偶尔跟她聊天，也限于旅行的见闻，从不涉及家庭和过往，彼此都小心翼翼地不触碰到对方的伤口。

晚上，T爷会带我到丽姐的酒吧帮忙，酒吧刚刚开业，一家同志酒吧。工作简单，陪人聊天，报酬是夜宵和啤酒畅饮。作为一个兼具了狮子座的处女座，我对同性恋的世界充满了探索精神，身边也有过一些这样的朋友，但每当聊到这方面的事情时，都很注意分寸，对于这个群体，我始终是好奇多过了解。

在这样一个特殊的空间，平时看上去一丝不苟、人五人六的男男女女们，撤卜层层面具，方圆之中尽显婀娜，倒是另一番香艳绝伦。小小的酒吧经常被男同志们一声声柔情似水的娇喝弄得春光四溢，那份虬髯与霓裳交织出的那份揉碎的造作，我有时都不敢直视。

还好，在这里没人会问我有关性取向的问题，也避免了我的尴尬，而且大家都还很喜欢我，叫我"大胡子男神"，叫小黑"哮天犬"。虽然觉得"男神"这个称呼实在不适合我，不过谁会拒绝别人的欣赏呢？

酒吧有一个客人叫阿斌，每次来酒吧都找我喝酒，每次都讲着军营的故事和一个叫齐苏的女孩儿，每次都喝得醉不可赦。一天，他说他爱上我了。我说，真的喜欢我，就别辜负自己曾经穿过的军装，和在乎你的人们。

他问，能不能吻我，我说，只要你不再借酒消愁，可以。他犹豫了一下，看向我，问我真的可以么。我微笑着对他说，都是男人，不用拘此小节，难道我们俩去澡堂要穿着泳裤洗澡么，他憨憨地笑了，也不再那么紧张。于是他略微颤抖地拥向我，我则略带生涩地回应起他。那种轻柔湿润的记忆，至今依然清晰。

那晚之后，他再也没来过。直到一年后，我在昆明再见到他，他身边多了一个留着马尾辫的可爱姑娘，他说这是他妻子——齐苏。而我关于阿斌的全部的记忆至此，也被我彻底封存进脑海最深处，丽江是这座声势浩大的青楼，太多人在那里读懂了风花雪月，却鲜少有人能走出沧海桑田，我爱阿斌，这份爱无关风月。

# 云南·大理（一）

"雨绵绵地下过古城，人民路有我的好心情"，漫无节奏的随性，如歌里唱的杰克·凯鲁亚克般疏狂叛道，沉思顿悟。一个手鼓，一本诗集，一张地图，依仗着最单薄的行李，活在别人的梦里，这儿就是大理，只爱陌生人的大理。

抱着小黑走进人民路的夜，肉体仿佛已失去作用，踩踏着青石板，饥渴的心像蜗牛一样，在直觉熟睡的夜里，伸出一根根柔软的触角，四处寻找契合的精灵。我猜，每个人都曾分裂出一丝魂魄，任它流浪到一个不知名的地方，直到来到大理，才找回了又一个自己。

这里有很多地摊，每个人都在通过这种方式为旅行筹钱。在大理这本书中，每个过客都是一个角色。书中的世界，几乎没有几只羔羊，所有人逃难似的争前恐后做起黑羊。黑羊们执著地相信着，自己是特别的、唯一的，将永生在某刻空间里；羔羊也可以永生，永生在别人的胃里。果子就是这本书里的其中一只黑羊。

果子来大理已经快三个月了，嘴角边有俩酒窝，一笑春天都来了，大大的眼睛透着股说不出的机灵劲儿，小小的个子，走起路来跟兔子一样，一跳一跳的，肚子饿或者吃到不喜欢吃的东西会歪着脑袋，鼓起嘴生气；看到可爱的小动物和毛绒玩具会冲上去各种摸；每次玩三国杀，都要抢着要当主公。她是那么可爱，天真，像天使一样。只是，她是个折翼的天使，左臂之下空无一物，一起风，袖子就随风飘动，说不出的萧瑟、凄凉。

果子在人民路上只卖明信片，上面印的都是自己的背影，张张都高高举起双臂，拥抱太阳，拥抱草原，拥抱天空，拥抱湖泊。一有人来地摊上看，果子会乐呵呵地指着一张张的明信片讲故事，大多数客人听着故事，看着她断去的左臂，大都露出几分不可思议和怜悯。这时果子都会眯着眼说："果子不可怜，果子很开心，买一张支持下永远开心的果子吧！"果子每次说到这儿，都会笑，笑得很美，美得仿佛从未受过那样的伤。她是那么的坚强，坚强到她不认为这算坚强，在这个姑娘的世界里，似乎没有什么东西，能阻止她快乐下去。

入夜，收摊。赚到了钱，她会买两瓶啤酒，一瓶给我，一瓶自己喝；没赚到钱，她会撒娇让我去买。每次看到她一跳一跳地跑到我面前，让我帮她开啤酒，我都会一阵阵心酸。她是多么爱自己，爱这个世界，爱这个让她丢了左臂的残酷的世界。

果子说，她是孤儿，在天津一所福利院长大，很小的时候就喜欢趴在地图上数地名。两年前离开了那个十八年来她眼中的家，干的第一件事，就是骑行川藏线旅行。果子的手臂就是因为那次旅行而断的。

她说是在色季拉山，下坡，路面暗冰，自行车刹车失灵，连人带车翻了出去，差一点就摔下悬崖。当果子在医院醒来，发现自己的左臂没有了，医生说，她的左前臂受伤太重，只能选择截肢。因为她是孤儿，而且成年了，所以手术同意书上按的手印是她的队友在她昏迷的时候，抓着她的手帮忙按下去的。果子出院之后的三年里，靠着残疾人补贴和摆地摊赚到的钱，把当年队友帮她垫付的住院费和手术费还清，然后，回到福利院做了一年的义工，之后来到大理，想筹钱把没走完的路走完。

"我想过自杀，有一段时间，我一直觉得自己是那么多余。当我拿着刀站在镜子前想要了却残生的时候，突然发现镜中的自己特别漂亮，我就想，为什么非要我为我的自卑给全世界让路？就不能让全世界为我的美丽让路？为我的勇敢买单呢？我猜这就是命，既然是命，就算跪着走，也要把它走完！"果子讲着这些话，眼中闪着慑人的精光。

多少次，我都想问，她回福利院的那一年过得好不好？却始终没有问出口，那感觉，就像是问一个荣归故里的英雄："战俘的生活还滋润么？"我无法想象，这么一个娇小的身体里，怎么会藏着如此巨大的能量。面对理想，忠诚现实，是伟人，如歌德；面对现实，忠诚理想，是英雄，如嵇康。在我心中，果子就是一个不折不够的英雄。

后来很长一段时间里，每每碰到不顺心的事，只要一想起果子，一切都会沧海桑田。没有任何一种目的，值得用快乐作为代价换取，这是果子教我的，她就是这么做的。

## 云南·大理（二）

我在大理待了一个多月，除了果子以外，几乎没有跟任何人接触。阿娜也没有再为家里的事跟我多做纠缠，依然每天两三个例行电话，聊聊咖啡馆见到的人和事，生活陷入了一片沉静之中。

每天早上，我基本都是"天堂书屋"的第一个顾客，点一杯意式特浓，抱着电脑，坐在一楼的天井里写东西，一坐就是一整天。我喜欢这里混合着油墨和咖啡的味道，店里一般只有一个店员和老板，老板是个约莫四十多岁的女人，骨子里透出一股贵族气，却不让人生厌，店员是个留着山羊胡，系着辫子的男人，看上去另类而散逸，倒是有几分混过乐队的样子。一楼的天井不像二楼露台可以俯瞰街道，也不像在店内，隔着玻璃窗能看到行人，它更像个完全被隔绝起来的世外桃源，四面都是墙，头上则用玻璃打造一穹暖顶，无论大街上多么嘈杂，硬是一点儿都影响不到里面。

书屋每天都有很多的客人，来看书，来喝饮料，来写明信片。可无论人们带着多少欢声笑语来到书屋的门口，只要一打开这扇门，都奇异地安静了下来，就好像那扇大门后面真的是天堂，人们无声地为这片人民路上的净土撑起一片片浅默，我喜欢这样的感觉。而我也在这片"遮语伞"的保护下，心思变得更加敏锐，更加细密。

每一天，我不是打字就是看书，几乎连发呆的时间都没有。咖啡和盐罐每一小时老板会送来一次，不需要我点餐或者提醒。送来后，老板会站在我身后看一会儿，如果我正写到浓时，便不会理她，如果不忙的时候，会回过头跟她打个招呼，稍微聊上几句，老板会拍拍我的肩膀，让我不要太辛苦，然后轻步离开。

中午时分，我一般都会拜托出去吃饭的店员，帮我带一份午餐回来，要求不高，只要是粮食，没有辣椒就成。吃完之后，我继续坐在原地，看书，写字，直到打烊。大多数人都会迷恋自己本身不具备的特点，所以很多人喜欢喝酒，沉闷的人在酒中变得活跃，变得容易感动；聒噪的人在酒后变得安静，变得深思熟虑。我沉迷于在天堂书屋里，那个自始至终闷如死水，却暗潮涌动的自己。

打烊前，老板会把店里当天做好却没有卖光的糕点，以很低的价格卖给我，这时我便会给果子打电话，告诉她有夜宵吃了。

话说，果子真的是个很容易满足的孩子，虽然有些粘人，但绝不缠人。我跟果子一般都会在古城西门跟一群同在大理流浪的人喝酒吹牛，但我每次在七点钟左右就会离开，去"小食堂"。

"小食堂"这个名字是我给饭馆取的，因为没有名字，我总得称呼它。这里没有菜单，除了米饭和面条以外，每天只提供四个随机菜色，两荤两素，味道绝佳，简直是选择困难症的天堂。菜都是现做的，每天每道菜只做十份，售完为止。除非是特别熟的客人，其他客人去都要提前预约，否则很容易白跑一趟。食堂很小，店里勉强只能摆上两套桌椅，所以除非特殊情况，食堂都只有鹭鸶姐一个人打理。鹭鸶姐是这家食堂的老板，她的真名没人知道，再熟的朋友也只叫她鹭鸶，两个很难的字，与"月灼"同音，古代五凤之一，紫色，象征坚贞。爱自己远比别人多，这个很难得，现在的女人爱包包，爱猫猫，爱老公，却很少爱自己，所以我们都很爱她，爱自己的人才有资格被爱。

小食堂的厨房是开放式的，鹭鸶姐做菜的每个步骤都看得到。对我来说，鹭鸶姐做菜时的状态比她做的菜更迷人。鹭鸶姐的操作台上必定会放着三样东西，一杯咖啡，一本本子和一支笔，她做菜很慢，空当时，她会喝一口咖啡，或者跟我们聊上几句，来了兴致，她还会唱歌给我们听。有时她做菜做到一半，会忽然停下，若有所思，然后拿起笔纸，写几句话，再继续做。鹭鸶姐很少跟不相熟的人说话，仿佛每天她都沉浸在自己的状态里无法自拔，我能感受到，她是敏感的，很多时候，我甚至怀疑连天体的运动都能对她产生影响。

鸶鹭姐的丈夫大丘是内蒙古人，在附近开了个小酒吧，偶尔碰到点头一笑，并不多话，一米九的个子，壮硕无比，也只有这般强壮的臂膀才能护得住敏感、精致、脆弱的鸶鹭姐。有一天，我去了他的酒吧，大丘看到我，走了过来。

"小伙子，你哪儿人呢？"大丘喝了口啤酒，斜坐在我旁边说道："你来这里该有个把月了吧。"

"咱俩老乡，都是内蒙古的，来这儿估摸着是有一个月了。"我细细地摸着面前非洲鼓，鼓屁略显粗糙，却透着股说不出的沧桑味儿，这鼓是鸶鹭姐的，要是我的鼓肯定就不知道被我扔哪儿去了，就像摸别家的孩子都很小心，对自家孩子反倒随意一些是一个道理。

"来这儿等人么？"大丘继续问着。

"不是，我也不知道来这干吗，大丘，我这样的人你应该见过不少吧。"我扭头看向大丘，大丘一脸中年男子独有的沧桑。

"呵，是啊，见过不少，每天就在这附近来回晃荡。"大丘吐了一口烟，说道，"小伙子，都是老乡，听句劝，早点走吧，去哪儿都行。很多人在大理游荡半年一年之后人就彻底废了，甚至不再考虑明天，不再想着昨天。在里面一天两天还没事儿，可避世又不能避一辈子，人终究是要往前看的。别说你多累、多乏，人总会有吃饱睡足的时候，足了就出发，光吃光睡不走路，那不成猪了？"听到最后，我和大丘都笑了，话糙理不糙，比起文绉绉的酸秀才，我更喜欢这样的北方汉子说出的话，听得懂，记得住（经常自嘲是酸秀才的我，羞哒哒低下头）。

那天之后，我在大理又住了三天就离开了，就像大丘说的，既然我在大理把该补的饭都吃饱了，该补的觉也都睡饱了，那就到了离开的时候。

临走的前一天，我请果子吃烤串，果子送给我一幅画，上面画满了各种各样的鱼。我说，为什么不把大海画进去呢？果子眨着大大的眼睛问我，都画鱼了，为什么要画水呢？

是啊，画了鱼，便证明水的存在；心里装着马，便证明路的存在；前方还有远方，远方便是未来。

## 河北·沙河

最近这段时间，我开始了莫名其妙地疯狂赶路，几乎每一天都要走一个城市，赶路的方式也从原来的搭车加大巴变成了火车。虽然速度变快了何止一倍，但却也丢失了让人流连的理由，我终于体会到旁人口中的城市游到底是怎样一幅光景，当抽离的意识胶着在睡不醒的眼睛上，说不出的苦楚。

这一路唯一让我感触连连的便是沙河，这是我母亲的故乡，我三岁前生活的地方。

我的生命中有两个故乡，一个家乡，故乡是内蒙古的莫尼乌拉和河北的沙河，家乡是上海。为什么前两个是故乡而不是家乡？原因很简单，既已无家，何来的家乡？我蒙古族的血脉自莫尼乌拉而来，满族人的血脉则自沙河而来。

于我，内蒙古是摇篮，河北是褪褓，上海是幼时的玩具。摇篮和褪褓在岁月的长河中早已不在了，唯独还留着玩具。于上海，我不是不爱，幼时的玩具如今已不可能再玩，却也舍不得送给邻居家的孩子。

上次回到沙河已是七年前的事儿了。

那年我大二，医院下了姥姥的病危通知书，我跟母亲连夜坐飞机从上海赶回沙河。在医院住了三天，这三天中姥姥只清醒过一次，从她浑浊的眼中我知道，无论这次姥姥能不能抢救过来，她都已经死了，三天后，姥姥去世，一根巨大的管子插进她被切开的喉咙里，她张着嘴，却说不出话，一生倔强的姥姥竟然这么毫无尊严地离开，我如释重负，顿时悲痛万分。那晚，我蹲在医院的厕所里哭到差点心脏病复发，抽抽着被妈妈和老姨扶出医院，妈妈告诉我，姥姥八十多岁才去世，这是喜丧，不要哭。

从火车站下来，在一路尘土中缓缓走在曾无数次走过的"回家"的路上。步行街还在，路边的梧桐依然茂盛，只是一切跟记忆中差别那么大，那么大。记得在电影《后会无期》里，浩汉说过这么一段话："离开故乡一段时间后再回来，你就会发现，原来这栋楼这么小，这棵树这么矮，这段路这么短，这条街这么窄。"我记忆中那条又长又宽，像是一眼望不到边的步行街，其实也不过一百多米；记忆中又高又大的火车站，竟然这么小这么旧；记忆中坐车要好久好久才能到的家，如今仅仅步行半个多小时也就到了；记忆中店里卖的烧饼大到完全吃不完，可现在吃了两个还是不饱。我变得更加强壮了，故乡则变得迟暮微微。

此时的我，站在街心花园的一侧，感觉自己像在梦中一般不真实，在全中国都在飞速发展的如今，这里还是原来的模样，未曾有大的改变，这是个奇迹，对任何人来说都是传奇。

破旧的老年中心门口，依然坐着一群老头老太太守着二十四寸的公共电视机，等着看中央电视台的新闻联播；公园里扭秧歌的大爷大妈们依然热火朝天；那棵街角处的合欢树依然茂盛得不似凡间；街口小摊上，依然卖着驴板肠、酱牛肉和猪耳朵，那层罩在上面防苍蝇的纱布微微泛黄，隔开了整整二十年的岁月。

我沿着记忆的痕迹，一路走到姥姥和姥爷的故居。这是一间三四十平方米的小屋子，如今早已易主，姥姥如今在上海的一个陵园之中安息着，姥爷在七年前姥姥去世之后，就再没了音讯。原本的亲戚邻居也已经去世或是搬到了其他的城市，不复联系。历史像刽子手一般疯狂地抹杀掉我曾在这儿的所有证据，可唯独抹杀不了人的记忆。

"铁蛋儿，你把地给拾掇拾掇，然后把垃圾袋儿给倒了。"铁蛋儿是我小名，从小也就只有姥姥这么叫我，"铁蛋儿，跟你说多少次了！不许往棚屋上爬，再爬我就告诉你妈！""铁蛋儿，你把院儿里的鸡给喂了，粮食撒散一点，别聚在一块儿。""铁蛋儿，慢点吃，没人跟你抢！"姥姥的每一句话虽已泛黄，可如今每每想到，都仿佛还在耳边。姥姥是个老实本分的农村人，除了人民币上的几个大字以外，只认识自己的名字，却机缘巧合嫁给了当年算是高级知识分子的姥爷。她的世界几乎仅限于厨房和卧室之间，然而即使这样，岁月依然赐给她难以想象的智慧。

"春天在地里拨一层雪，下面全是草，人就这样。""你饿了，先得问问别人饿不饿，别人也饿了再吃。""吃饭总得留一口，万一来个人还得吃。""闭灯之前先瞅瞅照片，要是睡着睡着死了，还能找着回来的路。""天天都得天黑天亮，有啥好急的。"姥姥的话永远都那么直白，却越想越有味儿，句句戳心。可儿时的我不懂这些句子的珍贵，并没有真心地感谢过姥姥，那时的我甚至曾发自内心地厌恶姥姥，嫌她烦，嫌她管我太多，嫌她的女儿管我太多。

"子曰：父母在，不远游。我们这代人违背了古训，云游四方，成为时代的孤儿。有时夜深难眠，兀自茫然：父母风烛残年，儿女随我漂泊，社稷变迁，美人色衰，而我却一意孤行。"这是北岛在《青灯》的句子，少年时不懂，只当戏言，如今读来痛彻心扉。

我就这样，一边想着，在老房子跟前来来回回转悠了半个多小时。本来我还想着或许能像电影里那样，偶遇以前的邻居或是幼时的玩伴，可电影终究是电影。人类总有一种奋不顾身的自恋倾向，半个小时的伤感，必定有二十分钟活在自我催眠的悲伤回忆中，回忆中的自己未曾改变，依然的容颜。

点上一根烟，放到老房子的台阶上，难以自拔，更不愿自拔。

在沙河我仅仅停留了一天，就离开了。那种莫名的辛酸，或许是因为物是人非却处处有情的感觉实在太过痛苦，或许是因为故乡未变、人事变迁产生的抽离感太过诡异。无论如何，我知道，我从此不会再回到这个地方，那一席尘土只能用来送别，送别后的留言只能是珍重。

## 心旅：我是一个教书匠，教书能力强

活着与死去，无非是两个状态，爱与冷漠。无论爱自己、爱别人还是爱世界，都是我们存在于这个世界的证据。爱没有大小、贵贱之分，每一份爱都是极致的、浓烈的、纤细的。

在我的印象中，如我这般单亲家庭里长大的孩子，大都比较爱走极端。一者，极端冷漠，二者，极端热爱。这种极端与品行和道德皆无关，只是在相应的场景下，大脑自动生成的自我保护机制，就跟壁虎断尾求生是一个道理，那尾巴就是我们幼时的创伤和刺痛。

极端冷漠，因为不再相信，害怕曾经的灾难重蹈覆辙；极端热爱，因为不再害怕，相信爱是净化孤独和恐惧的力量。我大学前属于前种，大学后属于后种，那种转变像春雨一般不断滋润着我的天堂，让我更加坚强，更加勇敢。

我对自己的爱是旅行；对别人的爱是孝顺、义气和相濡以沫；对世界的爱是义工和支教。爱自己是意识复苏，爱别人是天性使然，爱世界是基因承载。人生如远行，心如大海，驾驶着千吨责任的巨轮，航行在无以计量的泪水之上，善念长存，风平浪静；恶念一闪，狂风暴雨。

"假如我没有见过太阳／我也许能忍受黑暗／可如今，太阳把世界的阴影／照耀得更加荒凉"爱不是无力的言语，她有血有汗：贫困生义帮组组长、衡阳支教、云南支教、印度做义工、AIDS感染人群关怀志愿者。每一个身份、每一次迈步，让我看到这个世界的泪腺和阴影，也给我带来了取之不尽用之不竭的力量。这力量如一节节阶梯，引导着我，走出琐碎的生活，走出烦琐的人际，走上天空，走进云端，看到这世界内核的美丽和脆弱。世界是脆弱的，脆弱到你一个恶念就足以将它碾碎。

阿诺德说："人类的欲望才是唯一的病毒，明知宿主的脆弱和死亡命运，却得带着如此诅咒而苟活。"能挽救这个世界的超级英雄只是一组运行代码，透明的心灵是1，会流泪的眼睛的0。

每一份爱都需要一个契机，扎西尼玛就是我的一个契机。话说，某天我带着小黑从玉树搭车去甘孜县，在路上搭到了一个出家人的车，这个人就是扎西尼玛。上车之后在闲聊中才知道，他是四川甘孜藏区自治州石渠县一所民办小学的校长。当即，我表达愿意为学校招支教老师。于是扎西尼玛开始给我细细地介绍起学校的情况。

学校叫驰骋爱心小学，藏文名叫董胜瞿嘎，在石渠县长沙干玛乡五村的一片辽阔的草原上，已有三年的历史。这所学校是由丹珍宫波活佛发愿建成的，目前学校有六十名学生，从学前班到三年级，一共四个年级，以及三名藏族老师。起初，学校只有两顶大帐篷，后来在好心人的捐助下，先后建起了一栋两层的教学楼，两间学生宿舍和一所食堂。

听着扎西尼玛的讲述，我的恻隐之心又开始蠢蠢欲动，在寻找还是等待之间，我选择了寻找，于是便跟着他来到学校。没想到的是，这一去，便如定海神针一般，扎了下去。

# 支教笔记

## 1

"达瓦老师，我们学校虽然现在艰苦，不过都是暂时的。你一定要忍耐忍耐啊！""达瓦老师，我们的孩子基础比较差，请你务必耐心一点，不要着急！"扎西尼玛一边开着车，一边重复着这些话。像孩子一样，生怕刚从我这儿拿到糖果，下一刻跑了一样。

"扎西你放心，艰苦没关系，只要吃得饱，睡得暖，其他都没问题，你别担心了。"无奈，我也只能一遍一遍安慰着扎西尼玛。

在决定去学校之前，我确实纠结了好多次。可一想到那一张张照片里的孩子，就会各种喜欢、心疼。大多数情况下，人的意志确实可以战胜一切，但除了爱。

"达瓦老师，以后你想吃什么，就打电话给我说，你本来就没工资，要是想吃什么还吃不到，我们就太对不起你了"，"达瓦老师，这里海拔高，你不适应的话就少上一点课，不要累到自己，我相信你一定可以把孩子们教好，可千万不能把身体搞坏了！""达瓦老师，山区的水凉得很，尽量不要喝生水，要煮开了再喝。"听着扎西一句句的嘱咐，心暖暖的。

人都是需要"被需要"的感觉的，所以，我感谢阿正，感谢阿娜，感谢扎西。

从石渠县到学校要走五十公里公路和二十公里的山路。学校就像凭空出现在草原上一样，周围什么都没有。

整整四个小时的颠簸，终于到了。我捶了捶腰，跳下车。首先映入眼帘的就是一群孩子，正在学校的操场上嬉闹追逐。迎面走过来三个穿运动装的藏族帅哥，扎西给我介绍，这就是我未来的同事：楞本、仙巴和岗扎，另外还有扎西尼玛的嫂子：杜吉卓玛。扎西因为有事，把我送到学校，安排好住宿之后，就开车离开了。临走前，又是一番鼓励和感谢。

晚上，三个藏文老师和杜吉卓玛做了顿大餐给我接风——面片，虽然简单，却格外美味。

## 2

我被安排睡在教室的二楼，简简单单的藏式床褥却已经是整个学校最豪华的房间了。第二天一早杜吉卓玛烧了开水给我送过来。

话说杜吉卓玛也算是了不起的一号人物了。杜吉卓玛原名叫张芳，本身是珠海人，毕业于浙江大学，机缘巧合之下，在深圳认识了扎西尼玛的哥哥，很快的，这个南方娇生惯养的女孩爱上了朴实憨厚的藏族人，两人成婚之后，张芳便随着她的丈夫来到了高原。有两个孩子，虎头虎脑的，可爱极了，我没事就喜欢逗这两个小家伙玩儿。

杜吉卓玛告诉我，她刚刚过来的时候，从县城到学校根本没有路，每次进出都要骑几个小时的马才能到，我现在条件已经比以前好很多了，让我一定要珍惜。

因为刚到学校，还不熟悉周边环境的原因，刚来的前几天基本上就是每天在草原上闲逛，然后搬个小板凳去听仙巴、楞本或者岗扎的课，当然大多数情况是听不懂的，他们连上汉语课都是用的藏文。这样的日子虽然简单，却也充实。

仙巴和楞本都是从青海的黄南藏族自治州过来的，他们从初中开始就是同学，大学毕业了之后，先后来到这所学校来任教。楞本来了三年，仙巴来了一年，用他们的话说，他们的爱已经超越性别了。

岗扎是刚大学毕业的学生，家在四川阿坝藏族羌族自治州，就在我来的前三天刚到。三人的汉语都非常好，这倒是解决了我最担心的问题之一。这要是学校一个会汉语的人都没有，这日子要多难熬啊！

# 3

学校没有电，充电宝里的存电也用完了。虽然学校有一块太阳能充电板，可已经严重老化，蓄电池几乎无法正常工作了。只有在天气晴朗的中午，才能给手机充一会儿电，而且一次只能充一部手机。

虽然我在路上，经常会有手机几天没信号，或者几天充不上电的情况。但这次却不一样，没电一旦变成常态，就会连锁发生各种各样的麻烦和焦虑。楞本看出了我的担忧，带我走到老远的一处牧民家，用他家的太阳能电板给我充了几个小时的电。但这本来就是个治标不治本的办法，毕竟每天都要上课备课，根本就没有时间天天都走这么远来充电。

看来我首先要面对克服的第一件事就是习惯没电的日子。这说起来容易，做起来却很有些难度，刚开始的时候，我一无聊就习惯性拿起手机，每次看到黑着的屏幕都会感到一阵阵失落。更痛苦的是，每当看到一场场性感的小夕阳、小日落、小晴天、小雪天，总是习惯性地去拿手机想拍，却发现屏幕一片黑……还能不能好好玩耍了！我当时就想，要是我能选一种超能力，就一定要一双能拍照的眼睛，或者是能发电的双手。

直到有一次仙巴对我说："兄弟，这个阶段我也有过，学校没电暂时也没有任何办法，别老想着手机了，多看看书吧。"

我这才想通，一样是看东西，看书和看手机又能有多大的区别呢？从那天起，我的阅读量的增加又达到了一个高峰，比大学时的水平还提高了不少，对我来说，这倒是个惊喜。

## 4

杜吉卓玛搬走了，说是扎西尼玛的哥哥给她在县上买了套房子，她就不住在学校了，而我也从教学楼二楼搬到了男生宿舍旁边的房间里。一方面，离楞本他们宿舍更近一些；另一方面，也方便管理学生。

这几天，小黑已经完全适应这里的生活了。学校本来就有五条狗，现在小黑有了这些能厮混在一起的小伙伴，整天整天都找不到影子。它跟我一样，本来就来自草原，现在回到草原，还多了好多朋友，一定很幸福开心。而我草原上的支教工作也正式开始了。

昨天晚上我和楞本他们坐在一起商量了一下排课，最终决定让我带三年级的语文和数学。我一听要教数学课瞬间就头大了。我本身就是学中文的，教个语文肯定不在话下，而且我以前支教的时候，教的也是语文。可数学……我不是不能教，而是不会教啊。最终商量下来的结果是，我先带着三年级的数学，如果一段时间之后，感觉还是教不好，不会教，就把课移交给仙巴，让他上。

这真是给我下了一个巨大的难题。当天我的数学备课就做到凌晨一点多，唉，没办法，真的是一点头绪都没有，我喜欢数学和物理，但喜欢和教授完全是两个概念，一想到要用最简单的汉语说清楚"什么是除法"，头皮就直发麻。

无奈之下，我咨询了资深理科生：阿正。这货停顿了能有一分钟之后，告诉我"除法就是已知两个因数的积与其中一个因数，求另一个因数的运算。"……

去你的！你说不知道怎么说不就好了么，把"度娘"请过来是几个意思啊？！我一想到这货在电话那头一副超尘脱俗的样儿，就想抽他。

## 5

第一天上课，孩子们都很兴奋，来了个新的老师，而且还是个不会藏语，却有个藏族名字的老师。先定了规矩，第一，语文课上不许讲藏语，第二，听不懂马上举手。然后就开始上课了，不过仅仅上了三分钟，我就崩溃了。他们汉语的基础比我想象的还要差一些。

三年级的孩子只能用最简单的词语表达自己的意思，完全没办法用句子对话。词汇量又少到惊人，基本完全无法沟通。这样的汉语水平，以后的课该怎么上啊！我又陷入深深的头疼之中。

为此，我请教楞本他们平时怎么上课的。楞本说他们上语文课，讲解生词、生字时会偶尔用汉语，而解释课文大意的时候，都是用的藏文，孩子们是第一次上纯汉语的课程,让我一定要耐心教,前期他们可能听不懂,不过慢慢习惯之后就会好的。

好吧,就那么上吧,我相信他们会慢慢习惯的,孩子们虽然没有自然语言环境,但我会努力营造一个人工语言环境,从个体逐渐扩展到局部,我知道这个过程是漫长的,甚至痛苦的,但这就是我奋斗的目标。

不过为了上课的效果,我每堂课还是会找好几次藏文老师,让楞本仙巴他们用藏语帮我做翻译。

## 6

嘎知、索南达吉、成来加措、改洛达杰、次成落正、尼玛东知、切毛吉、普香卓玛、丹增卓玛、加杨曲珍。三年级十个孩子的名字我终于记全了。

嘎知是班里学习最好的孩子,特别机灵懂事,有点小聪明,却不卖弄;索南达吉是三年级的班长,每次听不懂的时候就会低下头玩手指,两个食指相互戳啊戳的,都不忍心批评他了;成来加措成绩不是很好,是班里个子最小的,一对小虎牙超级可爱,腼腆得不得了,每次去抱他都会蹲到地上,跟个小姑娘一样;改洛达杰从长相上说,是我见过最帅的藏族孩子,也有点小聪明,不过他跟嘎知不同,他的小聪明老是不放到学习上面;次成落正身高171cm,是班里最高的,学习非常刻苦,可奈何汉语基础实在一般,学习跟不上已经是家常便饭了;尼玛东知一脸憨憨的表情,总爱哭鼻子,学习要让人盯着,否则就爱偷懒;切毛吉是班级里最小的女生,上课的时候回答问题,只要回答不上来,或是答错了就会吐着舌头害羞地低下头;普香卓玛是我眼里最可爱的小天使,跟嘎知一样,成绩都很好,但比嘎知更刻苦一些,语文比嘎知稍微逊色一些,但数学成绩不错,干活很麻利,特别懂事,总是扎着一条大辫子在身后晃啊晃的,让我想起小学时坐在前排的女孩儿;丹增卓玛有点像双子座的个性,学校的表情帝,各种孩子和成年人的表情都会在她脸上出现，成绩属于中等偏上，都很平均，学习的时候基本是靠肯香卓玛带动的。加杨曲珍是单亲家庭的孩子，家里只有妈妈，可能就是这种家庭造就了她极其腼腆的性格，腼腆到我一靠近她，就会遮着脸逃走，那个羞羞啊，连我有的时候都要反思，我到底做了什么，给这姑娘留下了这么不可磨灭的创伤……

嘎知，索南达吉和改洛达杰都是学校的干部，每天早上他们都会拿着一个大夹子到其他三个班点名。有模有样的，倒是挺像个小老师。晚自习的时候，帮我们把不看书的学生记下名字。我上学时最讨厌的那种同学，现在竟然变成贴心小棉袄，一想到这个，我就忍俊不禁。

# 7

今天值周，早上带着学生跑完步之后到食堂吃早饭，当看到学生们的伙食表的时候，我震惊了。就这些？孩子们怎么吃得饱？早饭是藏粑加藏茶，午饭和晚饭全是白菜土豆汤加酥油拌饭，每半个月才加一回肉汤。

我跑去问楞本，平时学生真的就吃这些么？楞本像看着白痴一样看着我："当然了，不吃这些还能吃什么？"

我回想起高中的伙食，顿顿三菜一汤，一个礼拜还没重样的，就这样，我还这个不吃，那个不吃，挑食得不行。就算是我之前在旅行中，也基本能保证每两天都能吃到一回肉。我就问楞本，怎么不给学生多吃点肉，加一些水果，光吃这些，营养肯定跟不上的。于是楞本跟我算了一笔账。

六十个孩子，每次吃肉都要十斤，每两天吃一回肉的话，一个月就要一百五十斤的肉。现在石渠县最便宜的冻牛肉是三十五一斤，那么一个月光学生吃肉这一项就要五千多。再说水果，如果孩子每顿吃一个苹果，一天就要十斤，一个月就是三百斤，石渠县的苹果是十二块钱一斤，这又是三千多块钱，也就是说，学校每个月仅仅这些副食就要花将近一万。那这笔钱从哪里来呢？

听着楞本的诉说，我沉默了，是啊，量变引发质变。对于一个贫困山区的学校来说，一万块可以做太多的事了，而我能做的也实在太少……

"不行，我不仅要教书，还要实在改变孩子们的现状。"这个种子在我心中深深埋下了因果。

## 8

学校教学用的教材是全国统一的人教版教材，这一点对于教师来说是非常方便的。每个老师的性格，喜好不同，导致教学的着重点也会不同。如果不统一教材，那么教学效果肯定会参差不齐。

还记得我认识的另一个支教老师，在四川大凉山一所小学教了半年，因为没有统一教材，他就拿《唐诗三百首》当教材，一个学期结束之后，一考试他才发现，教了那么多古诗，孩子们几乎一首都不知道什么意思。这种单一性质的教学材料，很难由浅及深地开发孩子们的智力，教学需要的是多元化和统一的管理。

今天上的课文是《金色的草地》，讲到蒲公英的花瓣可以张开合拢的时候，尼玛东知突然笑起来了。我有点生气，走过去问他为什么笑，他说花瓣跟嘴一样能张开合拢。听到他这么说，我特别高兴，当众表扬了他，还让大家给他鼓掌。

下课之后，其他学生都出去玩了，只有尼玛东知还在看书，我问他为什么不出去玩，他害羞地摸了摸脑袋，没有说话。我估计他是因为今天在课堂上被表扬了，想下次还被表扬。

## 9

学校是两周放一次假,不放假的那个周日下午,都是给孩子们自由活动的。今天我们四个老师带着所有学生到草原上比赛跑步。

学前班和一年级是第一组,二年级和三年级是第二组。第一组的终点近一些,而第二组的终点就比较远了。

我和岗扎先跑到终点当裁判员,结果我才跑了没几步我就喘得不行,岗扎这货竟然嘲笑我,说我才跑这么几米就累了,一看就是温室长大的孩子。开玩笑,我这还算是温室长大的?那这温室的环境也实在太不咋地了吧!朕喘是因为海拔和心脏病好吗!

随着岗扎一声哨响,比赛开始了,孩子们撒了欢地往前跑。有的把衣服给脱了,光着膀子跑;有的把鞋子脱了赤脚跑;还有的索性把衣服全脱了,就穿个内裤跑,惹得我们四个老师一阵哄笑。

最终,第一组的前三名分别是三年级的改洛达杰、次成落正和二年级的琼知。第二组前三名是一年级的尼玛才让、索南航秀和学前班的宫宝卓玛。

比赛结束,孩子们都在草原上玩。男孩儿们掰下草原上巨大的草梗子,煞有其事地挥来挥去,女孩儿们摘下细草编成手环和头环戴在身上。这时我终于明白了一个道理:世界上,所有的小男孩都喜欢当将军,喜欢玩棍子;所有的小女孩都喜欢当公主,喜欢打扮自己。

## 10

今天批作业的时候,发现了个很严重的问题。三年级学生们的作业几乎做得一模一样。有五本数学作业是一模一样。这个已经触及我底线了,我上课的时候无数次说过,作业不会做或者看不懂可以来问我，但是绝不能抄作业，抄作业等于作弊。

上课前我把抄作业的五个人叫到教室外面，每个人被我拿小竹条打了十下手板。我把嘎知叫出来，单独又多打了他十下手板。被打之后，嘎知哭了，哭得特别伤心，我问他知不知道为什么我打他要比其他学生多，他说不知道。我告诉他，因为他是学校的干部，班干部要以身作则，一个好的干部不仅不能抄作业，还要在别的同学抄作业的时候不让他抄，或者告诉老师。最后我问他有没有明白，他说明白了，以后再也不给别人抄作业了。

下课之后，我回到宿舍，给我的高中语文老师赵老师打了个电话。电话里我说打完孩子之后，特别心疼，赵老师告诉我，我难受说明我真的在乎这些学生，希望他们好，但方式和方法方面还是要多多改进。随后，赵老师又教给我许多教学方面的小窍门，我仔细地听着，还做了些笔记。成为一名好老师，曾经只是我的一个梦想，如今已然变成责任，守护这份责任就相当于给孩子们撑起一片伞，抵住风霜，挡住雨雪。

## 11

今天早上一起来，就看到窗外白茫茫的一片。下雪了，还记得上海的十月份还是长袖汗衫呢！突然想到马頔的那首《南山南》里有这么一句："你在南方的艳阳里大雪纷飞，我在北方的寒夜里四季如春。"第一句便是我现在真实的写照。

学生吃过早饭一般都有半个小时的自由活动时间，然后才上课。吃过饭，看到孩子们一下冲出食堂，在雪地里乱蹦乱跳，我的心也活络了起来。跑出去跟孩子们一起打雪仗，堆雪人。"吞风吻雨葬落日，欺山赶海践雪径"。这里虽然没有海，却有比海更加温柔辽阔的草原和孩子们的心。

楞本告诉我,这是今年入秋之后的第一场雪。在这里,一年当中几乎一半的时间都在下雪。我突然觉得这是一个很好的素材,决定上课的时候试一试。

上课了,我问学生玩雪玩得开不开心,孩子们都笑着说开心,于是我把班级分成两个小组,让他们讨论一下四季的草原都有什么不同,然后分别写下来。同学们讨论得非常热烈,讨论结束之后,我让他们派一个代表出来念一念写的东西。

第一组派的是普香卓玛,普香卓玛写道:"春天,有草,有牦牛,河水冷;夏天,很热,下雨,有草,有牦牛,我们玩水;秋天,草黄色,我们玩蒲公英;冬天,有雪,有牦牛,有狗,冷。"听到她的回答,我的心啊,跟开了花一样。

虽然普香卓玛只是用最简单的词语描述,但却能把每个季节的特点写出来。而且她还把学过的知识用出来了,之前在《金色的草地》中就教过他们蒲公英。为此我狠狠地表扬了她一番。

## 12

周五学校放假了,我、楞本、仙巴还有岗扎都坐车去石渠县上过周末。刚到旅舍,我们四个就拿出八个充电宝充上了电。不知道为什么,当看着充电宝的灯在那儿一闪一闪的时候,突然觉得特别幸福。是啊,平时我们得到的快乐太复杂了,其实剪掉生活那些旁枝末节,幸福也可以非常简单。

平时我们在学校的伙食并不好,所以一到县上我们就开始了胡吃海塞。恨不得把在学校减掉的肉,两天之内全都补回来。面片、拉条子、炒饭一个一个地上,我们则是全没底线地吃。吃完饭,我们抱着电脑,去了石渠县唯一一家有WiFi的茶楼上网。

整整四个小时,我们谁都没说话,不是在专心地看电影,就是在专心地下电影。也难怪,平时在学校,我们几乎唯一的娱乐活动就是看书。虽然我们也知道,一台笔记本的电量，也就能支撑我们看一到两部电影，可我们还是没命地下载着。也不知道是什么心理。

晚上回旅舍的时候，又买了一大堆零食，然后抱着零食看了整整一个晚上的电视。生活啊，有电的生活啊，有网络的生活啊，真是多姿多彩！

## 13

今天中午，厨师没给我们老师做饭，我也实在懒得自己做了，就跟着学生一起吃饭，今天孩子们的午饭是米饭拌酥油，还有藏茶，我觉得实在太单一，就把珍藏的老干妈辣酱拿出来配饭吃。

打完米饭，我拎着辣酱瓶坐到学生中，准备慢条斯理地吃起来。当我把辣酱瓶打开，把其中的辣酱倒到米饭上的时候，座位周围竟然爆发出一阵惊呼声。我扭头一看，几乎所有的孩子都凑了过来，眼睛盯着那瓶老干妈直冒光。我本来没注意，只当孩子们没见过，好奇而已，自顾自地把饭拌匀吃了起来。可不一会儿，我发现，本应该好奇一下就散开的学生们竟然在我身边越聚越多。一个学生把自己的饭盆凑过来让我吃，我尝了一尝，顿时清楚了，孩子们的米饭几乎没有任何味道，我本来以为，厨师会在米饭里加一些佐料，方便下咽，看来是我想多了。

于是，我把老干妈挖出一些倒到临近几个学生的碗里，让他们伴着吃。孩子们彻底乐屁了！争先恐后地三五成堆，吃起他们眼中巨好吃，可在我眼中属于无奈之举的老干妈拌饭。

一顿饭吃完，我攒的老干妈也消耗殆尽，这时，跟我最熟的三年级学生凑了过来，丹增卓玛问我以后能不能一直吃这种加了老干妈的米饭。我一时不知道该怎么说，只能说，以后老师有，就给你们吃。

14

小黑长胖了、长大了，今天想要抱起它，感觉略微有些吃力，来学校的这一个月里，我的体重又比之前瘦了十斤，可这家伙却强壮了不少。

我现在已经成了学校的大师傅，专门给楞本他们做饭。由于学校里的食材很少，基本上就只有土豆、白菜和鸡蛋，所以我每天都是绞尽脑汁地翻着花样做。光一个大白菜，我就做出酸辣白菜、油淋白菜、酥炸白菜、清蒸白菜、红烧白菜、糖醋白菜等等十来个花样，岗扎封我为学校第一食神。所以这段时间，我基本上都是第三节课一下课，就带着两个学生进厨房忙活起来了。

中午吃饭的时候，我给阿娜打了个电话。由于没电，我已经差不多一个礼拜没跟她联系了，阿娜稍微有点不开心。我赶紧各种哄各种卖萌耍二，才把她逗笑。旁边仙巴笑我说，一看以后我就是个妻管严，我倒没有生气，反而觉得心里暖暖的。其实感情就像眼前的白菜土豆一样，看上去平淡无奇，但只要用心烹饪，一样会有各种不同的味道。

15

感觉现在上三年级的课已经没么吃力了，尤其是几个学习比较好的，已经适应了全汉语的教学。课堂上也可以做一些简单的互动。不过有些课上起来还是有些费劲，就比如诗词鉴赏课。

今天教南宋诗人叶绍翁的《夜书所见》，第一句是"萧萧梧叶送寒声"。我光解释什么是"梧叶"就花了将近半节课的时间。草原上是没有树的，更不要提梧桐了。无论我是画图还是用文字讲，孩子们都好像没听懂一样萌萌哒看着我。最后我没办法了，伸出手告诉他们，梧桐的叶子很大，就像手一样大，梧桐的叶子有五个瓣，就像手有五个手指。这个时候学生们才一知半解地点了点头。

下一堂课的时候，我们学习身体器官的名字。我指指鼻子问这是什么，他们说鼻子；我指指嘴巴，他们说嘴巴；我指指手，他们说梧叶。亲额娘啊！杀了我吧。然后又花了半节课跟他们解释，梧叶不是手，只是像手一样，梧叶是一种植物，一种大树的叶子，而手是我们身体上的一个部分，不是一样东西。结果，孩子们还是一样萌萌哒看着我……

说到诗，我又想啰唆啰唆，说说自己的事儿。对于诗词，我好读，也好写，小时候的启蒙老师是我的父亲，高中的语文老师赵老师给这个梦施了不少肥料，虽然后来一事无成，却始终不敢忘怀。

父亲年轻时是个诗人，虽然他从未承认，我也没见过他的诗稿，但从他的只言片语中我感觉得出，他那颗为春喜、为秋伤的敏感的心从未改变。父亲说，八十年代大学的中文系是诗人的天堂，用他的话说，那时候在文学院扔一块砖头出去，砸到十个男同学，有九个都是诗人，学生们以诗人自居、自豪。那时候姑娘们对于自己喜欢的诗人，会带着最好的墨水和稿纸站在诗人的宿舍楼下，一等就几个小时，只是单纯为了见一面；那时候的姑娘们会为了听一场诗社的朗诵会，端着饭盆、带着笔纸提前两三个小时到教室里占位置，诗会开始时，诗人们出场的一瞬间，全场躁动的程度完全比得上现在任何一场明星的演唱会。如今，依然坚持写诗的都成了编辑，或抱起吉他当了民谣歌手，没坚持下去的自然都弃了笔。父亲说，虽然诗歌的时代已落了潮，但至少曾经有过高潮，不像现在，没人正儿八经写东西，也没人正儿八经看东西了，文坛要么是一潭死水，要么魑魅魍魉当道，吓都吓死了，也没心思安安静静地看了。

小时候，父亲经常带着我读周邦彦、秦观、温庭筠，稍长后则带我读雪莱和惠特曼，虽然长大之后的我粉转路人，读起了陶潜、容若、李后主，但内心深处钟爱的还是静雅的小句子，当然，这个"小"指的不是句子长度，而是意境。在这一点上，我跟父亲有着惊人的相似，与其说我们的本质相近，不如说父亲对我在诗歌方面的引导是终生的。

我很认同"佳句本天成，妙手偶得之"，也相信"蒹葭苍苍，白露为霜。所谓伊人，在水一方。""回廊一寸相思地，落月成独倚。背灯和月就花阴，已是十年踪迹十年心。""蔼蔼堂前林，中夏贮清阴。凯风因时来，回飙开我襟。"这样清凉却不失真意的句子才是中正之作。

"简洁是智慧的灵魂，冗长是肤浅的辞藻。"莎士比亚这句话说得很对，可无奈少时对我影响实在太深远，以至今时我写的句子，依然不免雕琢过重，流于浮华。于我，此一憾事，亦是一幸事。

## 16

一大早天还没亮，就听到学生在敲门。一开门就看到宫宝卓玛站在门口，手捂着腮帮子，哭得跟了泪人一样。我赶紧让她进来，扒开她手一看，腮帮子肿了一大片。不好，是腮腺炎。其实腮腺炎是儿童的常见病，一般来说休息两天自己就好了。但问题是，这种病会传染。我们学校的宿舍是封闭式的，空间小，空气不流通，一旦有传染性疾病，很容易在短时间之内爆发。还记得我小时候得腮腺炎，十分钟前还正常着，十分钟后整张脸就肿得跟猪头一样，当时还以为自己得了什么绝症，吓得哭了整整一天。

等天一亮，我赶紧跑到女生宿舍挨个检查，果然，腮腺炎爆发了。接连有八个孩子腮帮子都肿了，然后我叫醒了楞本和仙巴，让他们给这些孩子的家长打电话，把他们都接回家去，免得进一步传染。但一圈电话打下来，大部分的家长电话都不在服务区，也难怪，这些孩子的家大都在大山里，有信号就出鬼了。

我赶紧给扎西尼玛打了电话，让他买些特效药送过来，避免疫情进一步恶化。这时又有三个男生和两个女生受到感染了，这一下我有点慌了。一方面把这十四个孩子赶紧隔离，另一方面再次联系扎西尼玛，让他尽快送药过来。

但疫情依然在一点点加重，不断有新的孩子感染。无奈，我跟楞本他们商量了一下，决定全校放假，给所有家长打电话，让他们把孩子接回家，家长电话打不通的孩子，我和楞本则一个一个把他们送回家。

最后还是有两个孩子因为家离得实在太远，只能留在学校跟着我们睡。

# 17

腮腺炎爆发的第二天，扎西尼玛过来学校了。不过由于时间太紧，他没有买到针对这个腮腺炎的药，只带来了消毒水。于是，我们四个老师，加上留在学校的两个学生，一起把所有学生的床褥和被子，全都拿到操场上晒，并且喷上消毒水。而所有的教室、寝室和食堂，都喷了药水。

就这样几乎折腾了整整一天，才把学校处理完。

由于消毒水太刺鼻了，我们又没有口罩，一边喷我们一边咳嗽。不过一想到得了病的孩子比我们要痛苦多了，也就释然了。

将心比心说，在这种偏远山区爆发传染性疾病，还是相当头疼的，昨天就跟乡卫生所打了招呼，所长信誓旦旦地说尽快派人过来，可这都整整一天了，连个消息都没有。还好这只是腮腺炎，要是禽流感，看你们这帮人怎么收场。

这时候，岗扎跑过来神秘兮兮地问我，我们会不会也被感染？我笑着告诉他，这个病基本算是儿童病，因为只有免疫力比较差的儿童才会得的，成年人感染的概率比较小。

晚上，仙巴又赐给我学校第一赤脚神医的称号，还说以后孩子要是哪里不舒服了全来找我。我一开始觉得挺开心的，后来反思了一下，我是不是又被仙巴他们几个给算计了。

## 18

天气晴朗的时候，我总喜欢一个人到学校旁边的山上去坐坐。今天我就带着小黑和学校其他五条狗跑到了山上。

"去造一个草原／需要一株三叶草和一只蜜蜂／一株三叶草和一只蜜蜂／还有梦／如果蜜蜂不多／单靠梦也行。"艾米莉·狄金森的这首小诗是我最钟爱的那种味道，精致、清凉、单纯，我尝尝在思索这个传奇的美国女诗人，她是如何在苦行女尼般闭门不出、拒绝社交的生活中，写出这样清癯却不失腴雅的句子？自古以来，世间殉道大抵分为两种：一者，以死殉道，乔尔丹诺·布鲁诺是也；二者，以不死殉道，司马迁是也。然而也不是所有人都能想明白自己殉的是什么道，殉谁的道，海子和顾城便是如此，死不得其所，唯有艾米莉·狄金森是个例外，她以三十年的隐居避世，殉于对信仰、生命和自然的眷恋，然而她却不苦，反而自得其乐，这个殉道，殉得成功，殉得酸爽。我现在殉的不就是这种道么。

想着这些有的没的，折一根草秆，放到嘴里，躺在草地上。双手迎着阳光，摆出各种形状，让影子映射到脸上。草秆的泥土香味嗫没了，就再折一根放嘴里。对面的雪山突兀料峭，有着一番难以言传的清决和萧壮。

我一直觉得，学校上空的蓝是能遮盖一切颜色的那种蓝，润进心肺的那种沁蓝，我给这种蓝取了个名字叫霓蓝，七彩的单色。在这种霓蓝之下生活也变成了霓蓝，孩子们是霓蓝般的纯净，生活是霓蓝般平凡而简单。

已入深秋，地上的草已经逐渐黄了，却没有半点腐朽的气息。即使是像这般枯萎，也是将生机悄然转入地下，等待第二年的春天，迎风而起。

这几天小黑一直跟着学校的一条黄色的母狗到处疯跑。不会是发情了吧，它还不到一岁吧，是不是太早熟了？不行回头把它关到我房间里，教育一下。我这么想着，自己也笑了。是啊，我现在处理一些事情的方法越来越像老师，也越来越像一个父亲了。

## 19

我躺在床上，张着嘴，双手叠放在胸前，两只眼睛直勾勾地看着头顶上的天花板，手脚冰凉，眼神空洞游离，眼角隐隐有泪光闪现。我为什么会这样呢？很简单，饿的……

学校今天放假，厨师和学生们都回家了，扎西尼玛有事去了青海，没有车把我们送到县上去，恰巧这鬼地方什么吃的都没有了。我已经眼巴巴饿了一天了，要是还能生龙活虎的话，我就不是人了。

都快中午了，岗扎这个二货才迟钝地发现了这个严重的问题，赶紧借了摩托车，跟仙巴到隔壁乡上去买吃的了，可山路难走，再加上部分路面还有些积雪，这不，都已经走了六个小时了，还没有回来。我哭丧着脸问楞本怎么才能不饿，楞本说睡着了就不饿了，于是，我们两个双双躺倒在床上，连动都不敢动一下，生怕多一个动作都会增加能量的消耗，静等岗扎他们送回来生的希望。

下午七点，终于听到了摩托车开进学校的声音，我和楞本笑中带泪地冲出宿舍。结果看到刚下摩托车的岗扎和仙巴的藏服上都挂着泥巴，一身脏兮兮的。这时仙巴可怜兮兮地走过来，从藏服里掏出两包同样脏兮兮的泡面递给我们，说他们在路上摔了，买的东西全都掉到河里被水冲走了，就抢救回来这两包泡面，让我凑合凑合吃吧……

顿时，我和楞本真的哭了……你们到底知不知道学校没有电啊！难道你们打算让我们先花一个小时生火，烧开了水，然后再吃啊，可以！仙巴你等着，朕这就死给你看，饿死算不算烈士啊！

## 20

终于把学生的课间操学会了，我擦了擦额间微微的汗。学生一共有两套课间操，一套是第八套广播体操；一套是藏族锅庄，也就是藏舞。

话说藏舞其实并不是很难学，动作简单，节奏也不复杂。但越是简单的舞蹈，想跳出韵味越难，毕竟能让人发挥的动作就那么几个。脚踢出去还是抬起来，往前走脚尖朝前还是外八字，手形是张开手掌还是微微伸出食指。每个人跳的锅庄都不一样，但都很好看，可就是没有一个统一的标准，告诉我到底该怎么做这些动作。最终我放弃了，还是按照自己的感觉，怎么舒服怎么弄吧。这么一跳我才发现，其实藏舞很多动作跟蒙古舞是相同的。

虽然学生有两套课间操，可我始终觉得还是有点少。于是我跑去找楞本。

"楞本，你说我教孩子们跳小苹果怎么样？""小苹果怎么跳啊？"于是我当着楞本的面跳了一遍，"可以啊，下午课间操你带吧，就跳这个小苹果。"

下午课间操时间，我先跳了一遍给学生看，再让他们跟着我跳，孩子们兴奋得不得了。可不是么，他们在此之前，只跳过藏舞。第一次接触这种蹦来蹦去，节奏完全不一样的舞。

入夜我忽然想起小苹果这首歌，"你是我的小呀小苹果，怎么爱你都不嫌多。红红的笑脸温暖了我的心窝，点亮我生命的火"，这首歌用在我和孩子们身上是多么贴切，每个孩子都是我的小苹果，点亮我生命的火。再听这首歌时，鼻子竟然一阵发酸。朕的泪点能不能再低点？！朕应该是这世界上唯一听这首歌会鼻子发酸的死秀才了吧……

## 21

学校只楞本自己带来的一台笔记本电脑，不过我们平时都不太舍得用，为的是每个礼拜能给孩子们放一次电影。

一般来说，放电影都是在晚上，我们都会提前通知。每次在知道晚上要看电影后，学生都兴奋得乱七八糟。早早吃完晚饭，孩子们就在食堂一字坐开，像待哺的雏鸟一样，叽叽喳喳，开心地乱叫。更夸张一点的，不知道从哪里扯来了一个棍子，绕着食堂各种跑。这时候，就显示出学校干部在孩子们心中的地位了。我一直告诉嘎知他们，学校干部就是半个小老师，老师平时不在的时候，你们要帮着老师维持秩序。

这时普香卓玛和改洛达杰，在食堂里走来走去，看到谁不听话的就记下名字，再上前教育，煞有其事。

九点了，孩子们几乎沸腾了，因为我们之前通知的就是在九点开始放电影。可就在这时，楞本的电脑突然出问题了，进入不了系统了，然后反反复复开机，折腾了能有半个小时。我无奈之下，让嘎知告诉学生，今天电脑坏了，看不了电影了。孩子们的眼神瞬间从希冀降到冰点。没办法，我们临时改成联欢会，让胆子大的学生上来表演节目。

而孩子们又活络了起来。

孩子就是这样，开心和不开心都写在脸上，因为信任，所以不作掩饰。而我们的任务就是让孩子永远开心下去。

## 22

今天上课又把我给难住了。怎么才能让学生理解什么叫作"倍"呢？怎么才能更好地解释，在6×2=12中，12是6的2倍这个概念呢？我对着备课本摸着脑袋不断思索着。最后实在没有办法了，决定这样说，12里面有6个2，所以12是6的2倍。

上课了，我照着这样讲解给学生听。果不其然，孩子们又在萌萌哒看着我。没听懂，唉，这可怎么办啊。于是我不得不又反复讲了两遍，可越讲越复杂。到最后，我自己都快不知道我讲的是什么了。

这时我灵机一动，可以画图啊！于是我在黑板上先画了十二只小鸟，然后画了两只牛。跟学生说，这两只牛是一对好朋友，那么每两只鸟也是一对好朋友，现在大家数数，这十二只鸟当中，有几对好朋友。嘎知首先举手，答案正确，是六对，紧接着孩子们也跟着嘎知附和了起来："六对，六对。"我一听有戏，赶紧接着说道："十二只鸟，两只是一对好朋友，于是就有六对好朋友对不对？"孩子们都说对，我接着说了下去："所以12是2的6倍。"然后，我又引导着让孩子们说出12是3的4倍；18是3的6倍。孩子们的反应一次比一次好，我的心也定了下来。

最后，我说："倍只能用于乘法和除法当中，6乘以8等于48，所以48是8的6倍，48也是6的8倍。"看到孩子们露出了听懂后的表情，我擦了擦冷汗，心想着放假回家的时候，是不是该去跟我小学的数学老师请教一下了。真不知道她是怎么把当时我们这些熊孩子给教会，教好的。

## 23

通电了，通电了！通电了！！！光看这种行文方式就知道我有多兴奋了。楞本直感叹，他来学校三年了，才盼来了通电，我这来才一两个月，就赶上通电了，真是太幸运了。

下午的时候，扎西尼玛带着工程队过来给学校接线，不过工程队只肯给楞本他们宿舍和食堂接电。他们忙了两个多小时就走了。这时我头大了，只有楞本和食堂有电，那我怎么办？搬到楞本他们宿舍么？可那个房间已经睡不下了啊，难道让我搬到食堂去吗？自己接线么？换个电灯泡我可以，额……应该可以吧，可接线这种活儿却完全超出我能力范围了！

这时，我忽然想到我一个中学好友在大学好像是学电的，忙打电话向他求助，结果他怒斥道："老子大学学的是电子信息科技管理！不是电工！接电线这种活儿我怎么可能会干！就算会，难道你让我隔着电话给你接？"挂了电话，我蹲到自己的宿舍一角，默默对地画圈，怀着惆怅和郁闷思考着这二十八年，我到底是怎么活着过来的。

这时，次成落正、改洛达杰几个我三年级的男生背着电线就进来了，看着我嘿嘿直笑。我以为他们把我的宿舍当仓库，把多余的电线放进来。一想到我这儿电没通上，还被当仓库，气就不打一处来。可谁想，他们没跟我多说什么，直接开始帮我的房间拉线，布线，排线，接线。我彻底呆住了，这帮孩子也太厉害了吧，还会干这个？

于是，我成了学生们的小跟班，次成落正像个机灵的小猴子一样，提溜着电线上蹿下跳。一会儿跟我要胶布，一会儿要钉子，一会儿要锤子，一会儿要打火机。才不到一个小时，这帮小家伙就把线都给我接好了。一盏电灯，两个插座，一台电炉子，一个分闸，一个总闸，而且几乎所有的线，都沿着屋角整齐地排着，严丝合缝，完全就不像几个未成年的孩子弄的。

我再次看着这帮孩子的时候，感觉近乎天人啊！这些还是被我整天追着要作业，追着背书，还让我经常罚站的学生么？！

24

　　扎西尼玛打来电话，说等下来学校，还神秘兮兮地说给我准备了一件礼物。我问他是什么，他怎么也不肯告诉我，说到时候就知道了。结果我一上午都没消停，一直在猜会是什么东西。甚至上课还走神了两次，罪过啊罪过。

　　中午的时候，扎西尼玛来学校了，递给我一个袋子，说让我试试。我打开袋子一看，我去，竟然是件藏服。我之前在藏区行走的时候，就一直想要一件藏服，只是苦于资金有限，没舍得买。来学校之后本来想跟扎西说，又怕太为难别人，就没提。没想到，扎西还挺有心，竟然直接做了一件给我送过来。

　　藏服整体咖啡色的，上面也没什么花纹，这个倒是很合我意。里面是厚厚的一层毛毛。扎西跟我说，学校冬天最冷的时候要到零下三四十度，风很大，而且也没有暖气，估计我带来学校的那些衣服肯定抵御不了这种严寒，所以特地做了一件加厚版的藏服。

　　我连声道谢，然后穿上藏服，摆出各种姿势，逼着仙巴给我拍照。学生看到我穿藏服的样子也连连叫好，给我竖大拇指。于是，我嘚瑟的本质又爆发了。放起音乐，跳了一段锅庄还不过瘾，愣是又跳了一遍小苹果，惹得孩子们笑得前仰后合。"谁再笑？课文罚抄十遍！"我对着学生一阵笑吼，结果还没等孩子们反应过来，我就先笑了……

25

　　一大早，天还没亮，学生就敲我房间的门。门一开，就看到普吉多杰在那儿呜呜直哭，伤心得不得了。我以为出了什么大事，赶紧把他带进房间。普吉连比画带表演地一阵描述，我才明白，他刚才在宿舍里发现了一只死了的麻雀。于是，我带着普吉回到宿舍，找到了那只麻雀。一看就知道，这只鸟应该是不小心飞进了男生宿舍，撞到玻璃窗上死的。这个时候，宿舍的其他同学也醒了，都走过来看着这只可怜的小鸟。

次成落正走上前，把麻雀捧到手里。疙疙瘩瘩地跟我说，小鸟死了。看着孩子们一脸的难过，我心中也是微微感慨。于是接过小鸟，让嘎知当翻译，跟孩子们说，小鸟死了，不是他们的错，让他们不要伤心。然后我把衣服穿好，捧着小鸟，带着学生们到学校后山，把小鸟给葬了，还给小鸟念了经。

当天晚上，我去宿舍查寝，发现男生宿舍的窗全都开着，冷风呼呼地往房间里灌，孩子们在被窝里隐隐发抖。于是我作势就要把窗户关上，这时嘎知突然跟我说，让我不要关窗。我很奇怪，就问这么冷的天为什么不关窗。嘎知说，怕再有小鸟飞进来撞死。可为了不让孩子们晚上感冒，我答应第二天帮孩子们一起在宿舍房檐下做几个鸟巢。这样，孩子们才关上了窗户。

桃李不言下自成蹊，一颗刚正不阿，善念永存的心，必定结出充满正能量的果实。

## 26

进哥突然联系到我，问我支教得顺不顺利，于是跟他聊了聊学校的情况和我真实的感觉。进哥是我在新疆认识的驴友，一个山东文艺汉子，在我眼中绝对的牛人，清华美术学院毕业，曾赴法留学一年，在那一片我想都没想过的土地上混得风生水起。回国后，在上海经营一家家庭教室，推广蒙特利梭式教育。

这次联系我的原因，是想看看能不能跟我所在的学校做一些合作，捐些物资之类的，但最理想的是能把学生接到上海去，做一次交流学习活动，并且愿意承担这一路上孩子和老师的所有费用，还会专门在上海请一个老师，给孩子们上课。我一听这个消息，立马跟打了强心剂，一阵兴奋。

一般来说，贫困山区大山里的孩子，如果没有特殊的情况，很难到上海北京这样的大城市去的。更别说去这些城市学习了。

于是我跟进哥仔细讨论了一下这个方案，结果双方都觉得这个应该可行。于是挂上电话，我马不停蹄地给扎西尼玛打去了电话，把具体情况详细跟他说了一下。扎西一听孩子们有机会去上海学习，自然兴奋得不行，并把具体操作的权利全权下发给我。

当天我跟楞本、仙巴和岗扎具体商量了一下这个事情。大家都觉得这是个很好的机会，一方面能让孩子们去上海长长见识；另一方面，这是个很好的契机，如果能通过这一次达成长期合作的可能，每年都安排孩子到上海学习，那简直就太好了。但由于是第一次合作，时间不宜太长，所以商量下来，我们觉得这次去上海为期两周。对于进哥那儿来说，负担也会相对轻一些。

## 27

今天是周末，晚上大家都批完了作业，备完了课，手机信号又差得出奇，我们几个老师坐在炉子旁边无聊得就差数自己的腿毛多少根了。这时，我突然提议，要不咱们打牌吧，带点彩头的。

其实原则上，学校不允许打牌，更何况是带有"彩头"性质的。所以，我们每次打牌都是偷偷地打，不让学生看到。而至于"彩头"，我们一般都用鸡蛋当赌注，只不过，我们的玩法里只有输家，没有赢家，输了的鸡蛋都是输给学生。

每次打牌结束之后，我们都会统计一下输了多少个鸡蛋，然后把输掉的鸡蛋钱一股脑交给没输得最多的人，然后由这个人想办法去县上搬鸡蛋回来。

打了一个晚上，楞本输了23个，仙巴运气最好，一晚上才输了5个，岗扎输了46个，而我竟然输了106个鸡蛋！那可是整整五板啊！我这该怎么拿啊！想想也是醉了！没办法，愿赌服输，我联系了司机，第二天去县上买鸡蛋还债。

## 28

伤脑筋啊，我看着盆里泡着的衣服无奈地摇摇头。藏区的天气真让人头疼，现在虽然看起来万里无云，平地无风的，可没人知道十分钟之后的天气会怎么样。

"楞本，你说今天会不会下雨，我要不要洗衣服啊？"我蹲在太阳底下直发愁。

"天气这种小事问老天爷就行了，不用问我。"楞本开玩笑说着。

真没办法了，衣服已经泡了两天，估计再不洗就要馊了。我一咬牙，倒上洗衣粉直接开洗。为了避免突然下雨，我以最快的速度把衣服洗完，晾了出去。结果……悲剧了，而且还是连续剧……

晾出去才二十分钟，一阵瓢泼大雨倾倒而下，我赶紧冲出去把衣服收回来。可刚刚把五件衣服全部都拿回房间，雨停了。我心中暗骂了一声，观察了十分钟，眼见天空重新放晴，又把衣服挂出去。半小时之后又下雨了……然后，整个下午我几乎都是在不停地收衣服，晾衣服，收衣服，晾衣服中度过的。

等到我第四次把衣服晾出去的时候，太阳下山了……我心中顿时十万只白马奔腾而过，上天啊，我洗个衣服哪得罪你了！又不是洗你媳妇的衣服！而楞本和仙巴两个二货，整整一下午差点被我笑抽过去。

## 29

好兄弟老范过来支教了。几天前,老范打电话给我,说他已经到西安了,预计三四天之后就能到我们学校,而今天他已经在从玉树来学校的路上了。及时雨啊,真的是及时雨。我正头疼,我带着几个孩子去上海了,我的课谁来教?该怎么办?这回可好,我的课有着落了。

一大早我搭了辆车,就往县上赶,中午的时候接到了老范。一见到他我就懵了,这头猪谁啊!这货比以前胖了可不止一圈啊,而且一脸的猥琐更胜从前啊!看着他,突然让我想起了《悲惨世界》里的旅店老板,当然歌剧和书中的旅店老板可要比老范瘦多了。

"老范,你胖了。""滚!""真的胖了,你该减肥了。""滚!""我比你瘦,滚得没你快。""贱人就是较轻,滚得当然快。"说得还挺有道理啊……

可能是因为老范之前接触的出家人比较少的原因,带着老范去见扎西尼玛的时候,这货竟然上来直接给扎西尼玛发烟,扎西一愣一愣地看着我,我赶紧把老范拽了回来,歉意地看向扎西,随后便暗暗把老范全家问候了一遍。

在旅舍一起吃了个便饭,就火速赶回学校。一进学校,老范这货就彻底撒了欢,跟学生各种合影,各种拍。这时,楞本、仙巴和岗扎正在打篮球。老范一看就忍不住了,脱了上衣直接冲上球场。

这回好了,我心想,之前他们三个人就一直抱怨我为什么不打篮球。老范来了!看怎么虐他们。开玩笑,老范以前可是校队的,虽然现在胖了,不过破船三千钉啊,再怎么说也能算个跟奥尼尔一样的灵活死胖子吧。

晚上,我跟老范聊天,聊到旅行和支教。我说感觉很无奈,对我这种生活感到好奇的很多，可理解的却很少，从普世价值观角度上看，我这全然是在浪费时间。老范拍了拍我的肩膀，问我有没有看过《后会无期》，我说看过，他说这部电影里有一段话是这样说的："有时候，你想证明给一万个人看，到后来，你发现只得到了一个明白的人，那就够了。"无论多少人不理解我，他始终支持我，他就是那个明白我的人，这也就够了。别人的不理解应该带来更多的动力，而不是阻力。

## 30

进哥那边的办事效率相当之快，仅仅两天，就把这次上海行的路费给我打过来了。我们这边对去上海交流学习的名单也确定了。分别是三年级的嘎知、普香卓玛、丹增卓玛、索南达吉，二年级的洛桑卓玛、琼知和一年级的扎西卓玛，共计七个孩子。由我和楞本担任带队老师。

而孩子们出发的路线也已经规划出来，在县上包一辆车，直接把我们送到西宁。然后从西宁坐火车到上海。这段路说得简单，实际上还是很折腾人的。从学校到西宁就要坐十五六个小时的汽车，到了西宁之后，又要跑三十三个小时的火车。仅仅单程就需要四天。对于这些从来没坐过火车，从来没出过大山的孩子们，我又开始担心起来。

路上哭闹怎么办？生病了怎么办？路上吃住不习惯怎么办？路上出现什么意外怎么办？孩子们走散了怎么办？因为孩子们藏族的身份突生事端怎么办？这些问题铺天盖地向我袭来。

是啊，一旦把孩子们带出去，我就要负起全部的责任，稍微一点闪失和不周到，都有可能造成不可挽回的损失。为此整夜整夜地睡不着觉。楞本安慰我，让我放心，有什么事他会跟我一起面对，一起扛着。

于是，我们从最基本的东西开始做起，给学生制作走失卡片，教他们如何自我介绍，走失之后怎么去找警察，开学校介绍信等等。等完成这所有的工作，我的心也定了几分。

## 31

终于要出发了，我和楞本再三检查完自己和学生的行李，装车，跟仙巴、岗扎和老范挥手告别。根据这边的传统，十二点准时上路。当车子开动之后，车厢里并没有我预想中的欢呼与兴奋，所有的孩子和楞本都念起了经文，祈求这一路顺风。

我们这次上海行的路费和在上海所有的费用，进哥那边都已经承担下来了。我实在不好意思再开口，要这两天孩子们的食宿费用。于是我在朋友圈发了条信息求助。没想到在行车的十四个小时里，我仅凭微信就募集到两千块的善款，用以支付孩子一路的吃喝。这其中大多数人我连一面之缘都没有，但他们却选择毫无保留地相信我。心中那份感恩和温暖啊，满满的。

到达西宁是下午四点，由于我们的火车票是第二天早上八点半的，不得已，我又联系了在西宁开青旅的好兄弟：老曹。老曹一听我们此行的目的，立马用实际行动表示了支持，为我们提供了往返西宁的免费住宿，还给孩子们买了许多水果和零食，后来我才知道，原来老曹也曾在广西和贵州交界处的偏远山区支教一年，理解我和孩子的坚信自然是深有体会的。

由于有了善款的支持，我感觉自己的腰杆子也硬了起来，和楞本带着孩子们在南大街品尝了各种美食，还给他们买了许多的零食。看着孩子们开心的表情，别提多幸福了。

## 32

早上七点五十来到火车站。由于前一夜孩子们太兴奋，都睡得很晚，这时候他们还眯眯着眼，一副睡不醒的样子。我和楞本顺利把预定的票取出来，上车。火车发动的一瞬间，孩子们发出了震耳欲聋的欢呼声，要去上海了，要去中国数一数二的国际化大都市了。

由于资金有限，我们只给孩子们买了硬座。三十三个小时是相当漫长的。不过孩子们都很懂事，并没有哭闹，也没有预想中不适的反应，这个倒是让我们很欣慰。周围的乘客看到我们两个大男人带着这么多的孩子，都好奇地过来攀谈。

"这些都是你们的孩子？"一个大姐好奇地问着。"嗯，是啊。""我看不像，你们是不是老师啊？""嗯，是的，我的学生就是我的孩子。""我就说嘛！这些孩子都是藏族啊？""嗯，是的。""你看上去不像藏族啊！""嗯，是的，我是上海人，在藏区的支教老师。"当我提到我是上海人的时候，周围爆发出一阵惊叹声。瞬间围上来一大片乘客。

"哦哟，不得了，你们大城市的人怎么吃得了这种苦啊？""我习惯了……"；"你们那边很冷吧！你怎么受得了啊！""我习惯了……"；"吃的肯定不好吧？""我习惯了……"；"语言沟通不了怎么办？""我习惯了……"；"听说你们那边，人死了之后都是剁成一块一块的喂狗是不是啊？""大姐，那是天葬，不是喂狗，这是藏族的信仰，不能乱说的……"；"听说那里的人很不讲卫生的哦！一辈子只洗两次澡的，是不是真的啊？""这个……"；"听说西藏人全都信佛的，是不是全是和尚尼姑啊？""这个……"……

在接下来的数个小时中，我应付着周围人各种各样无厘头的问题。而楞本这个家伙竟然在旁边睡着了，还打起了呼噜。这个天杀的货，难道不知道替朕解解围，分分忧么？朕要你何用？！

当然，孩子们同样也成了焦点，一会儿有人过来送吃的，一会儿有人过来送饮料。每当这时，孩子们都会萌萌哒看着我和楞本，像是在问我们能不能吃，惹得周围一片哄笑，说我们两个人，又当老师，又当爹。这时走过来一个大哥，塞了五百块钱给我，我还没来得及道谢，他就头也不回地走了。傍晚时分，列车的餐车知道了我们一行人的存在，竟然免费提供我们九个师生的三餐。我一兴奋，用上海话上前道谢。没想到几个餐车的师傅竟然都是上海人，又是一阵嘘寒问暖，厨师长更是开心地扯着嗓子喊着："谁说阿拉上海人都自私，你看看这个支教老师不也是上海人么！"随后餐车上的几个师傅凑了凑，又给了我们五百块钱，说我给上海人争光了。说实话，这是我第一次感觉到上海的温暖，那种沁到骨子里的温暖，虽然我不觉得我真的为上海人争光了，但至少向大家证明了，这个世界上，还有另一种上海人。

回想起来，出来这一路，收获了无数人的帮助和关心。谁说现在社会风气越来越不好，人性越来越冷漠。在我看来，归根究底还是公信力的问题。当孩子们活生生出现在人们面前时，大部分人还是愿意伸出援手的。

## 33

终于到上海了，楞本在火车上反复地提醒，在上海，无论到哪里都要手拉着手。然后，帮孩子们穿着藏服就走出了上海火车站。刚一出站就引来大片骚动，好多男男女女都跟在我们身后议论着，有的甚至拿出手机拍照。我倒是无所谓，可忖摸着孩子们可能会受到惊吓，我和楞本还是客气地把围观的人群驱散了。

进哥和他的一个车友会的朋友，已经在车站等我们了。我们在火车站南广场合完影之后，就坐上进哥的车，驶向他的家庭教室。

车子行驶在高速公路上，车外是上海典型的霏雨墨烟和霓裳夜。看着满目各色各式的灯光和敲打在车窗上的绵绵细雨,连许久没有回来的我,也感到一丝陌生。第一次米到大城市的孩子们更是直接懵了,一个个都好奇地瞪圆了眼睛,像生怕错过了任何一道风景一样。

车到达了目的地,着实把我吓了一跳。进哥为了迎接孩子,竟然办了一个儿童小型音乐会。在大家的掌声中,我们一行九人入座。给我们准备的晚餐是自助BBQ,孩子们和楞本还没什么反应,我却爽翻了,竟然是BBQ!进爱卿实在太懂朕了!虽然朕在藏区并不缺肉,但吃的大多是牛羊肉。可朕真正爱的,却是红白相间、粉嫩鲜糯的五花肉啊!朕为此,不知道在梦里流过多少龙涎啊!

刚入席,明显感觉孩子们有点拘谨,不敢吃、不敢喝。于是,我和楞本把烤好的肉串分给孩子们,他们这才狼吞虎咽地吃起来。是啊,整整两天没正儿八经吃过东西了,不饿才奇怪呢。

音乐会很快结束,轮到孩子们跳藏舞了。孩子们穿着藏服,伴随着熟悉的音乐翩翩起舞。跳完舞,索南达吉有些害羞地走上台,唱了一首藏歌,我站在台下跟着他轻轻地哼了起来。虽然这些舞已经看过几十遍了,歌也听过无数遍了,可此时此地,自豪感依然瞬间爆棚。这就是我的学生!这就是我的孩子们!

## 34

孩子们正式开始学习了。他们的老师,是进哥请来的一位叫恒恒妈咪的蒙式教育老师。说到蒙特利梭式教育,我之前也是一知半解。在我的印象中蒙式教育近似于散养。我顿时有了疑问,我们的孩子本来就是在松散的环境下长大的,这样的教育能有用么?

不过通过几天的接触之后才发现,我的担心纯属多余。蒙式教育看上去很随意,但却处处都有规矩。吃饭前要感谢父母和老师,饭后要把椅子原位放好,学生们自己分工洗碗打扫卫生等等。而老师则是在旁边从旁协助,不直接参与,也不袖手旁观。这样倒是极有力地提高了孩子的自立和协调能力。

家庭教室给孩子们开设的课程也是别具匠心。认识叶子的种类和形状，认识地图以及各种地形，用各种教具认知动物及其分布等等。这些恰恰是我们在学校无法教授的。

而伙食方面，也不是我之前想象中的盒饭。进哥为孩子们专门请了一个保姆，照顾孩子们的起居，每天负责我们的三餐。孩子们几乎每一天都能吃到不一样的蔬菜和水果。恒恒妈咪每次在吃饭之前，都会拿出今天要吃的东西，带孩子们一样一样认，见到各种稀奇古怪的蔬菜和水果，都兴趣盎然地学着。

下午的时候恒恒妈咪会带着孩子们走出教室，到院子里给花花草草浇水，给小鱼喂食。结束之后，由我跟楞本给他们上汉语和藏文课。

而到了晚上，我们会让孩子们自习，或者给他们放放动画片。就这样，孩子们每天都在欢乐与兴奋中度过。他们的生活几乎从来没像现在这样丰富。

## 35

频频细数，几载教室留，窗映云舞。弗止凭书侍案，浓学深悟，幕习函数晨吟赋，夜孤灯，细研英语。几多耕耘路，汗牛充栋，欲达胸府。

辗转数年高试苦，不说也心酸，说也无助。父母婆心苦口，棒中驱鲁。风间雨里霜夹道，莫重提，却话秋妩。此消彼长，东成西就，最难倾诉。

——《桂枝香·重回高中》

今天周末，孩子们没课，我带着他们来到我高中的母校：海滨中学。

能有六年没回来了吧，上一次回来还是大学刚毕业的那年的教师节。我望着学校的大门直晃神，心中则是无限的感慨。高中的生活是枯燥却高潮迭起的，高考那年，一向成绩平平，不被老师们看好的我，突然爆发，竟然考上了还算满意的大学。那时的我，一边学着知识，一边做着曾觉得那么不切实际的梦，如今，知识在时间的风化中只剩下残垣断壁，唯有梦依然。当初从这座大门走出去的时候，我何曾想过，有一天，我会这样出现在母校的大门前。曾经最让老师头疼的学生，竟然在数年之后带着自己的学生荣归母校，这是讽刺的，却也是温暖的。

远远就看到，我最尊敬的高中语文老师赵静老师，正在校门下向我招手。她老了，头上微微花白的头发，让我想起来自己的母亲，这一刻，我的眼眶湿润了。我冲上前，给了赵老师一个大大的拥抱，像如燕归巢一般，呜呜地哭了起来。老师用下巴轻轻抵住我的脑袋，摸着我头发说道："别哭了，这不是回来了么，回来了就好，你现在也是为人师表了，要注意自己的形象，你这样，让学生以后怎么看你呢？"我一听，赶紧擦干眼泪回头看向孩子们，看到他们那么萌萌哒地看着我，一下就笑了。

由于回到母校的时间是上午第四节课。赵老师带我们来到音乐教室，让孩子们上一堂音乐课。这一下让我感到了我们学校的差距。这种差距不仅仅是教学设备的区别，更重要的是学生的态度。虽然只是一堂音乐课，但学生们讨论的内容全部都与课堂有关。

上完课，赵老师一路带着我们来到教师食堂。好多熟悉的面孔，数学老师、政治老师、音乐老师、体育老师、化学老师。虽然时隔多年，有些老师的名字已经叫不出来了。但他们每个人的面孔都在我脑海中不曾遗忘。而让我觉得意外的是，大多数我曾经的任课老师都记得我的名字。

老师们围上来，聊起了我这一路是怎么走过来的，可说着说着，又说到我以前在学校干的那些个蠢事。什么上体育课趴在操场上写诗；收钱帮同学写情书；数学课上偷偷给喜欢的女生传纸条；考试作弊被发现之后死不承认；在历史书的伟人照片上画漫画；没写作业还倒打一耙，说要到教育局告学校没人权等等，全都被抖搂出来，搞得我特别不好意思，连楞本都在旁边咯咯直乐，还好孩子们应该都听不懂，否则就糗大了。

这时赵老师突然跟我说，让我在大礼堂给学弟学妹们做一次演讲，说说我的支教和旅行，以及一路走来的心得和体会。我自然答应了，毕竟难得回来一趟，对于老师们的要求，我是一定要做到的。

四十五分钟的演讲很快结束了，逗逼而感人，在说到在印度做义工时的经历，和鄂尔多斯的大爷时，我隐约能听到台下传来抽泣声，整个演讲说不上多好，至少还算流畅。下场之后，好多学弟学妹都加了我的微信。

晚上，其中一个加我微信的高三学弟跟我聊天，说他本来已经放弃了高考，打算毕业之后到单亲母亲开的小面馆里帮忙，学着做生意，听完今天我的演讲之后，他很有感触，他突然发现他不是最痛苦的人，太多的人和太多的事值得他继续坚持。最后他告诉我，他一定会继续努力参加高考，努力考上大学，等以后毕业了，跟随我的脚步去旅行，去支教。

我因为他的话也很感动。是啊，有多少人能在毕业十年之后，带着梦想，带着一身的伤，站到曾经需要仰望的地方，为母校再做些什么。

## 36

从母校回来之后的几天，孩子们都很安静地在家庭教室中学习，而我却忙碌了起来。两天之内，我接连又做了三次演讲和一次采访，然后接连又见了许多人，洽谈关于捐助方面的事宜。大家的热情和善意，再次让我体验到属于人这个层面的温暖。

每天回到家庭教室都觉得疲惫不堪。一天晚上我独自在天台上边抽着烟，边考虑着明天跟一位有意资助学生的爱心人士碰面时，该怎么为孩子们争取。楞本静静走到我身边拍了拍我的肩膀，递给我一杯热茶。

"达瓦，你别太着急了，学校的事情你已经尽力了，很多事情本来就不是一次能解决的。而且学校不是你一个人的,是我们大家的,有什么困难我们一起想办法。""谢了,兄弟。"我感激地看了看楞本,不再说话。

是啊,我这几天,每天想的都是怎么才能快速筹集资金,毕竟学校缺的东西太多了,可我一直忽视了一个问题,并不是我一个人在战斗,楞本、仙巴、岗扎、扎西尼玛、活佛,我们都在为了这个目标在奋斗。

## 37

活佛来上海了,这可是件大事!我在兴奋之余,却手足无措起来。虽然我来学校已经将近半年了,可由于建立学校的活佛在北京养病,所以一直未见。这次因为孩子来上海的事情,活佛专程来了一趟上海看望孩子和我们。

活佛来得非常突然,当时楞本正在给孩子们上课,我突然接到活佛的电话,"达瓦老师,你们是在几号?我到小区门口了。""我们在328号,您稍微等一下,我们这就出来接您。""不用了,不用了,达瓦老师,我自己找过去就行了。"没想到活佛会这么随和。我赶忙和楞本帮孩子们穿上藏服出去迎接。

活佛到了,他就那样闲庭信步走进家庭教室,一步一莲花,仿佛就是邻居串门一般,完全没有一点架子。初见活佛,就觉得他非常慈祥。我们把活佛引进屋内,纷纷献上了哈达,而活佛则将哈达一条条戴到我们脖子上。

活佛跟孩子们打过招呼之后,就跟我、楞本和进哥坐在饭厅里聊起了这次活动。聊天的过程中,活佛显得更加随和谦虚,当谈到未来的合作时,活佛无数次用"麻烦""请求"这样的词,弄得我跟进哥一阵不好意思。最终的结果是皆大欢喜。我们达成协议,明年将继续这个活动,并争取接更多的孩子过来,交流时间也会加长到三到四个月。

临走，活佛送给我们一人一串佛珠手钏。让本就被幸福感包围着的我和楞本，更加受宠若惊。

## 38

早上六点，我和楞本就带着学生们出发了，今天跟活佛约好去普陀山参佛祈福。孩子们一上车就开始各种睡，而睡姿也是各种萌。

出了上海，往舟山码头走，这一路上的青山绿水，烟云渺渺，泗水淼淼，倒是让许久未见这般景色的我有些惊喜。才刚到码头，活佛就打来电话，告诉我们他已经在普陀山之上等待着我们了。

在码头附近的餐馆里简单吃过早饭，就买了船票准备渡江。上了船，昏昏欲睡的孩子们猛然来了精神。毕竟这些孩子都是第一次坐船，兴奋地趴在窗户上四处张望。仅二十分钟，船就到岸了，下了船，我们跟活佛会合后便开始登山。

可以说，这是我第一次在内地的大庭广众之下穿着藏服。那种感觉有点兴奋却也有点尴尬。不过一想到活佛就在我们身边，我的心便又安定了下来。

普陀山观音像下，我们跟在活佛身后，默默念着经文祈福。沉静在这佛音之中，此时的我已经全然忘记了身边的世界。任周围的人投来如何奇异的眼神，我也全然不觉得尴尬与羞涩。我想，这也许就是信仰的力量吧。回去后，我写下了这样首词：

合掌拦胸任是非，盘桓半日百思微。目极往事背因果，心向菩提又我谁。

拾且放，往需归，钟鸣蛊盛证慈悲。盈来雪沁拈一朵，尽去华严净两扉。

——《鹧鸪天·遇佛》

## 39

终于要回学校了，回想起这两周的日子，至今还感觉像做梦一样。

进哥一早就把我们送到上海火车站，依依不舍地跟我们挥手告别。半个月的时间虽然不长，但看得出，进哥对孩子们是真的走心了。

接下去依旧是三十三个小时的火车，和十五小时的汽车，看着孩子们这一路虽然苦却依然听话懂事的表现，都为他们感到欣慰和心疼。

"下次我们多想点办法，孩子们再过来的时候，还是让他们做卧铺吧。"进哥像是看出了我的心思，拍着我的肩膀安慰我道。

上了火车，我瞬间有点晃神。明明是再一次离开成长的城市，可我却有种回家的踏实感。阿娜打来电话，问这趟回上海的感觉怎么样。我想了半晌，告诉她，回到内蒙古是感动，回到上海是解放，回到石渠是欣慰。石渠不是我的故乡，但却承载了我太多对生活的热情和任性，眷恋的力量有时比乡愁更加强悍。阿娜又问我，对我来说乌鲁木齐是什么呢？我笑笑告诉她，乌鲁木齐只因为有了她才有了生机。

## 40

回到学校之后的生活并没有多少改变，我依然是楞本和老范他们的厨子，依然带三年级的语文和数学。上海之行虽然结束了，但我依然要继续我的支教。

当然上海回来之后也不是完全没有变化，变化就是孩子们学习更用功了。因为我告诉他们，明年还要有十个学生去上海，谁成绩好谁就去。这下倒好，三年级的作业再也不用我整天催着要了,他们背书比以前积极多了,小考的成绩也一次比一次好。

今天次成落正还偷偷跑过来问我,明年他能不能去上海?我告诉他,只要他好好学习,肯定是有机会的。我刚说完,就听到门外的改洛达杰怪叫了一生,笑着跑开了,唉,真是帮古灵精怪的孩子。

晚上,老范到外面接了一个电话,回来之后跟我说,他不能再在这里支教了,家里有事,他明天就要回去。唉,就像姥姥曾说过的那句话,人再怎么算,也算不过老天爷,晚饭前,我还跟他讨论着之后的课该怎么上,我们要如何衔接,可现在……不过我感觉还是很愧对老范的,本来他是冲着我来这儿的,结果他来了,我去上海了,等我从上海回来了,他却要走了。老范走过来给我塞了一千块钱,说,这钱不是给学生的,是给我的,这里生活太艰苦,要我照顾好自己。我默默收下了,不再多语。我需要钱,他知道,兄弟之间,不用客套。

第二天,他走了,目送他的车远去,回宿舍继续备课。最坦然的离别也许就是这样。不再像大学生讲些矫情的话,也不可能如寡妇般哭哭啼啼。正如梁实秋写的:"你走我不送你,你来我不管风雨都去接你。"我们会,并熟练运用这种方式来稳重地面对生命中的得失、聚散。

## 41

学期已经过半,要期中考试了,每个老师都在紧张的复习中。这时候就出现了每个学校临近考试时都会出现的问题——抢课。

"岗扎,三年级下午的音乐课我要了哈。"我一边喝着茶水,一边淡定地说着。"啊?音乐课我昨天就预定了啊。""预订了?你开玩笑呢吧,我怎么没听说。""昨天我跟楞本、仙巴他们说过了,只是当时你不在。""我是三年级班主任,你不跟我说,你跟他们说有个球子用啊。""老大,你就把课给我吧,你看我把考卷都准备好了,明天要给他们模拟考啊。""你这是复习,你看看我,课文还没上完呢,不行,这节课我要上。"……

由于岗扎跟我搭班教三年级藏文,于是最近这几天,这样的对话和争执几乎每天都在发生。想想自己中学快要考试的那一两个礼拜,似乎也是这样,除了体育课之外,所有的副科全都变成了主课。那时,一碰到主课强占副课,都会在心里把主课老师的家人全都问候一遍,然后默默唾弃副课老师没有原则,也不为自己教的学科争取一下尊严,说让就让。

"记住你们现在的状态,考试结束之后也要这样!"楞本在一边笑着说。

最终,我和岗扎达成协议,最近一周的副课除了体育课之外,一人一半。才说完,我忽然就觉得亏了,我两门课,他一门课,就是分副课也应该我分到更多啊,怎么能一人一半呢!此时看到岗扎小人得志一样的笑容,我终于发现自己上当了。我立马给老范打电话,报告了这帮混蛋的不齿行径。结果老范淡淡地来了一句:"要是我在,你看他们敢吗?"去你大爷的!朕何时变成这个办公室食物链最底层的生物了?!什么时候连上个课都要勾心斗角了!想想也是醉了。

# 42

我特别享受拿着一摞书和作业走向教室的感觉,无论当学生还是当老师我都喜欢,但两者也有着本质区别,前者是索取,后者是施予。

第二节课下课,扎西尼玛开着学校的小皮卡来学校了,同时带来的还有孩子们过冬的衣服。进哥那边募集到的衣服,再加上我高中母校捐助来的衣服,整整十二个大编织袋。

我们把学生聚集起来，开始分发衣服，孩子们都跟过年一样开心。发放完毕，基本每个孩子都有一套衣服，连厨师家的孩子也有，最后还有得剩。于是我们把剩下的衣服发给家里比较困难的孩子，让他们带回去给自己的兄弟姐妹穿。

小屁孩就是小屁孩，刚发完衣服还不到十分钟，就看到一个个把新衣服全都穿起来了。真是人靠衣装，看着穿上新衣服的学生，瞬间就觉得他们精神了很多。

下午上课的时候，我问三年级的学生，发到新衣服开不开心？他们说开心，我说想不想以后天天有新衣服穿，孩子们大声地喊着想。然后我告诉他们，一定要好好学习，等上了大学，毕业以后就天天都有新衣服穿了。这时，我低头看了看自己身上的衣服……

唉，算了，我已经不好意思继续说下去了。

## 43

今天的下午全校临时加一节课，说是其他寺庙的一个活佛要来学校参观。我没有继续上课本的内容，而是在三年级尝试上一堂课外阅读课，课文是苏轼的《水调歌头》，这篇每每读起都会一片感叹的神来之作。

"明月几时有？把酒问青天。不知天上宫阙，今夕是何年？我欲乘风归去，又恐琼楼玉宇，高处不胜寒。起舞弄清影，何似在人间。转朱阁，低绮户，照无眠。不应有恨，何事长向别时圆。人有悲欢离合，月有阴晴圆缺，此事古难全。但愿人长久，千里共婵娟。"

这首词是苏轼在中秋之际，大醉之后写下的。难得的是全词意蕴舒畅，行云流水，浑然天成，完全看不出一丝艰涩的醉态。那种浪漫情怀和深沉感喟，在千古以来默默不语的月华之中弥漫隐现，时时触动我的心灵。

上课了，我将事先准备好的打印资料发到学生手里，先让孩子们看了十分钟，尽量理解诗句含义，然后熟读之后，我才开讲。其实我心中自知，这十分钟对孩子们来说几乎没有任何效果，以他们的汉语水平，是不可能体会首词中的神来之气。五分钟过后，我先满怀感慨地读了一遍，让学生在不认识的字上面标注拼音，然后带着学生，将这首词通读了三遍，再开始讲解。

我喜欢上诗词鉴赏课，可同样也痛恨所谓的"诗词鉴赏"。那感觉就如将一个绝世美女扒皮抽筋，然后逐个研究她的每一个器官。诗词的妙，在整体，在气韵，若断成句，则美感尽失。可我是老师，不可能跟学生们说这些玄玄乎乎的东西，所以不得已，我逐字逐句开始解释。

一堂课上完，我出了一身的汗，感到的不是累，而是畅快。好的作品就是这样，每次看完，或如沐春雨，或光明在心，或凉风袭夏，或黯然垂目。我爱着这些句子，同时也希望孩子们也能爱，真的希望他们能快快成长，早一天跟我一样，享受这样的精神大餐。

## 44

一大早忽然觉得浑身发冷，头昏昏沉沉的，半点儿劲儿都没有。用体温计量了一下，哇咔咔，39.8度，我有好多年没有发烧发到这么高的温度了，一时兴起，拿手机自拍了一张，又拍了一下温度计，发了朋友圈……看到朋友圈里一群喷子"无微不至"的"关心"，我就安心了……接着找来了退烧药和消炎药，吃完之后，临睡之前，还叮咛岗扎，我的语文课和数学课先给他上藏文课，不过等我病好了之后一定要还。好吧，我承认，我现在快成雁过留毛的守财奴了。

发烧的人一般都睡得很不踏实，我也是这样，半梦半醒中，总感觉有人在我房间里进进出出的。等我感觉稍微清醒了，躺在床上眯起眼睛看着门口，我倒要看看，是哪个学生老是往我宿舍跑，还不叫"报告"。不一会儿，嘎知进来了，只见他蹑手蹑脚走到我床边，把我杯子里有点凉了的水倒了，重新加满一杯，然后就出去了。过了能有十几二十分钟，普香卓玛进来了，帮我把被子往上拉了拉，然后又出去了。再过了差不多二十分钟，成来加措进来了，跟之前嘎知一样，帮我换了一杯热水之后就出去了。孩子们原来是用自己的方法轮流照顾病中的我啊！此时躺在床上假寐的我眼睛湿润了。我并没有嘱咐他们这么做，他们只是自发地为我做了这些。

爱是相互的，既是给予，也是收获。他们在我的眼中不仅是学生，而我在他们心中也不仅是老师。

## 45

为了增强学生的表达和写作能力，我今天加了一节作文课。课堂上，我让他们每个人写一篇小作文，题目是写给爸爸妈妈的信，字数以一百为限，时间是半个小时。而我则坐在一边，做下节数学课的备课。

时间很快到了，我让每个人都把自己写的东西读出来。嘎知、普香卓玛和丹增卓玛写得都很好，普香卓玛的作文里还出现了"爱"这个字，我特开心。忽然间我发现，这些孩子写出的质朴的文字大有几分"圣经体"的味道，少了浮华的辞藻和复杂的语言结构，更能体现出情感的真挚，极致的情感便是至极的简单，从这个方面来说，我写东西的本领甚至还不如学生。

轮到改洛达杰交作文的时候，他站在那儿一句话也不说，我走过去一看，他的本子上一个字都没有，这回我有些生气了。半个小时的时间，就算基础再差，至少能翻开书抄两句吧，这是最基本的态度问题啊。我狠狠地问他为什么一个字都不写，改洛达杰还是一句话都没有。一下子我的火气就上来了，勒令他到外面站着。等改洛达杰出去之后，嘎知站起来告诉我，改洛达杰没有爸爸妈妈。我脑袋嗡地一下，赶紧把改洛达杰叫了回来，却见他已经哭了，我心的啊，一下子揪作一团，疼得不行，赶紧上前安慰，可是任我再怎么安慰都无济于事，那一刻我那个悔啊！为什么事先不多了解一些学生的情况呢？

下了课，我问楞本改洛达杰家的情况，楞本告诉我，改洛达杰的爸爸妈妈在他很小的时候就去世了。是在一场寺庙的大火里出的事，现在他只有一个哥哥。

晚上，我把改洛达杰叫到我的宿舍，郑重向他道歉，告诉他，我之前并不知道他的情况，向他保证，以后再也不会犯同样的错误了。还说，如果他愿意可以把我当成他的家人，以后有什么话都可以跟我说。改洛达杰听着听着又哭了。我把他搂到怀里，尽全力不让他看到我这时流出的眼泪。

尼采说："人类最终是喜欢自己的欲望，而不是想要的东西。"欲望可以提纯，更可以升华，因此，有的时候，一个鼓励、一句安慰、一个拥抱，就能得到豪车洋房都换不来的热泪盈眶。

## 46

期中考试了。一大早，孩子们还在早自习的时候我就进去做考前动员。说了一大堆，什么不会的题要先跳过做后面的；做完之后要仔细检查，不要提前交卷；考试的时候不要紧张，题目一道一道做，万一碰到真的不会的题目，先跳过去，做后面的题；碰到看不清的题目一定要问老师，不要猜，等等，也不知道这帮小家伙到底有没有听懂。

今天上午考的是汉语，下午是藏文，第二天是数学。而三年级的监考是仙巴，我监考二年级。考试前我再三嘱咐仙巴，因为考卷是我一份份手写的，如果有学生看不清或者看不懂，一定要帮忙解释下。仙巴笑笑说，不就是一次考试么，怎么我比学生还紧张，让我放轻松，孩子们会考好的。想起以前学生时代，才发现，每逢考试，虐心的不仅是学生，还有老师。

一天的考试结束之后，我把三年级学生聚集起来，做了一下简单的考后分析。还好，我考试前给他们说的考试重点，他们都还复习得算是到位，这样的话，成绩应该不会很差。

其实按理来说，我不应该这么紧张的。但由于这是我进入这所学校之后的第一次大考。虽然我清楚，即使是考砸了，我只要说一句孩子基础差，考卷出难了，就没有人会怪我。但这不代表我不用去捍卫自己老师的尊严。

## 47

今天一天，所有老师都是紧张地阅卷。只见他们一会儿摇头轻叹，一会儿点头称好，不一会儿又在不知道自言自语些什么，一个个都跟练功走火入魔了一样。

分数已经全部统计出来了，几家欢喜几家忧啊。三年级的成绩比我预想的稍微好一些。语文有一半及格的，最高分是嘎知的九十二分；数学三分之一及格了，最高分是普香卓玛的九十分。嘿嘿，这两个小家伙果然没让我失望。可继续往下看，我却犯愁了。次成落正语文二十五分，数学三十分；改洛达杰语文二十八分，数学三十二分。

本来两人的基础就比较弱，考这个分数倒是我意料之中。可关键是他们藏文的成绩给我重重一锤。次成落正的藏文是班级第一名九十七分，改洛达杰分数也不差，有八十七分。唉，这不是给我个下马威嘛，藏文第一名，汉文和数学倒数第一。这也太丢人了吧！看到岗扎瞅着我直笑，我顿时火气不打一处来，"不能让这两个小家伙的日子过得再这么舒服了,以后每天晚上都要给他们两个开小灶!"我心里恨恨地想着。

## 48

傍晚时分,二弟阿正发来微信,说他把小莹的电话和微信已经删了,还说他已经不写诗了,改行卖车了。看着他的信息,我愣了一下,这货跟大学时的我是何其的相似啊!爱便极致,不爱了也极致。他的本质跟《像鸡毛一样飞》里的欧阳云飞是一样的,敏感,憔悴,单纯,精神上的幽闭恐惧症,面对别人的生活头头是道,面对自己的生活不堪一击,自认是个诗人,却不敢面对诗性的自己,仅靠枕头和诗集就能生存在任何地方,看不起俗世,身边却全是俗世的朋友。

我恶搞似的把小莹的电话又发给了他。

半晌,二弟又发来微信,说谢谢我。我一下愣了,问他不会真的把小莹的电话不小心弄丢了吧。二弟说不是,因为是我的"发送",再一次让他确定,要忘了这个在他心中纠缠了半年的女子,所以他才谢谢我。

我忙拨通了他的电话,这才知道原委。二弟从新疆喀纳斯出来之后,便又去了兰州。可不巧的是,小莹又出去旅行了。二弟打电话给她,在得知小莹正在武威之后,二弟马不停蹄又赶到武威。可小莹并没有等他,跟着一个刚刚在火车上认识的做音乐的帅哥去了西藏。二弟哀莫大于心死,也终于明白了一个在旁人看来理所当然的道理:爱情不是你付出便会有收获,同样也不是你不付出就不会有收获,有缘无分不是爱情,仅仅是相识。当天晚上二弟去了酒吧,在那儿结识了一个女孩,并把自己的第一次留在了这个伤心的城市。

听着他的讲述,我打心底心疼他,却并没有出声打断或安慰他。他永远需要的是聆听而不是劝慰。

挂断电话后，我发短信告诉他，一个男人，要为自己的每个决定负责，既然决定放下，就放过自己吧。他只回了两个字"放了"。

记忆照亮一个人的笑容，要费尽力气才能变成喜欢。反之，要忍受多少次错过，才能等到烟消云散。"爱对了，是爱情；爱错了，是青春。"对于阿正，反过来说也正确：爱错了，一个人的爱情；爱对了，是两个人的青春。

忽然想起胡适的一首小诗："醉过才知酒浓，爱过才知情重。你不能做我的诗，正如我不能做你的梦。"二弟的这份爱纵然无疾而终，却美得不沾风尘。愿他一切安好，安好一切。

## 49

期中考试过后，学生的进步给了我很大鼓励，我进一步改进了我的教学计划。数学方面，我增加了更多练习的课程；语文方面，开始让学生对课文开始独立分段并总结段落大意，同时在古诗词方面也做了相应加强。

今天的课文是《秋天的雨》，上课的时候，我把学生分成两组，让学生分组讨论：在课文中，秋天的雨分别把哪些植物染成了什么颜色。嘎知、次成落正、成来加措、尼玛东知一组，他们给自己取的名字叫黑龙队；丹增卓玛、切毛吉、改洛达杰、普香卓玛、索南达吉一组，他们给自己取的名字叫太阳队。孩子们讨论得很积极，讨论出来的结果也非常理想。甚至黑龙组专门做了一个简单的表格来阐述不同植物和他们的颜色。

结束之后，我让孩子们拿出彩笔，分别把这些颜色找出来，然后说说，生活中这些颜色会出现在什么地方。看似整堂课都在玩，其实却很好地培养了孩子们的阅读能力、联想能力等等。其实这些方法，都是我回忆自己小学的语文公开课想到的，没想到现在我竟然还能用到。

课后我发现，这种分组讨论，再加上联想讨论的教学方式，相比起自己想自己做，更能提高孩子们的学习积极性，最重要的是，逼迫着孩子在课堂上用汉语做更多的交流。

## 50

最近我和老师们都感觉头大无比。天气越来越冷，学生们接二连三地生起了病。我发现这里孩子生病的症状跟内地有很大的区别，内地的孩子一般来说都是发个烧、感个冒、肚子疼之类的常见病。而我们的学生一生病却是头疼、后背疼、膝盖疼，要么就是吐血、手指握在一起动不了了什么的。搞得我每次都神经紧张到不行，生怕一个不小心出什么闪失。不过孩子们好像都习惯了，好了之后又活蹦乱跳的，像没发生过一样。即便跟他们家长说了，家长也是一副无所谓的样子，反而安慰我们，说这是他们的老毛病，休息休息就好了。

今天我跟楞本，要把一个咳嗽咳出血的孩子送回家。楞本带着我和学生开着摩托车在草原上一阵奔袭，这时不知道从哪里突然窜出来两条狗追着我们狂吠。由于草原上到处都是坑坑洼洼，车根本就开不快。眼看两条狗就在我脚边，左右夹击，我甚至能看到他们锋利的牙齿，给我吓坏了。突然想到以前认识的一个在藏区支教的薛老师，因为被狗咬伤不得不回家，缝了八针。于是，我赶紧用藏服长长的袖子赶狗。

楞本赶紧跟我说，小心被咬到袖子，草原上的狗力气大得很，咬住袖子一下就能把我拽下去。我赶忙收起了袖子。直到摩托车上了土路，加速之后才摆脱了这两条狗的追杀。

*51*

最近，我发现生活中的另一个乐趣，就是跟仙巴聊天。仙巴是藏文学专业毕业的，除了藏族本身的文学作品外，还特别喜欢西方文学。而我主修的便是汉语言文学，更偏爱诗词，对于西方文学，虽谈不上热爱，倒也在专业课老师的威逼下看过一些。于是，每到夜里，我和仙巴都开始了海阔天空的胡侃。

从诸子百家，唐诗宋词，到莎士比亚，雪莱，再到二十世纪的存在主义，我们几乎无所不谈，虽然言浅，但彼此偶尔都会有茅塞顿开的感觉。

最有成就感的一个晚上，我们聊诗。好吧，其实现在这个时代，好像连愤青都不屑聊诗歌了，但我和仙巴还是带着灼灼热情探讨着。

"西方的诗说到底还是不如中国的，就更不要说日本的诗了。术业有专攻，西方人写写剧本还是真的比中国强。但是西方人和日本人写诗有个好处，就是老实，写孩子的脸就老老实实写孩子的脸，写下雪，就老老实实写下雪，不像中国人，写什么都带着强烈的主观情绪，你写个柳树非得写成灞桥折柳，你写个杜鹃非得写成杜鹃啼血，要是杜鹃、柳树能说话，肯定得说'怪我咯？'，王国维说的'有我之境'和'无我之境'还是很有道理的，中国诗人写'有我之境'的人太多了，像什么'自在飞花轻似梦，无边丝雨细如愁''泪眼问花花不语，乱红飞过秋千去'都是这样，搞得好像全世界都围着他一个人转似的，而像'采菊东篱下，悠然见南山''遥遥望白云，怀古一何深''和泽同三春，清凉素秋节'这样取'无我之境'的句子实在是不多。自然本来就是真的、淡的，你说对不对？"我叽里咕噜说了一大串，然后第一次见到仙巴萌萌哒看我的表情，那感觉真的爽爆了！

## 52

  天气好得出奇，吃完午饭，我穿上藏服，套上雪地靴到山上走走。坐在学校旁边的山坡上，一边听歌，一边远远地眺望着山线。这时我看到学校门头那条土路上远远过来一个身影，蓝色的冲锋衣，在这一片黄白相间的草地之上乍眼得出奇。等身影稍微离近一点才发现，竟然是一辆自行车，这让我惊讶不已，要知道，在石渠这个地方，大家使用的交通工具基本都是摩托车和汽车，怎么会有自行车这么高端的东西。"估计是驴友！"我兴奋地想着，这还是我第一次见到有驴友从这里经过啊。我赶紧站起了身，一路小跑着过去。

  站在路边，看着那个骑行的身影越来越近，我忽然发现，这个骑行者竟然还是个外国人。"Hello！""扎西德勒！"我顿时有点无语，我跟这老外讲英文，他竟然跟我说藏语。"有什么可以帮到你么？"我看到那个外国的骑行者从身边经过，忙出声问道。他明显有点惊讶，停下车，回头看看我："你会讲英语？""当然。"听我这么说，老外直接来了精神，"太好了，我终于碰到会讲英语的人了！"说着老外下了车，把车子支好，激动地窜过来，可刚跑两步就呼哧带喘的。"你慢点，这里很高，跑步对你的身体影响很大。"我赶忙上前去扶。"我太开心了，我已经快有一个月没碰到会说英语的人了！"老外看着我一脸的兴奋："我想问下，这里离最近的镇还有多远？"我想了一下告诉他八十到九十公里，老外一听脸色变得有些难看，"这么远啊！请问周围有没有旅舍？"我一听就笑了，开玩笑地说："这里满地都是旅舍，可惜都没有屋顶。"老外尴尬地笑了一声，就闷闷地不再说话。我当然看出了这个外国人的心思，微笑着说道："我是这里的志愿者老师，前面就是我工作的学校，如果你不介意，可以到我们学校休息一个晚上，我们可以提供免费的热水、食物和床。"老外一听直接乐屁了，赶紧说："上天啊！实在太感谢了！我叫Peter，你呢？""我英文名叫Martin。"

于是，我帮Peter推车，带着他回到了学校。Peter一进学校，孩子们都看到了Peter，一个个有点害怕不敢靠近，普香卓玛偷偷跑到我身边问我，为什么这个人长得那么奇怪？为什么头发和胡子都是黄色的？我笑着告诉她，我们是中国人，他是外国人，跟我们长得不一样。楞本、仙巴和岗扎也都出来了，看着Peter一阵惊喜，估计这也是他们第一次见到金发碧眼的外国人。

带着Peter回到我的宿舍，跟他聊了起来。Peter是德国人，在澳大利亚布里斯班的中央昆士兰大学学经济学，念了两年的书，觉得那不是他想要的，便背着父母辍学开始旅行（其实很多西方家庭对于旅行的态度，并不像我们想象中那么宽容）。来中国将近两年了，这次是从成都骑车过来的。由于外国人不能骑车进西藏，所以Peter打算骑到德格之后往云南骑。"Martin，你不像这里的人，这里的人都不会讲英语。"Peter好奇地对我说，"嗯，是的，我来自上海，我的家乡在蒙古。"Peter一听我这么说顿时恍然大悟，"原来是这样，在上海，人人都可以讲英文，怪不得你英语这么好！你的家乡是中国的蒙古，还是蒙古国呢？""我是中国人，不过我爷爷的爷爷的爸爸是蒙古国人。""哦！你为什么会来这里做志愿者老师呢？"……于是我跟Peter就这么聊了起来，互相交流着旅行的经历，后来我才发现，Peter跟我一样，都在印度加尔各答的特蕾莎修女之家做过义工。

这时，仙巴蹑手蹑脚地走进来。他可以说是学校这几个藏族老师里唯一一个能用英语简单沟通的。他问我能不能跟Peter聊天，我笑着说他平时那副威武劲儿去哪儿了，不会见到外国人就怂了吧……接着，就看到仙巴一会儿挠着头问我某个英文单词怎么说，一会儿又手舞足蹈地不知道在干吗，反正我几乎完全没听明白仙巴到底想跟Peter说些什么。但Peter很有礼貌，也不打断仙巴，只是微笑地看着他，不断地说着："慢一点，不用着急，慢一点。"

吃过晚饭，我把Peter安排到我宿舍的另一张床上睡，我和他又聊起了彼此的生活，他说他有个藏族女朋友，但是对方不会英文，我一听顿时觉得狗血无比。我在国外怎么就没泡到个外国妹子呢！临睡前，Peter说："Martin，这次真的很感谢你，要不是你我都不知道今晚该怎么办，以后你来德国一定要告诉我！我会邀请你到我家做客的。"我打了哈哈，便不再说话，开玩笑，我现在要是能办得下来欧洲的申根签证，就算给面试官直接跪下都愿意。

第二天，我和Peter互相留了E-mail，他就走了，临行，我送给他一条哈达，他送给我一张德国的明信片。

## 53

听仙巴说，这个月是牧民每年最重要的收获月之一。这两天远远地看到河边聚集了好多帐篷，他们都是来挖人参果的。先说说帐篷，藏区帐篷的颜色一般分为黑白两种，白色帐篷一般都是雨布做的，而黑色帐篷在藏族历史上已经存在了近千年，这种帐篷是用牦牛毛织成的布做的，但因为其采光防风方面都不是很好，防雨效果也差强人意，现在已经渐渐被白色的雨布帐篷替代。其次，说说人参果，人参果是种植物根茎，这种植物只生长在高原无污染的河边。挖出来之后的样子，有点像微缩版的葫芦，很甜，这边的牧民一般都会把人参果煮熟了拌酸奶吃，或者和饭一起煮，这样煮出的米饭特别的香甜。高原缺乏蔬菜和水果，这种食物正好弥补了维生素和微量元素的摄入。

今天是周末，我们四个老师打算带着学生们到河边去挖人参果，挖到的晚上给学生加餐。于是我们向周围的牧民借了工具，领着孩子们跑到了河边开挖。可惜我们几个老师都没挖过，只能指挥着孩子们挖。

一开始挖得还好好的，可没一会儿孩子们就不好好干活了，不知道谁在河边捡了根棍子，引得一大堆孩子跑过去"排兵布阵"，普吉多杰坐在一块大石头上当起了皇帝，只有几个年纪比较大的孩子还乖乖地蹲在地上挖。

现在我越来越发现，带孩子这门技术活真不是随便来个人就能练成的，就像现在：腿上坐着一个玩我手指的，身后站着一个玩我头发的，脚边蹲着一个玩我鞋带的，身边还站着个玩我胡子的。我瞬间感觉自己像《神偷奶爸》里的格鲁，整天被萌娃娃弄得团团转。

这时我看到几个最调皮的熊孩子竟然开始打起了水仗，我赶紧把他们叫上来。开玩笑，现在气温已经零下一二十度了，这要是感冒了，就我们学校这缺医少药的情况，又要送回家几个。

## 54

问："除了上课和陪小屁孩们玩以外，在学校最开心的事情是什么？"答："喝可乐，吃零食。"

由于学校到最近的小卖部要三四十公里的山路，所以吃零食变成最奢侈的事情之一，基本上算是有钱也花不出去，平时我们都是积一肚子馋虫，每个月去县上疯狂发泄一次再回来过苦日子。不过今天终于迎来了我们的春天。由于是人参果季，学校南边的河滩上搬来了大量来挖人参果的藏民，同时，一起搬过来的还有一个临时小卖部。于是我、仙巴、楞本和岗扎彻底疯了！

四个人手里握着钱，高举过头顶，尖叫着狂奔向小卖部的帐篷。远远看去就像四个土匪举着菜刀要来抢劫一样。

冲进帐篷，我们的双眼直冒火花，哇咔咔！猪蹄、泡椒凤爪、橘子罐头、火腿肠、可乐、花生、饼干、方便面，这哪是什么小卖部！分明是易初莲花超级卖场啊！我们连价格都懒得问，看到什么，拿起来就吃，直到吃饱了才停下来。一个小时之后，我打着饱嗝，仔细计算了一下自己的战果：五个鸡腿、两包泡椒凤爪、一瓶水果罐头、十二包小饼干、一大袋花生。这赶得上我以前半年吃零食的总量了。临走，我们还一人抱了一箱方便面，和一件十二瓶可乐，才依依不舍地结账离开。

回到宿舍，我们开始把这些战利品各种藏，藏不下的就当场吃掉，一边藏还一边念念有词："你偷我罐头，我就偷你老婆，你抢我方便面，我就磕长头诅咒你。"完全就像刚被解放的奴隶突然得到了一大笔遗产一样。想想都觉得丢人，连吃个零食都搞得像勾心斗角的宫斗一样。还记得，上大学的那会儿，还矫情得不行：猪肉不吃冻的，蔬菜不吃过夜的，酸奶只喝大果粒的，罐头只吃进口的，牛排只吃一分熟的，咖啡只喝精选单品，辣条只吃地沟油做的……可看看现在，除了吃地沟油做的辣条之外，其他什么要求都没了，只要是能吃的东西，哪怕就是过期了，都直接往嘴里塞。大不了就是拉肚子，总比想吃没得吃强点吧。

## 55

也许，时间是抹平伤口和痛苦最好的良药，再难以愈合的伤，也会在岁月的长河中结成坚硬的痂。

就像现在，我已经教次成落正"正方形、长方形、平行四边形和菱形的区别"整整八遍了，他还是不懂。而我依然面带微笑地给他讲第九遍。我想，以后有了孩子，我一定要当他的启蒙老师，因为我的耐心已经不属于人类了，吼吼吼！

虽然每个知识点，尤其是数学的知识点，我都要教这个小家伙很多次，可我还是真的很喜欢他。次成落正属于那种很聪明的孩子，而且肯用功。也许别人会觉得教这么多遍还不会，这能叫聪明么？但我清楚，这是因为他汉语基础太薄弱造成的。有些在我们看来很容易理解的东西，他只能靠死记硬背。从我接手三年级到现在，他的进步已经非常明显了。就像你让一个学画画的大学生，听全英文讲的量子力学原理，即使讲得再通俗易懂，他也听不明白是一个道理。

那为什么不让藏语老师给他们代数学课呢？我想很多人肯定有这样的疑问。之所以三年级的数学和语文都由我带，是因为孩子们未来所有的数学考试卷和语文考试卷，都将是全汉语的，我的存在，就是为了让他们能尽早适应全汉语的环境。即使这样的环境相当脆弱，可毕竟聊胜于无啊！

我始终相信，我每多跟他们说一个汉字，他们就多进步一分。即使听不懂，但长期在这样的语言环境下，总有一天可以达到我的标准。

## 56

进哥来学校了，这个消息很突然。话说，一天进哥突然打电话给我，问我当时我们跟学生去上海的路线。然后仅仅过了两天，进哥就告诉他我已经到西宁了，预计后天可以到学校，还说帮孩子们带了些礼物。然后问了我很多关于高原的突发情况，以及应该准备些什么。

后来我才知道，上次遇见进哥是他第一次真正意义上为了旅行而旅行。虽然喀纳斯也有个一两千米的海拔，但我们学校所在区域的海拔足有四千多，比拉萨还高。因此我也对进哥此行有了些许担心。

进哥这次来，主要代表虹屋慈善组，来学校实地考察。我真心觉得进哥是个很敢闯的男人，第一次进藏区，第一次上高原，就单枪匹马自己做大巴，自己包车，直接到了石渠县。当我们在县上接到进哥的时候，发现他比我们想象中还要牛，竟然背来了三个大箱子，里面全是给学生买的东西。

进哥在学校并没有待很久，仅仅三天的时间他就回去了。临走时给孩子们买了一个音响和四十床被子，还说，他能做的并不多，解决不了学校的大问题，孩子们小的方面，能解决一点就解决一点吧，真正能解决孩子们根本问题的还是我们这些老师。开玩笑！进哥，你做的这些正好是孩子们最缺的，要不是有人在，朕都给你跪了……

## 57

"啊？要期末考试了？感觉不是期中考试刚结束嘛！"我惊讶地问着岗扎。然后岗扎像看白痴一样看着我说，"老大，你们去上海前前后后就花了快一个月，本来你们去上海之前就应该期中考试的好不好！"……好吧，就当我随便说说。其实想想时间也差不多了，现在已经十二月中旬了，学校放寒假也就在一月初的样子，是该准备起来了。

下午上课的时候，跟学生们报告了今年期末考试的大致时间，并且说了一下这次期末考试的范围。没想到嘎知突然举手问，是不是考完试就放假了？我说应该是吧，瞬间教室就爆发出欢呼声。唉，孩子终究是孩子，竟然忽略了期末考试，直接想到放假了。倒是跟我以前很像哈……

也难怪他们会这么开心。随着天气越来越冷，学校的环境也越来越差。一个是，虽然学校通电了，但学生的教室、宿舍和食堂还没有条件装暖气，零下二十来度的天气，再没有制暖设备，连我都受不了，更何况孩子了，每次上课都看到学生们一边不住地抖脚，一边记笔记，我那个心疼啊。另一个是，学校的用水都是从操场上的水井里打水的，天气这么冷，几乎每天早上都要往井里灌半个小时的热水，才能把冰化开取出水。

"老孙去世了,死于昆仑山脉的一场雪崩,尸骨无存,救援队只找到了他的背包。"看着手机上的信息,我像丢了魂一样。几个月前,我在措折罗玛还跟他通电话。当时我想徒步横穿昆仑山脉,被他制止了,没想到,他还是自己……

我回拨了发信息给我的那个号码,接电话的是老孙生前最好的兄弟。

"雷子,我达瓦。""嗯,我知道。""老孙真的去了么?""嗯。""他又去昆仑干什么?""他说要把当年丢在那片大山的两个兄弟找回来。"……电话两头沉默了足有几分钟。我努力让自己冷静,却再也控制不住不断喷涌而出的悲伤,几近怒吼着喊道:"你们特么这帮兄弟是怎么当的?!现在特么是几月份!你告诉我啊!你们难道不知道这个月份进山,特么几乎必死无疑么?老孙去找他死在山里的兄弟了,难道就不管我们这些活着的兄弟了么!!!他混账了,你们怎么也不拦着!你们特么怎么能这样!!!怎么能这样!!!"到最后,我疯了一般喊出这几句话。挂了电话冲出了学校,那一刻,我觉得这草原好安静,如死一般的寂静。

入夜,雷子又打来了电话:"达瓦,好点了么。""有什么你就说。"我不想跟雷子多纠缠,我执拗地认为,老孙的死就是他们害的。

"唉……达瓦,我知道你怨我,可我们真的已经尽力了,我们把老孙反锁在房子里,他还是自己撬开窗户跑出去了,关了电话,断了一切跟我们的联系,我们报了警,可等来的却是老孙的死讯。"我没搭腔,继续听着。

"达瓦,你知道么,老孙这两年过得很不好,很不好。我们本来以为,时间一长,事情肯定会淡忘,可事实上,老孙却无时无刻不活在那场事故的阴影中,他认为当年那两个兄弟的死是他造成的,我们劝了很多次,都没有效果。他始终认为,如果不是他任性要闯昆仑，两人就不会跟他去，更不会尸骨无存地死在里面。这两年，他总是喝酒，喝完酒就哭，边哭边嚷嚷着生不如死，我们几个兄弟就那样看着他，却一句话也说不上。老孙走了，对我们来说是痛苦的，可对他来说，或许是解脱啊！"

我没有再说话，听雷子说完便默默挂了电话。脑海里不断浮现起那张满脸胡茬，戴着眼镜的脸，思念中的这张脸上依然闪着光，在天堂的青年旅舍里占好床位，准备好酒菜和故事，等我过去痛饮。忽然想起《海贼王》里青稚的一句话："男子汉坚定走完了自己的人生路，不是很帅吗？"

老孙，一路走好，你没走完的路，兄弟们接下了……

## 59

莎翁在《哈姆雷特》里写道："固执不变的哀伤，是一种逆天悖理的愚行，不是堂堂正正的男子汉应有的举止……那是对上天的罪戾，对死者的罪戾，也是违反人情的罪戾。"

今天算起来应该是老孙的头七。傍晚，我一个人坐在学校旁边的山坡上喝酒，呜呜的山风跟着酒一起灌进我的体内，越喝就越凉，透心的凉。

心理学上说，人是这么一种奇怪的动物，每当觉得痛苦伤心时，大脑自动回忆出更多伤心绝望的事儿，于是，人就更加伤心，更加绝望。所以，如果你愿意，坏心情是会不断循环的。无情的人，断开循环，也就断开过往；多情的人，永远感觉在回忆前半生的事儿，其实一生也就这样过了。

人不应该停留在某一种由特殊环境或特殊情境催化出的情绪太长时间，否则，这种情绪在性格中的比例将越来越重，甚至延伸出更加极端的情绪，老子就是悲观得太久了，变得极端理想又极端浪漫，理想主义者的可怕在于，如果整个世界抛弃了他，他便会去创造一个理想的天堂，或者理想的地狱。所以，在我看来，他老人家出关是去自杀的。

老孙的死，于我，便是这种"催化"，是理想至极产生的异变。上帝是公正的，任何一个乐观的人，必然也有着悲观的一面，我被催化放大的就是这么悲人悲己的一面。

同样的，这种催化也是迷人的，这能让人暂时忘了自己是什么样的人，忘了在做着什么样的事儿，忘了此刻悲伤的原因和结果，忘了自己是集体的英雄主义，还是个人的骑士精神。

## 60

经过这半年多的磨炼，我现在已经算是一名合格的电工兼厨子了。这不，下了课，回到宿舍正在批作业，忽然断电了。我从容不迫地检查了一下宿舍里的分闸，没出问题，接着，搬着梯子跑到学校的总闸处检查，原来是跳闸了，随后又揣着电笔，在学校几处容易出问题的地方挨个检查，最终发现原来食堂内，一段挨着窗户的线路故障了，然后接线缠线，回到总闸处开闸，一切一气呵成。要是不熟悉的人来一看，没准还以为是个老电工在这儿干活呢。回想半年前，我可是连火线和地线都分不清的小白啊……真是时运造人。

这半年，我还练就了一项特技，就是无论缺少什么东西，只要有火、白菜和米饭，我就能在二十分钟之内，完成一顿珍馐美食。当然这种所谓的"珍馐"，肯定是因人而异的啦……

弄好了电路，回到宿舍，开始做饭，没有锅？小意思！用铁质的脸盆就行，没有盐？小意思！随便从厨房拿点榨菜就行。仅仅十分钟，我就把四人份的菜做好了，回头看了看旁边电炉子上的米饭，应该可以了，下锅，吃饭。如果说半年前我做饭，还算比较讲究，可现在，基本把菜饭弄熟就可以吃了，对于食物这件事，我已经变得跟楞本他们一样，完全没有了要求。吃饱就好，吃不饱也行，早点睡就好……

## 61

随着期末考试的逼近，学校的气氛也开始紧张起来，我们几个老师每天都追在学生屁股后面。背书、默写、做试题，各种大炮长枪连番上。原本永远都有欢笑声的操场，现在则随时都能听到琅琅读书声。倒不是我们给孩子们多大的压力，但每个人都希望自己的付出能有收获，对于我们来说，孩子们的成绩就是对我们最好的回报；对孩子们来说，一纸高分是给老师和家长最好的礼物。

虽然我们学校的条件确实要比其他学校艰苦很多，但不夸张地说，我们的教学质量肯定要比同规模的学校要好一些。前段时间学校转学过来一个乡小学的学生，据说在乡小读六年级，过来之后我们发现她连汉语拼音都不会，真不知道她之前的六年是怎么学的。

其实在藏区，如果学习藏文，最好的地方并不是在学校，是在寺庙，因为只有在寺庙才能找到最好的藏文老师，和大量的藏文书籍。当然不是说要学藏文就要出家。藏区绝大多数的寺庙，都接收藏民进去学藏文的。像最著名的色达寺五明佛学院，在里面学习的，就有相当一部分人不是出家人。因为藏族是全民信教的，所以也不存在汉地所谓的"俗家弟子"。

因此，比拼一所学校的好与坏其实就是汉语成绩。听仙巴说，上一次期中考试，乡小学三年级汉语平均成绩是九分，而我们的平均成绩是五十七分。

## 62

中午的时候扎西尼玛开着车来学校,从后排座位上拿出一个巨大的箱子。定眼一看,是打印机,是打印机!这意味着,我终于摆脱手写考试卷和复习资料,彻底过上电脑办公那种开挂般的日子了!

打印机一装好,仙巴和岗扎两个就开始打印各种复习资料,我也把整理好的数学公式和一到三年级所有的古诗全部打印出来。就这样,打印机整整转了一天,用了两包打印纸,两个墨盒。

打印完复习资料,我看着桌上厚厚一摞白花花的打印纸,心中那个满足感啊。就好像有了这些资料,学生们就一定能考个好成绩一样。我在读书时就是这样,喜欢打各种复习资料,书本上也写满了笔记,甚至会把学习好的同学的笔记本拿来复印,虽然也不见得每样都有用,也不见得每样都会看。但每当抱着一大堆资料的时候,就会有种莫名的安全感。

晚自习的时候,我们把这些资料发给学生,反复要求他们每一项都要掌握,是我们复习中的重中之重。学生们马上就如手握《圣经》一样,一字一句地仔细看了起来。

## 63

语文课刚结束,嘎知就抱着书跑过来找我,问我能不能把古诗《九月九日忆山东兄弟》的意思写下来给他。我听他这么说稍微有点生气,就问他,我上课讲了很多遍了,你没听懂为什么不早点来问我。嘎知忙说,不是他要问,他知道是什么意思。我有点奇怪，就继续问他，这时他才说，是成来加措不知道，又怕过来问我会骂他，所以让"我比较喜欢的"嘎知过来问。

我听到嘎知这么说，顿时有些惭愧了。是啊，每个老师都喜欢学习好又听话的学生，我也不例外。但如今让其他学生说出来，倒像是被当场扇了一个耳光一样的不自在。

回想起最近上课，对改洛达杰和成来加措，好像是有些冷落了。其实孩子的心是很敏感的，老师对谁好，对谁比较冷淡，很容易察觉到。长此以往，自己喜欢的学生自然学习成绩越来越好，可不太喜欢的学生也很容易自暴自弃。今天嘎知跟我讲的话给我敲响了警钟，这个方面我一定要改，对学生一定要做到一视同仁，即使略有偏颇，也不能伤了其他孩子的心。

对待孩子就跟超市购物换取积分其实是一个道理，你要不断往积分卡里存积分，才能换回礼品，长时间不存积分，积分卡就会被作废。对孩子的爱也要持续不断，否则换不来孩子的心，还会失去他们的信任。

于是，我叫来了成来加措，让嘎知帮忙做翻译，告诉他，我喜欢每一个同学，每一个同学都是老师的宝贝。以后有什么问题就直接来问我，不犯错我是不会批评任何一个人的。

## 64

一早起来，去水井处打水洗脸。结果发现水井彻底冻住了，无论怎么用开水浇都打不出水，我赶忙找来学生帮忙想办法，可折腾了一个多小时，还是打不出水。这回可坏了！没有水，学生的饭怎么做啊！我愁眉苦脸地找到厨师，问他怎么办，他耸耸肩说，水井冻住了，他也没办法。于是孩子们的早饭变成了干咽藏粑，其实我们一直说的藏粑就是青稞打成粉做成的。

没水的日子是相当痛苦的，我倒还好一些。宿舍的暖壶里还有点水，就是苦了学生们了，一个个上了一天的课，读了一天书，连口水都喝不到。看着他们有些干裂的小嘴唇，心里别提多心疼。

最后，实在没办法，我带着十来个学生到五六公里外的大河里取水。为了装更多的水，我们把所有的水壶、暖壶、盆子全部都用上了。这样，打回来的水才勉强够我们老师和孩子们用。

## 65

今天给一年级和三年级分别做了一次测试，除了几个老大难的学生以外，整体情况还是比较乐观的，为了奖励学生们，我晚上特地让孩子们看一会儿片子，是我刚买回来的电视剧碟片《笑傲江湖》，说实话，我相当喜欢这部电视剧，尤其偏爱由李亚鹏饰演令狐冲的那一版。

放了两集之后，我看时间不早了，就让班干部留下来收拾电脑、音响和投影机，然后把其他学生哄回宿舍里睡觉。眼看着就要收拾完了，嘎知却神神秘秘跑过来，问我："达瓦老师，田伯光是好人还是坏人？"

我立马说："田伯光是个坏人。"开玩笑，要是学生们把田伯光当成榜样，干出跟这货一样的事情，我这个当老师的非被家长们生吞活剥了！

"可是，达瓦老师，田伯光长得那么帅，为什么是坏人？"我瞬间感觉自己的脑袋顶上飘出三条黑线……长得帅不帅，跟是好人还是坏人有几分钱关系啊？不过细想好像也有关系，这货要不是长得标志，他怎么会采到那么多"野花"，可这其中的关系，我又不方便跟学生讲明。这时，我灵机一动，镇定地说道："田伯光就是长得帅，才会犯错，才变成坏人。"

嘎知想了想，歪着脑袋试探着说道："达瓦老师也是坏人。"我一听又摸不着头脑了，问道："老师为什么是坏人啊？"接着，嘎知讲出一句石破天惊的话："因为老师跟田伯光一样帅！"……

苍天啊！请告诉朕，这该怎么解！难道告诉嘎知，田伯光是强奸犯，我不是强奸犯，所以他不是好人，我是啊！不过这孩子说的话还是挺中听的……

## 66

期末考试终于到了，可以说，总复习的半个月，对我和孩子们都是一种折磨。

两天考试的顺序跟期中考试一样：汉语，藏文，数学。不同的是，这次是由我自己监考三年级，为的是能更好地把复杂的题目解释给学生们听。

考试前，我忽然想到电影《万物生长》里的一个桥段，对着学生们说道："作弊就是作死，任何作弊，都逃不过老师的火眼金睛。"学生们像是听懂了，发出一阵哄笑，便开始答卷，顿时，满教室都是铅笔在纸上发出的沙沙声响。我一边巡场，一边看着孩子们的答题情况。虽然后面的阅读理解部分，依然不很乐观，但基础部分还是做得不错，尤其看到古诗默写，和课文内容填写等题目的时候，不禁轻轻点了点头。看来这段时间，我和孩子们共同的努力没有白费啊。

等两天三场考试结束之后，我们四个老师坐一排统一阅卷。等分数统计出来之后，我差点开心地叫出来，全班十个学生，语文六个及格，最高分嘎知97.5分，数学五个及格，最高分普香卓玛92分，而且两门课的平均分也都及格了。虽然总体分数还是没有办法跟他们的藏文成绩比，但比起期中考试已经有了很大进步了。孩子们啊，我可爱的孩子们啊，你们太给老师争脸了。

我炫耀似的拿着成绩单，在仙巴、楞本和岗扎面前晃来晃去。他们都说我嘚瑟，切，你们班的学生也考出这个成绩，估计你们比我还嘚瑟呢！

## 67

期末考试的结束也意味着整个学期就结束了。由于前几天妈妈打来电话让我早点回家，我说尽量，其实此时的我已经归心似箭了，所以统计完分数的当天晚上我就开始收拾行囊，准备第二天出发。

出发当天中午，学生们把我的大包扛到外面，就开始对着我连番轰炸。"老师你还回来么？""老师你回上海了就不回来了么？""老师你什么时候回来？""老师你不会不回来了吧？""老师你会回来的对不对？"我一瞬间都震惊了，一句"老师回不回学校"被他们用出了肯定疑问句、双重否定疑问句和设问句，这好像也不是我教的啊！什么时候孩子们的语言组织能力这么强了……无奈之下，我跟学生反反复复地保证我明年一定回来。

不一会儿，扎西尼玛开着车过来接我了。孩子们把我的大包放进车的后备厢，然后拉着我又开始问"老师你不会骗我吧""老师你一定要回来"。我蹲下，摸着他们的小脑袋，再一次保证一定会回来，这样学生们才肯放过我。坐上车，从后视镜里看到孩子们全都一个个地挥着手跟着车跑，我摇开窗户，对着孩子们大喊，"跟什么跟，赶紧回去看书，明年过来第一件事就是给你们考试！"，于是孩子们哄笑着散开了。

我也淡淡地笑着摇上了窗户。这次离开学校，虽然也有不舍，但却并不强烈，跟上次从查荣寺小和尚学校离开的感觉是完全不同的。那次我的感觉像是诀别，而这次的感觉倒像是出差或者回家探亲。

## 68

回到上海之后，由于没找到合适的兼职工作，就一边做着代购的买卖，一边窝在家里。在路上的时候，什么都要靠自己，但一回到家就不同了，整天啥也不干。老妈说我在外面这一年多都白跑了，回来跟蝗虫一样，家里有什么吃的都被我扫荡完。

在上海的一个多月基本几十个字就能概括了，只有几件事值得一提。

其一，一天晚上跟多年好友强子他们喝酒，喝完在回家的地铁上，一边听着扎西顿珠的《川藏路》，一边看着手机里学生的照片哭了。在朋友圈更新了下状态，发了好几张孩子们在学校的照片，好多人都写了回复，让我不要伤心，又不是不回去了。这时，仙巴打来电话，问我什么情况，我呜呜地也没说出来什么，哽咽了半天，才蹦出来一句："我就是想孩子们了，哭哭就没事了。"他跟我说，嘎知有电话，我可以打电话给他，跟他聊天。

其二，就在我准备回学校的前一个礼拜，阿娜从乌鲁木齐过来看我了。还给我带来了我最喜欢的马奶子和甘奶酪。小别胜新欢啊，新疆一别已经半年有余了。虽然也有过争吵，但我们的相爱依然单纯。而我很自然地担任起导游的职责，这几天中，我基本带她逛完了上海最重要的一些景点。在田子坊，我和阿娜一人一口地喝着情侣奶茶，粉红色的磁场在我们之间淡淡地荡漾着。后来，阿娜告诉我，因为她在南京读的大学，其实这两天我带她去的地方她早就去过了。我问她，那为什么不早点告诉我呢，她微微红着脸说，被我拉着手到处走的感觉很好。我很庆幸，这次阿娜过来并没有提到她对我的要求，和改变信仰之类的话题，让我们这几天彻彻底底地温存如玉。

其三，带着父母去韩国过的年，年三十晚上，我们一家子走在空荡荡的首尔街头找地方吃年夜饭。走了将近两个小时之后，我们终于在一条巷子的拐角处，找到了一家挂着红灯笼的中餐馆，餐馆里不仅出售中国白酒，而且这里的电视收得到中央电视台，这意味着，我们可以看春节联欢晚会了！！！顿时引得我们全家一阵激动。点完单，好心的老板送了我们一锅小鸡炖蘑菇，菜上来了，一闻到熟悉的味道，我眼眶立马就湿润了。每逢佳节倍思亲，在异国他乡，有亲人陪伴，有家乡的味道，人生如此，夫复何求？如今回想，这一年的年夜饭吃得最为香甜，这一年的春晚也最为亲切。

其四，阿洛和小鹿结婚了，在无锡办的婚礼，因为我当时在韩国，所以没能参加，照片中小鹿一席大红色的婚纱，艳丽却不俗气，喜庆极了。而阿洛则中规中矩地穿着黑色西装，打着领带，第一次看到阿洛的正装照，奇帅无比，听阿洛说，这也是他第一次穿正装。小鹿发来视频，嘟着嘴说："妹妹结婚，你这个做哥哥的竟然不到场，太不够意思了！"听到小鹿这么说，道歉之余，问起他们以后的打算，还会不会旅行，小鹿笑着说不会再走下去了。

其五，我的高中女同学：倪同学，联系到我，说想跟我去我支教的学校看看。于是她和一个叫悬爷的妹子跟我一起来了学校。

## 69

如期回归学校，只是这次不是我一个人回来的，而是带着高中同学和她的闺蜜悬爷，话说一路上还真为倪同学担心，这姑娘坐在火车的软卧车厢里，还一个劲儿地抱怨条件差，我靠……那等来学校，还不得直接哭出来……

从西宁到学校的一路，在大巴上，倪同学和悬爷的手机摄像头就一直出于待机状态，真的是一路拍，拍一路。两个姑娘都是第一次上高原，第一次进藏区，第一次看到雪山。一路上的兴奋劲儿基本就没停过，连每次看到草原鼠和小狐狸都要尖叫一声，我都为她们的体力感到惊讶。有几次我远远看到有羚羊都没敢吭声，否则真不知道她们会不会直接跳车……

就快到学校了,我坐在扎西尼玛的车上,看着越来越近的学校,心中的激动完全止不住。孩子们好不好?这一个多月有没有看书?有没有长胖?小黑在学校过得还好么?我不在学校它有没有饿肚子?一个多月不见它还记不记得我?想着想着,恨不得自己会瞬间移动,立刻就到学校。

刚到学校大门口,我就拼命喊着小黑,这家伙一听是我的声音,立马飞奔过来,围着我又扭身子,又摇尾巴,兴奋得不行。教室里的孩子一听我回来了,也一个个冲了过来,开心地又蹦又跳。我搂住冲到我怀里的嘎知和改洛达杰,笑着对他们说:"怎么样?老师没有骗你吧!"

由于倪同学和悬爷的到来,到学校当天晚上我又当起了大师傅,做了整整五个菜欢迎他们。而楞本、岗扎和仙巴一看学校来了两个貌美如花的姑娘,也边咽着口水,边献着各种殷勤,体贴入微至极啊。我在旁边看得连连吃醋,这帮有异性没兄弟的家伙,什么时候对我这么好过。

## 70

这两天可把倪同学和悬爷给忙坏了。一会儿来教室旁听学生上课,一会儿跑到山上边听歌边思考人生,一会儿又跑到河边拍照。晚上的时候,两个姑娘可就不适应了,我们过来的时候,晚上的温度还在零下十度左右。两个姑娘明显受不了这种低温,第一天晚上就冻得没睡着。于是仙巴和楞本这两个家伙,竟然把自己的床铺让出来给她们睡,把两个姑娘感动坏了,在我面前一个劲儿地夸他们人好,让我多学学人家怜香惜玉。看着睡到我宿舍的两个人,我在心中给这帮在姑娘面前大献殷勤的禽兽,竖起了无数个中指,我刚来学校的时候咋就没这待遇呢!都是一帮见缝插针的淫棍!

由于行程问题，倪同学和悬爷只在学校待了两天就走了。上车的那一刻，倪同学哭了，我上前安慰，说有时间就回来看看，我们和孩子们都跑不了的……跑不了的……听我这么说，倪同学终于破涕而笑。

送走了她们，岗扎、楞本和仙巴明显有些失落，甚至可以说是魂不守舍的。喂喂喂！坐在窗前，望着窗外，吞云吐雾的那两个家伙！还有看着我们这两天拍的照片，嘿嘿直傻笑的那个家伙，你们够了吧！她们到底是我同学还是你们同学啊，我都没怎么着，你们把气氛搞这么销魂是几个意思啊？

晚上，倪同学给我们六个人建了一个微信群，在里面说：我会想你们的，我不哭，我们会再见的。我当时正在自己宿舍里看电影，看到这句话，立马喷了，马上跑到楞本他们宿舍。我看谁敢哭，谁哭就剁了谁。

## 71

新的学期，我们三年级离开了一个学生：成来加措。听仙巴说，成来加措出家当和尚去了，一想到以后可能再也见不到那个长着小虎牙的孩子，各种不是滋味的心情就在胸中胶着难分。

同时，我们迎来了学校的第五名老师——青智。我第一次见到这家伙就感叹，这个90后男生太帅了，真的太帅了，简直帅到没朋友啊。不过青智的汉语没有其他三个老师好，所以平时我跟他聊天也最少。

听扎西尼玛介绍，青智以前是出家人，后来还俗了，藏文非常好，据说是个小有名气的藏语作家，出过好几本书。我顿时对这个个头比我小了几圈的男生心生敬意起来。

记得一天，我把我们五个老师的合照发给阿娜，竟然听到她说："站在你身边的那个小男生长得好帅啊。"我对青智那点好感就彻底荡然无存了。后来阿娜说想来我们学校看看，我一开始觉得很开心，但当我想到青智之后，顿时感觉整个人都不好了，以民族问题为由，果断拒绝了阿娜这个要求。

"如果想让自己变成世界上最帅的人，就弄死比自己帅的所有男人。"不知道为什么，后来每次我切菜切肉的时候，这句话竟然都会反复出现在脑海里。

## 72

学校已经停水快一周了。这次水井貌似异常任性，无论我们是灌热水、灌蒸汽，还是在水井边上烧火，它就是不给我们出水。无奈之下，我们只能一次次到校外草原上，一处不算太远的水井取水回来。一次次让学生出去打水，我心里着实有点过意不去。

后来听楞本说，这些在草原上长大的孩子，从会走路开始就得帮家里干活了，打水这点事儿对他们来说太简单了，再加上给学校干活的时候还能出去，他们开心还来不及呢。听到这儿，我顿时想起去年孩子们帮我接电的过程，也就放心了，我也终于明白了，为啥每次孩子们打水的时候都争先恐后，跟LOL组团刷副本一样，原来不仅仅是心疼老师……

然后，有一天，在那个太阳正好的下午，我发现仙巴这货竟然用孩子们打来的水洗衣服！

"仙巴你个残民以逞的畜生！现在学生喝水都成问题了，你还用孩子们辛辛苦苦打来的水洗衣服，廉耻到哪儿去了？节操到哪儿去了？朱门酒肉臭，路有冻死骨！你这么做对得起'老师'这两个字么？！对得起二十六年来，含辛茹苦把你抚养长大的父母么？！"我站在操场上，一只手隔空戳着仙巴一顿猛批，另一只手里提着刚洗完、还在淌着水的袜子……

顺理成章的，我和仙巴被勒令去打水，然后楞本和岗扎这两个不要脸的，竟然用我们俩辛苦打来的水刷起了鞋子。朕的世界已经够"畏途巉岩不可攀"了！能不能别让支教的生活，也这么波涛汹涌、蜿蜒曲折？

晚上的时候，倪同学这货突然放大招，在群里说：谁第一个到上海，就嫁给他……一下子我整个人都不好了，倪同学，你这是逼我在学校待一辈子么？

## 73

这个学期，除了三年级的语文和数学，我要多带一门课：一年级语文。

一开始我是极力反对的，我觉得一年级学生的汉语水平，还不适合上全汉语的课程。结果楞本丢过来一句话，"去年老范也带过一年级的语文，你要是觉得你连老范都不如，你就说，我保证不让你教了。"

这是赤裸裸的侮辱！我彻底忍不住了，怒吼道："这！是！几！个！意！思！国产山寨机跟iPhone5能相提并论么？！小霸王和任天堂有可比性么？！老范这种上上下下左右左右BABA的作弊流，能跟我三条命通关的技术流比么？论打球，我不行；论教书，他不行。教就教，谁怕谁孙子！"接着，我就看到仙巴和岗扎露出邪邪的笑容，好吧，我承认自己上当了。

给一年级上的第一节课，我就崩溃了。看到全场全程萌到爆的表情，我就知道，这堂课算是白上了。除了"上课"和"下课"以外，中间的四十五分钟，他们根本就一句都没听懂。

下了课，我又跑到楞本他们宿舍抱怨。这样上课能有什么效果。楞本反问我，三年级这半年的进步大不大？我说当然大了。楞本又问我，你刚开始教三年级的时候他们上课就全能听得懂么？我沉默了。是啊，教学本来就是个过程。虽然现在一年级的孩子真的是听不懂我在说什么，但半年后，一年后呢？我相信，那时他们的汉语程度肯定会提高很多的。

只是，楞本，你能别每次开导我的时候，都双手插在胸前，身体靠在桌子上，然后含情脉脉地看着我的眼睛么？

## 74

中午时分,学校来了两辆车,车上贴着红十字的标志。进学校后,从车里下来两个医生,我一问才知道,原来是来给孩子们打疫苗的。于是我们把八岁以下的孩子聚集到操场。

别看我们是所小学,而且最高才到三年级,由于孩子们普遍受教育的时间晚,整个学校八岁以下就三个小娃娃。我一边在操场上走着,一边跟岗扎聊了起来,这时我才了解到藏区牧民对于打疫苗这件事的态度。

岗扎告诉我,其实这边的牧民普遍都不喜欢给自己孩子打疫苗,原因就是打疫苗会留下一个疤。基本上大多数的藏民,都不喜欢自己的身体被任何东西留下痕迹,这也是为什么很少会见到藏民身上有刺青的缘故。在他们的概念里,有伤疤或者带有刺青的地方,死后天葬的时候,神鸟是不吃的。而死后没有完整地回归自然,对他们来说是一件非常耻辱的事情。

正聊着,医生叫我们过去,准备给学生打针了。我本能地搂住学生,把手蒙在他们眼睛上。没想到这仨孩子一个个都把我们的手拔开,硬要看着打针。

针孔刺进皮肤,他们没有哭,反而咯咯地笑了起来,好奇地打量着医生,是怎么把一管药打进自己身体里的。我勒个去!这帮孩子的神经也太大条了吧!就算是我,每次打针都要别过头去,于心不忍啊!这要是放在内地,估计打针的熊孩子们早就哭得泪流成河了。

## 75

也不知道谁先找到的铁丝,孩子们自己弯了几个铁环和铁把儿,在操场上玩起了滚铁环。这一下勾起我童年时候的记忆了。于是朝着孩子们走去,没想到这帮小家伙一看到我走过来了,赶紧就把铁环藏在身后,像是怕我没收一样。

我觉得好笑，决定逗逗他们，就板起脸，让他们交出来，次成落正哭丧着脸递给了我。接着我问这几个铁环是谁做的，只见几个人低着头，你推推我，我推推你。看着几个孩子如丧考妣的样子，我再也装不下去了，哈哈笑了起来。孩子们知道上当了，上来把我手里铁圈抢了过去，又开始玩。普吉多杰总是玩不好，铁环滚着滚着总会倒在地上，才玩了一会儿，他就没了兴趣，任性地把铁环背在背上在操场上跑来跑去，乍一看跟哪吒一样，像是在示威："我不会玩，你们也别想玩。"只不过哪吒是闹海，普吉多杰是闹哪样啊……

上课了，我把他们唤回教室，说上课的时候不能玩，先给我，下课再还给你们。孩子们听话的把铁环给了我就去上课了。于是，我一个人在操场上，推着铁环玩得那叫一个不亦乐乎。看着教室里的孩子们，望着我时幽怨又渴望的小眼神儿，心里别提多爽了。我顿时想起初中时被班主任老师收走的游戏机，估计她当时也是这个心情吧，顿时变态的报复心理又得到了满足，我猜，当年要不是进了大学，我或许就变成下一个"阴三儿"，站在学校门口唱《老师你好》。

其实每个人心里都住着一个童年的自己，只是看你有没有能力和勇气唤醒他，一旦唤醒，即意味着你不把童年坚定地走下去，便会丢失。

收到阿娜送给我的礼物，是个闹钟。这么惊心动魄的礼物难道有什么特殊的寓意么？"送终？"也不对啊！第二天的早上我领悟了。铃声是这样的：

"达达，达达，起床了，起床了，再不起床，我就养条狗叫它达达。"这是一遍铃声，如果两条铃声连着一起听，就可以听到这样的句子："我就养条狗叫它达达，达达，达达，起床了，起床了……"我顿时仰天长啸，达你妹啊！朕咬死你信不信！不是真爱，不是真爱啊！

上午没事，在朋友圈发了一条带图片的状态。图为草原和蓝天，状态是这么写的：晴晴晴，蓝蓝蓝，天天都是这种组合，能不能换个新鲜的，比如霾和灰？

然后，在接下去的十五分钟内，遭到朋友圈一阵炮轰。二弟阿正更是直接打来电话骂我，说我日子过得太舒服，忘了有多少人还奋斗在水深火热之中。这时我才想起，这货正在北京参加导演培训班，瞬间就释然了。孙子！朕在海拔4000+的地方俯视着你，再嘚瑟，撒泡尿给你来阵雷阵雨信不信！

记得去年过年的时候，刚从学校回上海的时候，我就开始莫名其妙的咳嗽，断断续续咳了有一个月的样子，直到去了韩国才好。现在回想起来，才发现，原来上海的空气竟然差到这种程度，顿时我由衷地佩服起那些一辈子在大城市生活、工作的人们，他们生命力之强简直匪夷所思啊。

不过说到底，并不是我的生活环境比在大城市好多少，开玩笑，有本事咱们换换，你也来过过整天为了方便面勾心斗角的日子？根本的区别在于态度，我的高原生活是闲散公益的，而城市生活则是紧凑功利的，由此造就的心境自然不同。

中午的时候躺在操场上晒太阳，鼻子里全都是暖暖的太阳的味道，清香的泥土的气息也随着阳光的加热，从我的四肢百骸窜进了体内，滋润着我的肺腑。忽然感觉身上一重，睁眼一看，才发现加巴拉毛被其他孩子推到我身上。我顺势抱住她，加巴也顺从地把头靠进我怀里。嗅着她身上淡淡的酥油味，我真的醉了。C'est la vie, 这才是纯净自然的生活，感谢生命，活着真好！想着这些，我眼中的草原，长出了茂盛的果园。

# 77

今天备三年级的语文课又难倒我了，古诗词鉴赏课，课文是朱熹的《春日》，里面有两句"等闲识得东风面，万紫千红总是春。"我很喜欢两句诗，不得不说，虽然朱熹是个腐儒，胸中的天地却也是相当开阔，境界较之庸人也高出不少。这两句诗句的意思是：平常人都知道有春风，可春风究竟是什么样的呢？只有在看到万紫千红的春光之后，才明白这就是春风带来的风景。

解释当中有这么一句"可春风究竟是什么样的呢？"是根据行文的前后句推断出来，用以衔接。全诗里本身是没有这一句解释的原文。那么问题来了，我该用什么样的方式跟学生解释，这一句是用来衔接，并没有在诗文中出现呢？想了半天，我还是没有找到办法，无奈只能硬着头皮上了。

上课上到这一句时，我按照自己想的说"可春风究竟是什么样的，这句并没有在诗中出现，是根据上下文推断出来的。"孩子们萌萌哒看着我，唉，果然没听懂。我灵机一动，这么说道，"你们如果现在听到外面发出一声大的声音，你们会怎么办？"，普香卓玛回答："出去看。"我继续说："好，那你们心里会怎么想？"嘎知回答："是不是爆炸了！"切毛吉回答："是不是下雷了！"（孩子们始终认为雷、雨、雪都用"下"这个动词，我尝试过纠正，结果发现纠正之后，他们每逢下雨下雪，都会说成"打雨""打雪"，然后我就放弃了。）我说："对，每个人做一件事之前都会在心里想想对不对？解释中'可春风究竟是什么样'这句，就是作者心里想着，没说出来的话。"

就在我正陶醉自己的这个解释多么完美的时候，嘎知突然说道："老师，你怎么知道作者心里想什么的呢？"

K.O.完败。朕的脑压好大啊……真是自掘坟墓！

经过我们几个老师的讨论，最终决定把上学期过来的两个二年级的学生转到三年级。因为这两个孩子年龄确实不小了，不小到已经可以结婚生娃了。

二十岁，在内地应该是大二大三的学生吧，可这个年龄在我们学校竟然还在读三年级。这两个孩子……不对，该叫小伙子……分别叫丹巴达吉和丹曲任青。

不过年纪大有年纪大的好处，至少他们知道自己过来是干吗的。两个人的学习都相当的刻苦。无论我布置的是书本作业还是预习作业，他们都百分百地完成，一点都不拖泥带水。甚至经常跑来找我，希望我能给他们多加一些课。他们告诉我，他们来这所学校主要就是想学汉文，所以想以后我能多关注关注他们，还问我他们学汉语是不是晚了？

我这还是第一次见到主动要求加课、加作业的学生。顿时心里那个感动啊，稀里哗啦的。不怕问题多的学生，就怕杵在那儿，看上去什么都懂，其实什么都不懂的学生，这一点我相信所有的老师都会认同，我曾经在初中就是这种学生，所以深知这种状态。依照他们这个年龄，除非是自愿，否则没有任何人会要求他们来学校。这足以证明他们想要学习汉语的愿望是多么的强烈。

我喜欢这种学生。我语重心长地告诉他们，汉语里面有句话叫"活到老，学到老"，意思是，无论一个人的年纪多大，只要他想学习，就可以学习。

然后丹巴达吉问我："达瓦老师，那你这么老了也在学习么？"……这么老了也在学习……这么老了……老了……

来来来，丹巴达吉，你来告诉老师，我到底有多老了，老师保证不打死你！

## 79

话说，我不得不佩服小黑这小子。学校有三条公狗，条条都比小黑大上不止一圈，其中有两条还是灰灰的追求者。可小黑愣是凭着坚韧不拔的毅力，和死皮赖脸的功力，追到了灰灰，结果这俩小情侣竟然还生下了一对龙凤胎，我给这对小小狗分别取名叫灰娃和灰妹。想想都觉得爽，我养的狗就是不一样，就是牛，有我的风范。小黑，给你点赞，晚上给你加餐哦！

那之后，几乎每天晚上，我把灰娃和灰妹两个小家伙搂在怀里睡觉，摸着他们柔软温暖的毛毛，突然有种当爷爷的感觉。仔细一想不对了，我一直叫阿正"孙子"，那灰娃和灰妹不成了……好吧，我承认我窃喜了……

仅仅一个礼拜，我就对这俩兄妹受不了了，两个小家伙实在太调皮了，比当年的小黑真是青出于蓝而胜于蓝。晚上在我怀里窜来窜去到处舔不说，还咬坏了我三双袜子和一双拖鞋。最终，我无奈之下，只能在操场旁边用废纸箱和牛粪搭了一个简易的小窝之后，把两个小家伙放出去过夜了。

两天之后，我突然发现灰妹不见了，我一下就着急了。灰妹还小，要是出了学校，万一找不到回来的路怎么办。于是，我带了几个学生在附近的草原上寻找灰妹。最终，一个学生在离学校几百米远的一根电线杆下面，找到了灰妹的尸体。找到的时候，几只乌鸦还在它身上来回啄食。赶走乌鸦，抱起灰妹的尸体，我沮丧地在附近的山上挖了一个洞，把灰妹给埋了。

回学校的路上，我很自责。早知道会这样，即使它们再闹，也不会把灰娃和灰妹放到外面过夜，毕竟它们那么小，完全没有自保能力啊。晚上做梦，梦到了灰妹，梦中的它依然躺在我怀里甜甜地睡着。

上了一天的课，晚上，我们坐在电炉子旁边，各看各的书，谁都没说话。这时，楞本突然拍了拍我，说给我看一句句子，我一看，句子来自一本活佛写的书《相信是生命的阳光》，我哦了一句，就没再搭话，继续回过头去埋头苦读。对我来说，这句子太简单了，这么一目了然还有什么看头？楞本见我没什么反应，又拍了拍我，让我再仔细读一读，我硬着头皮又回过头去，看向那句句子。

一遍，两遍，三遍……我被这句简单的话彻底迷住了，时间不知不觉地过去，我放下手中的书，点上一根烟，着了魔一般走出宿舍，无数颗跳动的星星，仿佛一瞬间刹住了车，照耀着我。

"相信是生命的阳光"这句话，已经超脱了宗教的范畴，纯粹地讨论人性和哲学。与其说它有大智慧，不如说它有大包容。

任何人都会觉得阳光是温暖的，但温暖仅仅是种感觉，光更重要的功能是提供能量，其中也包括了生命的能量。可为什么不说"相信是生命的泉水"呢？我又被自己套进了怪圈。

光是宇宙间最早产生的能量，水和土壤只是在适合的条件下衍生出的产物，换句话说，光是永恒不变的，无论是否有土壤、水还是生命。

接下来，"相信"是什么？我认为，单纯地把"相信"看作传统思维中的相信，太狭义了，"相信"应该是一种向量，一种单向的力，世界拥有生命之后，这种单向的作用力经过大脑的处理，从而产生了一系列的反应，"相信"便是其中最原始的反应，海之于鱼，天空之于鸟，大地之于牛羊就是如此。

想到这儿，我脑子轰然一炸。

"相信"和"阳光"的本质，其实自始至终都存在，而生命仅仅是在极其渺茫的概率中诞生的一种结构，这种结构虽然神奇，但实际上跟电脑程序本没有根本的区别。一句看似简单的话，足以击碎整个世界的骄傲。忽然我想起了陶潜，这不正是那种大智慧的朴素么？！

我正在看的木心先生的《文学回忆录》中，有这样一句话："像样一点的思想，都是有毒的，尼采是很毒的，耶稣是很毒的。"我想释迦牟尼也是很毒的，这种毒直接点穿过去，刺透未来，让你赤裸裸地看到世界的绝望，再从绝望中找到人生的"相信"与"阳光"。

## 81

唉，又被学生欺负了。此时的我，缩在女生宿舍靠边一张床上的一角，七八个女生哈哈大笑着不断扑向我，挠我痒痒。这时我突然懂得了一个道理：蚁多咬死象，更何况，我没有象那么大，她们也没有蚂蚁那么小。

我竭力用手脚堵住每一个她们可能钻上来的缝隙，可还是有两个女生在一浪高过一浪的疯狂突击中，顺利找到了缺口，爬了上来，抢滩成功的两个人分别抱住我两只胳膊，然后剩下的女生蜂拥而上，开始了惨绝人寰的虐待。

这一刻，我开始怀疑，这帮姑娘们是不是做过战前的战略分析，一个个手法高超、时机精准、分工明确、井井有条，俨然一副特工小分队的样子。

不得已，我一发力从床上猛地爬了起来，可不知道哪个熊孩子竟然偷走了我的鞋……于是，再一次不得已，我光着脚逃出了女生宿舍，站在我的宿舍门前"严厉"地呵斥着这帮女生把我的鞋还给我。然而并没有什么用……我虚张声势地叫嚣，完全震慑不住这帮熊孩子，看着我严肃的表情，孩子们更加欢腾了。又一次不得已，我让楞本帮我跟孩子们说，还我鞋子，结果……楞本也沦陷了，被另外四个女生堵在墙角，轮番上阵挠痒痒。

到最后，我不得已，使劲吹了一下哨子，绷着脸叫她们上床睡觉，她们才老老实实地交出了我的鞋子，然后哄笑着跑回了宿舍。

想想都觉得欲哭无泪，我老师的尊严今天算是彻底没有了。

## 82

有一类人，总是期望在最后时刻出现奇迹，哪怕再虚无缥缈，也只愿意在"奇迹"出现之前做一只缩头乌龟，我就是这类人，从前我不承认，直到今天晚上接到阿娜的电话。

"喂，达瓦，干什么呢？""我正在批作业，等下还要备课，你在干吗呢？""我在家，我爸爸妈妈刚出去，给你打个电话。"

听到阿娜这样的口气，不由自主我心中升起一片不祥，我可依然心存幻想地继续插科打诨："嗯，叔叔阿姨还好吧，对了，你咖啡馆最近生意怎么样？有没有出新品？"

"达瓦，你听我说，我已经跟爸妈说起我们的事了，他们都不同意。"

听到阿娜这句话我在心中暗暗叹了一口气，唉，该来的还是会来的。其实在西宁的时候阿娜就已经表达过这方面的意思，但说得没有那么露骨，只是隐约说着她的父母很介意我和她的感情，虽然我跟阿娜同年，但阿娜比我更成熟、比我更勇敢，她知道有些事情避无可避。可即使是如此，我依然没有像一个男人一样迎头而上，而是继续龟缩和抱怨，完全忽略了阿娜倔强下的体谅。

"你告诉叔叔阿姨，等我支教结束了，一定会找一份稳定的工作的……"呵，这就是我，永远在幻想一个避重就轻的问题，用一个避重就轻的答案解释。

"不是这个原因，你应该知道，如果是仅仅因为这个，我就是离家出走跟你私奔，也不会为难你的！""那……""达瓦，我知道你在想些什么，但我们年纪都不小了，不可能一辈子那样不现实地浪漫下去，我最后再问你一遍，你愿不愿意为我改信伊斯兰教？我父亲是正阿訇，你应该知道，这个问题对于我的家庭来说有多么重要！"

电话两头都沉默了，是的，阿娜不是第一次提到信仰问题，在西宁时，我们就在这个问题上针锋相对过,如今想起来,依然如芒刺在背。可懦弱的我一直渴望着时间能冲淡一切,虽然明知这个问题只会越来越尖锐。

"阿娜,这个问题我们可以慢慢谈,你别为难我好么?"

"难道你这样一直拖下去就不是在为难我么?你我虽然一样大,可我是女生,你再多玩两年没事,我呢?"阿娜明显有些生气了。

"可是每个宗教不都是包容的么?我是佛教徒,对于你的信仰都没有任何意见,为什么你一定要苛求我呢?"

电话两头短暂地沉默了下来,我听到阿娜渐渐粗重的喘气声。我知道,她在磋磨着她的愤怒,就像琴师磋磨着键盘试音,接下来便会是推波助澜地爆发。

"我苛求你?达瓦!你怎么可以这么说话?!难道我当初是带着偏见跟你在一起的么!如果你的父亲是个活佛,你还能说出这样的话么?!"阿娜几乎是低吼着说出这句话。

"唉……阿娜,再给我些时间好么?"我无奈地叹了口气。

"半年了,难道我给你的时间还少么?"

"我……"

"达瓦,我其实知道你是不会改变的,只是我跟你一样不敢面对这个事实罢了,有的时候我自己都觉得自己可笑,我喜欢你的一根筋,可最后还是接受不了你的一根筋。"

"阿娜,对不起……"

"不,你没有对不起我,我们谁都没有错。我们的相遇和相爱不是错误,只是不合时宜,如果我们彼此换个身份,也许会很幸福,只是这个世界上没有'如果',你说对么?"

就像那句话说的:"每个错误都是在最正确的时间发生的。"我和阿娜的爱是真实存在的,正是这份存在,才让我们爱恨交织、欲罢不能地纠缠了这许久的日子。

"嗯,是啊,那……祝你幸福,要永远快乐哦!阿娜。""你也是。"……

挂断了电话，我望向窗外，窗外的夜色阴得出奇。想起北岛的那首《在黎明的铜镜中》：黎明／我们隔着桌子相望／而最终要失去／我们之间这唯一的黎明。

这是我和阿娜第一次这么激烈地争吵，也是最后一次争吵。还记得以前听兄弟们说他们跟自己女朋友吵架，差不多都是些鸡毛蒜皮、寸量铢称的小事，当时还嘲笑他们不懂爱，不懂包容，现在反而觉得那种争吵才是幸福。于爱情这堆火焰，初生的我们都光大于热，爱中的我们奋不顾身只属于青春中的自己，我们的誓言不过是一种技巧，对着海便有海誓，对着山才有山盟，说到底，这般的爱更像一面旗帜，而不是锋锐的剑，我们渴望做拜伦，却反做成歌德，捣蛋鬼变成了庸人，这便是我们的宿命。

突然，我感觉自己应该觉得伤心，甚至应该痛哭一场，可又不知道该怎么伤心，为谁而伤心，为什么而伤心。爱情便是一场声势浩大的漂流，一旦消逝，便要剪断连接着记忆的脐带，沉落海底。记忆便是那条船，漂泊于无悔的命运，可别靠岸，正如鲁滨逊就应该死在荒岛上，才算死得其所，爱了，便要不怕找不到存在过的痕迹。

我跟阿娜的爱更像是一枚风筝，再怎么浪，却终究被一个原点牵在手心里，而我们的爱最终也死在这个最初的原点。那个原点是我们还没诞生就已经烙印在我们内心深处的印迹。

"仰视窗口滤进的光芒，你大口吞咽的湿润的空气，我举步徘徊，拍打不安的双翼，我的二十八岁，展翅飞过。"

——孟京辉《关于爱情归宿的最新观念》

# 83

已经半个月了，不知道该写些什么，那次电话之后，我跟阿娜就再也没有联系过。这段时间，我晚上经常梦到阿娜，每每梦到，都要把自己死死地抱住，就好像只要这样就能找回她。每当爱枯萎了,思念枯萎了,诺言枯萎了,伸向她的手枯萎了,我们都幼稚地拼命用眼泪灌溉,结果花园彻底变成了荆棘丛生的荒漠。

  我拼尽全力地上课,想把所有的悲伤和思念转化成另一种爱,用在学生们身上,却始终找不到状态。今天我强撑着拿起笔,写下一首诗和这几句话,我要求自己,最多再一个月的时间,我必须再拿起笔,到那时,一切必将过去!


是我?

是爱!

  是你……


抚摸着脑海里的记忆

就像车祸后的舞者抚摸着自己的截肢

尽力拼接

可断层的过去却已无从追击

只余

黑白的自己

将色彩寄往曾经的未来

地址:法国某小镇我们共同修剪的花园

收件人:法国某小镇一座花园的主人

收件时间:打盹后的傍晚

联系方式:请问隔壁咖啡馆那位爱猫的女主人

邮编:无论如何用力去杜撰,依然无法写下

那一串与渴望纠缠在过去的数字

……

内容：我爱你

在五平方米的房间里

内容：我爱你

窗门幽闭，靠一株水仙生存的书桌

内容：我爱你

没有光线，黑色的纸，在白色的笔

  音效浑浊，视网朦胧

  眼泪从指甲流到笔尖

如一丝丝电流划过脑垂

下意识的，我将她作用在神经的每一个末梢

亢奋、激动、甜蜜、忧愁、挣扎、猜忌、愤怒、吼叫、抽搐、昏厥、死亡

内容：我爱你，却已无从查证

一遍一遍地温习

然后

忘记……

巴黎南部，一对情侣因无法仅靠彼此的吐息生存，而相约卧轨自杀。

斯堪的纳维亚，一位因身患"玻璃病"而六十年来从未走出过房门的独居老人，在窗前画下世间最美的海岸。

是爱……

是你？

是生命！

——《我……生命？》

## 84

又下雪了,这个学期下得最大的一场了,片片晶莹的雪花落在脸上,那微微的冰凉,几乎一瞬间就卷走了一个月来心脏上累积的灰尘,那作用于末梢神经麻酥酥的感觉,让我想起了孟京辉话剧《恋爱的犀牛》中那个柠檬味的明明。

雪花落到地上,已经没到了小腿。孩子们在操场上已经玩得不亦乐乎。越是偏远的地方,孩子们玩的项目就会越多。就比如现在,有的在打雪仗,有的在堆雪人,有的在雪地上印手印和脚印。当然也会有高级项目,此时的索南达吉正坐在垃圾桶里,垃圾桶上拴了两根绳子,改洛达杰和嘎知拽着垃圾桶在雪地里跑。甚至有个学生把一块废弃的铁板架在围墙上,做成了滑梯,然后一个一个从围墙滑到雪地里,弄得一头一脸的雪。

这时,跑来两个学生,手里各握着一把雪。我以为他们要拿雪砸我,忙拉起衣领就要躲。没想到他们只是把手里的雪递给我,示意让我吃下去。我看着那坨带着草根和轻微牛粪味道的雪,想了半天也没敢尝试,连连摇头。这俩熊孩子看到我不吃,笑着转过身,一边看着我,一边用手拍拍自己的屁股,哄笑着跑散了。于是我深深怀疑,我是不是对这帮没大没小的孩子太好了。回头是要给他们补补课,加加作业了……

中午吃饭的时候,好多孩子把雪搓成团团,和着藏粑一起吃。我小时候其实也喜欢吃雪,只不过随着年龄增大,可吃、可玩的东西越来越多,渐渐遗忘了那份童趣,那种最简单的快乐。

## 85

时间过得很快,这个学期不知不觉已经过去两个月了。虫草季已经到了,未来的两个月对藏区的牧民来说至关重要,这两个月的收入几乎占到牧民年收入的百分之八十以上。而藏区的学校,一般都会在这个时间段放两个月左右的假,让学生回家帮忙挖虫草赚钱。而我也将再一次离开学校,开始下一段旅程,等假期结束再返回学校。

一样的分离,不一样的时间,有了上一次离校的经验,我这次决定悄悄离开,免得一大堆学生来送,徒增悲伤。自转总有一次日落,然后是无数次的日落。相逢总有一次分离,然后无数次的分离。

收好包,跟楞本、仙巴、岗扎和青智打过招呼,跟我的班长尼玛才让和嘎知交代了一下,趁着其他学生们还在吃早饭,就静静上路了。未来两个月我将去向何方,心中已经有了定数。

二弟打来电话劝我不要伤心,我告诉他,伤心是因为失意,既然我必回来,又何必徒生失意,自找痛苦呢。

旅行和支教其实都是在天上飘。不过支教更像放风筝,有线指引着方向和高度。而旅行则更似热气球,飘向何处只随天意。

"即使在同一个世界,我们发现的却是不一样的世界。"这是《露西亚的情人》里的一句话,曾是阿娜的最爱,却偈语般地揭示着我一段又一段的路程。

## 右手的自己牵着左手的世界

学校每年有三个假期,暑假、寒假和虫草假,暑假很短,只有二十天,寒假要回家陪爸妈过年,唯有两个多月的虫草假成了我撒欢儿的日子。

出国旅行曾是阿娜的梦想,可由于她的户籍问题,再加上又是维吾尔族人,按照目前的国家政策,短时间内很难申请出护照。所以我还在学校时就答应阿娜,帮她带各个国家的钱币和纪念品,算是帮她完成一个小小的愿望。只是,山未老,路已断;天未老,海已干;情未老,梦已残;我未老,你已然。

"春到,雪融化/雪融化/草就长出来了。"

我对于亚洲的感情,就像这首日本连歌一般,简单至极,甚至有点傻,但傻得可爱,傻得不让你觉得烦。甘孜三月的一场雪,冷在身上,暖在心底,便是这般感觉。

曾数次迈出国门,可留在心头的,只有印度和尼泊尔。去印度,是为了到加尔各答的特蕾莎修女仁爱之家做义工。在那一个月中,我亲手送走了三位濒死者,两个老人,一个小孩,看着那一双双从白色被单中露出的赤脚,那么的孤立无援,不仅是他们,还有我。

其实每个人都在向死而生,可唯有触及死亡的人才明白生的意义,加尔各答便是除了自杀以外,由生到死最快的一条捷径。我在被生死无常反复折磨了一个月后,离开了加尔各答，去了瓦拉纳西。站在瓦拉纳西的恒河边，仅仅一天，就能度过人的一世。前一刻，你看到母亲和僧侣为新生儿沐浴祈福，下一刻，你就会看到一对新婚夫妇在河边完成结婚仪式，而同时，在另一边，你看到的是亲人悲伤地为死者送行。我对这个国度几乎所有的印象，都可以归结于两个字——边缘。生与死的边缘，恐惧与感动的边缘，流浪与安定的边缘，丰富与枯燥的边缘。

那段时间，我时常反复走动在贫民窟里繁杂的街道之间，挤在洪流般的人群牛群中，会有种自恋般的归属感。这条洪流带着从天而降的勇气奔涌而来，卷走虚浮，卷走时光。行走其中需要莫大的力量，而我甚至已经忘记了这力量的来源。

周星驰的《鹿鼎记》中有九根银针，能激发潜能，义无反顾，抵消痛苦，忘记生死，印度就是这九根银针。"我走上了一条比记忆还要长的路。陪伴我的，是朝圣者般的孤独。我脸上带着微笑，心中却充满悲苦。"格瓦拉的内心天堂，带着大麻跋山涉水，朝着恒河蜿蜒而去。

如果说印度是一剂疼痛中的吗啡，尼泊尔就是一杯宿醉后的苦丁茶。在这里的我用苦行般的沉静，将自己逼仄到极限，直到背后的翅膀冲出肉体、破茧重生。那种感觉就像斐波那契数列一般，无形的压力几乎成倍成倍增加，可压力越大，越会接近灵魂的黄金分割点。上帝创造世界用了七日，在兰毗尼的禅修班，我用了七日看到了芸芸众生中的自己如何芸芸。

禁语，过午不食，每天超过十小时的静坐等等严苛的教条，初尝甚苦，回味却甘似夏露。

前五日，每一日都似一年，我不断在泥沼之中寻找自己的踪迹，可遇到的每一个自己，都在拼命求救，面目狰狞，痛苦而疲倦。我努力伸出右手想拉自己上岸，却发现拉住的只是自己的左手，单一的向量，仿佛钻进了克莱因瓶，绕进绕出，那种虚弱感几近将我撕成碎片。后两日，每一日都似一世，右手握住左手，任由自己沉入泥沼，达至深处才发现那是另一片蓝天。

忘记声音才能听到灵魂的呢喃，忘记味道才能闻到自己的芬芳，忘记光线才能看到污浊的双手中一颗洁净的心。生命不在于感悟天地，而在于了解自己。十指相扣，放在胸口，左手混沌，右手清澈。

## 中国·瑞丽

从学校出发花了将近一周的时间才到达这个跟缅甸接壤的边陲小镇：瑞丽。

路过成都的时候，顺便捡了一个小伙伴：孙医生，新疆汉族，阿克苏人。他原先到成都是来参加研究生面试的，后来在青旅里认识了我，听我一顿忽悠，决定甩火腿，去旅行。每次听到他跟妈妈打电话，反反复复地解释为什么要去旅行，我都会想起自己的七宗罪。毁人不倦，罪当斩啊。

上路后，我才发现，我在成都捡的这个货，竟然跟我二弟李志一样，也是个奇葩。

其一，几乎每一天早晨，这货都会在厕所里一边认真地看着镜子里的自己，一边念念有词，我第一次看见就跟撞见鬼一样，结果他告诉我，他念的是希波克拉底誓言，是每一名医生对自己言行自律的誓言……可问题是，人家宣誓都是在入医学院的时候宣一次就够了，你每天都这么对着镜子宣，不知道的还以为你加入了什么邪教呢！

其二，我们在汉源县停留的时候，我和孙医生一起到超市购物，路过菜市场，孙医生在一家卖牛肉的小摊上站了好久，我正纳闷，这货开口说话了："你闻闻这个牛肉的味道。"我听他的话闻了闻："这个牛肉怎么了？我觉得挺新鲜啊。""不是的，我总感觉这个味道有点像AB型的血！"……那天之后，我就彻底拜倒在孙医生的牛仔裤下，闻一闻就能知道牛的血型，我到底是认识了个天才还是变态……

我们一路走来，刚开始的时候，孙医生"新疆人"的身份还没什么大问题。可一路下来，昆明，大理，保山，他的这个身份显得越来越扎眼。甚至我们在从保山搭车去瑞丽的一路上，孙医生一直都不敢开口说话，生怕别人发现他是新疆人。

夜里十二点多到达瑞丽，因为太晚了，搭车师傅好心，把我们暂时安排到他的住处，这倒是解决了我们一个燃眉之急。这个时间，如果带着孙医生，估计我们根本找不到旅店。白天我们在瑞丽闲逛，孙医生都是战战兢兢、缩头缩脑的，生怕一个不对，就节外生枝。

出问题的不仅仅是他，我在出境方面也遇到了问题。虽然签证已经提前办好，但临门一脚还是出了状况。到大理的时候，一个驴友兄弟告诉我，现在要提前办理一个特殊通行证才能陆路进入缅甸。这样的话，我在缅甸的逗留时间将要缩减一周还不止，而且这个该死的通行证竟然要七百块人民币。听到这个消息，我的心情立马跟湖水退去之后留下的枯败惨白的黄篙杆一样。

无奈之下，我只能跟孙医生在瑞丽唯一的一家青旅：伊洛瓦底国际青年旅社住下。说来也巧，这家青旅是我在上海的一个旧识开的。

这个朋友之前只见过一次，不算很熟，可还算投脾气，如果不是因为瑞丽，我们可能今生再不会相见。还记得，刚认识他的时候，他是个朝九晚五的公司小职员，而我只是个大四的学生。

如今他瘦了，我黑了，我们都变得更加简单，更加任性，更加自我。旅行是单行道，盘旋向上，即使回到原处，也不再是那个时空中的自己。任我们如何冥思苦想，也不可能想到，多年后的彼此都变成了现在的模样。也不可能想得到未来的几年后，我们可能会变成的样子。

等待的日子是漫长的。在这整整一周的时间里，几乎每一天我都是备受煎熬，不断考虑着此行可能会碰到的突发事件，和应对方法，可依旧无法周全。

孙医生看出了我的焦躁，总是试着把我的注意力引导到其他方面，白天带我到国门附近的翡翠市场看看货，下午在青旅召集一大群人玩三国杀。我知道他的意思，感恩在心，便也不再那么纠结。

通行证批下来了，我迫不及待地收拾起行囊准备出发，而孙医生也要回乌鲁木齐了。每个人都有自己的方向，即使再相近，也不可能一样。

送走了孙医生，我背着大包，在边检处换好美元和缅币，站在姐告的中国国门前直晃神，真的要出发了，我真的准备好了么？我知道，现在已经不是考虑这些问题的时候了，甩了甩脑袋，迈开步子，走向国门。

刚出国门就收到孙医生的微信："自己到国外别傻乎乎的，吃东西之前先问价，别被人宰了。"很实用，我鼻子一阵发酸。

突然想起在大理遇到的果子说过的那句："我猜这就是命，既然是命，就算跪着走，也要把它走完。"

## 缅甸·曼德勒

"先生，已经到曼德勒了。"我被长相怪异的司机大叔叫醒，背起背包缓缓下车，扑面而来的是温度极高的热风。我在马路上漫无目的地走着，汗液慢慢将我的肉体蒸腾，才不一会儿，我流出的汗液就变成了红色，我恐惧地叫喊着，可喧闹的街头竟没有一个人注意到我，最后我倒在人群中，眼前全是自己红色的汗液或者说是血，而我最后躺下的地方竟然变成了火炉，从火炉中伸出一只只异常苍白的手，卡住我的喉咙和肩膀，将我一个劲儿地往下拽。一个狂躁的声音怒吼着："逃命吧，胆小鬼！"

我猛地起身，看到自己正坐在床上，才意识到刚才的一切只是梦。床单已经被汗水拓湿了大半，我努力回忆起梦境，终于确定了两件事：第一，我孤身在外的不安全感是真实的；第二，我不是被吓醒的，而是被热醒的。

是的,这个月份的缅甸真的太热了。

前天,我刚一到达曼德勒,立马就享受到了四十七度的天然桑拿,而我为了省钱,竟然在这种天气之下,不要命地住进了没有空调的房间。仅仅坐在床上,就感觉自己流汗流到快脱水了。

一看表,凌晨一点多,无奈之下,又去冲了个澡,回到房间,再次挣扎着睡下了。结果,天还没亮就又被热醒了。苦笑着穿衣、洗漱、吃早饭,出门后在街上找了个摩的就直奔乌本桥而去。

乌本桥(U Bein Bridge)在当地又称情人桥,全长一千两百米,是世界上最长的木桥之一,据说当地的情侣恋爱时都要来这里一趟,共同祈祷爱情永驻。

此时,我站在乌本桥脚下,日初的光晕还不太猛烈,从云朵的缝隙之中渗出丝丝金黄,伊洛瓦底江在这一片暧昧的雾色之中,如抚琴侍女般温婉而甜美。江面上,已经有了许多当地捕鱼的小船,当船上的渔民大力撒出渔网时,惊起了一片白鹭,于是天空之上多出一道道优美的剪影。

走在桥上,宛若进入到另一个梦境之中:穿着筒裙的老人在兜售一串串供佛的鲜花;牙齿被槟榔汁染成红色的男人推着自行车,车后坐着的孩子正对我做鬼脸;妇女们头上顶着竹篓,脸上擦满"树粉"边聊边笑;一对年轻的情侣牵着手从桥上走过,女孩低着头念念有词,像是在数脚下的木板;穿着红色袈裟的出家人,三五成群默默走过如诗一般的晨曦。身在其中的我,显得那么刺眼而格格不入。在这里,你仅仅看着当地人悠闲的生活,仿佛就能给自己降温。

这时突然感觉有人从后面拍了拍我的手臂,我本能地护住腰包。转头看去,是一个约莫十岁左右的孩子,手里拿着一张缅币用英文对我说:"是你的。"说着,小男孩指向我刚才走过的一座小凉亭,告诉我他是在那里捡到的,我接过钱连忙道谢,小男孩咧嘴一笑就跑了。

当我漫步到桥的另一端时,赫然又看到了刚才那个小男孩,正在兜售明信片。我上前跟他打招呼，小男孩看到是我，开心极了，连明信片也不卖了，拉着我的手坐到桥边上一起看起了日初。

"你的名字？"孩子问。"你可以叫我达瓦。""达瓦？""是的，你叫什么名字？""对不起，你说什么？""你的名字？""什么？""名字？你？"我努力让自己讲得慢一些，更标准一些，"我叫Lu Lay。"在反复问了几次之后，才知道孩子的名字。

小男孩的英文显然不是很好，而且带着浓重的地方口音，之后又尝试了几次，发现还是没法正常沟通，到最后索性我们谁也不再说话，就那样静静地看向远方。

日头渐渐升高，阳光下的乌本桥慢慢炎热起来了，我起身跟Lu lay道别，用他之前帮我捡起来的那张一千元缅币，买了他十二张明信片。Lu Lay高兴坏了，又开始一个劲地跟我道谢，像是完全忘记了，这钱当初要不是他，就已经丢了。

离开乌本桥，百无聊赖的我，悠闲漫步在细长繁杂的街道之间，路边的大树撑起一片片绿荫，将喧闹炎热的世界阻隔开来。阴凉处的人们都在慢条斯理地做着手中的事，热情而专注。

这时，一个缅甸小伙子主动找我聊天，告诉我，今天下午他约了女朋友在这里见面，打算在前面的桥上跟她求婚。忽然间我意识到，缅甸的慢，其实是一种慵懒，因为简单极致而幸福满满的慵懒。

傍晚，再次回到乌本桥，我找到早上看日初的位置静静坐下，忽然想起在乌鲁木齐遇到阿娜的那个黄昏，一样的深情款款，一样的花开两处。

这时，从桥那边飞奔过来一个孩子，正开心地喊着："达瓦，达瓦！"不正是早上遇到的Lu Lay么！我也兴奋了起来，一把将奔跑过来的Lu Lay搂到怀里。Lu Lay害羞地在我胸前低了低头，说："达瓦，I like you."听到他说出这句话，我莫名的一阵感动，赶紧说道："Lu Lay，I like you too."搂着他的手又加重了几分，像是要把Lu Lay搂进身体里一样。

还记得在出国之前，身边的朋友不断告诫我，在缅甸一定要当心，战乱不说，缅甸人并不算耿直淳朴。可此时,我拥着Lu Lay,感受着从他身上散发的温度,一切谣言已不攻自破。

好与坏是内心对遭遇其中的我们最真实的感知,愈窄愈塞,愈宽愈达。即使化开荼蘼,只有拥有一颗纯净辽阔的内心,才能找到藏于繁杂和琐碎世界中耀眼的光芒。

赏晨渔,堪暮睡,百色逍遥世故。远闹市,近僧苒,看红衣浅步。

遭贫乐,享漱梦,几处朝秦暮楚。宿小念,丈人间,不若亲自路。

——《更漏子·乌本一眸》

## 缅甸·蒲甘

手指之处,尽是浮屠。

蒲甘彻底打破了我心中对于景点的概念,在这里,几乎没有明确的景区划分。租了辆自行车从娘乌镇往老蒲甘一路骑去,随处可见曼妙而神秘的身影。一开始,我看到佛塔都会停下细心观摩,可后来发现,仅仅一百米的公路,就会遭遇了二三十座不同大小的佛塔,而且每一处都极尽美丽。

可以说,我的世界中从不缺与佛塔的偶遇,但曾经的经验告诉我,每一座周围必定有信民居住,被信民时时赞美,日日参拜。

可这里呢?林立的佛塔就那样被随意掷落在黄土之上,无人看管,鲜少问津。数千座新旧不一的塔体,远远望去,就如一根根金笋,带给这片并不富饶的平原无限的生机。

由于出发之前并没有看过蒲甘相关的历史背景资料,为了更好地了解这个佛都,我在当地聘请了一个导游，一个脸上始终挂着标准缅甸式微笑的二十二岁女孩：Sara。

没想到的是，跟Sara一起度过的那三天，她讲述的那些故事，以及跟她一起经历的一件事，让我脑洞打开，成了此行最大的收获，而蒲甘宏伟、神秘的佛塔倒成了配菜。在她的故事中，我看到了一个温柔外表下，瘦骨嶙峋、眼冒绿光的缅甸。

"我有两个哥哥，一个弟弟，我是我们村里唯一一个大学生。"Sara略带自豪地说道。转瞬，她的脸上又出现了一抹淡淡的伤感。"可读书对我们来说，其实并没什么用，还不如找个外国人嫁了……"Sara坐在路边无奈地说道。

Sara说现在整个缅甸的教育让人非常心忧，学生从三年级开始接受的就是全英文教学，可因为从小都并没有语言环境，这样的教学模式直接导致了教学质量的下降。很多人都是浑浑噩噩地淌过基础教育的几年便再不读书，结果缅甸语没学好，英语也是半吊子。更让人无法理解的是，在这个国度甚至连驾照、导游证的考试都是全英文的。

Sara说，现在有好多缅甸人会说、会看缅文，却不会写。而且像她这样的大学生，毕业之后几乎很难找到一份像样的工作。正常情况下，在缅甸一个白领的月薪约合人民币800元，可即使是这么廉价的劳动力，还是少有大型公司愿意聘用。越来越多的单位宁愿出比这高出三四倍的薪水聘请华侨，而不喜欢用本地人。现在很多缅甸人宁愿到中国当服务员，也不愿意留在自己的国家工作。罐头里的鱼渴望大海，这里的人民是鱼，缅甸是罐头，可他们眼中的中国，就真的有着能让他们凭鱼跃的海阔么？

我在Sara不断的诉说中，感受到她的心痛和悲观。可每当我尝试安慰她时，却无力为之。对于一个不会讲蒙古语的蒙古族来说，又有什么资格去抚慰别人文化丢失的伤痛呢？

如果说，Sara对未来的悲观，带给我的仅仅是对这个国度在教育方面的了解。那么，我和她之后碰到的那件事，却颠覆了我脑海中那个最初的缅甸。

那天，是我聘请Sara的最后一天，她带我参观此次行程中的最后一座佛塔。我们走进佛塔后，我突然感觉身后有人跟着，扭头一看，是两个卖"monkey food"的妇女，看到我回头，冲我一笑，露出两排黄牙。

我觉得有些不对，Sara更是脸色微变，拉着我往里走，可两个人却如影随形地跟了进来。我大感不快，扭过头对着她们喊道："你们不要跟着我们，否则我就报警！"然后加快脚步往深处走去，直到走到主殿的位置，那两道阴魂不散的身影才算消失。

神经大条的我，觉得事情过去了，就没有过多在意，之后又兴致勃勃地拉着Sara问起这座佛塔的历史。等她全部讲完，我知道她的导游工作已经结束了，便掏出事先讲好的三十美金给她作为酬劳。可没想到的是，Sara赶紧把钱推到我手里，有些尴尬地问我，能不能现在先给她一半，等从佛塔出去之后再付她另一半。

我顿时大感好奇，追问之下，Sara才支支吾吾地告诉我，刚才那两个卖"monkey food"的女人是她的老乡，之前看到她带着外国游客参观，出去之后一定会上来分她的导游费。

我有些愤怒，问Sara，这钱是她用辛苦的劳动换来的，凭什么要给她们？Sara摇着头无奈地说，没办法，都是这样，如果没遇到就不用分给她们，可遇到了，只能给。

我并没有再说什么，摊开握着钱的手，让她自己拿，Sara默默从我手中抽走了一张十美金，带着我走出了佛塔。

果然，那两个女人一看到我们出来了，又满脸堆笑地拥了上来，我觉得恶心，把剩余的二十美金给了Sara就匆匆离开了。

余光中，我看到Sara极不情愿地把那些钱里的一半分给了两个女人，然后快步向我走来，依然是缅甸式的微笑，那微笑张开翅膀，向我温柔地拥了过来，可这次，我却感受到了这微笑中的落寞，这个拥抱的冰冷。

回到旅舍后，我反复地思考着这件事。

缅甸的微笑是美丽的，可对于这里的人来说，微笑就如同化妆品，成了遮瑕的手法。当微笑成了习惯，便造就了更加露骨的悲伤，这份悲伤来自对未来的怀疑，对国家的怀疑，对自己的怀疑。

耳边《一切没有想象的那么糟》始终在单曲循环，或许从梦中惊醒的人并不是幸运的，始终面露微笑熟睡在梦里的人才是幸运儿。忽然想起之前楞本给我看过的那句"相信是生命的阳光"，是啊，或许只有相信，才能造就真正的美丽。

入夜，辗转反侧的我，狠狠咬了一下牙，下定决心后，夺门而出，找了一家文身店，分别用英语和缅甸语，在后背文上了那句话。

"相信是生命的阳光"。

## 缅甸·仰光

到达仰光的时候，天才微微起亮。橘色晨曦从云朵间筛撒进来，显得格外温顺，浅浅的光将暮气沉沉的街道映得立体而悠长，车站周围停着非常多的鸽子，偶然惊飞，大有几分遮天蔽日的感觉。脑海中浮现起歌德笔下的少年维特，维特如果活到现在，走在这样的晨光中，也该很高兴吧。

由于时间太早，大多数旅舍还没办法办理入住，我便忍着一波一波彻夜赶车带来的困倦感，强打精神，盘腿坐到车站边的马路上，拿出面包，用喂鸽子来消耗大把大把的时间，结果，喂了才不一会儿，突然感觉有什么东西掉到肩膀上，扭头一看——鸽子屎。

这让我想到梁朝伟在伦敦喂鸽子的情节，心中不免一阵苦笑，同样是喂鸽子，人家为吗那么文艺，我就这么屌丝、这么狼狈。

仰光是缅甸的首都，也是这个国家的政治文化中心。相比缅甸其他城市来说，这里的人们也显得更加忙碌。天还没大亮，马路上就有了不少汽车，卖早饭和槟榔的小贩也陆续出摊了，繁荣尚且谈不上，不过也颇有几分大都市的感觉。

日头一点点升高，我差不多也该出发去找旅舍了，否则到了中午，四十多度的高温,连我也会hold不住的。

不知道从什么时候开始,出门在外,宁肯问路,也不喜欢看地图和导航,总觉得那东西就像小时候印有九九乘法表的铅笔盒一样,都是为作弊准备的。还由此练成了,在陌生的地方哪怕转十几个路口,也能原路返回的神奇的技能。

除此之外,我喜欢问路还有一个原因,靠着地图找到时心里的潜台词是"终于"——"终于到了!";而靠着问路找到时心里的潜台词是"竟然"——"竟然在这里!"

就像现在我站在苏蕾宝塔的面前,心中各种惊叹,在拐弯之前谁能想到,它竟然就在这里呢?而在距离苏蕾宝塔不足二十米的地方竟然就是一个穆斯林的祷告处。

在苏蕾宝塔附近找到了一家十美元的旅舍,好不容易等到check-in的时间,进到房间,困倦感再一次袭来,还没等卸下包,又一次昏睡了过去……

再起来时,手机显示当地时间已经晚上十点半,天已全黑了,我浑浑噩噩地爬起来,出去找食儿。

推开门,看向前方,我顿时被眼前的景象惊呆了。原本不算非常高大的苏蕾宝塔,在夜色和黄色灯光的映衬下,显得格外肃穆庄严。这时我才注意到,在主塔附近,还有许多的小塔,在灯光下错落有致地簇拥在苏蕾周围。

我魂不守舍地朝着苏蕾宝塔信步而去。登上了天桥,苏蕾宝塔的容颜再一次征服了我,此时的苏蕾让我想起傅真在《泛若不系之舟》里对仰光的解释:仰光即是仰·光,仰头即见光。

此时的我眼中只剩下了苏蕾宝塔,完全没有注意到宝塔的阴影下还有一个人,直到我感觉踢到了什么……

"对不起,对不起,我刚才没看到你,你没事吧?有没有受伤?"看到那个阴影下的人坐在地上,正不住地揉着自己的小腿,我赶忙蹲下道歉。

"没关系,你记得下次小心一点就行了。"我一看是个女孩,更是心生愧疚,"真的不要紧么？要不要带你去医院？"

"真的没关系，不用介意，这只是个意外。"女孩冲我笑了笑，捡起地上的画板，再一次看向宝塔，直到这时我才注意到，原来这个女孩正在画画。

我在她斜对面的栏杆旁盘腿坐下，跟她一起欣赏起这夜色中的美丽。不一会儿，女孩像是画完了，收起画板伸了伸懒腰。

"刚才实在是不好意思啊！"我出声打破了宁静。

"嗯？是你？你还没走啊，真的没关系，你真的不用介意。"姑娘又冲我笑了笑。

"你是个画家么？"我站起身，走到女孩旁边。

"不是的，我在大学里学画画，还没毕业。"说着，女孩把手中的画板递给我。

"嗯嗯，画得真好看，你刚才画的就是这个佛塔么？""嗯，是的，我最大的梦想就是把全世界的佛塔全都画下来。"

"你的梦想好伟大啊！那你画了几幅了呢？""这才第三幅，下个月我会去蒲甘画画，我想画瑞西光塔！"女孩有些不好意思地说道，眼中尽是希冀。

"没关系，我相信你一定会成功的！""谢谢！""不客气，对了，可以帮你拍张照片么？"我看女孩作势要走，急忙说道。

"当然可以！我怎么配合你呢？""不用麻烦，你就坐在这儿，眼睛看着前方就行了。"

我走到远处，飞快地拍下了一张照片，然后对这女孩微笑着说："拍好了，谢谢你！""不客气，再见！"说着，女孩朝着天桥的另一边走了。

我看着刚才拍下的那张照片，苏蕾宝塔依旧光辉灿烂，阴影中的女孩只隐约能看到一丝轮廓，唯一清晰的是女孩眼镜镜片反射出的那一丝微弱的灯光。

仰头即见光，光芒之下的阴影处也孕育着同样的伟大。

每个人都有自己的梦想，虽然在伟大的事物面前，那梦想会显得黯淡而晦涩，就如同苏蕾宝塔周围萦绕着的小塔一样，但即使再渺小，也能折射出星辰。

## 斯里兰卡·科伦坡

我的路线是这样的：先从缅甸仰光坐亚航班机到马来西亚首都吉隆坡，经中转，再飞往斯里兰卡的首都科伦坡。

听上去一片美丽，可实际情况是这样的：首先，我在马来西亚中转的时间是十八个小时；其次，为了省钱，我不得不在机场过夜。不过候机大厅的环境显然要比火车站强上不少，至少没有满场的汗脚、方便面味和熊孩子的哭闹声。到达吉隆坡之后，倚着墙角坐到机场大理石地砖上，打开电脑，写起了游记。

我越来越发现，悲剧和流浪都具有净化效果，前者是将完美砸碎，给你看到浓妆背后的眼泪；后者是将浪漫拆散，给你看到月光下的辣条作坊。那么问题来了，如果像我这样充满悲剧的流浪汉，是不是相当于在月光下含着泪吃辣条？可是这明明就很幸福啊……

当然，我在吉隆坡机场那一夜的晚餐没这么任性，因为没有卖辣条的。但为了弥补我小小的失落感，我吃了一个超级大、超级贵的汉堡：两片面包中间夹着四块牛肉饼、四片培根，花了我整整三十马币，相当于六十块人民币！

第二天下午一点，我终于熬到了登机，几乎彻夜未眠的我，将肩上的超级大包拆成五个符合亚航尺寸的小包，迷迷糊糊、晃晃悠悠地走进登机厅。飞了差不多四个小时，才到达了科伦坡国际机场。

斯里兰卡这个佛国是我四年前就想来的地方。当时我在印度做义工，结果不到一个月就惹来了疟疾。呕吐、脱水，一周的时间我的体重狂降二十斤，不得不提前回国，同时也断送了斯里兰卡的行程，没想到那一隔就是四年。此时站在机场大厅，我心中默念:"对不起,我来晚了,还好没有失约!"

找到了从机场到科伦坡市区的快速大巴,一上车,我就有点愣神。如果只是从其他乘客的长相来看的话,我极度怀疑我是不是又到印度了。随后,我又发现了另一个这个国家跟印度的相似点:对白皮肤的亚洲人不似寻常的友好,这是他们的审美,白皮肤意味着高地位和高族姓。

由于计划安排,我今天将停留在科伦坡郊区一个叫Mount Lavinia的地方,于是,在市中心下车后,我便直奔公交车站而去。一到车站我就懵了,这个车站是个客运总站,站内挨挨挤挤停着几十辆公交车,车头上只写着数字,并没有用英文标注经过站点的地名。

这可如何是好!正当我急得满头大汗时,一个出家人走过来,问我需不需要帮助。我如临大赦,赶紧告诉他我要去的地方,结果他也不知道这个地方。于是,在接下来的半个小时里,这个出家人带着我几乎走遍了整个车站,一辆车一辆车地帮我问,最终在确定了是哪辆公交车之后,才把我送上车。我本以为他会问我要小费,正准备掏钱给他,却没想到,他只是向我挥了挥手,就离开了。

这时,我又发现了一个斯里兰卡和印度的相似点,那就是开挂一般的公交车。每当路过站台时,司机会看看路边站着的几个人,要是等车的只有一两个,司机基本都不会停车,只是放慢一些车速,让等车的人自己往车上跳,下车也是如此,要下车,跟司机说一声,然后自己往下跳……

车开了四十多分钟,眼瞅着就要到站了,我开始发起了愁,背这么大的包从车上往下跳,会不会直接摔成开了罐儿的沙丁鱼罐头?没想到司机冲我咧嘴一笑,车稳稳地停到了站台上。

下了车,已是晚上了。看着不高的楼,不宽的路,不多的华灯初上,心里想着,相比市区的高楼大厦,我果然还是喜欢这种小镇的感觉。在一条小路的深处,找到了一所家庭式旅舍。入住时老板告诉我,这里的房间,按照时间分为日间房、晚间房和全天房。日间房是指从早上八点到当天晚上八点,晚间房是指从晚上八点到第二天早上八点，而全天房是正常的从中午十二点到第二天中午十二点。

我顺理成章地付了晚间房的钱。回到房间，坐在阳台上抽着烟，喝着咖啡，细细品味着逐渐将我包裹住的困意。

好梦，可爱的斯里兰卡；好梦，开挂的斯里兰卡，好梦，我的斯里兰卡。

## 斯里兰卡·尼甘布

由于住的是晚间房，一早七点多我就不得不背着大包出门了。一出门，便听到了一阵阵海浪的声音，眺望远处，一条斜斜的海岸线映入眼底，火车站也在不远处。这时我才发现，原来我昨晚随便找的这家旅舍，地理位置竟然这么好。

简单吃过早饭，便沿着昨天走过来的路，缓缓走向车站。

路越走越深，几个岔口之后变成了窄窄的仄径，沿路都是清一色的白墙小院，院子内紫红的三角梅一个个都忍不住寂寞，纷纷探出了头。不知名的小鸟一边啁啾，一边从墙头飞到枝头，偶尔一辆突突车驶过，惊起一片剪影。

这样走了能有二十分钟，到了Mount Lavinia车站，车站很小，人却不少。

买好票，进站等车。跟我一起等车的人基本都是本地人，倒是没有见到背着大包的游客。一个穿着运动装的小伙子看我是外国人，便上来跟我聊天，我这才知道，由于Mount Lavinia通往市区的公路只有一条。七八点的早高峰和五六点的晚高峰，大路都会堵得不要不要的，所以很多在这里生活、市区工作的白领一族，每天都会坐火车上下班。

正聊着，车来了，我看看车厢里满满当当的人，又看看自己巨大的背包，直冒虚汗。没办法，来都来了，硬上吧。

费了九牛二虎之力才挤上了车厢。火车一发动，我不小心踩到了旁边人的脚，赶紧回头连声道歉,对方也是微笑着轻点了点头,便没了任何表示,似乎这点小事完全不能影响到他上班的心情。(斯里兰卡人点头是表示没关系或者否定,摇头是代表肯定,跟中国正好相反。)

斯里兰卡的火车跟印度的一样,行驶过程中不关车门。我被挤在门口,一动也动不了,火车行驶了能有五分钟,海浪声变得越来越清晰,风中也传来大海的咸味。我扭头一看,顿时被惊喜到了。

这趟火车的行进路线竟然就在海岸线边上,铁轨只是比海平面略高一些,却跟大海没有任何阻隔,翻滚的浪花是不是会拍打到火车上。我在青海的茶卡盐湖也见过这样的铁路,只是那条铁路边上只是湖,而这条则在海边。一瞬间,我就想起了《千与千寻》里的海上小火车,这两者是何等的相似啊!

过了两站,感觉车厢里没有那么拥挤了,我往车厢里面走了走。看到有空着的座位,便下意识地走了过去。可就在我卸下背包,准备坐下时,猛然发现,整排座位上坐的全是女人,而男人们则都自觉地站在车厢中。

我脸一红,赶紧直起腰,这时,站在旁边的一个中年男子微笑着对我说:"没关系,你坐吧,你的东西很多。"说着,座位上一个头戴纱巾的女人也对我笑了笑,往旁边挪了挪,让出更大的空间让我坐。这下我更不好意思了,憋红着脸说:"真的对不起,在我的国家,车上的位置也是留给女人、老人和孩子的。"说完我便走到了一边,低下头,不再四处张望。

我知道我撒谎了,为了所谓的"民族自豪感"撒谎了。那一刻,我感到了深深的羞愧,回想起在上海坐地铁时,只有青壮年才抢得到座位的景象,不寒而栗。斯里兰卡比中国小得多,也远没有中国发达,可仅仅一件小事就看得出,中国未来要走的路,还很长,很长。

到了科伦坡中心火车站,下了车,坐上大巴,便直奔尼甘布而去。

资料中,尼甘布是一座仅靠步行就能走遍的可爱小城。由于受葡萄牙和英国殖民的影响，尼甘布的大部分居民都是天主教徒。散落各处的精美教堂，使这里有了"小罗马"的美名。

起初，尼甘布只是一个小渔村，后来因为美丽的夕阳和日初让无数背包客驻足，才得以出名。但当我真正到达时，却发现，她的魅力，远不止此。

根据朋友的推荐，我沿着尼甘布靠海的公路走了不到十分钟，就找到了这家"尼甘布海滩宿舍"。当看到宿舍的第一眼，我就爱上了它。

精致小巧的花园；通体被漆成蓝色的墙面；屋檐下坐着一位身着白衣，正在打盹儿的老妇，她微微下滑的眼镜正随着呼吸一起一伏，一切像是一幅油画一般。

我小心地踱进小院，生怕打扰到这份宁静，结果还是搅了老妇的清梦。她缓缓抬起头，用手撑了撑鼻梁上的眼镜，微笑着起身朝我走来。

"小伙子，你是来住宿的么？"老妇温柔地说道。

"你好，是朋友介绍我来这里的，现在有床位么？""有的，你跟我来吧。"说着，她引着我往房间走去。

"小伙子，你在这里住几天？""两天。"

"哦，那你可以好好休息一下，尼甘布很小，却很多人喜欢这里。"老妇转过头微笑着对我说，"你也会喜欢这里的。"

"是的，我已经喜欢上这里了！"我点头说道。

走在尼甘布的街头，看到随处可见的精美教堂，我有些愣神。这时，一辆摩托车从我旁边驶过，后座上穿着曼联球衣的小伙子回过头，挥着手跟我Say hello。

走到下一个路口，一群刚刚放学的学生正在等车，白色的校服，黝黑的肤色，可爱又动人。车来了，学生们嬉笑着上了车，公车司机像是看到了不远处的我，微笑着对我摆了摆手，露出两排洁白的牙齿。

一个老人往街头刻着十字架的捐助箱里塞了几张纸币，然后在胸前画了一个十字之后，直了直佝偻的身躯，拄着拐杖缓缓离开。

傍晚时分，我信步到了海滩。一群当地的小伙儿在沙滩上赤裸着上身打板球，他们周围坐着些围观的人，边喝着啤酒边欢呼，其中有个姑娘格外兴奋，几乎手舞足蹈地叫喊着，估计她喜欢的某个球员正在赛场上挥汗如雨。

板球是斯里兰卡的国球，这里的每一个孩子都有一块自己的球板，在这个国度，几乎每个人对于这项运动都达到了痴迷的程度。据说当年在内战期间，全国的娱乐项目全部被禁止，唯有板球比赛照旧。我猜，这个世界上应该没有任何事能影响到斯里兰卡人民对板球的热爱了吧。

天渐渐黑了，我起身回到旅舍，看到老妇依然坐在门口，看到我回来，她便起身，摆摆手让我过去。随后，她带着我走进厨房，从餐桌后面拿出一小盘鱼，微笑着对我说："这种鱼只有在尼甘布才吃得到。我晚上做了很多，特地留了一份请你吃，就是有点凉了，你等一下，我帮你加热一下。"

"不用了，我喜欢吃凉一点的鱼，太谢谢您了！"我接过老妇手中的盘子，连忙道谢。

"不行的，吃冷的东西不好，你坐在这儿等一下。"说着，老妇端着鱼朝厨房深处走去。

菜凉了可以加热，而人心的温度只能靠用双手呵护来升温，那条鱼并不见得多美味，但留在我记忆里的，却是老妇温暖的眼神，这是属于斯里兰卡的温暖，灼热内心、抚平伤痛的温暖。

## 斯里兰卡·康提（一）

斯里兰卡的佛牙寺始建于15世纪，又称"达拉达·马拉戛瓦"（dalada maligawa），位于康提湖边。相传释迦牟尼遗留下两颗佛牙，其中一颗，在战乱中由印度羯陵伽国的艾玛玛菈公主藏于发簪之中，从印度带到斯里兰卡避难。

自此之后，佛牙便珍藏在这里，变成了锡兰岛民赖以寄托的精神遗产，同时也变成了佛教徒一生中必前来膜拜之地。如今，斯里兰卡每位新总统上任前必须来此礼赞。

"得佛牙者就是合法的统治者。"这曾是斯里兰卡的法律，古代的国王为王权不能失去佛牙，所以斯里兰卡存放佛牙的寺庙会随着皇宫辗转变迁。

现在的佛牙寺作为世界人类遗产，受到政府严密保护。然而皇权的争夺，王朝的变迁，各路枭雄为了得到佛牙，掀起过多少腥风血雨。这用无数泪水和血水堆积出的痛苦，更是让泰米尔人和僧伽罗人的仇恨上升到不共戴天，战争从未停止。

1998年泰米尔猛虎组织在存有佛牙舍利的圣地内放置了一颗炸弹，造成了上百人的死亡。"匹夫无罪，怀璧其罪"，佛祖有灵，是否会因为曾留下这颗舍利，而感动惋惜呢？

佛牙寺外最粗壮的那棵菩提树，同样有着不同寻常的历史渊源。史载，印度孔雀王朝阿育王派儿子摩西陀长老来斯里兰卡传教之后不久，又派女儿伽密多赴斯传教，伽密多同时还带一枝从释迦牟尼悟道那棵菩提树上长出的树苗赠予斯里兰卡国王，国王将它栽种在佛牙寺内。上千年来，斯里兰卡几经战乱，沧海桑田，唯有那颗菩提树依然生机盎然。

"清晨披着赤褐色的外衣，已经踏着那边东方高山上的露水走过来。"

此时的我，赤着脚，走在这棵我朝思暮想的菩提树下，望着头顶的枝繁叶茂和朝圣的人群怔怔出神。

初升的阳光从枝叶间稀稀落落地洒落到我肩头，那光点像是没有受到任何阻拦，直直渗透到心头。这一刻，时间对我来说几乎毫无意义。

我盘腿坐到菩提树前的草地上，树上的每片叶子都在讲述着传奇，而我仿佛计算机一般，一边接收着那庞大的信息，一边思索着曾经，将所见所感处理成自己的因缘与能量。

我是个幸运的人，这是我第二次得见佛祖参悟坐化的菩提树，上一次是在印度的瓦拉纳西，这一次则是在佛牙寺，然而两次的感受却截然不同。

瓦拉纳西的那棵菩提树下永远都端坐着无数不同肤色，不同国籍甚至不同信仰的信民。不同语言的诵经声和祈祷声在那儿终年此起彼伏；来朝拜康提佛牙寺里这棵菩提树的，大多是斯里兰卡人，而且多数人只是默默地燃灯诵佛，无声却肃穆。这两棵同根的菩提树，共同见证了佛教这上千年的兴衰、荣辱。

从小到大，我都是极有佛缘的人。

初中的时候给自己取笔名，鬼使神差地取了个"金波居士"，那时候我哪知道居士专指在家修行的文人；高中寒假去奶奶家玩，奶奶送了我一本《慈航普度》，那个下午我还莫名其妙地背会了《般若波罗蜜多心经》；大学时到岐山玩，迷了路，被一个老和尚带到寺庙过夜，结果一住就是半个月，临走时老和尚送给我一大堆佛经；到后来更夸张，藏区几进几出，糊里糊涂地皈依了萨迦派、格鲁派和宁玛派，有了自己的上师和"达瓦次里"的法名。这一路而来全然是机缘所致，从未有过强求。

就这样，思考着自己一路过来的前因后果，我坐在菩提树前，直到感觉后颈一阵阵滚烫才发现，原本的旭日东升，已是烈日灼灼。我站起身，放松一下已经麻木的双腿，向佛牙寺的主殿走去。

佛牙寺主殿分为两层，放置圣物佛牙的暗格放置在二层的内殿。走进主殿第一层，迎面而来是八根巨大的象牙，在四周或写或雕着佛牙寺的历史。

缓缓走上楼梯，整个二层比我想象中安静得多，佛台之上摆满了鲜花，人们纷纷双手合十在地板上或坐或跪，默默祈福念经。

我默默取出那条陪着我走了上万公里路的哈达，小心翼翼地献到佛台之上，默念起经文。

当我做完这一切，回过身想找地方静坐一会儿，才发现，此时小小的阁楼早已坐满了人。

正当我不知所措时，对面一个穿着白衬衫黑西裤的青年男子，朝着我笑了笑，挪出一点空间，招手让我过去坐。我连忙轻手轻脚地走了过去坐下，与男子会心一笑，便不再多语。

就这样，我在这一片肃穆安详中安静地坐着，思考着这两年来遭遇的种种。这几年，在别人眼中，我去过的地方越来越多，经验越来越丰富，谈资多到几天也讲不完，无论在哪儿都有着强大的自信和不会灼伤他人的温度。

可对于我来说呢？

生活比之从前简单了很多，可长时间居无定所的漂泊也让我留下了暗伤，那就是孤独，每每发作，痛不欲生。然而，通过忍受这如蚀骨之毒一般的痛苦，反而让我更加清晰地证明我的存在，了解我在这个世界的位置。

傍晚时分，离开佛塔寺前，我再看了一眼菩提树。人间千年，对它来说到底是什么？或许不过只是昙花一现、过眼云烟，或许是无数因缘牵绊。但已过的再无法追赶，留下的必将凝望下一个千年。

## 斯里兰卡·康提（二）

至今，我还是不清楚，为什么斯里兰卡人会那么喜欢白色。

走在康提大大小小的街道，学生的校服通体是白色的，上班族的衬衫全是白色的，多半女人穿的裙子也是白色的。透亮的白，配上他们黝黑的皮肤，那强烈的反差倒也不失为一种美。

在康提住的一周里，我几乎走遍了这个小城的每个角落。每一天感受着它的不同，或恬淡，或喧嚣，或简单，或凝重。就如香水一般，不同的时间，不同的天气，不同的心情，都会散发出不同的芬芳。

上午到佛牙寺的菩提树下坐坐，看一会儿信徒们燃灯供佛祈福。然后到康提湖边，看出家人把早上信民们供养的米饭扔进湖水喂鱼和养鸭，偶尔会有鸬鹚和白鹭飞来沾沾余泽。

康提湖水清若透翠，岸边长满了柳树，水中田地长着莲花，微风抚过，乍皱起一池温婉。"叶上初阳干宿雨，水面清圆，一一风荷举。"我想周邦彦到此，也必然会满意吧。

下午的阳光烈得吓人。这时，我就会到康提火车站附近的农贸市场瞎转悠。这里有最新鲜的茶叶和蔬菜，以及各种骆驼皮制品。来这里买东西的，大多是本地人，嘈杂，真实，我每次都会在这里买些水果和蔬菜，晚上回到旅舍做一顿自己爱吃的饭菜。

一路过来，但凡有条件，必定是我自己做晚饭，这已经成了习惯。并不光是为了省钱，要知道，在异国他乡能吃上一顿可口的饭菜，不仅能让自己心情舒畅，更能保持更好的体力。

说到这儿，不得不吐槽，在斯里兰卡便宜的餐馆里，几乎很少能看到绿叶菜，连我这种平时不太吃素的人，到现在都会止不住地想念各种青菜的味道。不过吐槽归吐槽，总的来说，斯里兰卡餐饮业还是相当有良心的。

良心推荐一：蛋炒饭。这里的蛋炒饭，一份合人民币五块钱，加一块油炸鸡胸肉是十块钱。先不说味道，单单是饭量就非常惊人了。像我这种在国内一顿饭要吃两份炒面外加一笼包子的人来说，中午只要吃这么一份，就能保证一下午不饿。如果女生吃的话，完全可以两人吃一份，还吃不完。

良心推荐二：面包。面包作为锡兰岛国人民的主食之一，在斯里兰卡也是相当便宜。两个巴掌大，一个巴掌厚的面包只要花人民币一块钱，法棍也只要两块钱。那可是一整根法棍啊！对于我这种不是特别喜欢吃面包的人来说，这一根足足够我吃三顿了！

良心推荐三：印餐。斯里兰卡是印度洋上的一个岛国，跟印度之间只隔了一条保克海峡。因此，印度文化在这儿根深蒂固，开枝散叶。所以这里有相当多的印度餐厅，虽然味道依然不咋地，但还是胜在价格。八块钱一份，可以免费加饭，加菜。当然，前提是你要能接受印餐中，完全吃不出是由什么原料做成的糊状咖喱。

我住在佛牙寺附近的"Olde Empire Hotel"，楼下是一家典型的锡兰餐厅，楼上是旅舍。我住的是没有空调和卫生间的小单间，十美元一晚，整个房间只有两种颜色，白与木棕色。

房间里几乎没有任何装饰，仅仅有一张床和一个木质圆桌，桌上用白兰地的瓶子装着饮用水，在其正上方有一盏昏黄的灯和一面手掌大小的镜子。

整体感觉简约到极致，乍看之下倒有几分修道院的味道，再细看，这不就是跟我在印度的加尔各答时，住的那家贫民窟里的旅舍一样嘛！转而又想到那家旅舍里肆无忌惮的跳蚤，瞬间整个人都不好了……

在旅舍所在的二层，有一个专供人休息喝茶的小阁楼，种满了绿植。每到黄昏，这里都挤满了人，却鲜有中国人。

来自世界各地的驴友们都坐在椅子或地板上，聊着自己没实现的梦想、路上碰到的姑娘和各种挨宰挨骗的倒霉事儿。但凡驴友，大多有这种苦中作乐的本领，一群人默契地用自己的糗事儿相互找乐子、找安慰，找到安慰的人会继续出发，没找到的人留下来等下一波人继续找，周而复始。

而我便是这洪流中的一员，只不过因为英语差，每次聊不了几个回合便败下阵来，只能躲到一边玩手机，在网络上寻求安慰，顺便找人拼房拼饭，减轻旅费压力。而"SUN"便是被我这么玩手机玩出来的。

话说，离开康提的前一个傍晚，我在微信"附近的人"里，搜索到了一个离我仅有三公里的叫SUN的女生，一看到有中国人，略微激动了一下，便主动跟她搭讪。

"你好！"我说。"你是驴友还是报团的游客？"虽然不确定对方是否认可这种区分，我还是固执地定义着，因为我很清楚，报团的游客是绝不可能与我分担房费，更不要说拼饭了。

"你好，我是驴友。"SUN不咸不淡地说道。"你也是驴友么？"

"嗯，是啊，我在康提，你呢？"我问，

"我也在康提，你在什么位置啊？"

我一听她这么说，立马心就活络了起来："我住在佛牙寺附近，你是一个人么？找到住的地方了么？有没有兴趣一起平摊房费？我现在住的旅馆，双人间十五美元，你要是过来的话，你付七刀，我付八刀。我在外面已经旅行几年了，经常跟驴友拼房，绝对放心哦！"

"不好意思，今晚我跟另外三个人拼一间四人间，不过有时间我们可以一起玩，我可以帮你拍照！"看着屏幕上的字，我哀叹了一声。像我这样的独行侠看上去潇洒，其实奇苦无比，好多时候，想省钱都省不了。

"嗯，那好吧，祝你们玩得开心，我明天早上就离开康提了，有缘再见吧。"打过去这句话之后，我们便没有多说什么。

现在回想起来，当时的我并没有把她当回事。可能是由于之前阿娜的原因，如今的我对路上认识的女孩儿产生了本能的排斥，原因无他：若无真情，相遇便是错过，若有真情，相遇也会错过。

大多数情况都是这样，问候之后便是后会无期，相逢之后便是形同陌路。这是片默，无解，即便解了，也是一片叹息。

## 斯里兰卡·努瓦勒埃利耶（一）

听着歌，嚼着口香糖，抽着烟，吹着迎面而来的习习凉风。此时的我坐在前往努瓦勒埃利耶的火车上，列车在山间不断地穿梭，缓缓向上，倒有几分霍格沃茨特快列车的感觉。

我觉得在斯里兰卡最好的旅行方式是坐火车。一方面价格便宜，十几二十块钱就能从一个城市到达另一个城市；另一方面，对于初到南亚的人们来说，这里的火车完全是种全新体验。

斯里兰卡的火车跟开挂的印度一样，在行驶过程中不关车门。但大多数情况下，长途车没有印度火车那么拥挤，不仅每个人都有座位，车厢还相当宽敞。加之火车所过之处各种美不胜收，车厢里各种会捂着脸笑的小妹妹，以至于即使坐上几个小时，也不觉得无聊。

"唉，还是外国人玩得开。"我此时坐在车门处直感慨，只见前方车厢的车门外，一个欧洲妹子双手反握把手，将整个身体探出去拍照。一转头，再次惊呆，一个黑人竟然双手撑着门把手，直接倒立在车门上，看着他那副摇摇欲坠的样子，我都捏了把汗。

我也尝试了好多次，可最多也只敢双手抓着一个把手，让身体微微外倾。就这样，还害怕脚下一打滑，整个人被甩出去。

火车开了两个多小时之后，停靠到NANU OYA站，我背上大包下了车，顺利在路边换乘上了公交车，沿着盘山公路一点点往努瓦勒埃利开去。

努瓦勒埃利耶是一个高原城市，海拔1890米，充足的雨水和阳光，以及较大的昼夜温差，造就了她世界茶城的称号。公交车一路行去，茶山随处可见，采茶的工人背着大篓忙碌其中，倒也是另一番美丽。细心感受，这样的景致倒有些广西的味道，只是广西远没有这里凉爽。

车子停到努瓦勒埃利耶市中心的车站，下了车，沿着大路，一路向南走去。

一小时后。

"您好，请问您这边最便宜的房间多少钱？"

"六十美元一个晚上。"

"好的，谢谢。"不等前台继续介绍，我就颓然走出旅舍，倒不是我故意这么没有礼貌，关键这是我问的第十四家了，住宿费越问越离谱，六十美元？这已经是国内星级酒店的标准了吧。

我看着远处几公里开外的山上，隐隐约约中有许多房子，心想，还是上山找找吧，远是远了一点，便宜就好。

两个小时后，我背着大包，顶着强烈的山风，终于在山顶如愿找了一家民宿。八美金一个晚上，不算很便宜，但好歹比几十美元的酒店要强。可等我真正住进来才发现，这性价比真是出乎意料的高。

独立的卫生间，一米五的大床，有热水，含早餐，最关键的是，这里提供住客专用的厨房，还不收费。这么优越的条件，我估计做梦都会笑醒吧。

洗完澡，正在床上看书，忽然收到了SUN的微信："你现在到哪儿了？"

"今天刚到努瓦勒埃利耶，你呢？"我回信息道。

"我明天也到努瓦了，你找到伴儿了么？要不要一起拼房？"

"好啊好啊！我现在一个人住在一家民宿里，八美元一个晚上，两个人住十美元，一人一半可以么？"我看到SUN主动说要来跟我拼房，顿时有种说不出的幸福感。八美元虽然不多，可是能省一点就是一点。而且这里还有厨房，完全可以一起拼饭，吃得好一些还能多省出一笔钱啊。

"嗯，可以的，你住的地方方便洗澡么？"

"嗯，很方便的，有独立卫生间，二十四小时热水，还含早餐的。"

"那已经很不错了，你真会找地方，那明天我下了火车怎么过去？"

"这个你放心，明天我让老板去努瓦市区接你，你下了火车旁边就有公交车到努瓦市区的。"

"行，那明天见！"

"明天见！"

次日中午，我如约见到了SUN。初见SUN，对她的印象并不深刻，不矮，也不算高挑；五官细腻，却算不上精致；举止不做作，却算不上洒脱。一脸的风霜显得她这一路走得也并不轻松。

我们俩一起回到民宿，帮她把行李搬进房间之后，我以初次见面为由，拽着SUN在附近的农家买了菜和肉，我主厨，做了整整三菜一汤，两荤一素。

还记得当时她看到我二十分钟就弄出这么一桌子菜，嘴角差点儿咧到耳根子，眼睛里直冒绿光，嘴里一个劲儿地嘟哝着："怎么看也不像是东北男人啊，竟然这么会做饭，这回赚到了，赚到了……"

听到她这么说，我忽然有了羊入虎口的感觉，顿时一个趔趄。姑娘，你是赚到饭钱了？还是赚到我了？我是正经人，我不约，不约……

SUN捻了一片黄瓜放进嘴里，笑着对我说："半个月了，这还是第一次吃到蔬菜啊，达瓦，你真是我的福星！我以前听朋友说，你们东北男人都很大男子主义的，根本不干家务，没想到你的厨艺这么棒！"

我知道她说的是真的，扪心自问，我要是半个月没像样吃顿饭，估计连开水煮白菜我都能吃得倍儿香。想到这儿，我更是蹬鼻子上脸起来："那当然！我这手绝活儿可是御膳房的大师傅传下来的，以前可是只有皇亲国戚能吃到呢！以后咱们俩一起走，只要有厨房，我都给你做饭，天天皇家待遇，爽不爽啊！"

"呵呵，好啊好啊，以后我买菜，你做饭好不好？"SUN高兴地娓娓一笑。"没问题，您就赗好吧！"说着，我夹了一筷子手撕包菜，也嘿嘿乐了起来。

这便是我跟SUN最初的相处方式，逗逼而平淡，不暧昧，不猜测，只是单纯地搭伴行走。

吃完饭，回到房间，我们聊了不少关于旅行和自己的事儿。SUN告诉我，她是壮族，广西柳州人，这两年走遍了大江南北，计算机专业毕业，半路出家的摄影师，攒点钱就会跑出去玩儿，在家人眼里又任性又犟，性格跟阿娜一样散逸而坚韧。

我对这个有点容易走神儿的女孩儿升起了一丝莫名的好感，我无法确定那种感觉从何而来，后来才知道，原来那一晚，我心中某一处柔软的部分，因为她而再一次松动了。

## 斯里兰卡·努瓦勒埃利耶（二）

纵然我爱着草原沙漠，更胜过云缠雾绕的青山绿水，可唯独对茶山却别有一番情有独钟。

第一次见到茶山，是在安徽祁门县，依稀记得，当看到那连绵不绝、翡翠般的山线和行走在其中的茶农，心中的感动几近喷涌而出。

早上天才刚亮，老板就送来早点：椰香饭团和红茶。分量很足，虽然看上去很一般，但味道相当不错，饭团的椰香味恰到好处，不腻不滞，红茶的味道很中正，颜色像红宝石一样诱人。吃完之后，我跟SUN便迫不及待地坐上老板的突突车，直奔最著名的MACKWOODS产茶基地。

小三轮载着我们快速从市区掠过，一进山便看到了大片大片的茶山，以及公路上随处可见的MACKWOODS广告牌。

清晨的脆凉带着些许湿稠的味道，扬起朵朵氤氲，横隔山腰，碎曦透过薄雾绵绵地抚了下来，散射到山间、树间，荡起层层碧绿的涟漪。

采茶女们戴着斗笠背着箩筐，穿梭在这山岚昏沉、晓霏袅娜之中，仿佛是天地间的精灵，采摘着大地与雨露的恩赐。突突车在醉人的美丽之中行驶了半个小时，才到达了MACKWOODS的产茶基地。

说是基地，但看上去更像半山腰上一个供人休息的小农庄。精致典雅的欧式建筑，给人以美轮美奂的感觉。

一走进大厅,扑面而来的便是红茶醇厚的香味,茶与咖啡皆是我爱,爱其性纯,意真。一杯好茶如老友,言酣谈畅交浅情逸。

这里的服务还是相当周到的,每一个前来参观的游客,都可以免费获得一杯红茶和一份甜点。同时,参观茶厂还单独有讲解员免费讲解制茶工艺。

虽然我在祁门县时已经了解过这方面的知识,可我还是乐此不疲地拽着SUN跟在讲解员身后,仔细听着每一个细节,一些没太明白的地方还会提问。

讲解员看到我们两个这么认真专注地在听,更是倾囊相授。原本十分钟的解说,讲解员足足给我们讲了一个小时,等我们走出茶厂时,她还一个劲儿地夸我们好学,尊重她的工作。

听完讲解,坐在露天的平台上,看着漫山遍野的茶树,喝着免费的红茶,心似穹庐,笼盖四野。SUN坐在我身边看着远方直出神。

"SUN,你不是广西人么?我记得你们广西好像有不少茶山吧。"我端起茶杯喝了一口说。

"嗯,不少是不少,但这么好看的还是没的。"

"是啊,这么美的茶山,我也是第一次见到,话说,要是在这山里有间小木屋就好了,以后老了到这里住,自己采茶自己炒自己喝,保证能长命百岁。"

"嗯,是不错,就是不知道什么时候才能老啊……"SUN微微说着,神色中竟透出一丝哀伤。

我听到她说的话微微一愣,SUN说的没错,我们这样的人是不容易老的,但代价是比同龄人更疲惫。渴求衰老的人,必然是希望单纯地活在露水中,却不得不在淤泥里打滚的人,这样的人渴望的是衰老,而不是苟延残喘或腐败凋谢。

可这样的话从一个女人嘴里说出,是要经历怎样的沧海桑田啊。想到这儿,我不禁有些心疼起来。

"SUN,你结婚了么?"我问道。

"嗯，结婚了。"SUN用双手微微拢了一下披肩的长发，这个不经意的动作仿佛羚羊挂角，无迹可寻，将她脱出一份出尘的气质。

"啊？！"我惊讶地看着SUN，"你已经结婚了？那你先生怎么会放心让你一个人出来玩？我们这样拼房，你先生会不会有什么意见？""没关系的，他在这方面不太管我。那你呢？结婚了么？"

"我可没那么好命，没背景，没存款，没工作的，我就是一典型的三无产品，哪个姑娘肯嫁给我，就算偶尔有一两个肯嫁的，也都不合心意，再说了，也不是所有人都能跟你一样，结了婚还能背着包浪迹天涯，你说对吧？"我微微一叹，看向SUN。

"也不能这么说，爱本来就是盲目的，太实际的爱情都是交易。不是有句话么：'喜欢就会放肆，而爱是克制。'真正爱你的人，一定能理解你，包容你的。"SUN说完这句话，便回过头去继续看向远方。

"达瓦，喝完这杯茶，我想去山上拍那些采茶女，你跟我一起上山还是在这儿等我？"SUN忽然转过头问我。

"当然是一起上山啦，正好我也想看看她们是怎么采茶的，再说，让你一个人上山我也有点不放心。"

于是，喝完了茶，我们两个人便蜿蜒着朝山里走去。

虽然是正午时分，可山间的湿气依旧很大，太阳直直照下来，却没有炙热的味道，反而暖暖的。

我们走到距离最近的一个采茶女身边，正要打招呼，她却自己转过头来。是一个看上去约莫只有十五六岁的小姑娘啊，我和SUN面面相觑。在印象中，采茶女基本都是三四十岁的妇女，这还是头一次见到年纪这么小的。

我很快从惊讶中清醒过来，上前打招呼。可惜小姑娘并不会英文，害羞地笑着捂住了脸，这表情像极了我的学生杨曲珍。

我示意SUN往后退了两步，拿出相机摆出要拍照的样子，然后指了指小姑娘，问她

"OK?"小姑娘犹豫了一下，旋即答应了。

这时就显示出SUN身为摄影师的专业和不要脸了。她对着姑娘微笑了一下，也不说话，端上相机就一个箭步向前，我靠！完全一副super女汉子的做派。

然后在接下来的半小时里，她几乎是上蹿下跳地寻找各种角度。尤其是几次趴在泥土上仰拍，直接吓到了小姑娘，还好我在旁边不断抽动着嘴角各种安抚，否则这小姑娘早就报警了……我猜，如果不是语言不通，她没办法教小姑娘摆造型的话，这货估计光这个镜头就能拍一下午。

终于拍完了，SUN收起相机，走过来拍了拍正闲得无聊玩土的我，"我拍好了，不好意思，花了这么长时间。"SUN略带歉意地说道。

"没事没事，你别总是这么客气嘛，回头记得图片拷贝一份给我就行了哈！""额……我的照片要参展的。""没事没事，你给我分辨率低一点的就行了呗。""这个……好吧……"好吧，我承认我又开始不要脸了。

回到旅舍，我翻看了SUN在茶山上拍的照片，顿时震惊了，惊为天人啊！

构图就不用说了，采茶小姑娘的每个细微表情，都被她如实地记录了下来，转而又想起SUN把小姑娘吓到的样子。让我想到一首歌——《女人何苦为难女人》。最懂女人、带给女人折磨最多的果然还是女人！

"我怎么记得，那个小姑娘没有那么漂亮啊？为什么被你拍得这么美？你相机里不会自带P图功能吧？"我惊讶地问着SUN。

"技术，技术而已。"她笑着说了一句，并没有多语。

木心先生说："真正伟大的作品，没什么好评论的，评论无非是喝彩。"于是接下来每翻到一张照片，我都会使劲地喝彩一声，而SUN依旧是不咸不淡地微微笑着。我靠！就夸夸你而已，你搞那么销魂作甚，孙二娘做完人肉包子之后也应该是这副表情吧。

放下相机后，我深吸了口气，郑重其事地对SUN说："奉天承运皇帝，诏曰：特任命SUN为朕的御用摄影师，钦此！"然后对着她抖了抖眉，结果SUN说了四个字："什么意思？"我顿时心中一万只白马奔腾而过……姑娘，你什么文化水平啊！

## 斯里兰卡·马特

整整一天都在赶路，火车转突突车，再转长途汽车，最后又转了一次公交车，直到晚上十点多，才到达这个城市。而我们来这个城市的原因，仅仅是因为，这个城市的名字跟我的英文名一样，都叫马特……

我跟SUN同行有一个很重要的共同点，就是无论白天在路上多么奔波，可一旦到达目的地之后，我们都不会因为疲劳随便住下，而是兴致勃勃地寻找起最合适的旅舍。就像是在跟一个莫须有的人竞赛，看谁找到的住处更便宜、环境更好。

就这样，我们直到晚上十二点多，才以"睡不了几个小时"为由，以一千两百卢比约合六十人民币的价格，找到了一家带独立卫生间和电扇的房间。

一进房间，SUN立马卸了包，风风火火地冲进卫生间洗澡。而我则坐在地板上看书等她洗完再洗。

二十分钟的时间不长不短，SUN光着脚丫子走了出来。此时的她，穿着橘红色的比基尼，白色的大浴巾被她挂在玉颈之上，左手抓住浴巾的一角，正在擦头发，身上还残留着些许水珠，而身材……我鼻腔内，忽然泛起的湿润腥甜的味道，已经说明了一切。

直到这时我才发现，SUN的瘦是健身之后的结果，而不是像很多女生那种单纯的骨感。隐约可见的马甲线和小腹肌恰到好处，完全不像一个结了婚的人。大腿和小腿浑然天成，健美却不失柔美，皮肤是通体的麦色，一看就没少去海滩，再加上邻家女孩儿的长相，足以引发犯罪啊！

我默默咽了一下口水，哇咔咔！非礼勿视！非礼勿视！！我欲盖弥彰似的低下头，刻意不往她身上看，可还是忍不住多看了几眼，之后才磨磨蹭蹭地去洗澡。

第二天，我们一早就出门，想去海边走走。

可刚出门却发现，整个马特都在堵车，而且车辆还不是缓慢地前进，而是完全停下，将这个城市的大街小巷塞得满满当当的。

我纳了闷，马特是斯里兰卡南部一个很小的城市，顶多比尼甘布大一些，按照常理，应该很悠闲啊，怎么会有这么严重的交通堵塞？

我和SUN沿着大路往前走着，忽然看到前方一个十字路口处有车辆驶过。定睛一看，竟是坦克、装甲车和雷达车。

我立马慌了神，不会又爆发内战了吧，如果是，那这运气也好得实在有点离谱了。想到这儿，我赶紧询问旁边几个头戴贝雷帽的警察。

"你好，警察先生，这是战争么？"一身绿色制服的警察明显愣了一下，随后一脸严肃地说："是的，这是战争，有一支军队向这里开炮！"

我一听，脸色刷一下就白了，完了完了，摊上事了，摊上大事了！

我强作镇定，又向警察说道："我是中国游客，你可以带我去离这儿最近的中国大使馆么？需要我出示护照么？"就在我正准备拿出护照的时候，那帮警察和站在一旁围观的司机们彻底笑翻了，其中一个人更是笑得捂住肚子蹲在地上站不起来了，而SUN也捂着嘴笑个不停。

我立马就明白我上当了，完了，丢人都丢到国外去了。我黑起脸说："到底发生了什么事？"之前我问的那个警察看我生气了，直起身拍了拍我的肩膀说："我的朋友，不要生气，只是一个笑话而已，我们不是警察，是军人，我们国家已经很多年没有战争了，前面有阅兵式，你们可以去看看。"说完，他向我敬了个礼。我慌忙回了个礼，就拽着SUN，往阅兵式的方向跑去。

"你刚才还真信那个人说的鬼话啦？"SUN笑着看向我，"虽然满大街都堵着车，但你看看那些司机的表情哪有一点儿紧张？而且要是发生战争，我们怎么连警报或者爆炸的声音都没听到？再说了，你看那帮军人，就只是站在旁边，也不疏散群众，怎么可能是真的战争，顶多就是个演习。"

我被SUN说得愣是哑口无言，这些最基本的东西其实一眼就看得出来，只怪我当时太紧张了，连常识都给忘了。

我们朝着装甲车行驶的方向走去，走到一片海边时，果然看到了大片的军车。

观众席前排全都坐着身穿黄色僧袍的出家人，个个都赤着脚，手里拿了把蒲扇。由于我们到的时间比较晚了，观众席上早就没了座位，只能挤在一旁看。

SUN一见到这些个军车大炮竟然没像其他女生那样感到无聊，反而兴奋地直围着我打转。

"达瓦，你看！天上有伞兵跳伞诶！你说他们要是降落伞突然破了，有没有备用伞包啊？"

"达瓦，你说刚才飞过的那些战斗机有没有黑匣子啊？战斗机的黑匣子会装到哪里啊？"

"达瓦，你看你看，你说那帮大兵手里举着的旗是国旗还是军旗啊？"

……

"SUN，我跟你一样，也是第一次来斯里兰卡……"我被SUN这一顿狂轰滥炸彻底无语了。

SUN问的问题虽然还是有点幼稚，但明显有些常识（好吧，我承认，我把阅兵当战争更加幼稚）。这段时间，我越发觉得SUN跟其他女生不同，有一次她竟然跟我说她其实是个技术宅，我靠！朕还是第一次听一个女孩子自豪地说自己是技术宅的……

虽然以前在电视里看过中国的国庆阅兵，也不得不说，这里阅兵式上看到的那些个装备跟中国阅兵式上展示的武器比起来，简直就弱爆了。但这毕竟是我第一次亲眼去阅一个国家的兵。

　　站得笔挺，向主席台敬礼的军人；阳光照在军刺上，反射出的森寒的光；战斗机飞过头顶时带来的轰鸣声；整齐划一的队伍中突然爆发的口号声，这一切的一切依然让我热血沸腾，激动不已。

# 斯里兰卡·加勒（一）

　　站在加勒古堡的城门处，我的心不住地颤抖。我没想到，原本打算一掠而过的加勒，竟然就这样把我征服了。城墙从眼前一直绵延到海边，城墙下大片的绿地为那份古老的岁月增添了抹活力。

　　缓缓步入城堡，顿时感觉，那城墙像是一台时空穿梭机，将新城和老城分开得那么突兀、那么不留一丝情面。我甚至感到，新城和古城连空气的味道都有所不同。

　　门外的新城现代而世俗，火车站、汽车站、菜场、大型超市、网吧、KTV、电影院等设施一应俱全；门内的老城古典而恬静，散落各处的巴洛克建筑和教堂，以及碉堡灯塔，几乎让人以为到了欧洲。

　　踏着青石板，我和SUN游荡在老城的小巷之间。奇怪的是，我们谁都没急着找旅舍，不约而同地放慢了脚步，静静地走着。

　　跟印象中的城堡不同，加勒古堡是一座活着的城堡。至今依然有无数的居民居住其中，城内学校、民居、教堂、警察局、法院、公园等基础设施几乎全部都有。人们世世代代优雅地生活在这里，不论沧海桑田、云起潮落。

　　加勒古堡是至今东南亚和南亚地区保存最完整的古代城堡，1988年被联合国教科文组织列入《世界遗产名录》，它的历史可以追溯到十六世纪。

斯里兰卡曾分别是葡萄牙和荷兰的殖民地，葡萄牙人统治时期，在加勒半岛的北面建起了城墙。到了荷兰殖民时期后，荷兰人为了显示在斯里兰卡的统治地位永世不变、坚不可摧，在加勒建起了一座三十六万平方米的城堡，除了北面的两层城墙之外，还建设了围绕半岛的防御墙，用来抵御海上的袭击。这片防御墙，甚至还在2005年，替加勒挡住了席卷整个南亚的巨大海啸，可谓功不可没。

"SUN，我忽然感觉好累，今天好像也没走多少路啊，你有没有这样的感觉？"我摘下帽子，侧过头看向SUN。

"我也觉得有点累了，要不我们先找个旅舍休息一下再出来转吧。"SUN说。是啊，被这片静谧包裹着，就像幼时的摇床，身心彻底放松的结果，便是疲惫。

在加勒古堡内找住处是相当容易的，即使是最廉价的旅舍，环境都相当不错，该有的设施一应俱全。我们在All Saints教堂附近，以一千五百卢比约七十五人民币的价格，找到了一家小旅舍。卸下了背包，吃过午饭回到房间，反而没了睡意，我和SUN两个人又聊了起来。

"SUN，我三天后就要离开斯里兰卡了，你接下去有什么计划？"我盘腿坐在床上，抽着烟说道。

"我的时间也差不多了，我订的机票是五天后的。"SUN也点上了一根烟，依旧是一副不咸不淡的样子，让人看不透。

"我下一站是马来西亚，之后是泰国，你呢？"

"我直接回国了。"

"哦，这样啊……"我略微有些失落，旋即，我又奇怪自己为什么要失落。

这几年，分分合合经历不下几百回了吧，几乎在各种时间、各种地点、各种状态下的都有，就连当年跟二弟阿正在新疆分开，我也没有过这种感觉啊。

"马来西亚我去过了，泰国应该挺好玩的吧，可惜我回国有些事要办，否则就可就跟你去了。"SUN主动说道。而我，更是低下了头，眼中的失望之意更甚。

沉默了足足有五分钟，沉默到我甚至不知道为什么会为这些琐事沉默。

"没关系啦，旅行不就是这样么，能走一段就是咱们的缘分，其实不必苛求过多，如果还有缘的话，自然会再聚的。"我再次抬起头，略带伤感地说道。

我这么一段肉麻又没头没脑的话，倒是把SUN弄得一头雾水："额……达瓦，你马上就要走了么？我们不是还要一起玩三天么？"

一听她这么说，顿时我一阵莞尔，我什么时候变得这么多愁善感了。

随后，我们一起去新城区的超市。我们住的旅舍是兼作餐厅生意的，我跟老板一阵软磨硬泡加美男心计，终于成功借来了厨房，不收钱，但要请老板吃我做的"中国美食"。

于是，去超市的路上，我跟SUN放了话，喜欢吃什么就直接从超市里拿，想吃什么我都给你做。SUN也没客气，挑了四种蔬菜，一斤虾和半斤牛肉。看她拿了那么多菜，我笑着跑到调料区，根据她挑的食材，选起了辅料。

这个晚上，着实奢侈。

西式的餐桌上，放着五菜一汤和一瓶红酒，我和SUN面对面而坐。

这气氛本来已经很销魂了，SUN还不知道从哪里搞来了一个香薰蜡烛，放在餐桌中间点燃，我一闻，是玫瑰味的。我看着对面对我温柔而笑的SUN，心里一阵嘀咕，这货不会是在我酒杯里放了东西，晚上打算……要是那样该多好……我靠，我这又是在想什么？我不会是爱上她了吧？

"SUN是有家室的女人，我跟她是不可能的！损己利人的事儿可以干，但害人害己的事儿连想都不要想！"我反反复复地告诫着自己。

整个晚饭吃得轻松而浪……不对，是销魂，也不对，好吧，就是浪。

我们依旧聊了很多。但奇怪的是，我们谁也没聊自己的感情世界，这好像已经成了规律，从努瓦勒埃利耶初识之后，我们就再也没聊过这个话题。

我心里反复嘀咕着自己讲的那句话："如果还有缘的话，自然会再聚的。"

何时有缘？何时又再聚？

## 斯里兰卡·加勒（二）

太阳初升，我和SUN坐在乌德勒支灯塔旁边，一条长长的海堤上。

海风带着印度洋的温润席卷而来，巨大的海浪翻滚，折返，然后再一次翻滚，折返，没有尽头，没有痕迹，浪峰上的阳光变成了鸥群，用温暖的海水筑巢。

不远处的海湾里，有几个人在礁石上钓鱼，渔具仅是一根竹竿加上渔线。他们站在那儿，一动也不动，像是什么也没做，又像什么都做了。

"真希望这里就是世界的尽头。"我说。

"为什么？"

"因为就可以说服自己往回走了。"

我喜欢灯塔，每次看到都会感到莫名的解脱和心悸，这源于我在大学期间非常喜欢的一部日本电影《梦旅人》。

这部描写希望与死亡的电影，讲述了一个发生在日本一家精神病院的故事，电影中的三个主角都是这家医院的病人，某一天男一号从医院的垃圾堆里捡到了一本《圣经》，读完后兴奋地告诉女一号和男二号，这世上真的有最终审判，世界真的会毁灭，于是三个人逃出了医院，去寻找世界的尽头以求解脱，最终他们找到了，是一处伸进大海的灯塔，在灯塔上，女主人公为了要带走男主人公在这世上的"罪"而自杀。

依稀记得电影的两个画面：其一，化着烟熏妆，一席黑衣的女主刚到精神病院时，在众多穿白衣的医生和病人当中绝望地哭泣；其二，男主人公抱着死去的女主人公疯狂地嚎叫，夕阳下漫天飞舞着粗大的黑色羽毛，背景音乐依旧轻柔得让人心悸。我爱这样的作品，就像《堂吉诃德》一样，以荒诞开始，以祈祷结尾，以不知为谁流泪的尴尬余音袅袅。

"我以后要是写小说，就写一个在垃圾堆里长大的、年轻美丽的流浪者，一路靠乞讨和卖淫来到海边，爬上灯塔，看着平静的大海，流着泪吞下她讨来的金币，然后死在夕阳里。"我呼了一口烟，对SUN说。

"啊？干吗要写得这么惨！"SUN好奇地看向我。

"你不懂，悲惨之后才有希望。""嗯，我确实不懂，你们文科生的世界太复杂了。"说着，SUN站了起来，"我们往前走走吧。"我点了点头，也站起了身。

有时候，我真的很羡慕SUN这样极端典型的理科女、摄影女。她的大脑有两个系统：第一个系统纯纯用作计算，无论处理多么复杂的事件，都能用1和0构成的二进制解决，就好像在她的世界里，选择题永远只有两个选项："喜欢，或者不喜欢"；"做，或者不做"；"走，或者不走"。简单，绝对，没有余地，不矫情。第二个系统则用作处理生活，她永远可以找到生活中最美的点，用自己的方法将其无限放大，再无限延长。我想，跟这样一个女生在一起，必然会长生不老吧。

这样居高临下地眺望大海，让人时而觉得自己是一个君主，审阅着大海。时而觉得自己只是个孩子，在巨大的波涛间无所遁形。

这便是大海的魅力，无属性地兼容，让身在其中的人容易想入非非，可也只能想入非非，无论你再怎么折腾，大海也不屑让你留下任何痕迹。

海是包容的，也是狭隘的，她欣然容纳了所有人的赞叹，却也小心翼翼地不让人类触碰她暗藏深处的世界。我喜欢这样不易触碰的海，更胜于海滩，就像人成年之后，怀念的都是带给自己痛苦最多，最遥不可及的中学老师，而不是始终甜腻如糖的幼儿园幼师。

我和SUN缓缓地走着，从灯塔到旗岩（FLAG ROCK），短短一两百米的距离，我们竟然走了足足半个多钟头。

一群身穿白色校服的学生正在旗岩上玩闹，传来阵阵欢笑声。这时，一群海鸥飞过，落在岩石之上，一样惊心动魄的白，顿时我已然恍惚：那些跑动着、欢笑着的白色身影，跟自由的海鸥又有什么区别呢？

中午我又做了一桌子菜，甚至比初到加勒那顿烛光晚餐还要丰盛。原因是，我要走了。

饭后，我在房间里收拾包裹，准备傍晚出发。而SUN则默默坐在一边，谁都没有说话，气氛出乎意料的压抑。

"SUN，这个送给你，是我从缅甸带过来的。"我从背包里拿出一条翡翠手串递给SUN。

"嗯，谢谢。"SUN接过之后并没有多说，房间又陷入了沉静。

"呼……终于收拾好了，等下再休息一会儿，我就出发了。"我拉上头包的拉链，躺到床上说道。

"达瓦，我可以帮你再拍几张照片么？"SUN像是犹豫了一下，低声问。

"啊？当然好啦！你拍的照片那可是杠杠的！"我有些惊讶，前几天都是我哭着喊着求她给我拍，这还是第一次她主动要求帮我拍照。

"那行吧，你把背包背上，我们到堤坝上拍。"说罢，SUN拎起她视若生命的相机走了出去。

不知道为什么，总感觉SUN今天午饭之后就特别的低沉，会不会是因为要跟我分别了呢？我暗暗窃喜。嘿嘿，小样儿，朕要走了才知道珍惜吧，让你平时对我老是不咸不淡的样子。

一小时后。

"哇咔咔！SUN，你拍照水平还是这么好！真不明白你为什么不开个影楼或者摄影工作室？"我捧着电脑，看着从SUN相机里拷出来的照片，一个劲儿地夸着她。可SUN却连笑都没笑一下，反而自顾自地说了起来："希望你以后看到照片能想起我，想起我们这些天走过的路。"

"额……SUN，你别这么……""时间差不多了，我送你走吧。"还没等我反应过来，SUN就夺门而出，留我一个人愣在房间。

背上包，跟旅舍的老板道完别，走出大门，看到SUN已经叫来了突突车。

"SUN，我走了，你……一路保重。""嗯，一路保重……"

我坐在突突车后面，扭过头，对着越变越小的SUN使劲地招手，路越走越长，离她越来越远。这一刻，我终于明白我是真的爱上SUN了，无法自拔地爱上这个看似经常脱线，实际心有万渊的女人。

我好恨，为什么我不早一点正视这份感情？旋即又痛恨自己为什么要爱上一个有家室的女人。但爱既是爱了，如果人可以控制自己的爱恨，那和上帝又有什么区别呢？我虽然不可以破坏她的家庭，破坏她的宁静，但我至少可以多做些什么，跟她多聊聊天，多买些菜让她吃得更好些，让她更快乐开朗一些，可眼前呢？

就像爱雨的人打着伞，爱风的人关上窗户，爱阳光的人戴上墨镜，爱山的人住在城市，爱着SUN的我，始终将她锁在心门之外……我离开了，她也将离开，除了回忆，已经什么都不剩了……

回过头，死命地咬住嘴唇，涨红的眼睛却一滴泪都没有流出。这一次，我不哭，因为泪水聚成大海，只能往心里倒灌。

## 马来西亚·吉隆坡

"唉，钱怎么变得这么不禁花了，太不禁花了……"坐在床上，我统计了下目前还剩下的钱。

也难怪，虽然吉隆坡的物价并不算很贵，但刚从斯里兰卡那种一份炒饭五块钱人民币消费水平的国家，一下子跳到一份煲仔饭要十八块钱人民币的通都大邑，不适应是肯定的。

可即使是如此，我却没有像以前一样，在外一切开销以省钱为目的，反而在CHINA TOWN里"一天吃一顿，一顿吃一天"地大吃特吃起来，原因无他，这里的小吃实在太，太，太，太好吃了！

"干什么呢？"SUN发来微信，我一边把一筷子牛肉粉塞到嘴里，一边回微信："在吃牛肉粉。""哦，那你先吃吧。""嗯嗯，好的。"

半小时后，"吃完了么？"SUN又发来微信。"嗯，吃完了，现在换了一家在吃老鼠粉。""额……好吧，你先吃……""嗯嗯，好的。"

又过了半小时，"今天过得怎么样？"还是SUN发来的微信。"嗯，挺好的，一天都在吃。""你不会还在吃吧？""额……在吃生鱼滚粥。""晕倒！你吃了两个小时了吧，之前怎么没发现你这么能吃啊？！""还好啦，还好啦，今天比较饿，有什么好奇怪的。"我尴尬地回了一条信息。

在我的印象中，这两年，除了在家以外，像这样丧心病狂地吃，算这次只有两次，前一次是在新疆若羌。可两者却有着本质的区别。

若羌吃的是狂野，牛羊肉只是经过烧烤、水煮等最简单的处理便端上桌，调味料也只有盐巴和孜然，一咬下去，满口都是沙卷千里的感觉。

现在在吉隆坡吃的是精致，仅仅一份牛肉面的汤头，老板说就用四五十味料熬出来的。真可谓是食不厌精，脍不厌细啊！而且单单在中国城里的美味，就可以用琳琅满目形容了。中餐、泰餐、马餐、印餐、西餐、台湾小吃等等数不胜数。

新九如牛肉粉、海南鸡饭、椰浆饭、骨肉茶、罗汉果凉茶、榴梿泡芙还有好多完全叫不出名字的美食，简直让人恨不得长两个胃，从早吃到晚，再从晚吃到早。

在我来到吉隆坡的第三天，我实在忍受不了从早吃到晚的自己了。向旅舍的前台问好去双子塔的路，毅然决然走出了"酒池肉林"。

查好地图，走到地铁站，坐上无人驾驶的迷你小轻轨，仅仅两站，就到达了双子塔所在的KLCC站。

步行到双子塔脚下正准备上塔,结果一打听才知道,登塔是要门票的,而且价格奇贵,要八十马币,约合人民一百六十元。这个价格显然我是接受不了的。于是退而求其次,我在KLCC百货大厦逛起了街。

结果逛了不到半小时就累得败下阵来……唉,我果然不是这块料儿,真不知道那些穿着高跟鞋的细腿妹子,是怎么在这儿一逛逛一天的。

无奈之下,我只能打道回府,回到地铁站,嘈杂中,我隐约听到有人在唱Celine Dion的《The Power of Love》。

我循声而去,在自动售票机的拐角处,看到一支三人组成的乐队,女主唱正声嘶力竭地喊着那句"whenever you reach for me,I'll do all I can",只见她双手捧着心,仿佛唱的正是她自己。

我喜欢Celine Dion,甚至是爱,原因无他:但恨创调之才多,创意之才少耳。老王这句话说得在理。世间本就是这样,工匠远多过天才,Celine Dion、秦观、杰克·凯鲁亚克之辈便是天才。

很快,一首结束,周围传来稀稀拉拉的掌声。我本想就此离开,可这时女主唱浑厚的嗓音忽然一轻,唱起了Celine Dion的另一首成名作《A New Day Has Come》,看来,主唱肯定是Celine Dion的铁粉。

我索性倚靠着一根大柱子坐了下来,安静地听了起来。果然,这支乐队随后分别又唱了《My Heart Will Go On》《I'am Alive》《There You'll Be》,甚至还唱了一首她的法语歌《Et S'il N'en Restait Qu'une》。女主唱用极富张力的嗓音,演绎出Celine Dion这些脍炙人口的歌,首首完美,首首出彩。

接着,女主唱用马来西亚语说了一段话,吉他声响起,女主唱深情起唱。不再是Celine Dion的歌,也不是英文歌,但我依然决定听完它。

随着歌曲的演唱,我听到这首歌在副歌部分有一个长长的音,由轻到重。女主唱每次唱这个音之前,都会长长吸一口气,然后双手捂住胸口,小心翼翼地唱出来。

当副歌唱到第三遍的时候，我心中一处柔软之地仿佛受到了触动，眼睛瞬间就湿润了。起先还是低低抽泣，随后便将头深深埋进双手，眼泪带着莫名的苦涩，决堤一般注入我心中，在那片风号浪吼的怒海中，我连遗嘱还都来不及留下，便沦陷其中。

那一刻，我仿佛感到灵魂也被这宁静的苦涩浸出了泪水，我平静而清晰地看着自己哭泣，好奇地思考着眼前这个奇怪的人为什么要哭泣，因为这首歌么？可我明明不知道这首歌唱的到底是什么啊！

这时，歌声停止了，我的心也随着音乐，一下被掏空。忽然，我感到有个人拍了拍我的肩膀，我抬头一看，正是那个女主唱。

"你好，需要帮助么？"女主唱看着哭成泪人的我，关切地问着。

"不……不用，我也不知道为什么会这样，每次听到你唱到中间的时候，就感觉很难受。"我一边略显尴尬地擦着眼泪，一边解释。"你可以告诉我，这首歌唱的是什么么？"

"唱的是对去世的丈夫的思念。"女主唱说道。

"我真的很喜欢这首歌，虽然听不懂，但我真的能感受到这首歌里深深的悲伤，你能告诉我，这首歌的名字和原唱者么？"我从随身的背包里取出笔纸，想让女主唱帮我写下来。可没想到的是，女主唱犹豫了。

"可以告诉我么？谢谢你！"我再次出声发问。

"那好吧。"女主唱展颜一笑，"这首歌是我写的，歌名叫《相信你》"，她拿出手机，说道，"如果你真的喜欢，我可以把它通过邮件发给你。"

"好的，那真是太感谢了！那这首歌你是唱给……哦！对不起，我太失礼了！"我慌忙低下头，像个认错的孩子一样。

"没关系，我的丈夫去年去世了，这首歌是我写给他的。"

女主唱淡淡地摇了摇头，跟我一样背靠柱子坐到地上，用手机放起了这首歌，我们谁都没有再讲话，只是静静地听着，想着。

我们都是园丁，在生命的田园中辛劳终生，可并不是所有的果实都会甜美，不是所有的树苗都会茁壮，要让这片土地肥沃茂盛，有时不仅需要时间的肥料，还需要浇灌我们的鲜血。

回旅舍的路上，我依然沉浸在那首《相信你》里面，临近"中国城"时，忽然一个小伙子抱着一本拍满了文身照片的册子冲到我面前，"先生，要文身么？"我愣了一下，旋即对他说："可以文一句话么？""当然可以！你想文什么都行！你想文句什么话呢？我打电话给你预约文身师。""相信是生命的阳光。"

"文身是有生命的，每一个文身都有自己的宿命和缘分，不要强求，更不能忘记。"这是我在拉萨认识的一个文身师对我说的，"得之，我幸，不得，我命。"我曾经不理解，如今，却深信不疑。

## 泰国·曼谷

在从吉隆坡飞往曼谷的飞机上，我遇到一个中国"新马泰"旅行团，团里基本上都是四五十岁的大妈和大叔，而且都是上海人。于是，整个飞行过程中，机舱里不断爆出各种上海话的聊天声，顿时让我亲切不已。

我旁边坐着的大叔就是这个团里的。一路上把我当成了小白，自顾自地夸夸其谈他在韩国怎么怎么潇洒，在云南多么多么牛，然后语重心长地告诫我们这些年轻人，要多出去走走，别老是在家玩电脑，打游戏。我当时真的很想说一句：大叔，我们在国际航班上，你老是说电脑游戏之类的东西勾我的瘾，这样真的好么。

飞机飞行半小时后，空姐发给我们入境卡，我翻开护照填写。这时，大叔瞥了一眼我的护照，在看到上面满满当当各种国家的签证和出入境章之后，就不再说话了……

我对曼谷最初的认识，是来自莱昂纳多·迪卡布Leo出演的《沙滩》，电影中讲述了在曼谷发生的一连串匪夷所思的侦探故事。而我来曼谷的目的不是为了"大皇宫"，也不是为了"玉佛寺"，而是为了在电影中提到过的，如今已成为众多廉价旅舍和背包客聚集地的"考山路"。

公交车，转地铁，再转公交车，连问路带打听，将近两个小时才到考山路。

考山路比我想象的要小，从街头到巷尾，十五分钟也就走完了。马路上随处可见背着装甲包（装甲包是那种巨能装，巨笨重，背负系统却奇烂无比的背包）或拎着酒瓶子的外国人，一个个都把自己打扮得另类而奇葩。在这里，就好像男的不扎个脏辫、不带个耳柱，女的不文个身、不露半个胸脯都不好意思出门一样。

我在Seven Eleven超市对面的巷子里，找了一家一百八十泰铢的旅舍住下。一进房间，立马换上了桃红色背心、红绿相间的隆基，背上麻质褡裢，踩上红拖鞋才走出门去。开玩笑，在这么高调的地方，再不骚浪贱一把，不是我的风格啊！

曼谷的阳光照在脸上，说不出的舒服。以我这身怪异的混搭在街上闲逛，竟没有引来一个人的注目礼。嘿嘿，这就对了，骚到自己的极限，却不用担心别人的质疑，这就是我喜欢的感觉。想象一下，如果穿这身在天安门广场，保证会有人看着你从东单追到西单。

白天的考山路类似于商业步行街，街边摆满了各种摊位，兜售背心、墨镜、布艺包、吊床等等各种尽显风骚的潮爆装备，而且价格之低廉让人瞠目。

走在这样的路上，连我这种很少会有购物冲动的人，都没忍住买了两条背心和一条吊裆裤，加一起才花了四百泰铢。

日光下的考山路只是一条普通的地摊街，到了晚上，考山路在月光之下才显示出它的本来面貌。

大大小小的酒吧全都把桌椅搬到马路上，将本就不宽的路面挤得满满当当。DJ音乐轰轰作响，却依然遮盖不了人们肆意叫嚣的声音。

临近午夜，考山路爆发出更为猛烈的激情。人们在酒精的催化下跟着节奏，挥舞着酒瓶和衣服，在大街上疯狂地扭动着。我虽然整晚只喝了一瓶啤酒，可覆巢之下，岂有完卵？被这样的气氛所影响，我也站起身跟着大家狂欢了起来。

尼采说："每个不曾起舞的日子，都是对生命的辜负。"我想，这话应该是对的，唯有狂欢才不算辜负这不老的考山路，和不老的青春。

夜过，从补丁般错落的碎云中，流出温柔的黎明。清晨的考山路一片宁静，街边躺着睡意正酣的醉汉，僧人捧着铜钵、赤着脚走在堆满酒精的路面上，为一天的开始化缘，此时的考山路更像是个休养生息的老人。

一夜疯狂的我，躺在旅舍的床上，困意摧枯拉朽般袭来。爬到床上，鞋才蹬下去一只，另一只还没脱就睡着了，直到晚上饿得不行了才醒过来。迷迷糊糊走到楼下，在街边随便吃了份炒面回到旅舍继续睡……这饭吃得跟梦游一样。

忽然惊醒，看了看表，凌晨四点，翻身过去还想继续睡，可睡意全无。开玩笑，睡了一天一夜，人没死在床上就不错了……

无奈之下，收包赶路，泰国就是这样，上午，要么赶路要么睡觉，也没有别的选择了。

由于时间太早，没有地铁。打了个车直接到了胜利纪念碑附近的mini van车站，打了一张去安葩洼的车票，坐在米粉摊上坐等车来。

安葩洼水上市场距今已有一百多年的历史了，每天都会有无数兜售商品的小船航行在窄窄的河道中，坐着船穿行其中，如果看到有喜欢的东西，一招手，小船便会缓缓靠过来让你挑选东西，很有意思。

而真正促使我坐两个多小时的巴士来这里的主要原因，是一个朋友的一句话："安葩洼有最地道的泰国小吃，种类极多，价格还便宜。"……哇咔咔，朕怎么可能错过这种好事！

此时的我，一手拿着玉米，一手把着烤芭蕉，左手小指上还挂着两个玉米饼，上下翻腾，吃得不亦乐乎。这些小吃的价格基本都在二十到三十泰铢左右，相对于吉隆坡的物价，几乎算是白送了。我几乎抱着赴死的心态，含泪一把一把撸到嘴里，好像吃一口少一口一样。

就比如烤芭蕉，我已经吃了四份了，还是意犹未尽……泰国烤芭蕉的做法很有意思，先是把芭蕉剥了皮放到碳烤炉上，等芭蕉微微焦黄，用两块包着荷叶的铁片压扁，然后淋上焦糖色的椰子味酱汁，那味道简直像极了一出"花为媒"，甜而不腻，焦而不邪，乐而不淫。

就这样，在安葩洼水上市场逛了整整一个下午，准确地说，是吃了一个下午，才心满意足地坐上了回曼谷的大巴。

回到考山路的旅舍，连上WiFi，看到SUN上午发来一条微信："看到微信后，速与我联系。"于是赶忙回讯道："今天白天去安葩洼水上市场了，回到旅舍才连上网络，有什么急事么？"

结果不到一分钟，SUN就发来了微信视频，接通后，我看到SUN半在地上，散在额前的长发托出一脸的倦容，周围来来往往全是人。

"你怎么了？出什么事了？"我惊讶地问道，心中的担心又增加了几分。

"没什么，我正在吉隆坡的机场，昨天晚上在机场过的夜，人太多，没睡着。"SUN半死不活地耷拉着脑袋。

"吉隆坡机场？你怎么去马来西亚了？没听你说起啊！"

"是想给你个惊喜呗，我估计明天早上就到曼谷了。"SUN抬起头，冲着视频嘿嘿一笑。"你来不来接我啊？"

"什么？！你要来泰国了？我靠，你一个姑娘怎么老喜欢这套突然袭击啊！"我心中一喜，"你几点到？哪个机场？"

"额……你每天到处玩，那么辛苦，要不就不用来接我了，等下你告诉我路线，我自己过去吧。"

"额……少女,你总是这副得了便宜卖乖的样子,让朕很为难啊!"

"嘿嘿,明天早上五点半到廊曼机场。"SUN果然一副得了便宜卖乖的样子。

"好,明天见。"

挂断视频,我邪邪一笑,小丫头,这就不能怨朕了哦,你这叫自投罗网,羊入虎口思密达!朕这次说什么都不会放过你了,结婚了又怎么样?结了婚还一个人出来旅行,这么长时间都没见和她老公联系过,明摆着夫妻关系应该不咋地嘛!爱情没有对错,分出对错那就不是爱了思密达!"表白!表白!表白!"心中的那个小魔鬼一下来了精神,一个劲儿地喊着。

## 泰国·大城

那天接到SUN,我们仅在曼谷逗留了一个下午,便打了张火车票来到了大城。

大城并不大,除了TH Naresuan附近的背包客聚集地略显嘈杂之外,其他地方还算安静。让忽然远离考山路的我着实有些不适应,如果不是事先有所了解,绝无法想到,这座安静小城竟曾是泰国的帝都。

1350年到1767年将近四百年间,这里曾人稠物穰,盛极一时,遍布四百余座寺庙,直到1767年泰国遭缅甸入侵,直逼当时的首都大城,抢夺财富的同时,损毁了大量佛像和寺庙。如今已然是非荣辱、沧海桑田,历史的车轮虽无情地碾过这片土地,却留下了那不可一世的废墟,玛哈泰寺便是这其中之一。

站在玛哈泰寺中,看着大片断壁残垣之间林立着的无数没有头的佛像,我一阵惋惜。当年缅甸大军攻入大城,损毁寺庙的同时,将这里几乎所有佛像的头颅都割了下来当作战利品。

这样无头的佛像，我曾在龙门石窟看到过，那时不懂事，把头伸到佛像断颈的位置拍照，如今想起来，真为自己感到害臊。

在玛哈泰寺中，有着非常著名的一尊佛像，硕大的一颗佛头被榕树包裹其中，只露出了面部，而这尊佛头的身体则屹立在旁边残败的佛台之上。据说，这尊佛像是玛哈泰寺里最大的一尊，当时缅兵将佛头割下后，因为实在太重没法带走，就丢在了旁边的空地上。没想到几百年后佛头下方竟长出一颗榕树，不仅为佛头遮风挡雨，还将它紧紧裹住，为这片废墟留住最后的光芒。

佛与众生的关系此时忽然变得如此暧昧，佛法无边，俯照众生，可是众生有灵，不也守护着他无上的尊严么？

我在佛头边的一块大石头上坐下，静静地想着这些，而SUN也安静地坐到我旁边摆弄她的宝贝相机，我偶尔扭过头看看她，她也只是对我笑笑，不多发一言。

说到SUN，这丫头最近着实让我纳闷得不行，这几天跟她相处下来，竟然发现她变了不少，像是对这么一个陌生的国家完全没有兴趣一样。我走到哪儿，她就跟到哪儿，不提想去哪儿，也没问过我有什么安排，像是根本不在乎一样。

其次，我发现这丫头变得异常阔绰，每次吃饭都抢着付钱，不让付还生气，完全一副"我是富婆我怕谁"的样子。而且每天跟我分摊房租之后，都会偷偷往我钱包里塞钱，被我发现之后还倒打一耙说我变态，偷窥她……我靠，我看你一眼叫偷窥，你翻我钱包该叫什么啊……

"SUN，你是不是受什么刺激了？这才多久没见，你就变成了这样？你这么丧心病狂、波涛汹涌地包养我，你老公知道了会不会引起家庭矛盾啊？"我看着SUN买回来的两大罐果汁，没皮没脸地问着。

"没什么，就是想通了一些事，不想出来玩得太苦了，而且不是故意要对你好，只是我想对自己好点，顺带就便宜你了呗。"SUN笑着打了个哈哈，便不再多说。可我总觉得有所不妥，心里直冒嘀咕，肯定有什么地方不对。

SUN变了，当然我也变了。这几天我内心都快扭曲成蝴蝶结了。

见到SUN之前，我幻想过无数次跟她表白的场面，可当真正再见到她时，心里却打了退堂鼓。她是那么真挚，那么简单，那么可爱，我真的不忍心伤害到她，让她背负上那么一份不能承受的生命之轻。心中的小天使不断地劝告我，喜欢她，就让她快乐，别让她烦恼。

"达瓦，你找的这家旅舍能不能做饭啊？"SUN玩着手机，头也没抬地跟我说。

"应该可以吧，好像能借用楼下餐馆的厨房，不过用一次要三十泰铢，我觉得不合算，前两天就没做饭。"

"这样啊，我今天想吃你做的饭了，我去买菜，回来你做好么？"

"小Case啊，你傻乎乎的不会讲价，还是我去买吧。"

"不用，我想逛逛泰国的菜场，很快就回来，你在旅舍等我吧。"说完，还没等我反应过来，就挎着包直接冲了出去。哎，真是个让人捉摸不透的丫头，我无奈地摇了摇头。

一小时后……

"我靠！你个丫头是不是疯了？"我看着SUN抱回来的一箱子海鲜，眼珠差点瞪出来。这这这……这也太夸张了吧！龙虾、花蟹、基围虾、生蚝、扇贝，还有一条不知道名字，但一看就觉得很贵的鱼。

"死丫头，说！你是不是把水族馆给打劫了！哪儿搞来这么多！"

"在附近一个菜场里买的呗。"SUN满脸无辜地说着。

我靠！鬼才信你，你当我没去过大城的菜场么？这里的菜场哪有卖这么大只的龙虾？指不定是跑到哪家海鲜大排档，高价收回来的！我深吸了一口气说："SUN，你太败家了，下次可不能这样了，一共花了多少钱？"

"不多，一百而已。""一百美金？"我看着半倚在沙发上，一脸不在乎的SUN，心想一百美金要是能买回来这么多高端海鲜，也算值得了。

"不是，一百泰铢。"听到她这么说，我胸中顿时一百万只白马疯狂奔腾而过……

揶揄朕也不带这么不认真的啊！还一百泰铢？箱里的那一袋基围虾就不止一百泰铢了！剩下的龙虾、生蚝和那条奇怪的鱼什么的，都是你下海自己捞的么！！！

我先把胸中的白马一头头拴住，然后平静地说："别闹，到底花了多少钱？"

"就一百泰铢，爱信不信，你不就是想跟我平摊买菜的钱么？我答应你，五十泰铢拿来就行了。"

这时，我才明白SUN的小心思，虽然我还是很不习惯让女生破费，可心底却燃起了淡淡的暖意，这个小丫头，也没有看上去那么傻啊……

我没有继续和SUN理论，从钱包里掏出三千泰铢塞给了她，"SUN，我明白你的意思，但我是男生，其实你来泰国找我，我应该承担更多一些，只是我的情况你也知道，打肿脸充胖子的傻事儿我就不干了，可无论如何也不能让你这么破费。这钱一定要收下，你可以帮助我，但不能侮辱我！"

我眼神凌厉地盯着SUN，她看我这么斩钉截铁，也不再纠缠，收下了钱，随后又像变魔术一样，从身后拿出一罐青岛啤酒和一包辣条递给我，"我刚才路过一家卖中国食品的超市帮你买的。"……

姑娘啊！你是个姑娘，为什么跟你在一起，我总觉是我是被照顾的那个。你知不知道你越是这样，我越是不知所措……

这顿饭做得还算轻松，因为都是海鲜，所以基本都是蒸一蒸，煮一煮，顶多调一点姜蒜柠檬汁淋在菜上调味。除此之外，我又搞了一瓶甜白葡萄酒。开玩笑，这么高端的海鲜原料，不喝点白葡萄酒，简直是暴殄天物。

"达瓦，你之后是怎么打算的？"SUN一边啃着螃蟹腿，一边问我。

"再住一周吧，我挺喜欢大城的。"我对着SUN微微一笑。

"哦……"SUN没有再说话，继续埋头苦干起来。可我还是捕捉到她眼底那一丝不易察觉的失望，心中大爽，你这几天不是装得一副逆来顺受的样子么？继续装啊！继续装啊！顿时，我小小的报复心理就得到了满足，也不逗她了。

"嘿嘿，跟你开玩笑呢，我已经订了明天下午去苏梅岛的大巴票和船票。"我有些得意地冲SUN说道。

"苏梅岛？真的么？"SUN猛一下抬起头，眼里冒着桃心看向我。

"拜托，你别那么色眯眯地看我好不好，当然是真的，就许你给我惊喜，不许我给你个惊喜啊，开心不？"

"嘿嘿……开心，开心。"SUN像孩子一样开心了起来，我心里充满了满足感，也不再纠结。纵然我知道，这种平静是短暂的，但对于这半个多月始终纠结着的我来说，这种平静也弥足珍贵了。

## 泰国·苏梅岛

坐了一夜的大巴从曼谷到素叻他尼，又坐了一上午的船，终于到了传说中的苏梅岛。还记得从曼谷出发前，好朋友樊畅特地发来微信，让我一定在这座小岛上多住些时间，苏梅岛不会让我后悔的。

苏梅岛是泰国的第三大岛，面积二百四十七平方公里，周围有八十多个无人岛。二十年前还只是无人打扰的安静的小渔村，直到西方背包客搭乘从曼谷来此运椰子的木船，才发现了这片拥有美丽海滩和茂密椰树林的处女地。

下船，找车，然后兴致勃勃地挑选起性价比最高的旅馆，我和SUN依然默契十足。经过一番讨论，最终，我们并没有住在真正的背包客聚集区，而是在海边找了一处并不算很便宜的旅舍住下。

才到旅舍，SUN就迫不及待地卸下背包，露出里面紫罗兰色的比基尼，冲向沙滩。

今天天气格外的好，白色的细沙，淡蓝的海水，高耸的椰子树，我眼前在海水里撒了欢的SUN，一切是那么完美。沙滩上满是比基尼美女和壮硕的欧洲帅哥，连一个连体泳衣大姐和泳裤大哥都看不到，这也是为什么选择这座小岛的原因。

当然，我不喜欢连体泳衣，不是因为它露得少，伊斯兰教女人穿着长衣、长裤、手套、袜子、戴着头纱下海我也觉得很美，只是觉得连体泳衣真的……不好看。相对于中国人的犹抱琵琶、欲拒还迎，我更欣赏西方人的直接。然而在SUN这个问题上，我真的无法做得跟西方人一样那么直接。这还是我第一次，为了一份希望渺茫的感情缱绻决绝，为了一个有家室的女人百爪挠心。

"达瓦，我到深水区游泳去了，你是在这儿等我，还是自己先回旅舍？"

"额……我在这儿戏水。"话一讲出来，SUN还没笑，我先被自己逗乐了。看着SUN弯向大海的身影，我的小眼神儿啊，要多迷离就有多迷离。

以前每次看到泳池或在海边游泳的人们都会觉得无比羡慕。

会走的动物就拥有了大地，会飞的动物就拥有了天空，会游的动物就拥有了大海，我一直是这样天真地想着，从未怀疑。

如今来到海边，我又有点蠢蠢欲动，不是都说盐水浮力大，在大海比较容易学会游泳么，要不就再试试？人家姑娘家都不怕水，我怕水算几个意思啊，再说我一大男人，总不会摔倒吧。

一分钟后……真滑跤了！我扑通一声倒头栽进水里，在喝了好几口海水之后，才扑腾着站了起来，这时SUN从不远处的海水里冒出了头，一看到我的样子就大笑了起来。我靠！……丢脸都丢到国外去了，剧情好像不应该是这样吧……

随后的几天中，我们基本都是上午到海边玩水，吃过午饭，回到房间补觉，傍晚时再去泡泡水，晚上到海边一家木屋酒吧喝酒，我喝啤酒，SUN喝龙舌兰酒，也因此认识了在木屋酒吧打杂的Angle。

Angle是泰国人，一个修长高挑的可爱女生，当然，在大多数人眼里，她根本算不上是个女生，只是个ladyboy，也就是所谓的人妖。

由于现在苏梅岛的旅游业算是淡季，木屋酒吧的客人并不多，所以我和SUN没事就会找Angle聊天，通过几天的接触，我们都喜欢上了这个女生。

她跟我们在曼谷看到的ladyboy截然不同。曼谷的大多数ladyboy只是为了谋生，她们搔首弄姿背后不仅藏着爷们的肉体，还有一颗爷们的心。而Angle不同，她仿佛天生就是个女生，只是上帝将她的灵魂错放进了一个男人的身体，对她来说，现在的自己，才是真正的自己。

"我以前很痛苦，喜欢我的男孩子不是出于好奇，就是重口味，没有人是因为真正喜欢我而喜欢我的，要不是后来我遇到了Leo，我可能已经死了。"Angle坐在吧台前，一只手撑着脑袋，一只手在吧台上直画圈。

Leo就是Angle现在的男朋友，Angle给我看过他的照片，是一个有着黑色浓密胡须的意大利人，说不上多么帅气，但看上去就很温暖。

"前年，Leo来苏梅岛度假，总是在这家酒吧喝酒，一次喝多了，拉住我的手跟我表白，我说我是ladyboy，结果Leo说，他喜欢的是我，不管我是男人、女人还是ladyboy。我很感动他说的话，但怕他是喝了酒随便说的，就没有答应他。没想到他第二天中午捧着一大束玫瑰花来找我，当着所有人的面请求我做他的爱人，说世界上任何东西都阻止不了他对我的爱，包括性别。"Angle一边讲着，一边露出了幸福的表情。这就是欧洲人的罗曼蒂克，没有囚笼和桎梏的爱情。

"Leo每年会来这里两次，一次一个月，他上次过来的时候，我说我想去做真正的变性手术，Leo不答应，他说那个手术非常痛苦，他不愿意我痛苦，他不介意我的身体跟其他女孩有所不同，他喜欢我的全部，也喜欢我的不同。"Angle讲到这里，露出了一丝害羞。"我真的很爱他，更胜过我自己，是因为他，我才不再痛苦于自己只是个ladyboy，而开始过着真正女人的生活。"

我听着Angle和Leo之间的故事，感动异常，也温暖异常。我也终于确定了一件事，那就是世间除了异性恋、同性恋之外，真的存在着一种没有性别的爱，只因为爱而爱的爱。

## 泰国·帕岸岛

"这是我们的纪念日，纪念我们开始对自己诚实，愿意为深爱的人放弃骄傲，说少了你生活淡的没有味道；这是美丽的纪念日，纪念我们能重新认识一次，有些事要流过泪才看得到，不求完美爱的多远，要过得更好……我用寂寞来惩罚我，看着你走过，要什么当时不说。此刻能有你倾听我，轻轻地转着，那是种甘甜以后，让人想哭的快乐。"

——范玮琪《我们的纪念日》

这几天，走在苏梅岛的街头，看到到处都写着"FULL MOON PARTY"的字样，本来并没有注意，只当是海滩边上一个酒吧搞的小型活动而已，这个岛上的酒吧，基本每天都会搞些活动出来吸引游客，我们早已习以为常了。

直到在Angle的酒吧里，几个外国人兴奋地讨论着最近要举行的这个派对，隐约中，我听到他们像是说这是个国际性的派对盛典。我这才留心查了查，这一查不禁惊讶不已，这个派对竟然这么出名，我和SUN差一点就错过了。

FULL MOON PARTY既是满月派对，是全世界最著名的三大"电子音乐派对"之一。

这个派对的历史可以追溯到十几年前，一群背包客和天堂小木屋的老板，发现帕岸岛的月圆之夜是最美的，他们首次在新月状的沙滩上举行派对庆祝月圆之夜，那时之后便一直流传至今。每个月的月圆之夜，来自全世界的背包客和电音族，都会齐聚"帕岸岛"朝圣，尽情地狂欢。

看完介绍，查了下日历，发现第二天就是满月，我和SUN直接到附近的旅行社预订了明天晚上去帕岸岛的船票。

其实我对派对之类的并不感冒，在我看来，这无非是给人们聚众作乱找个借口和机会。记得在韩国首尔一家夜店里，我亲眼看到一群小青年把一个女生灌醉之后，直接拖走，我想上前帮忙，却有心无力。

选择参加，主要是被"全世界三大电音派对之一"的名头镇到了，凑个热闹，看看欧洲的芸芸众生如何芸芸。

第二天，我和SUN早早就来到了码头，坐上快艇。

其实，从苏梅岛过去并不算远，从码头出发，仅仅二十分钟左右，就到了帕岸岛。

下了船，交了"海滩清洁费"，刚一进场，就感觉此时的小岛上大有几分人山人海的感觉。大批大批的欧洲人拎着酒，光着膀子在大街上走着，身上和脸上用颜料画着各种图案，女生们都穿着亮黄亮红的裙子或是比基尼，街边有许多贩卖酒和小吃的摊位。

特别值得一提的是酒，这里的酒不是用杯子或者瓶子卖的，而是用桶！是的，用桶！每个小桶里装着没开封的各种饮料和洋酒，你如果要的话，老板把小桶里装满冰块，然后把成瓶的酒全部倒进去。眼瞅着酒液咕噜咕噜地往桶里倒，我还没喝呢，就感觉已经醉了。

"SUN，你说他们往身上涂颜料是几个意思啊？也不觉得好看啊。"我提着一桶长岛冰茶喝了一口说道。

"我也不知道啊，也许是什么传统吧。"SUN提着的一桶是威士忌兑红牛。

"那你说我们要不要也在身上画一个？否则等下到沙滩上会不会被嘲笑很Low啊？"

"那就画一个吧，反正来也来了，前面就有卖颜料的，我们买了自己画吧。"买回了颜料，我往SUN的背上画了一只米老鼠，而SUN在我背上花了条斑点蛇，还在我胸前写了"Top1"……我靠！这是暗示我们天下第一号蛇鼠一窝么……

等真正进了Party主会场的沙滩才发现，刚才买的那些个颜料竟然都是荧光的！

在紫光灯的照射之下，闪闪发亮，难怪那帮外国人恨不得把全身都画满。而姑娘们原本看似普通的亮黄、亮红的比基尼和裙子，在这灯光之下，竟然也变成了荧光，迎着音乐和海风的律动，简直就是一幅幅"波涛汹涌""有容乃大"的《花营锦阵》图啊！果然是全球三大聚众作乱派对之一，果然非同凡响！所有人全都拎着酒桶，灯光与音乐间尽显妩媚。

而沙滩的另一边更疯狂，玩起了跳火绳，在一根大长绳上点着了火，人们转成圈，挨个从火绳里跳过去。

一小时，两小时，到午夜时，人群彻底嗨了，也彻底醉了，无数人站在海边尿尿，结果尿到一半摔到海里，被同伴捞上来之后发现已经睡着了……

此时，我和SUN也都各喝了三四桶酒，坐在沙滩边上直打愣。这时，派对的音乐忽然从极具节奏感的DJ曲，换成了我最爱的那首格莱美灵魂音乐金曲《All of Me》，John Legend略微沙哑的嗓音让我疲惫的大脑一下子清醒了几分。

这时，我看向SUN，淡淡的月光照在她的侧脸，恍惚之间，SUN化身成海的女儿，而我则是停泊在她水域的笨拙的水手。那个瞬间，我仿佛看到了这世间最美的一幅油画。

我本来都已经放弃的心，在酒精和月光的催化下，再次活了起来。我知道，机会只有一次，如果错过，我可能再也没有机会跟她说出那句话了，上天保佑！我侧过身，拍了拍她的肩膀，看向她。

"SUN，我知道你已经结婚了，但我还是想说，我喜欢你！"我略带醉意，尽量让自己平静地看着她，"我也喜欢你啊！"SUN愣了一下，旋即，给了我一个摄人心魄的笑容。

"额……"我心想，以前怎么没发现，这丫头也这么爱不按常理出牌啊，嘴上说着："我的意思是，我爱你！"

"我也爱你啊！"SUN这次说得更加认真了一些。

我先是一阵惊喜，旋即涌现出淡淡的失望。我承认我是个很开放的人，在丽江时，我甚至愿意接受一个同志嘴对嘴地亲吻，但在某些方面上，我却是个非常保守的人。纵然我因为得到SUN的认可而有些欣喜，但SUN的行为在我眼中即是不忠，对她丈夫的不忠，对她家庭的不忠。

"达瓦，你一定很看不起我吧，我既然结了婚，还愿意接受你的爱。"SUN点上一根烟，脱掉鞋子，把脚深深埋进沙子里面。

我不置可否地把头扭向了另一边，事实如此，不想骗她。我对她的爱始终是单方面的，或许说我宁愿是单方面的。

"达瓦，其实我跟你说话只说了一半，我是结过婚了，不过那段婚姻对我来说已经是过去式了。两年前，我跟我的前夫协议离婚。我一开始没告诉你，是没想到我们会走到这一步。一个女人出门在外，再坚强都是软弱的，我不知道你能不能理解这种感觉。"SUN抽了一口烟继续说着。

"那几年我很痛苦，我的父母跟他父母是世交，在爷爷那一辈就认识了，我们算是青梅竹马，他一直很喜欢我，但我对他的感觉仅仅是哥哥。前几年我爸爸因为工伤去世了，妈妈又病倒，那段时间他始终陪在我身边，帮了我很多很多。后来我跟他就结婚了，我很感激他，努力成为他心目中的那个'第一夫人'，我变了很多，我们的感情也一直很好，直到三年前我被查出来没办法怀孕。我们走了大大小小不下一百家医院，可一点用都没有。他的父母都很传统，接受不了一个不能生孩子的儿媳妇，我不想他为难，就主动跟他提了离婚，现在的他又已经结婚了。我其实知道你喜欢我，我也喜欢你，可我还能做什么？我离过婚，还无法生育，谁能接受这样一个不完整的女人？"说到这儿，SUN把烟掐灭，站起了身子，在她转身那一刻，我仿佛看到了月光下，SUN脸颊闪烁着的泪水。

原来是这样！原来是这样！我心里的感慨宛若千万匹白马齐头并进，淹没了我整个灵魂。天地之间，吹在脸上的海风仿佛带着无限悲伤直接扎进了胸中，我猛地站起身抓住SUN的手，直接将她搂到了怀里，之后便是一个绵长悠扬的吻，刚开始SUN还有些抗拒，到后来虽然接受了，却并不热情，我感觉得出，我的温度并没有从她的唇传到她心底。

十分钟，至少十分钟，我跟SUN才吻毕唇分，她的脸上露出了少女般的羞涩，旋即，眼底又抹出一片阴霾："你个坏蛋，现在满意了吧，我们以后还是做朋友吧，我不想耽误你。"

"唉……"我轻轻叹了口气，拉着SUN再次坐到沙滩上，点上一根烟幽幽说道："SUN，我已经二十八岁了，不是浪漫无极限的岁数了，分得清爱恨和主次。你说的这些，我说完全不介意那是骗你，但我爱的终究是你。我在藏区支教的事情你也知道，如果你愿意，我们以后可以在藏区领养一两个孩子，你如果觉得你是在耽误我，那我明天就去做一个永久性的结扎，这不就公平了？关于你的上一段婚姻，我并不想知道，每个人都有自己的曾经，面对然后尊重才能过去，我是单亲家庭的孩子，我能理解，你的不幸就到此为止吧。既然爱了，便要为这份爱付出代价。我准备好了，你呢？"说着，我拉起SUN的手，深深地望着她。

"你是认真的么？你不用顾及我的感受而给我找个台阶下，我清楚自己的情况，你不用勉强自己。我可以受伤，但不可以受骗，你懂么？"SUN说着便要把手从我的手里抽走，我一看这样，赶紧拽得更紧了。

"SUN，你这样是不公平的！难道你非要我跟你一样抑郁寡欢才肯接受我么？难道连一个机会都不能给我么？"

"你……真的想好了么？你知道你现在说的是什么么？要不回头等酒醒了我们再谈？"SUN始终跟我保持着一定的距离，不肯让我过分亲近。

我一看SUN拒人千里的态度，一下子就急了，"哇咔咔，你当朕没事跟你表白是逗闷子玩儿呢？难不成非要朕发誓才相信？你个死丫头就死心吧！朕是肯定不会发誓的，有发誓就有背誓，为了发誓而发的誓都是投机取巧，朕绝不会屈服的！"我一溜烟儿，嘴巴跟掉到地上的卷筒纸一样溜了一大堆，反倒是把原来愁眉紧皱的SUN一下逗乐了。接着，她第一次顺从地把头靠进我的怀里，我们就这样静静地坐在沙滩上，谁都没再说话。

这样坐了能有二十来分钟，我忽然发现SUN在我身边默默流着眼泪。她这一哭，哭得海棠醉月，梨花带雨，我的心都被淋湿了。于是赶紧帮她擦掉眼泪，没想到她反而哭得更加厉害，呜呜着说道："达瓦，今天之前，我没想过可以跟你在一起，我只是想能在你身边多待一天是一天，这段时间我真的很煎熬，我爱你，却不敢开口，甚至不敢告诉你我真实的情况，生怕你会离我而去，让我连陪在你身边的机会都没有了……"

听到SUN这么说，我鼻子也一酸，她的煎熬不也正是我的煎熬么！原来不仅仅我一个人傻傻地爱着，她也是啊！

那一夜，我们喝了很多酒，手拉手依偎着坐在沙滩边，没有继续诉说自己的曾经，没有回忆一同经历过的故事，也没有共同憧憬美好的未来。只是那样静静地坐着，毕竟，言语永远满足不了为爱痴狂的心。满月派对依然如火如荼，音乐依然劲爆，而我们硬是在这片嘈杂中生生撑出一片宁静，只属于我们之间的宁静。

风无冷暖，付于潮汐；雨无冷暖，倾身而下；泪无冷暖，转眼晨曦；手无冷暖，牵之一生。其实，我骗了SUN，爱之于誓言，爱本就是誓言，就像定音鼓之于音乐，爱需要定音鼓，温柔的乐器只是暧昧，终是要粗鲁地锤锤定音，才能将四片嘴唇交织成输送氧气的春天。

倾眸远望，细雨点苏梅，墨色缥缈。风卷寒衫才皱，月满云皎。斟三杯与君相守，忆曾经，沉积多少。叹茫茫情世，匆匆过客，只觉侬好。

定难忘，锡兰一笑。榕枝结红豆，欲说还恼。侧目绵绵情切，泪沾襟袖。花花世界如今看，似茶席，昏昏如盗。与君同誓，桑田沧海，甘苦携老。

——《桂枝香·今生缘》

## 泰国·清迈（一）

看着怀里的SUN熟睡的样子，一阵满足。

自从在帕岸岛的满月派对之后，原先就形影不离的我们，现在更加如胶似漆、坐卧不离。

白天我们牵着手走过每一条街道，走过每一个路人，到了晚上我都抱着她聊到凌晨一两点才舍得睡，那每一声从她口中说出的"晚安"，都像是这世上最美的风景。

这几天，SUN也变回了在斯里兰卡时的样子，不再阔绰得各种不在乎，各种买单，我们也重新开始穷游的生活。我喜欢这样的感觉，虽然住得不好，可依旧把简陋的床单铺得整整齐齐；虽然吃得不好，可是却依旧为对方擦去嘴角的菜汁。

我看了下表，十点多，时间已经不早了。于是刮了一下她的鼻子，冲着她的嘴唇亲了上去。这是我们独有的叫醒方式：亲到喘不过来气，自然就醒了，嘿嘿，想想都觉得羞羞哒。由此还引发了相互捏着鼻子、嘴对嘴憋气等一系列游戏……

起床洗漱完，我们在旅舍外面的一个小摊上吃芒果糯米饭。

"瓦瓦，我们今天中午吃什么啊？"SUN叫我瓦瓦的时候，比眼前的糯米饭还要甜。

"少女，你以后能不能不要这么叫我啊？每次被你这么叫都会起一身的鸡皮疙瘩。"我无奈地看着她，嘴上这么说，心里却甜蜜得很。

"那我叫什么？老公么？"SUN又是一脸的无辜。

"好听是好听……就是太平常了，要不你叫朕陛下听听？""好啊！陛下！妾身有礼了……"SUN顺从地叫了一声，尾音拖得长长的，配上看着那副"桃之夭夭，灼灼其华"的样子，像极了《长恨歌》里的那句"侍儿扶起娇无力，始是新承恩泽时"，顿时看得我心里一阵悸动。

"额……算了算了，你这样朕有些消受不起……还是叫我达瓦吧，反正别叫我瓦瓦，我不喜欢，感觉像是在叫狗一样。""那叫你达达？"

听到SUN这么说，我出奇的没有生气，反而涌起淡淡的悲伤。纵然阿娜已然过去，但时间能改变的仅仅是态度，却改变不了记忆。

今天是到清迈的第二天，我和SUN便从拼客模式转换成情侣模式，从旅行形态进化成蜜月形态。

我们现在的生活几乎可以用放荡不羁来形容，虽然我也觉得在公共场合做出亲密动作是不文明的，但还是克制不住一路走，一路亲。不过也就是因为在国外，我们才能这么肆无忌惮地跟世界分享着这份甜蜜。这要是在国内，估计早就被路人念了几万遍"秀恩爱，分得早"了。

清迈被称作泰北玫瑰，是泰国北部第一重镇。七百年前由孟莱王建立，与中国景洪、老挝琅勃拉邦、缅甸景栋并称纳兰王朝四大城市。佛法传入之后，清迈的繁华更是如日中天。"南朝四百八十寺，多少楼台烟雨中"写的便是纳兰王朝的雨季。

第一次意识到清迈的存在，是因为《泰囧》这部电影。可真正到达这里之后发现，其实电影中的热带雨林和寺庙不过是窥豹一斑，清迈的魅力远远大于电影中表现的。

清迈古城呈四方形，四边的城界围墙在七百年的岁月中屹立不摇，如今依然有大部分保存得相当完整。由于十六世纪后曾被缅甸长期控制，所以城内许多佛塔都有缅甸风格，单看寺庙佛塔，还真有几分缅甸蒲甘的味道，但清迈的环境远比蒲甘更加清幽。

相比曼谷，这里的人明显更加安逸而闲散。工作日的白天，在公园里就随处可见小伙子小姑娘们聚在一起有说有笑，这要是在中国，他们保证会被打上"游手好闲"的钢印被人嗤之以鼻。可在清迈不会，因为这就是他们慢节奏的生活方式。

然而清迈的悠闲和慢，又跟印度的不同。印度的慢是没有时间观念的散漫，如果你约一个印度人吃饭，到点打他电话，他跟你说他马上就到，那么他有可能还没起床。你到印度本地人的餐厅吃饭，点完餐十分钟之后，可能厨师还没开始准备。

而清迈的慢，是慢条斯理，不急不慌的慢悠。清迈人不太会迟到，即使迟到也不会像印度人那么夸张，他们一般会比你早一两个小时准备，细细地收拾，然后慢慢悠悠地晃过来。这也是你很少会看到清迈街头有人在跑或是快步走的原因。

古城内还有大量别具特色的酒店、民宿、咖啡馆、餐厅等等。就如我和SUN此时休息的咖啡馆，本就不大的空间里，竟然摆了四个大书架，上面零零散散堆满了各种各样的书，而室内的餐桌只有两个，其余都在室外。

在小小的吧台边上，有一个约莫一掌宽、狭长的小型水景，水里的两条金鱼憨态可掬地游着。水景的正上方用英文写着"以书换咖啡"一行字。虽然我肯定不会用背包里的书去换一杯可有可无的饮料，但能挂出这行字，也足以证明咖啡馆老板的平易近人和匠心独具。

我点了一杯意式特浓和一杯果汁，咖啡是我的，果汁是SUN的。我对于咖啡是略挑的人，从不喝带奶或者带酒精的咖啡，而且在不清楚咖啡馆卖的咖啡豆质量和健康程度的情况下，也基本不愿意尝试单品咖啡。所以在国外，对咖啡豆要求较低的意式特浓几乎成了我多选题的固定答案。

SUN则简单得多，随便给瓶水，就能让她在一个地方坐一下午。我喜欢她这一点，随遇而安，不着外物，可静可闹。

我拿着店里唯一一本中文书《莎士比亚全集》，津津有味地看着，SUN在一旁玩手机，不一会儿，扭头凑了过来。

"你在看什么书啊？"SUN好奇地问着。

"莎士比亚全集。""哦……这么厚的书你一下午看得完么？"

"开玩笑，这怎么看得完""看不完你还看啊？"SUN眨着眼睛问我。

我抬起头像看白痴一样看了一眼她，"开卷有益，书这种东西，重在积累。你啊，就是看书太少，没事少玩玩手机，多看点书多好啊。"说着我又低下了头，不再说话。

SUN像是受了刺激，也走到书架边上找起了书，可惜咖啡馆里只有我手上这一本中文书。她理所当然没找到，回到座位，又看起了手机。

我看了一会儿想休息休息，扭头一看，SUN还入迷地看着手机。我凑过去瞧了瞧，顿时笑了，这丫头竟然学我，也在看莎士比亚的书，没想到SUN也有这么小孩子的一面。

我顿时来了玩性，笑着说："哟哟哟！小囡囡真乖，知道看书啦，还看莎士比亚！让叔叔奖励奖励你！"说着凑过去亲她。SUN显然对我说的话不满意，躲开了，结果在一番挣扎之后，还是从了我。

我们这样从中午一直坐到下午四点多，看到外面日头斜斜向西，才走出了咖啡馆，沿着小路向契迪龙寺走去。

在古城范围内想看不到这座寺庙真的有点难度，寺庙位于古城的正中央，至今依然是古城内最高的建筑，几乎成了清迈的象征。

我们一进寺庙，SUN就屁颠屁颠地抱着相机跑了，天时地利人和都有了，她当然不会错过这个拍照的绝佳机会。黄色的契迪龙寺遗迹在夕阳之下，更显昏黄，碎风吹过，我甚至能嗅到某种厚重的味道。

这时，我忽然想起两年前西安大雁塔前的那个黄昏，一样的沉稳凝重，一样的颠沛流离。如果时光倒流，我是否能依然如此义无反顾，视艰难如草芥呢？

## 泰国·清迈（二）

"达瓦？SUN？你们怎么也在清迈！好巧啊！"

一脸惊喜迎面走来的是小素和她丈夫。他们是我和SUN在去苏梅岛的船上认识的，一对来泰国度蜜月的新婚宴尔，如今再遇到，也算是有缘千里来相会了。

"达瓦，你和SUN怎么看起来不对啊，你之前不是说你们是在路上认识的么？"小素看着亲密得不似常态的我们说道。

我看了SUN一眼，嘿嘿一笑，"是在路上认识的啊，只不过前几天在满月派对上，她跟我表白了。"SUN在旁边立马坐不住了，"喂，那个谁，是你跟我表白的好不好，要不要脸啊……""什么那个谁！你老公好不好？！有你这么不守妇道的女人么？""我不守，你守一个给我看看呗！"看着我们争论，小素和她丈夫在旁边直接把嘴张成了O形。

"啊？这么快啊？上一次见你们的时候，也没看出来你们有暧昧感觉啊！"小素拍着脑袋大呼无奈，忽然像是想到了什么，猛地抬起头，"诶！不对啊！SUN，你不是说你已经结婚了么？你们这不会是在偷情吧！太刺激了！"

看到SUN一脸的尴尬，我赶紧接茬，"额……其中原因比较复杂，反正我们现在在一起，并完全没有违背法律和道德。"我尴尬地说道。

"我靠！这也可以？！达瓦你小心被SUN老公寻仇哦！不靠谱！不靠谱！"小素的脑袋摇成了拨浪鼓，旋即转过头，眼神直接剜到她丈夫的身上，"以后要是出来旅行，不许一个人，你必须要带上我！"

我和SUN其实都很喜欢小素这样的性格，对喜欢的人来说很容易相处，不喜欢的人理都不理，爱憎分明，从不趋炎附势，随波逐流。当然这样的性格也有不好的地方，就像小S说的，性格直和没有礼貌常常很难界定。

"SUN，你在外面找男人的事，你老公知不知道啊？"小素完全不顾丈夫在她身边一个劲儿地使眼色，依然忘我地说着。

"额……我其实两年前就离婚了。"SUN有些不好意思地说道。

"我靠！这么吊！那你离婚之后谈过多少个啊？"

"额……达瓦是我离婚之后谈的第一个男朋友……"SUN脸红得快到脖子了。

"不可能吧,一个快三十的女人那方面不是会很要么,那你……诶诶,我还没问完呢!你拉着我干吗!"小素的丈夫一看势头不对,赶紧就拽着小素往外跑,临走时还对我们露出了一个歉意的笑容。

看着这对小夫妻撕撕掰掰、拉拉扯扯走出咖啡馆,我和SUN都无奈地摇了摇头。

我和SUN在清迈的最后两天,几乎全是跟这对小夫妻一起过的。出奇的是,这对小夫妻对眼下这片古城和各种寺庙、佛塔并不感冒,反而对清迈的夜店情有独钟。在他们的生拉硬扯之下,我们在离开清迈的前一天,也去了位于古城外的Monkey Club。这倒是让我对清迈有个不一样的认识。

白天的清迈古城充满了恬静和悠然,到了夜晚,在酒吧一片灯红酒绿中却显出另一片妖娆。

刚一进Monkey Club我就有点震惊,超短裙、恨天高(一种20厘米的高跟鞋)、皮靴、小领结、爵士帽,竟然还有紧身豹纹连体衣(带豹尾巴和豹耳发箍)我靠!小素,你确定我们还在清迈么?

小素夫妻驾轻就熟地领着我们走到靠前的一个位置上,"怎么样?达瓦,这里还不错吧,要不要我介绍几个人妖给你认识认识?听说她们的活那叫一个好。"小素暧昧地看着我,那眼神像极了老鸨,正待我搭话,忽然一阵寒意袭来,侧目一瞄,SUN用能杀死人的眼神看向我,更觉奇寒无比。躺枪的我也只能低头喝着啤酒,装起了孙子,而心里则将小素全家问候了一遍。

这时,一个服务员走过来礼貌地跟我说:"不好意思先生,我们这里不让穿拖鞋。"

我顿时愣了,这还是第一次遇到服务员要把客人赶出去的事情。我一脸尴尬地看向小素,小素忙跟服务员解释道:"不好意思,我朋友是第一次来,我忘记提醒他了,下次一定注意,真的对不起!"

听着小素的语气,我诧异极了,虽然我平时对服务员也会很客气,但也没这么低声下气过啊。听到小素这么说,服务员略显为难地点点头,再次告诫我下次来一定不能穿拖鞋，才离开。

我和SUN在曼谷也去过一家很有名的夜店Q Bar。规模要大不少，但氛围更加随性。跟Monkey Club完全不同，我甚至感觉在舞池上的那帮人，无论男女全都化了浓妆，几乎难辨雌雄。他们对待酒吧的态度更像是参加宴会或者酒会，而不是几个朋友随意喝喝酒吹吹牛的聚会。

回到旅舍，我反复地考虑着，为什么清迈的日夜会有这么强烈的反差？

清迈的恬静或许也是种压制。数百年来，宗教的介入，文化的沉积，让这座古老的小城透出一股庄严，迫使着人们对人性的狂野有着本能的抗拒和压制，而夜店便是清迈人内心狂野的释放和解压。

## 柬埔寨·暹粒（一）

我和SUN的柬埔寨之行源于我们在泰国清迈的两段对话。

对话一："达瓦，你知不知道你老挝的签证还有三天就到期了！""我知道啊。""那你怎么还不去？""额……SUN，你有老挝签证么？""我又没办，怎么会有！""那不就好了。与其我一个人去老挝，不如陪你在泰国多待些日子。""那你老挝的签证不是白办了？""是啊。""唉……真败家！"

对话二："SUN，你几号回国？""额……你下一站去哪里？""应该是柬埔寨吧。""哦，那我不回国了，也去柬埔寨。""你什么时候办的柬埔寨签证，我怎么不知道啊？""笨，柬埔寨能电子签，淘宝上就能办。""啊？那你订的回国机票怎么办？""作废了呗。""唉……真败家！"

于是，两个相爱又不靠谱的人，在作废了一张签证、三张机票之后，愉快地花了三百人民币订了从曼谷飞柬埔寨暹粒的机票……做人要像SUN达瓦，旅行靠卡更靠傻。

暹粒国际机场比我想象中要小得多，跟青海的玉树机场差不多。从飞机上往下看，那机场跑道短得简直可以用一览无余来形容。快着陆时，我在飞机上一个劲儿地祈祷，一定要刹住，一定要刹住啊……

会来暹粒旅行的人，只有一个目的地，那就是吴哥窟，这里是封尘高棉无数殇灵的枢阁。

吴哥窟（Angkor Wat）又称吴哥寺，被称作柬埔寨国宝，是世界上最大的庙宇，与中国万里长城、印度的泰姬陵和印度尼西亚的千佛坛一起被誉为古代东方的四大奇迹。

十二世纪中叶，真腊国国王苏耶跋摩二世定都吴哥。正是他建立了这座国庙，同时，这座国庙也是他的皇陵。1431年，暹罗破真腊国都吴哥，真腊迁都至金边，于是，吴哥窟被高棉人遗弃，森林逐渐覆盖漫无人烟的吴哥。直到1586年，葡萄牙旅行家安东尼奥游历吴哥，重新发现了吴哥窟，并说其"无与伦比，超绝非凡，笔墨难以形容"，之后便不断有各国摄影师前来拍摄包含吴哥寺在内的一系列美妙绝伦寺庙的吴哥窟，才被世人知晓。

我和SUN在暹粒城区的边缘，以十三美元的价格住进了一家带空调、带独立卫生间的旅舍。匆匆处理完住宿、吃饭、日用品采买等一系列问题之后，我们便返回旅舍，询问去吴哥窟的相关信息。老板信誓旦旦地告诉我们，吴哥窟很大，坐突突车至少要走三到四天。

一开始我并不是很相信老板的话，当时在缅甸的老蒲甘时，我骑着一辆女士自行车，仅花了两天，就逛完了至少百分之九十的寺庙和佛塔，现在换成了突突车，却要花三四天？即使吴哥窟的面积要比蒲甘大，但也不至于大那么多吧？带着这份质疑，第二天将近中午才在司机师傅的反复催促之下，坐上了突突车奔向吴哥窟。

到达吴哥窟最大的寺庙——吴哥寺的时候，太阳已升到头顶，下了车，在强烈的阳光下穿过几乎可以用浩瀚来形容的城墙,沿着主道缓缓走在通往主庙的石板桥上。一路走来,洞心骇耳,所见到的一切只能伟大来形容……

真的很难想象,在那个世纪,是如何将如此多的巨石搭建成如此美丽的寺庙。相比埃及的金字塔,同样是用巨石堆砌起的建筑,金字塔的美,更接近于通过精确计算得出的涵盖了物理、数学、天文学等众多科学的美,是精准的、理性的、凝实的、欧诺弥亚式巨细无遗的;吴哥的美却是艺术的、感性的、散逸的、阿佛洛狄忒式浓烈绵长的。

走在吴哥寺的石廊中,亦步亦趋。穹顶和石墙的结合处,长着许多黄绿的苔藓,将走廊映衬得更加古韵悠然。墙壁之上,则深深浅浅地布满了各种镂雕和浮雕,雕工之精美惊为天人,每个侍女、每位英雄、每种动物都惟妙惟肖,仿佛真的有神灵寄居其中。

偶尔会经过几个黄衣僧侣,低眉浅步,双手合十,他们从何而来,向何处去?或许唯有神秘的寺庙才能破解。

寺庙在方形的围墙之间划分出无数个区域,其间星罗棋布,斗折蛇行,风格虽然相似,但结构、布局都有区别,看得出每个区域都曾有它专属的功能性。

我和SUN在这片迷宫一般的宫殿中轻手轻脚地走着,都没有多说话,好像只要一出声,便会破了这一片叹息中的美丽。

吴哥寺的大完全超出了我的预计,我和SUN几乎花了将近四个小时,才匆匆走完整个寺庙,但可能是由于感受到的震撼太过强烈,我们完全没有意识到身体的疲劳。眼看着要黄昏了,才缓缓走出寺庙。当牵着SUN的手,走过每一条甬道,踏过每一节石阶,我忽然感慨起来,每个人心中都有两个少年,一个惊艳了岁月,一个温柔了岁月,此刻,吴哥便是"惊艳",而SUN就是"温柔"。

"真没想到,吴哥寺竟然这么大,本来还怕三天太长了,没想到一个寺庙就花了一天,往后两天我们估计要累死了。达瓦,明天再陪我来一次吴哥寺好么?我想多拍些照片。"SUN说着,露出一丝不好意思的神色。

"当然好啦,只要你喜欢就行,都怪我,出发太晚,把时间搞得这么紧张,明天一大早，我们来这里看日初好么？"我拉着SUN的手缓缓说道。

"嗯嗯！好的！我好想帮你拍照！你明天把那条在斯里兰卡买的隆基穿上吧，这样颜色对比会强烈一些，肯定能拍出好片子！"SUN兴奋得乱七八糟。

自从我跟SUN在一起之后，我发现她的性格变了不少，变得更活泼，更开朗，也更像个小女生了，我知道，她终于放过自己，放下曾经了。

忽然想起狄金森的一首诗："如果我能使一颗心免于破碎／我将没有虚度此生／如果我能抚慰一个痛苦的生命／或是使一个创口不再灼热／或者帮助一只昏迷的知更鸟／找到它的巢居／我将没有虚度此生。"情随心动，我柔柔地搂住SUN，轻声对她说道："SUN，你是我的知更鸟。"

"啊？知更鸟是什么？""额……是一种候鸟，又小又漂亮，出自狄金森的一首诗。""那为什么我是知更鸟？""这个……""我当麻雀你说好不好？麻雀又可爱又吃得少，好养！"顿时，我心中幽霭一般的诗意烟消云散，SUN，你不要总在我抒情的时候这么逗逼好么？这样下去早晚要被你逼出精神阳痿的……

## 柬埔寨·暹粒（二）

由于昨天我的错误估计，导致浪费了半天。所以今天早上四点多，我和SUN就坐上了突突车朝着昨天匆匆而过、意犹未尽的吴哥寺奔去。

突突车沿着河缓缓开向吴哥寺，到达时，天才微微泛白，朦胧中，从护城河一头看向吴哥寺的主城门，熹微的光线将吴哥寺辉映出些许棱角，跟昨天正午看见的吴哥寺完全是两种气质。那一个瞬间，我甚至感到恍惚，我昨天真的来过这里么？

有一千个人，就有一千部《哈姆雷特》，对于伟大的作品，不同的时间，不同的心境，看到的自然不会一样。时间逐渐推移，昏白的天幕中流出了些许金色，让吴哥寺本就并不算刚毅的轮廓，更显温柔，我觉得这种柔美正是东西方文化差异。西方高度文明的特点是刚性的，而东方的文明则是柔软，但无论哪种属性的文明，发展到后期，必然都要学会刚柔并济，西方是外刚内柔，东方则是外柔内刚。

缓步走进主殿，太阳也跟随我们的脚步浅浅地露出了头。我站在一棵凤凰树下，看着前方金光中的吴哥寺，一步也挪不动了。此时的吴哥寺，像斐波那契数列一般，越绵长，越完美，我期期艾艾地想着，心被狠狠地揪了起来。

此时，吴哥寺一侧的城墙上，顶出了半轮灿金的太阳，将主殿的影子拉长，所有的轮廓都被镀上一层蒙蒙的金，而旁边那片莲池中的倒影，却将这般雄浑的美，雕琢得生出几分清丽。偶尔飞过几只蜻蜓，点中水面，那一圈圈荡出的涟漪，仿佛剖开了清晨，将宁静酥软的泡沫铺进每个人心中。

当我还在震惊着眼前的奇迹难以释怀，SUN却早已把持不住了，一拍完日初，就端着她市值三万多的相机，在古老的寺庙中奔走了起来。当然，我也没能幸免，跟着SUN当起了她的御用模特，当然这丫头不是冲我的风流倜傥来的，而是看上了朕在斯里兰卡买的一条红绿相间的隆基，平时穿的时候都将下摆收至脚踝，可如果彻底放开的话，下摆能拖地将近半米，乍看之下倒有几分曳地的柔美，就为了这个，SUN还嘲笑我腿太短，把筒裙隆基穿成长裙。

于是，在吴哥封尘数百年的土地上，出现了这么一对奇葩，人家都是男的捧着相机，追着姑娘拍照片，我们却正好相反：SUN素面朝天，穿着背心，短裤，踩着人字拖，端着长枪短炮，而她的男人则穿着"长裙"和花到爆的背心，在她的镜头里各种Pose，偶尔SUN还要上来帮她的模特擦擦汗，补补妆……这一系列的反重力惊艳，引得来参观的其他游客一阵侧目，虽然现在都比较流行男女朋友互换角色，可我们这个换得是不是有点太彻底了，连衣服都给互换了……

就这样，我们忙活了整整四个小时，才离开吴哥寺，去往下一座寺庙——通王城。

通王城据说是《古墓丽影》的拍摄地点，对此，我一直将信将疑。直到真正站在通王城的"四面佛"脚下，我才相信，电影中那个神秘遗迹竟真的存在！

相比吴哥寺，通王城的面积小了很多，结构却比前者更加复杂，层层叠叠的回廊和门洞，让人仿佛走进了迷宫，行走其中，常常给人意想不到的惊喜。偶然一个转弯，你会发现不远处一尊佛像正平静地凝视着你。爬上一段石阶，突然豁然开朗，柬埔寨强烈的阳光射到脸上。一回头，巨大的四面佛就在你的旁边，仅有一壁之隔。

逛完通天城，我和SUN又马不停蹄奔向了塔布笼寺，这座寺庙也曾在《古墓丽影》中出现过。

这是座正被丛林吞噬的寺庙，盘根错节的参天古树侵入石头间的结合处，粗壮的树根，沿着墙壁缝隙蜿蜒而去，仿佛变成寺庙的血管，而巨大的岩石变成了肌肉和骨骼。

正在现场维护修缮的工作人员告诉我们，他们为了保护寺庙，曾尝试过将长在巨石中的树木清除，或将遗址迁移，可后来发现，如果砍掉树，巨石会坍塌，如果移除巨石，树也会因为失去支点而折断，两者密不可分，缺一不可。这是一场维持了上千年的拉锯战，到最后谁都没有胜利，反而在一片难以置信的纠缠中共存了，共同记录下高棉古国的前世今生。

在之后的两天中，我和SUN又逛了前前后后几十座寺庙遗迹，无一不精妙绝伦，无一不美得让人窒息，SUN帮我也拍了数百张照片，无论质量还是数量都相当惊人。

除了恢宏的寺庙和参天古树，这片废墟中一群特殊的人同样闯进了我的视野。他们都是残疾人，在路边拿着各种乐器吹拉弹唱，一开始我只当是群乞讨卖艺的，可又觉得不太对，我似乎也没见过暹粒有乞讨者。想想也是，在这里，但凡会讲一点英语的，都去卖纪念品了，乞讨能挣到几个钱？直到后来，我才知道原委：这些人的残疾是被地雷炸出来的。

柬埔寨从抗法战争开始，到后来的内战结束，一共持续了近百年。一方面，仗不停地打，地雷也就不停地埋。埋雷的人一波换一波不知道换了多少人，现在根本就没人知道这些人都在哪儿,也自然没人知道那些地雷被埋到了什么地方。

另一方面,当年作为弱势群体的柬埔寨,曾受各国的支持,各国的地雷也就源源不断地输送到这里,苏联、美国、越南、泰国、马来西亚、中国和欧洲等国家都有,大小形状各异,种类多如牛毛。

再者,柬埔寨的战争策略跟中国相似,喜欢打游击。游击漫山遍野地打,地雷自然也是漫山遍野地埋,毫无规律。他们曾一度认为,地雷是丛林防御作战的最有效武器。

至此,整个国家埋雷成风,有人做过统计,在柬埔寨仅十八万平方公里的土地上,被埋下一千多万颗地雷,比柬埔寨的总人口还多。时至今日,一方面,政府如果全面排雷成本太高;另一方面,地雷遍布广,种类多,排雷工作危险,也没有人愿意做。所以,柬埔寨人至今依然活在"踩雷"的恐惧中。

得知这么一段故事之后,我和SUN凑了二十美金,默默地放进卖艺者的铁罐中,我知道,这些钱很少,但我希望自己留下的一片善意,能稍微安抚这些受创的心。

## 柬埔寨·暹粒(三)

"说吧,你到底是怎么想的?!"此时的SUN坐在床上,双手环抱,前胸因为生气而大幅度地起伏着,而我则盘腿坐在墙角,哭丧着脸,看都不敢看她一下。

"宝贝,你别那么生气啊,不就是捐了点钱么?""不就是捐了点钱?那可是一百五十美金啊!是一点钱么?!""可是他是老师,我捐的钱他是花在学生身上,没关系的。""就只有你才会相信他的鬼话!还乡村教师?那家伙一看就是骗子!"SUN说完这句话,便扭过头去不再理我,而我也不敢继续跟她争辩,只能闷闷地坐在那儿,动也不敢动一下。

事情的来龙去脉是这样的。

今天下午我和SUN正在旧市场压马路（此处省去秀恩爱的五百字），这时走上来个年轻人，跟我说他是暹粒附近一所乡村学校的老师，希望爱心人士能给学生一些帮助，还拿出一本相册给我看，说上面都是学生的照片。我一时感慨，告诉他，我也在一所中国偏远山区的学校里当志愿者老师，我很理解他，于是便不顾SUN的反对，拿出一百五十美金给他，还嘱咐他一定要好好教书，不能耽误孩子。年轻人一愣，便连声感谢，收下了钱，并留下了我的电话和E-mail地址，他说会给我打电话，带我去参观学校。

"他说他是乡村教师，我一下没刹住车，你别生气了好不？"我蹲到SUN脚下，可怜兮兮地看着她。

"唉……你让我怎么说你，人可以单纯，但不能傻呀！"

正说着，电话忽然响了，我一接，是下午那个老师打来的，顿时一阵兴奋。

"达瓦老师，您好！""您好！老师！""我刚回到学校，给孩子们买了很多的东西，真的很感谢您！""不客气！这是我应该做的！"正说着，我朝着SUN炫耀地抖了抖眉，你看！还说人家是骗子，骗子会主动打电话过来么？

"不知道您和您夫人今晚有没有时间来学校呢？我们都想好好感谢您！""当然可以！如果不影响学生上课，我们很愿意来看看学校和孩子们！"

SUN一听我说的话又急了，直对我挤眉弄眼，我没理她继续说道："学校在什么地方？我们怎么过来呢？"

"啊！那太好了，孩子们知道了一定会很开心的！您在什么地方？我去接您吧！""嗯，那太好了！谢谢！我们在××××。""好的！您和您夫人稍等一下，我到了给您电话。""嗯，好的！对了，忘记问您叫什么名字了？""我叫安巴，那一会儿见！""一会儿见！"

刚挂完电话，SUN就张牙舞爪地冲了上来，"你个家伙，为什么都不跟我先商量一下！这么晚了，他万一是坏人怎么办？""SUN，你放心，我有种直觉，这个安巴肯定不是骗子，你就相信我一回吧！"SUN见我异常执著，倒也不再埋怨我，自顾自地跑下楼，不一会儿又咚咚咚跑上来，坐在旁边愁眉不展的样子，不知道在想什么。

四十多分钟之后，安巴再次打来电话，"达瓦老师，我已经到门口了，麻烦您和您夫人出来吧！"挂断电话，我拉着SUN，冲到旅舍门口，看到了开着突突车来接我们的安巴。一阵寒暄之后，我们坐上了安巴的车，缓缓开入街道。

"达瓦，我已经跟老板说过了，要是我们一个小时不给他打电话，他就报警，你放心吧！"看着SUN一本正经地说着，我一阵好笑，又不敢笑出来。

随着突突车不断地开，我发现路边的灯光越来越稀少，这时，我感到SUN把我的手臂越搂越紧，渐渐的，我也开始也有些不安了。我对安巴的信任是不是太草率了？这大半夜的带着SUN出来，万一有个闪失，我下半辈子也不用过了。

正在我一筹莫展，想办法逃跑的时候，安巴驾着车一个转弯停在了前方一片灯光下。

"达瓦老师，我们到学校了！"安巴回头咧嘴一笑。

"谢谢您！安巴老师！"说着，帮安巴推开学校门口厚重的铁门，走进了学校。一进学校，我的心就彻底放开了，因为我听到前方的房间里传来了稚嫩的琅琅书声，虽然听不懂念的是什么，但我确信那是念书的声音。

"达瓦老师，我的学生们正在教室上晚自习，我带您进去看看吧。"说着，安巴就要带我们进教室，我赶忙拉住他，"安巴老师，孩子们在读书，我们就不要打扰他们了，等他们读完我们再进去吧。""嗯，好的！"说着，我带着SUN跟安巴坐到了破旧的操场上。这时，SUN的电话响了，她看了一眼，害羞地低声告诉我是旅舍老板，接起来说了两句便挂断了。

"达瓦老师，今天真的太感谢您了！""不客气，安巴老师，别太拘束了，我们年龄应该相仿，你直接叫我达瓦，我叫你安巴好么？""嗯，听你的！达瓦。"

就这样，我们坐在操场上，也不顾漫天的蚊子，就那么聊起了天。不一会儿下课了，学生们欢笑着冲出教室，可是看到我们之后，却都又害怕地跑回了教室，躲在教室门口，偷偷看着我和SUN。这时，安巴对着我微微一笑，起身走进教室说了一通话，然后带着孩子们来到操场。

"达瓦，让孩子们感谢一下你吧，你不用介意，学会感谢也是他们的功课。"说罢，安巴带着十来个学生朝着我们鞠了个躬。我和SUN受宠若惊，赶紧上前扶起安巴和孩子们。安巴转身又对学生们说了一通话，之后，孩子们跑到另一个房间，整个学校也安静了下来。

安巴带着我们来到了他狭小拥挤的宿舍兼办公室，一人坐在床上，一人坐在椅子上，一人坐在地上，聊了起来。

安巴是印度尼西亚人，五年前到柬埔寨留学，毕业那年，来暹粒吴哥窟玩，机缘巧合之下，认识了这所学校当时的负责人，便在这所学校待了下来。没想到，去年学校原负责人出现一些特殊情况，居家搬到了泰国，至此，这十几个孩子的重担便留在了安巴身上。我听着安巴的讲述，心中感慨万千，在这一点上，我跟他的遭遇是多么的相似啊！

随后，安巴又跟我介绍了一下学校的情况。学校目前有十六个孩子，都是孤儿，因为柬埔寨教育体制的漏洞，这些孩子是没办法读书的，所以才建立了这么一所学校。目前孩子们的衣食住行基本都靠政府的补贴和国内慈善机构的一些拨款，可要让一个学校正常运转，单靠这点钱是远远不够的，无奈之下，安巴开始在白天没课的时候，到市区寻找好心人捐助。安巴告诉我，今天我捐的这些钱，已经是他平时努力一个月才能筹到的了。

这时，忽然响起了敲门声，安巴起身开门，门口站着一个瘦巴巴的男孩儿，孩子手里捧着五六块饼干，男孩对着安巴说了两句话，安巴笑着回过头跟我们说，他下午用我给他的钱买了一些零食给学生，刚才学生看到他回来了，来给他送吃的。说着，安巴一把搂过男孩儿骄傲地跟我们介绍，这是他学习最好的学生，还说等孩子长大了，要把他带回印度尼西亚读书。

看到这里，我瞬间就想起了嘎知和普香卓玛，思念扑面而来，让我完全没有招架之力。每次我拿着他们的照片给朋友们看的时候，不也是这般骄傲么？

然而，论谁都想不到，让我震撼的一幕，就将发生在这之后的几分钟里。

男孩儿抬起头，看到坐在椅子上的SUN怔怔出神，嘴里念叨着"me me"，忽然一下抱住SUN的腿哭了起来，边哭边说着些什么，而安巴也摘下眼睛，不住地擦拭着眼泪，这下我跟SUN都懵了，正不知所措，安巴皱皱巴巴的声音传来，"对不起，达瓦，他说你的夫人像他死去的妈妈，对不起……"

我的眼泪夺眶而出，而SUN也跪倒在地上抱着男孩哭泣了起来。这一刻，我感到自己的无力，这世间有太多的不幸，可为什么苍天总要将不幸降临到孩子身上？改洛达杰是如此！加杨曲珍是如此！眼前的男孩儿也是如此！孩子们都是天使！请让这世间所有的灾祸降临到我们的头上，放过这些孩子吧！

男孩儿哭着哭着像是累了，渐渐停歇下来，我们三人也强忍着消去了眼泪。SUN轻轻抱起男孩儿，放到她的腿上，而男孩儿则直勾勾地看着SUN，仿佛怕"妈妈"会再一次消失。在这一片悲怆的宁静中，男孩儿在SUN的怀抱中平稳地睡着了。SUN小心翼翼地将男孩儿抱到床上，只见男孩儿嘴角轻扬，像是正做着甜蜜的梦。

"达瓦，真的对不起……""安巴，别说这些了，我真的很理解你和孩子们，我也有这样的学生，在他们眼里，我们就是大山，我们都要坚强！"接着，我讲起了我支教的学校和孩子们的故事，听得安巴再次垂泪涟涟。

夜已深，由于学校实在太小，没有可以休息的地方，安巴再次开着突突车把我们送回旅舍。临别前，SUN掏出原本打算买手机的三百美金，塞到安巴的手中，又将自己的联系方式写下来交给安巴。告诉安巴，等那个男孩儿长大了，愿意来中国的话，她愿意真正成为男孩儿的"妈妈"。

回到旅舍，SUN再次抱着我哭了起来……这一夜注定不能平静，因为我们都不愿麻木，因为我们都还有爱，因为我们都是孩子……

## 柬埔寨·暹粒（四）

SUN又要走了，由于她家中突发事故，SUN连夜订了回国的机票。

这个消息对于我简直如晴天霹雳，将之后所有的计划彻底打乱，也将我们的心都打进了谷底。

一早，我带着SUN又去了一趟安巴的学校，给孩子们送去了一大堆的零食，陪着他们玩了一个上午。下午回到旅舍后，SUN就开始闷闷地收拾起行李，那速度慢得像是在整理档案一般，而我则站在旁边一边抽着烟，一边帮她递东西，一时，彼此都不知道说些什么。

"SUN，你下了飞机第一时间给我发条微信，好不好？"我忍无可忍，打破了沉默。

"嗯……"SUN依旧低头收拾着背包。

"那……你回家处理好事情之后，还来找我么？"我接着问道。

"应该不会了，你下一站不是去越南么，我去过很多次就不去了，等你回来，我们再碰面吧。"

"哦……"面对别离，SUN永远比我更加冷静，在斯里兰卡时是如此，如今也是。

收拾好包裹，送SUN到暹粒机场，登机前，她只是轻轻拥抱了我一下，就一路小跑，消失在通道中。"SUN，你难道就真的那么迫不及待？"我心中溢满了悲伤和失落，却同时收到了她发来的信息："亲爱的，我走了，这一次我没在你面前哭，再晚一点就不能保证咯，你也不许哭哦！"

这时我才想起来，在帕岸岛的时候，我曾说过，不喜欢看到她哭，不许她再为任何事哭泣，原来她这么着急是怕露馅儿啊，"嘿，傻丫头，脚的速度再快也快不过眼泪吧……"想到这儿，我反而微微笑了一下，没想到上扬的嘴角牵动了眼角，又牵动了泪腺，我轻仰起头，不让泪水滑落。"丫头这么听我的话，我又怎么能不听她的话呢？"

这时再次收到了SUN发来的信息："亲爱的，对不起，进了候机厅我一下没忍住，失约了……"嘿，丫头，这回可是你先失约的，就不能怪我了吧。

终于，决堤。

## 柬埔寨·金边

SUN离开的第二天，我就离开了暹粒。仅一个晚上，我就被这个充满我们湿润记忆的房间和城市折磨得死去活来，原本计划要去的西哈努克港，也因此变得心意阑珊。于是订了直达柬埔寨首都金边的大巴车，准备到达金边之后，直接去越南，尽快结束旅行，好回国跟SUN团聚。我本来是想直接跟着她回国，却被她一票否决了，她说，她喜欢独立的、任性的我，不希望我为了她变成跟屁虫，当时看着她一脸的坚决，我也只能同意。

"SUN，我到金边了，已经找到地方住下了。"赶了一夜车的我，趴在床上，一边打着哈欠一边跟SUN视频聊着天。

其实本来不应该这么累的，毕竟坐的大巴是带空调的卧铺车，条件还是相当不错的，可谁想，车在凌晨一点多的时候抛锚了，我们一车人被安排坐上了一辆本来就坐满了的大巴上。恰巧，站在我边上的还是两个印度人……结果可想而知了，非但一宿没睡，还几乎耗尽了所有力气对抗着那股辣眼睛的气味。

"嗯,你打算在金边待多久?"SUN一边吃着可爱多甜筒,一边腻着嘴黏黏地问我,我猜这丫头肯定是故意的,明知道我舍不得吃冷饮……

"我才刚到,还没订票,等会儿去问问有没有金边到胡志明市的大巴,有的话,我今天晚上就走。"我说完这句话之后,视频对面的SUN沉默了,半晌才缓缓说道:"达瓦,你这样没日没夜的赶路,和当时跟着我直接从暹粒回国,有什么区别?"听到SUN这样说,我也沉默了,她说得没错,匆匆而过还不如不过。

"达瓦,不用说我也懂,很多地方,一生只能去一次,别浪费了你走过的每一步,我知道你这么赶路是为了更早见到我,我很感动,但我不愿意看到你这样,我一直都在,路却越走越短。"SUN的话音渐落,我也犹豫不决起来,"那……"

"达瓦,等你回来要跟我讲越南的故事哦!不要糊弄我,越南我可去过三次了哦,要是被我发现,你在越南只是赶路,我可不会饶了你的呢!"SUN笑着举起了粉嫩的拳头向我示威。

"好吧,我懂了,那我在金边住几天再走吧,这样赶路,其实我有点吃不消。"我嘿嘿一乐,紧绷的心立时松弛了下来。丫头啊丫头,你为什么总是这么懂事,你让我怎么能不疼你……

挂断了视频,我走到旅馆的阳台,眺望起眼下密密麻麻的街道。

我在金边入住的这家青年旅舍叫作"Top Banan",光这个名字就让我YY了半天。说起来,我在国外倒是很少会住青年旅舍的床位,更多是会选择当地民俗或者廉价旅舍,主要原因是国外青年旅舍良莠不齐,不少旅舍频繁失窃,在这一点上,国内很多成熟青旅做得好很多。想当年,我就是在印度果阿一家修道院旁边的青年旅舍里,睡丢了相机和手机。

在金边选择这家青年旅舍,完全是被它极端人性化的室内设施吸引的。空调,独立卫生间,一米三的辽阔大床,床头六个充裕的插头,床下巨大无比的带锁储物箱,除了床檐稍高,坐在床上,脚没法踩到地以外,其他的一切都非常完美(说我腿短的,诅咒你们夜里梦见如花……)。

青旅在住宿区之外,还有了一个酒吧,算是青旅的公共区域,吃饭、喝酒、订车票,几乎所有你想干的事情都可以在这里搞定。酒吧的公共黑板上用粉笔写着各个国家的名字,代表曾在这里住过哪些国家的驴友和人数,我一点点往下看,终于在最后一行里找到了China,旁边的人数上写着1,顿时觉得不服,开玩笑,连吉尔吉斯斯坦都来过两个人,中国怎么可能只有一个人来这里住过?随即走到吧台申诉,结果吧台妹妹苦笑着告诉我,持中国大陆护照在这里办理过入住的真的就只有一个人,这个人就是我。吧台妹妹怕我不信,还拿出了入住登记本给验证,我粗粗一看,这个月确实也只有我一个中国人入住的,不禁心中一阵感叹。

眼看着得到了SUN的首肯,我也不急着订票了,缓缓走进金边的街道。

金边虽然是柬埔寨的首都,但整体感觉跟泰国首都曼谷还是有不小的差距,显得格外凌乱、嘈杂。这里近乎三分之一的常住居民都是柬裔华侨,除此之外,金边还居住着大量法国人,随处可见的法式情调餐馆和咖啡厅,足以证明曾经的法国殖民对这个国家的影响是跨越时代的。

不知为何,看着这样的街道,突然让我怀念起上海徐家汇,那里的衡山路一带曾为法租界,散落在街头巷尾的欧式小洋房精致而典雅,高耸的梧桐树默不做声地将这片区域跟喧闹的徐家汇分成两个世界,精致圣依纳爵天主教教堂讲述着二十世纪初的上海故事。随即,我又一阵莞尔,金边这样一个在中国顶多够得上三线的城市,又怎么可以跟上海这样超一线的国际大都市相提并论?

"Top Banana"的位置相当不错,走出来才十分钟就能看到坐落于诺罗敦大街与西哈努克大道交汇处的独立纪念碑。这座纪念碑由四根柱子撑起,跟穹顶浑然一体,穹顶分为五层,像极了吴哥窟中高棉时期的寺庙。这座纪念碑是为纪念柬埔寨脱离法国殖民政权,和在战争中为国牺牲的英烈而建的。

1863年,柬埔寨沦为法国保护国,1940年又被日本占领,1945年日本投降后,则再次被法国殖民者纳入囊中，直到1953年柬埔寨王国宣布独立，法军才在一年后被迫同意撤军。在这颠沛流离的一百年中，柬埔寨人民饱受了战火和纷争，才换来了如今难能可贵的自由。

接着，我又去了金边的国家博物馆和著名的"杀人场"。

"杀人场"从外观上看去，仅仅是一座精美的寺庙，不熟悉的人如何都想不到，这里竟然沉睡着那么一段跟南京大屠杀一样令人发指的历史。

1975年，波尔布特领导的左派势力"红色高棉"攻克金边夺得政权，之后，在其执政的三年零八个月中，整个柬埔寨约三百万人死于饥荒、疾病、劳役或被迫害，被称为二十世纪最大的人为灾难之一。

"杀人场"则是丧心病狂的红色高棉屠杀无辜百姓的血证，截至目前，仅从这里挖出的骸骨就达到一万具，男女老幼皆有，甚至还包括婴儿，这里是名副其实的万人冢。

从"杀人场"出来之后，我都在沉重的心情中度过，为柬埔寨那一段段动人心魄的历史惋惜、感叹。

傍晚，回到青旅，瘫软在青旅酒吧的沙发上久久不能释怀。这时酒吧中忽然爆发出强烈的音乐，寄居于此的人们都沸腾了起来，而我则被一个欧洲妹子拉起来跳舞，这时我才注意到，在吧台显眼的地方写着"啤酒免费之夜"。

我正纳闷这个"免费"有多少含义在里面，吧台的服务生们就端着一扎一扎的啤酒走进了人群，直到啤酒真的被放到我手里的时候，我才明白，这是真免费啊！

很快喝完了一扎，想着人家这么大方，我怎么也得消费一点儿，于是慢悠悠走到吧台，又点了一扎啤酒，可就在我要付钱的时候，吧台妹子摇了摇手，告诉我，今晚所有啤酒免费……由此想起在国内，各种藏在"免费"之下的花花肠子，人家说得出，做得到；做得到，说得出。

那一个晚上，我真是铆足了劲儿地喝酒，整整十二扎，也或许是十四扎，反正喝得相当不少，要知道，那一扎可就是一升啊，直到一边朝着厕所狂奔，一边"喷泉吐"才悻悻然停下,人家请你喝酒没错,可你也不能糟蹋酒对吧。

第二天头疼欲裂地醒来,发现睡在自己的床位上,我已经完全忘记是怎么回来的了,只记得当时我躺在沙发上,吧台服务生一直问我:"Are you OK?"

我不明白,我为什么会在这么一个寻常的夜晚那么疯狂,难道就因为免费?我想应该不仅是这样,可无论如何,我醉了,醉得彻底,也醉得痛快。

木心诗:"吃鱼的日子不吃肉／我认为是良心问题。"醒着的日子不酒醉,同样是良心问题。有些事,冷静一生,只为冲动一次,忍痛一世,只为哀号一声。

## 越南·胡志明市

在大巴上躺了整整一个晚上,清晨时,终于到了柬越边境,办完入境,坐在越南边防的台阶上,看着高高的旗杆上飘着的金星红旗,我知道,我已经到了此行的最后一个国家了。结果,没想到,来越南的第一天就被宰了,而且宰得相当酸爽。

其实早就听说越南的骗子多,可走的路多了,戒备心常常会被疲劳吞噬。这不,坐了一夜的车,刚迷迷糊糊地走下大巴,取了行李站在路边直打哈欠,就有一个越南人满脸堆着笑朝我走过来,问我想去哪儿,要不要坐他的摩托车。

我一开始还是比较戒备的,连连摆手告诉他不用,他也没有过多纠缠,只是站在边上。这时我突然内急,便问他厕所在哪儿,他好心地把我带去旁边公园的厕所,还帮我付了如厕费。

看到这儿,我戒备的心略微有些松懈了,心想着,坏人应该不会这样吧。于是,便告诉他我想去范五老街,问他多少钱,他支支吾吾没多说,只一个劲儿地说着:"很远,很远,不贵,不贵。"没招儿,我背上大包坐上了他的贼车。

至此，他驾着摩托车，带我开始了"胡志明市一日游"……

坐在摩托车后座上，强烈的风让我一点点清醒过来。我渐渐发现，他似乎在带着我兜圈子，我虽然不认识路，但方向还是清楚的。这家伙一开始死命地往北开，然后往西，之后又开始往南。

这时我开始觉得不对了，赶紧问他为什么在绕圈子，他依然没多说什么，只是让我放心，他认识路。这样开了又有十分钟，我再也忍不住了，喝令他马上停车，否则我就报警，如此之下，他才悻悻然停了车，接着，跟我要二十美金的车费。

我一听就急了，开玩笑！我坐了一夜的车才花多少钱？这不是存心宰人么？我叽里咕噜对着他说了一堆，一边说着一边四下张望，竟然发现这家伙停车的地方竟然一个警察都没有。

这时，他突然对着周围一阵疾呼，顿时围过来一群本地人，我看着眼前的一切，心情像一个秤砣，被吃到鱼的肚子里，在狭小的空间中黑暗且沉重。

一个人我还能搞定，这么一群人乌压压地过来，我还怎么搞？没办法，在我一阵讨价还价之下，终于以十五美金成交，前提是他要先把我送到范五老街。

就这样，再次坐上他的摩托车，冲着一个方向开了将近半个小时，终于到了目的地。

办理好入住，心灰意冷的我回到房间一查，哇咔咔，从车站到这儿两公里的路，被这个骗子绕出去两个多小时，感觉这儿真的不会再爱了……至此，"坑子"便是我对越南的第一印象。

我在微信里跟SUN说了这件事，她平静地跟我说，她在越南的时候把钱包和护照都丢了，让我习惯就好，习惯就好，习惯……我听到她这句话顿时一阵寒意油然而生，赶紧将护照、手机和银行卡放到贴身的口袋里，才躺在床上缓缓睡去。

猛然惊醒，肚子咕噜咕噜直抗议，赶紧摸了摸口袋，幸好东西还在，顿时松了口气，换了身衣服就走出了旅舍。

此时的天空中微微飘起些细雨，让闷热的天气凉爽了不少，我在路边随便吃了个法棍做的三明治，带着一身痞气走向西贡王公圣母教堂。

半小时后，当我站在这座高四十米的教堂面前时，一阵晃神，不知道自己到底是在越南还是法国，原因是那两座钟楼跟照片里的巴黎圣母院实在太像了……后来我才知道，这座教堂中用的所有原料都来自法国，连外围红墙的砖都来自马赛。我默默咽了一口口水，真是大手笔啊，大手笔。

在教堂的侧面是胡志明市中心邮局，这座邮局的历史可以追溯到十九世纪末期，是法国殖民期间的第一座邮局，而难得的是，这里至今依然保留着邮局的职能。

步入其中，就像钻进了时空隧道，将屋内和屋外完全隔绝成两个世界。

邮局内首先看到的，便是正中央硕大无比的胡志明相。

胡志明不仅仅是越南的英雄，更加是这个国家的精神领袖，他在越南的地位等同于毛泽东之于中国，在长达九年的抗法战争和艰苦卓绝的抗美战争中，胡志明带领着越南人民一次又一次朝着自由迈进，至今越南官方钱币"越南盾"上，印的都是胡志明的头像，而我所在的这个城市，更是以胡志明命名的。

在邮局两侧的墙壁上贴着越南的旧地图，地图下方则有几个充满法国风的电话亭，两侧的通道里兜售着旅游纪念品，而在邮局正厅摆放着一排无论造型还是质感都复古到底的长排座椅。

我坐在木椅上，看着正对邮局大门的西贡王公圣母教堂，看着门外马路上拥挤的人群和疯狂的突突车，看着眼前古朴的邮局，以及疯狂抢购纪念品的游客们，再想起刚才从住处走来这一路碰到的精美绝伦的法式洋房，和停满罩着雨披的助动车的十字路口，心中一阵怅然，反复踌躇。

到底该用怎样的心态对待这样一座城市呢？早上刚刚遭受欺骗和威胁，可现在却见识到了绝伦的美和生厌的嘈杂。

我们80后这一代，从小就被熏陶出这样一种判断善恶的标准：美丽的事物都是美好的，而邪恶的事物都是丑陋的，正过来反过去说都对，所以在本质上，我无法去怨恨这么美丽、精致又鲜活的城市，也无法爱上一个欺骗威胁过我的地方。

然而，我们对事物的认识到底带了多少主观色彩呢？我陷入了一阵獐麋马鹿中。

邮局依然嘈杂，我略微收拾了一下百转千回的心情，欲盖弥彰一般轻咳了一声，走出邮局，碰巧看到一对年轻的越南情侣在教堂前拍婚纱照。我一时好奇，便走过去围观。

新娘很漂亮，妆容清淡，简单的几笔，便将她典型的亚洲美突显出来，新郎微胖，圆圆的脸上洋溢着幸福的笑容，此时二人在圣母玛利亚像下正摆着各种亲密的姿势。

帮他们拍照的摄影师看上去年纪不大，长发、山羊胡、皮包骨的清瘦，典型的艺术家配置。看着他端着相机上蹿下跳的样子，忽然让我想起了SUN，心中一乐，却不小心笑出了声音，没想到引起了这对夫妻的注意。我赶忙双手合十道了个歉，姑娘好奇地看了看穿着筒裙的我，跟山羊胡摄影师耳语了两句，摄影师便微笑着朝我走来。

我略微有些心虚，别人在拍照的时候你站在旁边边看边笑，确实很没有礼貌。所以当摄影师快走近时，我再次跟他解释了一下我刚才为什么会笑出声。没想到摄影师来找我不是为了这个事，而是传达了新娘的请求，她希望能跟我拍一组照片，我顿时受宠若惊，随即便答应下来。

那之后，摄影师一边帮我和新娘拍照，一边不住地朝我满意地点头，可不是么，他基本上只要示意我一下大概的动作，我自己就能找准角度和光线，而且还会根据他相机变焦镜头伸缩的程度，调整自己的位置和姿势。虽然做不到像我跟SUN配合得那么心领神会，但对摄影师来说，我这样的模特也算是极省心的了。

一套照片拍下来，看上去我依然轻描淡写，其实已经出了一身汗，展示自己容易，可要衬托别人却不简单。拍完了跟新娘的合影，我兴味未减，于是自告奋勇拿起摄影师的闪光灯，当起了摄影师的影助。就这样，忙乎了整个下午，跟着他们拍完了两个大景才算结束。

临走前，新郎掏出钱包要给我"辛苦费"，我赶忙回绝了。新娘又说要请我到他们的婚房做客，我犹豫了下也没有答应，一方面我的行李都在旅舍，太长时间无人照看不放心；其次，毕竟是别人的婚房，没必要凑这个热闹。最后，新娘将头纱摘下来送给了我，祝我早日找到真爱。

晚上的时候，跟SUN视频，给她看了新娘送我的头纱，SUN说，以后结婚就用这个了。

坐在旅舍二楼的小花园中，喝着越南滴漏咖啡，想着这一天碰到的事儿和人。

人活于世，难免定义，然而定义一座城市、一个国家的标准到底是什么？曾经我认为：越深入越深爱，这份爱，来自看开浮云，看到了美丽本质后的欣喜。

可慢慢我发现，无论如何深入，必然有爱，也有不解，甚至怨恨。爱的本质即是包容，包容不在于看到了美，而在于遭遇一切的同时，记住的阳光和忘掉的影子。这不是自欺欺人，而是豁达面对世界的一种态度。

## 越南·美奈

下午三点多，坐在大巴上闻到一股浓浓的海风味，我知道，离美奈已近了。

美奈很小，其实就是个沿海靠近公路的小村子，以绵长的海滩和强力的海浪出名，是全世界著名的冲浪圣地之一。

下了车，找到了一家离车站不远的临海小旅舍，经过一番"殊死搏斗"，最终以六美元的价格争取到了一间带空调和独立卫生间的小单间。躺在床上跟SUN视频，SUN嘟着嘴说，为什么我总能找到这么便宜的旅店，我开玩笑说人长得帅，老天都会眷顾的，哈哈！

来到美奈，我想到的第一句话就是"面朝大海，春暖花开"。

很多时候，我真的很喜欢这种海边小镇，像蔬菜鸡蛋沙拉一样清清爽爽的。在这种小镇，不见得有多么深邃的历史，多么伟大的建筑。可只要身处其中，就会百般欢喜，将我从东南亚的燥热中拉出来。

从旅舍出来，连方向都懒得问，沿着小镇唯一的大路直直地走了出去，一路上随处可见一边聊天一边织渔网的妇人，骑着自行车，车把上挂着食物的男人，这里的悠闲写在人们脸上，融进人们的生活中。

忽感口渴，走到临街的小卖部里买水，看店的是个小姑娘，酒窝很深，头发很长，可爱极了。小姑娘对我害羞地笑了笑就跑进屋里。不一会儿走出来一个体态丰腴的中年女人，是小姑娘的妈妈。小姑娘可爱至极，我也不着急走了，索性坐到小卖部边的石阶上，小姑娘则倚着门板露半个头，有些好奇地看着我。不一会儿，我跟小姑娘脸熟了，她才扭扭捏捏地走过来。这样陪着小姑娘玩了能有半个小时，见天色渐黑了，才离开。

晚上的时候，SUN在视频里推荐我报一个"美奈一日游"，她说美奈值得玩的地方有三四个，但都非常分散，要自己去太麻烦，这个一日团说是团，其实就是一辆车带着人，一天之内把这些景点走一遍，而且这些景点都没有门票，所以也不存在隐性消费的。

我听SUN这么说，也就放心下来，旋即询问了旅舍老板，老板告诉我他这里就能安排，一个人四美元。我交了钱，订了明天早上看日初的团，就回去睡觉了。

第二天一早，坐上突突车，迎风而去。

根据老板的介绍，今天的景点一共有三个，白沙丘、红沙丘和仙女溪，早上在白沙丘看日出。

等车子驶进白沙丘，我就失望了……这什么呀，不就是沙漠么，只不过是海边的沙漠而已呀，相比国内的沙坡头、鸣沙山，实在差太远了，除了日初的光线将丘体衬托出一丝美感，其他方面就没法说了。

带着失望的心情，只是略逛了一下，便坐回车里，等着开车。车子把我送去的第二个地方是红沙丘，顾名思义，红沙丘跟白沙丘的区别是：这里的沙子是红色的……这次我更是连进都没进去，只是在旁边的小摊上吃了碗面，又钻进车里等。我现在唯一想的就是早点结束这无聊的行程，赶紧把我送回旅舍，睡觉也行，泡泳池也行，连发呆都行。

红沙丘结束之后，突突车司机看出了我的不悦，拍拍我的肩膀，告诉我，下面要去仙女溪，不会让我失望的。

车开到一座小桥边上，司机跟我说，这就是仙女溪。顿时，我胸中停歇了很久的几百万只白马又奔腾了起来……这不就是条两边长树的臭水沟，有什么好看的！

司机看出了我的疑惑，告诉我，这条小溪很浅，让我脱了鞋赤脚蹚水走进去，里面非常美丽，不会让我失望。无奈，来都来了，我心不甘情不愿地钻了进去。

当脚踩在小溪上时，一阵酥麻的感觉顿时遍布了全身，溪水只淹过脚趾，还不到脚面，并不凉，跟体温接近，脚下的沙子比想象中松软，一脚踩下，甚至有些滑腻。整条小溪被树木遮挡着看不清前方，溪面上零落着些许花瓣，煞是好看，"夹岸数百步，中无杂树，芳草鲜美，落英缤纷"，想必写的就是这样的情景吧。

继续往前走了能有五分钟，拨开一簇树叶，此时的仙女溪才露出了她曼妙的容颜。

浅浅的溪水边，布满了红砂和怪岩，这里的细沙比之前去的红沙丘的沙子要更红一些，将这条小溪衬托得越发梦幻。

仙女溪并不长，却九曲十八弯，每转一弯，都会看到不一样的景致。走至深处，随处可以看到流着乳白色石灰液体的支流与浅红色溪水融合，冒出淡淡青烟；脚边的沙泥上长出跟红砂一般颜色的花朵。那一刻，我仿佛走进了爱丽丝梦游仙境。

就这样，我在短短数百米的仙女溪间走了将近一个小时，才依依不舍地回到了岸上。"仙女溪美丽么？"司机看我上了岸，便拽着我问道。"嗯，真的很漂亮，今天去的这些地方当中，就只有仙女溪好看。"我笑盈盈地说着，原本郁闷的心情，随着仙女溪的流淌已烟消云散。

下午返回旅舍，将一天拍的照片发给SUN，只见她一边摇着头，一边说好好的风景被我拍残了……额……少女，你这么打击你老公这样真的好么……

## 越南·芽庄

随着在越南旅行时间的拉长，我越来越爱这个国家一种叫作"Open Bus"的交通工具。这种巴士的行进路线，囊获了越南沿海一条贯线上，几乎所有的旅游城市。而且乘车条件好，运营稳定，巴士停靠点也基本都在市中心，出行相当方便，我来芽庄坐的便是这种巴士。

我从美奈出发之后，先到了大叻，在这个海拔1500米，夏天晚上需要盖被子的地方，结结实实腐败了两天，上午睡个懒觉，起来之后到附近的小街上闲逛，中午吃过饭，则漫步到春香湖畔、教堂边上数鸭子发呆，一坐就是一下午。期间，特地去了趟大叻火车站，在老式木质火车上，听着叮叮当当的声响，玩了把自己跟自己的浪漫。三天后则坐着Open Bus直奔芽庄而来。

随着旅游业的开发，近几年，芽庄已经是越南最炙手可热的城市之一，发达程度可想而知，沿着海滩建起了大片的百货大楼和高级酒店，而海滩边上的那条路，自然也成了全芽庄最繁华的路段之一。

其实美奈的地形跟芽庄相似，都是背靠叠翠峰峦，面朝辽阔大海，整个城市几乎都是沿着海岸线建造的，而不同的是，美奈干净的沙滩都被圈进旅舍里面，变成沿海旅馆老板的后花园，而芽庄则将大好沙滩留作城市公共区域，只在沙滩的对面发展商业。

于是便有了这样的奇观：马路这边的人全都是沙滩裤比基尼，而马路另一边则全是西装公文包。更有意思的是，有穿着工作服的人会从对面走过来，脱了衣服直接跳进海里，也有刚从水里爬出来，擦干了身子穿上套装直接走到对面的高楼里，毫无违和感……

此时的我，就处在这样的尴尬中独自凌乱。

到底下不下水呢？下了水没带毛巾，是不是要穿着内裤走过三条大街回青旅？不下水，看着眼前大片的蔚蓝心头直痒痒。到最后我一咬牙，脱了直接跳进海里。

一个小时后，身上淌着水，赤脚穿内裤，走过芽庄三条最繁华的街道回到了旅舍，而神奇的是，这一路上，竟然都没人多看我一眼！！！欣喜又失望……

我在芽庄住的旅舍名字就叫"背包客之家"。依然是床位，跟金边住的那家"Top Banana"一样舒服方便。

我发现，国外青年旅舍和国内青年旅舍其实有不少区别：国内青旅习惯把精力都花在布置公共区域上，不断提高公共区域的舒适度，实用性却不见得有多强，住宿条件大多差强人意；而国外青旅的住宿条件要比国内好一些，不少多人间除了床多一点外，跟标间的配置基本一致，公共区域则不做太多布置，但功能性极强。

就比如我现在住的这家青旅，前台可以买各种车票和机票、可以报旅行团、可以预定晚餐位置、可以预定文身师、可以买卖二手旅行用品，甚至能协助办理护照挂失。

从海滩回来之后，洗了个澡，躺在床上，又跟SUN视频聊了起来。

"SUN，你说芽庄除了沙滩，还有什么好玩的？""还不就是大海咯！""好吧……"其实我也就随便问问，是啊，一个海边的城市，除了沙滩和大海确实也没什么好玩的。

"对了，达瓦，"忽然SUN像是想起什么，眼冒笑意地对我说，"你有没有玩过潜水？""潜水？没有诶！"我一听SUN这么说，也来了精神。

"要不，你去玩玩潜水吧，听说芽庄的潜点还不错的！""可是，我不会游泳，要不要紧啊""笨，潜水不需要会游泳啊"SUN捂嘴笑着说。

"是嘛！好的好的！我这就下楼问问去。"我一阵兴奋，赶紧挂了视频跑去前台问，结果前台妹子告诉我，可以直接在前台报名。

我交了钱，被告知第二天早晨就可以安排船过去潜水，哇咔咔……这回爽了！

第二天一早，兴奋的我早早就等在旅舍门口等接我的大巴车，车来了，我一上车就愣了一下，车上除了我和司机以外全都是黑人。

后来跟这帮黑人聊熟之后才知道，他们都来自南非，原本也不认识，都是在路上遇到的。

南非人我不是没见过，不过这么一大堆南非人聚在一起，还是第一次见到。坐在其中，我甚至偶尔会恍惚我到底是在哪个国家。

相谈甚欢的我们聊起了彼此旅行的经历，听着他们说阿尔卑斯山脉、贝加尔湖、玻利维亚天空之镜，仿佛为我打开了另一扇门，那些隐藏在记忆深处的渴望再次苏醒。与其说旅行者的心永远躁动不安，不如说我们拥有一颗不满足于现状的心。

我们一行人到了码头，坐上船，开了半个多小时，便看到远处靠近小岛的海面上，一排建在木制浮排上的房子。小船靠上码头之后船长告诉我们，这里就是我们今天潜水的潜点，并为我们每个人都安排了潜水教练。

由于我没有潜水经验，甚至连游泳都不会，所以只能和教练绑在一起，由教练主导，带着我往下潜。

下水前，教练再三跟我确定有没有高血压心脏病之类的，我连忙摇头，开玩笑，这要是让他知道我有心脏病，这水怕是就下不去了。

下水了！那种脚碰不到实地的不安全感瞬间让我略微有些慌张，教练拍拍我的肩膀，给了我一个大大的微笑，让我相信他，不要害怕。背上氧气瓶、咬紧输氧管的牙套、戴上潜水镜，教练就带着我沉入了海底。当海面上的世界渐渐从眼前消失，我也平静了下来，好奇地打量起这个全新的世界。

我不会游泳，甚至都没在水中睁开过眼睛，我从未想过水下到底是怎样的。如今当它直直撞进眼底，那种震撼远比在尼泊尔滑翔时更加强烈。滑翔只是换一个角度看熟悉的世界，而潜水对我来说却是一个全新的世界。

清亮的阳光投射下来，各种小鱼穿梭在光影之间自得其乐，对我这个忽然出现在它们身边的"大家伙"完全熟视无睹。大片的珊瑚触手可及，那层层叠叠的柔软仿佛外星生物一般，说不出的神奇。

这时，教练从后面拍了拍我的肩膀，我一回头，看到他手里攥着一个面包，示意我拿住面包伸出去，我愣了一下，依旧照着他说的做了，我伸出了手，正等待着教练发出下一道指示，让人惊喜的一幕出现了。成群的鱼儿游到我捏面包的手边，开始还有些戒备，可一瞬便冲了过来，鱼身在我手上来回地摩擦，那腻滑的触感着实让我一爽，我正打算伸出另一手去摸鱼，教练却轻拍了下我，在我面前摇了摇手，示意我不要去摸。

接下来的半个小时内，教练带着我不断往下潜，最深的地方接近八米，越来越强的水压让我的耳朵嗡嗡作响，我终于理解，为什么人类对天空的了解远比海洋更多。

一小时后，教练带着我浮上水面，重新回到浮排上之后，教练向我解释了刚才在水下为什么不让我去摸鱼。他说这些在珊瑚中生活的鱼非常脆弱，我们的过度接近可能影响到它们的进食和繁衍。我恍然大悟，连忙道歉。

回去的路上，我还是跟那群南非的帅哥美女同车。快下车的时候，一个扎着脏辫的妹子对我说："达瓦，你不像中国人。"

我莞尔一笑，在外国这两个月，碰到的人当中没几个一眼能看出我是中国人的，"嗯，很多朋友都说我长得像日本人。"

"我不是这个意思，中国人没有你的英语好。"我一愣，同样的话，缅甸一个日本籍的旅店老板也跟我说过。

平心而论，我的英文很差，真的很差，只能解决基本的生活，要是谈论深入一些的话题立马歇菜。于是说道："我的英语很差，在中国有很多人的英文比我好很多很多。"

"是么？"南非妹子露出犹豫的神色，"对不起，我无意冒犯，我以前碰到的中国人都不愿意跟我们聊天，所以觉得他们都不会说英语。"顿时我陷入一阵沉默。

下车后，我走在街边反复思考她刚才的话，这个问题连我都碰到过。在国外，同国即是老乡，可很多时候跟中国人相遇，也仅仅是一个笑脸，不会深交。所以外国人眼中的中国人"不好相处"，绝不仅仅是语言不通造成的。

如今的中国早已步入世界强国的行业，但过惯了苦日子的我们，还没能以包容的"大国风范"，面对祖国的国际化和这个辽阔的世界。

## 越南·会安

走在会安老城的小街小巷，让我一阵错愕。随处可见的中式建筑和各种写着"某某会馆"的牌匾、散布各处卖着义乌小商品的小摊、街边建筑外挂着的汉字篆刻的对联，瞬间就把我拽回了江南古镇，毫无违和感……这个老城俨然就是越南版的乌镇，迎接着全世界人民的检阅。

可这个"乌镇"却比真正乌镇更加多情，日本风格的盖顶廊桥，隐藏在各种建筑的些许欧式元素，无一不在证明着这座老城的混合血统。

会安是越南中部的一座小城，越南最早的华埠。早在十七世纪就开始有做生意的华人到这儿落地生根。那个时期，这里曾与马来西亚的马六甲并称东南亚最繁忙的贸易港口。因此，会安留下了日本、中国、西班牙、荷兰等这些国家的历史和文化。

沿着老城的主街一路走去，随处可见穿着奥黛的越南女人，肩扛扁担戴着蓑帽的老人。如今忙碌的码头已然远离了这里，会安的悠闲也已融入人们的生活中。

在秋盆河河畔随便找一家咖啡馆，点一杯滴漏咖啡，坐在木制的桌椅间，感觉连心跳的速度都缓慢了下来。

滴漏咖啡，我在越南这段时间几乎每日必啖。虽说，这里的咖啡豆真算不上美味，甚至可以说有些糟糕，口感比成罐卖的illy咖啡豆还要差一些。可这种咖啡还是毫无保留地吸引着我，吸引我的，便是"滴漏"冲泡工艺，和这里对待咖啡的态度。

先说"滴漏"。咖啡的制作方法，最常见的有手冲式、虹吸壶以及意式特浓咖啡机，滴漏壶冲泡的咖啡却是在越南第一次尝试。

手冲式相对比较适合浅度和中度烘焙的咖啡豆，那种轻松的果味和明亮的酸度，会在适温的热水与咖啡粉短暂接触的一瞬间绽放出来。

虹吸壶更适合深度烘焙的豆子，滚烫的沸水与咖啡粉更加充分的接触增强了苦涩的口感，适合口味较重的人群。但问题是，冲泡咖啡的水以八十度左右为佳，过热的水会让咖啡的苦涩味更难适口。

美式咖啡机也适合重度烘焙的咖啡豆，原理是利用蒸汽加压，使咖啡的味道更充分溢出，全机械的运作，让咖啡生成速度更快，更方便。而它的问题跟虹吸壶一样。

而滴漏壶生成咖啡的方式与咖啡机相似，靠"压榨"出液，少了机械控制，多了份制作者的心意，还能控制水温。在那悠长的冲制过程中，看着滴漏杯中流出滴滴金棕色的液体，总会带给我一份期待，仿佛是等待着滴出曼妙的时光。

再说说越南人对待咖啡的态度，这对我来说一直是个谜，并为之着迷。

在这里，即使再破旧的小路上，都有贩卖咖啡的小摊。也总有那么一群越南男人，围坐在油腻的折叠桌旁，喝着咖啡谈天说地。

在国内，经常听人说"我喝茶，不喝咖啡"或者"我喝咖啡，不喝茶"，咖啡还是茶，在中国仿佛变成了单选题，但在越南绝不会发生这样的问题。越南人大多会同时准备咖啡和茶，喝两口就换换口味。

我爱这样的态度，在中国，太多人把喝咖啡看成小资和享受生活的代名词。而在越南，咖啡这种饮料也只是饮料。这种亲近却不暧昧的关系，同样也成全了这里的常住居民与古镇之间的和谐。

对古镇来说，成百上千年的沧海桑田、是非荣辱，虽然经不起岁月的拷问，却经得起人们的推敲，过客不过百年。对于居民来说，生在这儿，长在这儿，古镇更像一条稳定的程序，虽有变化，却不会无端。对于游客来说，这两者都是风景，前者人文，后者历史，连接着这个群体之间的纽带，一者是时间，二者便是"慢"。

"慢"并不是一种节奏，而是态度。古镇和人本就一体，但却各有各的精彩，各自零落着各自的岁月，古镇的美即在此。

我在会安的日子便在这样柔软的下午中溜走。可我依然在这种怡然时光中找到了惊悚的乐子……

我在古城码头买海鲜的时候认识了一个瑞士妹子，前凸后翘、貌美如花什么的就没什么好说的了，关键是她的男朋友，请允许我用极品来形容她的男朋友……

约莫一米八的身高，约莫三百斤的体重，除了脸，露出来的所有肥肉上都有文身，包括他锃光瓦亮的光头，耳朵上戴了个足有婴儿拳头大小的耳环。

当然这都不是关键！关键是，我所有的视线都被吸引到了他披肩的胡子上……

是的！你没看错，那是披肩的胡子！别说是你们，就连我都没看过这么丧心病狂的胡子！这胡子估计都能参加吉尼斯世界纪录了……

当那个瑞士妹子被这个男人搂起狠狠亲上去的时候，我不忍地闭上了眼睛。那一刻，我终于明白了一个道理，不插在牛粪上的花不是好花，不被猪拱的白菜不是好白菜……

## 越南·河内

河内，又叫西贡，是越南的首都，有着跟胡志明市相似的嘈杂。这里是我这次东南亚游的最后一站，此时的我已是归心似箭了。

是啊，两个多月了，一方面，虽然平时会用微信能跟父母联系，但毕竟身在国外，父母的担心并不会减少一分；其次，学校的虫草假已经结束，就要开学了，而我也要返回学校继续支教；再者，就是我对SUN的思念已经越发急促起来，每次跟她通过网络视频聊天，都恨不得直接冲进屏幕，冲到她面前，把她狠狠抱在怀中。

到达河内，我先到Open Bus车票预售点询问了是否能订从河内到南宁的国际列车票，结果发现这里报的价格，比网上驴友们说的价格高出不少，无奈之下又坐车赶往火车站，到车站售票处一打听，Open Bus车票预售点的报价比车票票面价格高出了整整一倍，哎，这个坑子国家……

对游客来说，在越南几乎所有的事情都要讲价，买东西自然不用说了，就连看似明码标价的车票和门票都有回旋的空间。这种勾心斗角的日子，过个几天还行，时间稍微长一点真心累人。

买完票之后，回到河内市区，在还剑湖湖畔纳凉，正好碰到几个刚从中国过来的中国妹子，一顿扯皮在所难免。

她们在越南的路线跟我正好相反，从河内到胡志明市然后飞回国内。于是我说了一些在越南旅行的注意事项以及值得一去的地方。几个妹子听得相当认真，边听边记下重要的地名和公交路线。

这么闲扯了能有一个小时，直到我口干舌燥才停下来，姑娘们估计看我这么卖力有点不忍心，就请我在麦当劳吃了顿大餐，吃完之后，我们相互留下了联系方式就分开了。我再次回到了还剑湖，焦急地等待着。

直到晚上八点多，我再次赶到火车站，早早地上了火车，看到久违的中国火车列车员，心中着实一喜。回来了，真的回来了！上了车，躺倒在卧铺床位上，心情久久不能平静。

这次出来，花了两个多月，走了六个国家，如今即将结束，心中微微有些不舍，不舍脱离了熟悉世界带来的刺激，不舍为了吃顿可口饭菜的费尽心机，但回来了，终究是回来了，终究要回来了……

回想起这两年的行走，看似去了很多地方，见了很多人，遇到很多事。虽然一路辛劳，可却也没有如何艰难。旅行到底要使出多大的力气？或许真的要很用力才能走下去？我们曾珍视过的每一分钟和每一滴眼泪都是用出那些力气的回报，即使未来的我们一无所有。我们都为自己而骄傲，我们都为曾用力活过而自豪。

# 后　记

从越南回国之后,我便第一时间来到柳州与SUN碰面,之后,在她强烈的要求之下,我带着她回到了我支教的学校。

学校已然没有变,孩子们也没有变,楞本他们几个老师也没有变。在接下来的一个月里,SUN跟着我同吃同住,由于是新学期,我的课业量比以往重了很多,平时几乎很少再有时间到草原上闲逛,为此,贤惠的SUN非但没有怪我没时间陪她,反而主动要求帮我分担压力,做起了朕的御用大厨。

每天我上完课回来,桌子上至少会摆两道菜,我心中不禁感慨,也许这样稳定的生活并不可怕,有SUN相伴,平凡也可以很精彩。

一个月白驹过隙,SUN比刚到学校的时候黑了不少,人还瘦了一圈。回想着一个月来她跟着我吃的那些苦,心中着实不忍,可是SUN却毫不在意,反倒安慰我,让我多注意身体,少抽点烟,晚上备课不要到太晚。

SUN离开学校一个月之后,去年资助孩子们到上海交流学习的进哥,再次联系到我,问我今年这个活动能不能继续,进哥还说上次交流学习时间太短了,不知道能不能延长到一个月,地点还是在他的家庭教室,我说当然可以,孩子们都求之不得呢!

我把这个好消息告诉了楞本、仙巴、岗扎和扎西尼玛后,果然,全校又为之沸腾了,很多家长都找到我,想让他们的孩子也能去上海,可去上海的名额只有八个,无奈之下,我们决定在九月中旬安排一次选拔考试,挑出各个班级最优秀的学生。

于是乎,所有学生都玩命复习起来,那劲头,比期末考试还要用功,每天晚上都很自觉地看书,再也没让我们操心。

考完之后，我们综合了一下成绩，决定给现在的四年级四个名额，三年级三个名额，二年级三个名额，学前班和一年级由于考虑到年龄问题，所以并没有安排名额，而带队老师则由我和岗扎担任。

九月底，我和岗扎带着孩子们出发，在赶了四天路之后，再次到了上海。

在之后的一个月当中，进哥不仅给孩子们安排了许多特色课程，还专门为他们请了一个英国老师带孩子们的英语课。还记得孩子们第一次见到外国人时，露出的怯怯的表情，心中暗叹，进哥真给力啊！

十月初的时候，SUN专程来上海看我和学生们，来的第三天，SUN郑重其事地问我，支教结束之后有什么打算。我一时气结，不知道该怎么说，便支支吾吾起来。

我本来就是那种散漫的性格，在学校的时候责任在肩没办法，必须要规划，可轮在自己身上却又犯懒了。SUN说，她想跟我一起做一些事业，我问什么事业，她笑着告诉我，她想开个青旅。

听到她这么说，我的脑袋嗡的一声，是啊！开青旅对现在的我来说或许已经是最好的选择了，毕竟以我现在的状态，再回办公室过那种朝九晚五的生活，估计我会疯的。再加上我们年纪都不小了，是该安稳下来了。当即我与SUN一拍即合，讨论起细节。

最终我们讨论决定，青旅的位置暂定大理，考虑到SUN的摄影特长，我们打算在青旅里单独拿出一块地方做摄影工作室，专门为来大理旅行的文艺青年们提供旅拍的服务。待我和SUN讨论出了最终方案之后，SUN就回柳州了，而我和孩子此时在上海也已近一个月，准备要离开了。

离开上海那天，进哥给我、岗扎和孩子们办了一场小型送别会，有心的他还特地办了一个募捐活动，帮孩子们筹出了买过冬棉衣的钱。

现在，我已经回到了学校，每日依然备课，上课，批作业，一样追着一群熊孩子背书，站好我在这所学校的最后一班岗。而SUN依然每天一个电话嘘寒问暖，生活看似起伏不大，但我却一步一步走过。

前路漫漫，我将继续走下去，前路遥遥，但希望满满。我相信，每个对世界充满渴望的人，都会勇敢地快乐下去！我是如此，你们呢？